Os meninos de Jo

Os meninos de Jo

Louisa May Alcott

Tradução
Karla Lima

Esta é uma publicação Principis, selo exclusivo da Ciranda Cultural
© 2021 Ciranda Cultural Editora e Distribuidora Ltda.

Traduzido do original em inglês
Jo's Boys

Texto
Louisa M. Alcott

Tradução
Karla Lima

Preparação
Regiane Miyashiro

Revisão
Eliel Cunha

Produção editorial
Ciranda Cultural

Diagramação
Ciranda Cultural

Design de capa
Ciranda Cultural

Imagens
Shafran/Shutterstock.com;
irina_angelic/Shutterstock.com;
ashva/Shutterstock.com;
NadzeyaShanchuk/Shutterstock.com;
eva_mask/Shutterstock.com;
Usova Olga/Shutterstock.com;
Frame Art/Shutterstock.com;
alex74/Shutterstock.com;
ntnt/Shutterstock.com;
bejo/Shutterstock.com;
Boguslaw Mazur/Shutterstock.com

Dados Internacionais de Catalogação na Publicação (CIP) de acordo com ISBD

A355m	Alcott, Louisa May
	Os meninos de Jo / Louisa May Alcott ; traduzido por Karla Lima. - Jandira : Principis, 2021. 352 p. ; 15,5cm x 22,6cm. - (Clássicos da literatura mundial)
	Tradução de: Jo's Boys ISBN: 978-65-5552-221-1
	1. Literatura americana. 2. Romance. I. Lima, Karla. II. Título. III. Série.
2020-2688	CDD 823 CDU 821.111-31

Elaborado por Vagner Rodolfo da Silva - CRB-8/9410

Índice para catálogo sistemático:
1. Literatura americana : Romance 823
2. Literatura americana : Romance 821.111-31

1ª edição em 2021
www.cirandacultural.com.br
Todos os direitos reservados.
Nenhuma parte desta publicação pode ser reproduzida, arquivada em sistema de busca ou transmitida por qualquer meio, seja ele eletrônico, fotocópia, gravação ou outros, sem prévia autorização do detentor dos direitos, e não pode circular encadernada ou encapada de maneira distinta daquela em que foi publicada, ou sem que as mesmas condições sejam impostas aos compradores subsequentes.

Sumário

Dez anos mais tarde 7

Parnaso 25

O último texto de Jo 44

Dan 64

Férias 84

Palavras finais 109

O leão e o cordeiro 128

Josie interpreta a sereia 146

O vento vira 163

Demi se estabelece 179

A Ação de Graças de Emil 192

O Natal de Dan 202

O Ano-Novo de Nat 214

Teatro em Plumfield 228

Espera 245

Na quadra de tênis 254

Entre as donzelas 270

Fim das aulas 285

Rosas brancas 298

Vida por vida 312

O cavaleiro de Aslauga 328

Decididamente, a última aparição 342

Dez anos mais tarde

– Se alguém tivesse me falado sobre as mudanças extraordinárias que iriam acontecer aqui em dez anos, eu não teria acreditado – disse a senhora Jo para a senhora Meg, quando as duas estavam sentadas na varanda em Plumfield certo dia de verão, olhando ao redor com expressões de orgulho e contentamento.

– Esse é o tipo de mágica que dinheiro e corações gentis conseguem realizar. Tenho certeza de que o senhor Laurence não poderia ter um monumento mais nobre do que o colégio que ele tão generosamente financiou e, enquanto durar, um lar como este manterá viva a memória da tia March – respondeu a senhora Meg, sempre disposta a elogiar os ausentes.

– Nós costumávamos acreditar em fadas, você se lembra? E pensar no que pediríamos, se pudéssemos realizar três desejos. Não parece que os meus desejos foram concedidos, afinal? Dinheiro, fama e muito trabalho que amo – disse a senhora Jo, amarfanhando os cabelos descuidadamente ao entrelaçar as mãos acima da cabeça, bem como fazia quando era menina.

– Os meus também foram, e a Amy desfruta dos dela com grande alegria. Se a querida mamãe, o John e a Beth estivessem aqui, seria perfeito – acrescentou Meg, com um tremor carinhoso na voz, pois o lugar da Marmee estava vazio agora.

Jo apoiou a mão na da irmã e ambas ficaram sentadas em silêncio por alguns instantes, observando a agradável cena em frente com pensamentos mistos de alegria e tristeza.

Certamente parecia que uma mágica havia sido operada ali, pois Plumfield, antes exemplo de tranquilidade, era agora um pequeno mundo bem agitado. A casa parecia mais hospitaleira do que nunca, revigorada por pintura recente, novas alas, gramados e jardins bem conservados e um ar de prosperidade que não exibia quando os meninos fervilhavam por todos os lados e era difícil para os Bhaers conciliar as duas coisas. Na colina, onde antes pipas eram empinadas, ficava agora o belo colégio que o legado magnânimo do senhor Laurence havia construído. Alunos atarefados subiam e desciam os passeios onde antes haviam trotado pezinhos de criança, e muitos rapazes e moças desfrutavam de todas as vantagens que riqueza, sabedoria e benevolência podiam oferecer.

Dentro dos portões de Plumfield, um chalé marrom, muito parecido com Dovecote, se aninhava entre as árvores e, na verdejante encosta oeste, a mansão de colunas brancas de Laurie reluzia ao sol. Quando o crescimento acelerado da cidade tinha sufocado a casa antiga, e estragado o ninho de Meg com a construção ultrajante de uma fábrica de sabão bem debaixo do nariz indignado do senhor Laurence, nossos amigos emigraram para Plumfield, e as grandes mudanças começaram.

Essas eram as positivas, e a perda de pessoas idosas queridas era serenada pelas bênçãos que tinham deixado; todos prosperavam na pequena comunidade agora, e o senhor Bhaer como presidente e o senhor March como capelão do colégio viam lindamente realizados seus sonhos por tanto tempo nutridos. As irmãs dividiam entre si o cuidado com os jovens, cada uma assumindo a parte que lhe era mais adequada. Meg era a amiga maternal das moças, Jo era a confidente e defensora de todos os jovens e Amy era a Dama Generosa que delicadamente suavizava o percurso dos estudantes carentes e a todos entretinha com tanta cordialidade que não espanta que eles tivessem nomeado sua adorável casa de Monte Parnaso[1], tão cheia ela era de música, beleza e fome de cultura pela qual os corações jovens anseiam.

É claro que, ao longo desses anos, aqueles doze meninos originais se dispersaram pelo mundo, mas todos que ainda eram vivos se lembravam da velha Plumfield e voltavam dos quatro cantos da Terra para visitar e contar suas experiências, rir dos prazeres do passado e encarar os deveres do presente com coragem renovada, pois tais voltas para casa mantêm os corações ternos e as mãos ocupadas com as memórias dos dias felizes da juventude. Umas poucas palavras darão conta da história de cada um e, em seguida, podemos avançar com o novo capítulo da vida deles.

Franz estava com um parente comerciante em Hamburgo, era agora um homem de 26 anos e estava se saindo muito bem. Emil era o marujo mais feliz que já havia navegado o profundo mar azul. O tio o enviara em uma longa viagem para que perdesse o gosto por esse tipo de vida aventureira, mas ele voltou para casa tão maravilhado que ficou claro que aquela era sua vocação; o parente alemão então lhe ofereceu uma oportunidade em seus navios, e o camarada estava feliz. Dan ainda era um andarilho; depois das pesquisas geológicas na América do Sul, ele havia tentado criar ovelhas na Austrália e estava agora na Califórnia

---

[1] Monte Parnaso: montanha localizada na Grécia; segundo a mitologia, residência do deus Apolo e de suas musas. (N.T.)

procurando ouro. Nat estava ocupado estudando música no conservatório, preparando-se para passar um ou dois anos na Alemanha para se aprimorar. Tom estudava medicina e tentava gostar. Jack trabalhava com o pai e estava determinado a ficar rico. Dolly estava na faculdade com Rechonchudo e Ned, estudando Direito. O pobre Dick estava morto e Billy também; ninguém conseguiu lamentar por eles, já que a vida nunca seria boa, prejudicados como eram física e mentalmente.

Rob e Teddy eram chamados de "o leão e o cordeiro", pois o segundo era exuberante como o rei dos animais e o primeiro era tão gentil quanto qualquer ovelha que já baliu neste mundo. A senhora Jo o chamava de "minha filha" e o considerava o mais obediente dos dois, com uma abundância de masculinidade que realçava seus modos tranquilos e sua natureza carinhosa. Mas em Ted ela parecia enxergar, sob uma nova forma, suas próprias falhas e aspirações, os caprichos e a comicidade. Com seus cachos castanho-claros em permanente desordem selvagem, braços e pernas compridos, voz alta e atividade incessante, Ted era uma figura de destaque em Plumfield. Ele tinha seus períodos de humor sombrio e caía no pântano do desespero cerca de uma vez por semana, de onde era içado pelo paciente Rob ou pela mãe, que entendiam quando deviam deixá-lo em paz e quando tentar animá-lo. Ted era para ela tanto um orgulho e uma alegria quanto uma fonte de aflição; ele era um rapazinho muito inteligente para sua idade, e nele despontavam talentos tão variados que a mente materna muito se exercitava quanto ao que aquele notável menino viria a se tornar.

Demi concluíra a faculdade com mérito, e a senhora Meg tinha certeza de que ele seria um líder religioso, fantasiando com imaginação fértil como haveria de ser o primeiro sermão de seu filho pastor, bem como a vida longa, útil e honrada que ele levaria. Mas John, como ela o chamava agora, rejeitou firmemente a escola religiosa, afirmando que tivera o suficiente de livros e leituras e que agora precisava conhecer mais dos homens e do mundo, causando à pobre mulher uma decepção enorme ao resolver tentar a carreira de jornalista. Tinha sido um choque, mas ela sabia que mentes jovens não podem ser direcionadas e que a experiência é a melhor professora, então permitiu que ele seguisse a própria tendência e continuou esperando vê-lo no púlpito. A tia Jo ficou furiosa quando descobriu que haveria um repórter na família, e na mesma hora o chamou de "cronista social bajulador". Ela apreciava a inclinação literária dele, mas tinha suas razões para detestar os xeretas oficiais, conforme veremos adiante. Demi, porém, estava determinado e seguro, e levou adiante seus planos com toda a tranquilidade, sem se deixar abater pela língua da mamãe ansiosa nem pelas piadas dos companheiros. O tio Teddy o incentivou e previu uma carreira esplêndida, citando Dickens e outras celebridades que começaram como repórteres e terminaram como romancistas ou jornalistas famosos.

As meninas estavam todas desabrochando. Daisy, meiga e caseira como sempre, era o conforto e a companhia da mãe. Josie, aos 14 anos, era uma jovem muito singular, cheia de brincadeiras e peculiaridades, a última das quais era a paixão pelo palco, o que causava em suas tranquilas mãe e irmã tanta aflição quanto divertimento. Bess havia se transformado em uma menina alta e linda que aparentava muitos anos a mais do que tinha de fato; mantivera os modos graciosos e gostos refinados da Princesinha que fora e uma herança pródiga dos dons tanto maternos quanto paternos, alimentados por toda a ajuda que o amor e o dinheiro podiam proporcionar. Mas o orgulho da comunidade era a peralta Nan, pois, como tantas crianças inquietas e voluntariosas, ela estava se tornando uma mulher cheia de energia e potencial, que desabrocha de repente quando encontra o trabalho adequado após buscá-lo com ambição. Nan começou a estudar medicina aos 16 anos, e aos 20 estava avançando com muita bravura, pois agora, graças a outras mulheres inteligentes, faculdades e hospitais estavam abertos para ela. Nan jamais havia recuado de seu propósito de criança, quando tinha chocado Daisy no velho salgueiro ao afirmar: "Não quero cuidar de família nenhuma. Eu vou ter um consultório com vários frascos e gavetas com pilão e socador dentro delas, e vou sair por aí curando as pessoas". A jovem mulher estava rapidamente transformando em realidade o futuro previsto pela menininha, e ela extraía tamanho prazer no ofício escolhido que nada conseguia afastá-la dele. Vários jovens cavalheiros dignos tentaram fazê-la mudar de ideia e levá-la a escolher, como Daisy, "uma casinha e uma família de quem cuidar". Mas Nan só dava risada e atordoava os pretendentes apaixonados oferecendo-se para examinar a língua que falava sobre adoração, ou então tomando profissionalmente o pulso da mão que lhe era estendida para que aceitasse. Desse modo, todos se afastaram, exceto um, muito persistente, dedicado como Traddles[2] e impossível de se repelir.

Este era Tom, tão fiel ao seu amor de infância quanto ela aos pilões, e lhe ofereceu uma prova de lealdade que a comoveu muito: estudou medicina exclusivamente por causa dela, sendo que não tinha o menor gosto pelo assunto e sim por uma vida no mundo dos negócios. Mas Nan se manteve firme e Tom corajosamente foi em frente, esperando de todo o coração não matar muitos de seus semelhantes quando começasse a praticar. Eles eram excelentes amigos e divertiam bastante os camaradas com os percalços daquela alegre perseguição amorosa.

Ambos vinham se aproximando de Plumfield naquela tarde em que a senhora Meg e a senhora Jo conversavam na varanda. Não juntos, pois Nan avançava sozinha animadamente pelo caminho, refletindo sobre um caso que lhe interessava, enquanto Tom vinha atrás suando para alcançá-la, como se fosse por acidente, quando as últimas casas da cidade tivessem passado; era um pouco do jeito dele e fazia parte da graça.

---

[2] Tommy Traddles, personagem de *David Copperfield*, de autoria do inglês Charles Dickens (1812-1870), publicado primeiro em fascículos e, como livro, em 1850. (N.T.)

Nan era uma moça bonita, com uma cor saudável, olhar límpido, sorriso fácil e a aparência altiva que têm todas as jovens que possuem um propósito. Vestia-se de forma simples e sóbria e caminhava com agilidade, parecendo cheia de vigor com os ombros largos muito direitos, braços pendendo livremente e a elasticidade da juventude e da saúde em cada movimento. As poucas pessoas com quem cruzou se viraram para olhar, como se fosse um deleite ver uma moça feliz e cheia de vida andando no campo naquele dia tão agradável; e o jovem de rosto corado, bufando atrás, sem chapéu e com todos os cachos balançando de impaciência evidentemente concordava com elas.

Não demorou até que um suave "Olá!" fosse levado pela brisa; parando, e fazendo um esforço muito malsucedido para parecer surpresa, Nan disse, afavelmente:

– Ah, é você, Tom?

– Parece que sim. Pensei que você poderia estar dando um passeio hoje – e o rosto jovial dele estava iluminado de prazer.

– Você sabia. Como vai sua garganta? – perguntou Nan, no tom profissional que sempre extinguia arroubos indevidos.

– Garganta? Ah, sim, lembrei. Vai bem. O resultado da sua prescrição foi ótimo. Nunca mais vou chamar homeopatia de embuste de novo.

– Você é que foi o embuste desta vez, assim como as pílulas não medicamentosas que lhe dei. Se açúcar ou leite puderem curar difteria dessa maneira notável, hei de escrever a respeito. Ah, Tom, Tom, você nunca vai parar de pregar peças?

– Ah, Nan, Nan, você nunca vai parar de levar a melhor sobre mim? – e o par riu um para o outro como fazia nos velhos tempos, que sempre voltavam frescos quando eles iam a Plumfield.

– Bem, eu sabia que não a veria por uma semana, se não inventasse uma desculpa para visitá-la no consultório. Você está sempre tão desesperadamente ocupada que nunca recebo nenhuma atenção – explicou Tom.

– Você deveria estar ocupado também, e acima dessas bobagens. Sério, Tom, se você não abrir a mente para os estudos, eles nunca vão entrar nela – disse Nan, com gravidade.

– Eu já tenho o suficiente deles do jeito que as coisas estão – respondeu Tom com um ar de desgosto. – Um sujeito precisa se divertir um pouco depois de dissecar corpos o dia inteiro. Eu não aguento fazer muito tempo a cada vez, embora algumas pessoas pareçam se divertir muito com isso.

– Então por que não abandonar e fazer algo que combine mais com você? Eu sempre achei uma tolice, você sabe – disse Nan, com um traço de ansiedade nos olhos argutos, que procuravam sinais de doença em um rosto vermelho como uma maçã Baldwin.

– Você sabe por que escolhi o curso e por que continuarei, ainda que ele me mate. Talvez eu não pareça muito sensível, mas tenho uma queixa muito grave e ela vai acabar comigo, cedo ou tarde, pois só há uma médica no mundo que pode me curar, e ela não quer.

Havia em Tom um ar de resignação pensativa que era tanto cômico quanto patético, pois ele falava sério e sempre dava pistas desse tipo, apesar de não receber o mínimo encorajamento.

Nan franziu o rosto; mas estava habituada àquilo e sabia como lidar com Tom.

– Ela está tratando da sua queixa do melhor e único jeito, mas um paciente mais teimoso nunca existiu. Você foi ao baile, como eu recomendei?

– Fui.

– E se dedicou à bela senhorita West?

– Dancei com ela a noite toda.

– E isso não deixou nenhuma impressão naquele seu órgão suscetível?

— Nem a mais pálida. Eu bocejei na frente dela uma vez, depois me esqueci de lhe oferecer algo para comer e soltei um suspiro de alívio quando a devolvi à mãe.

— Repita a dose sempre que possível e observe os sintomas. Prevejo que, com o tempo, você passará a pedir por isso.

— Jamais! Tenho certeza de que não combina com a minha compleição.

— Veremos. Siga as ordens, com seriedade.

— Sim, senhora, com humildade.

Por um momento, o silêncio reinou, e depois, como se o âmago da discórdia se perdesse nas agradáveis recordações trazidas à tona pelos assuntos familiares, Nan de repente falou:

— Como nos divertíamos naquele bosque! Você se lembra daquela vez que caiu da nogueira alta e quase quebrou os ossos do pescoço?

— Se me lembro! E como você me entupiu de absinto até que eu fiquei cor de mogno, e a tia Jo se queixou porque estraguei a jaqueta — e Tom riu, em um minuto voltando a ser menino.

— E como você pôs fogo na casa?

— E você fugiu para ir buscar sua bagagem?

— Você ainda diz "por Júpiter"?

— As pessoas ainda a chamam de "peraltinha"?

— A Daisy chama. Minha querida, faz uma semana que não a vejo.

— Eu vi o Demi hoje de manhã e ele contou que ela estava cuidando da casa para a mamãe Bhaer.

— Ela sempre cuida quando a tia Jo entra em turbilhão. A Daisy é uma dona de casa exemplar, e o melhor que você faz é curvar-se a ela, se não consegue ir trabalhar e esperar até crescer antes de começar a cortejá-la.

— O Nat quebraria o violino na minha cabeça, se eu sugerisse tal coisa. Não, obrigado. Outro nome está gravado no meu coração, e de forma tão indelével quanto a âncora azul no meu braço. "Esperança" é meu lema, e "não me render" é o seu; veremos quem aguenta mais.

– Vocês, meninos bobos, pensam que precisamos formar os mesmos pares da infância, mas nós não faremos nada do gênero. Ah, como Parnaso é linda vista daqui! – disse Nan, mais uma vez mudando de repente o rumo da prosa.

– É uma bela casa, mas eu gosto mais da velha Plumfield. A tia March não ficaria assombrada se visse as mudanças aqui? – perguntou Tom, quando ambos pararam ao portão para observar a agradável paisagem à frente.

Um grito súbito os assustou, quando um menino alto com uma cabeça amarela selvagem se aproximou, saltando por cima de uma sebe como um canguru, seguido por uma menina esguia que estancou no espinheiro e lá ficou sentada rindo como uma feiticeira. E que bonita mocinha ela era, com cabelos cacheados escuros, olhos brilhantes e um rosto muito expressivo. O chapéu estava caído nas costas, e a saia bem danificada pelos riachos que ela havia atravessado e pelas árvores que tinha escalado, tendo o último pulo acrescentado diversos novos rasgos.

– Me ajuda a descer, Nan, por favor. Tom, segura o Ted, ele pegou o meu livro e quero de volta – pediu Josie de seu poleiro, nem um pouco intimidada pela presença dos amigos.

Tom de imediato agarrou o ladrão pelo colarinho, enquanto Nan resgatava Josie do meio dos espinhos e a punha de pé sem uma palavra de reprovação, pois, tendo sido muito travessa na própria meninice, era muito propensa a apreciar esses gostos nos outros.

– O que houve, querida? – ela perguntou, prendendo com um alfinete o rasgo mais grave, enquanto Josie examinava os arranhões em sua mão.

– Eu estava ensaiando meu papel no salgueiro, o Ted veio maliciosamente por trás e, usando uma vara, pegou o meu livro, que caiu no riacho. Antes que eu conseguisse descer, ele já tinha fugido. Seu miserável, devolva agora mesmo ou eu vou socar suas orelhas – gritou Josie, rindo e repreendendo de um só fôlego.

Escapando de Tom, Ted assumiu uma atitude sentimental e, lançando olhares ternos para a jovem molhada e esfarrapada à sua frente, declarou o famoso discurso de Claude Melnotte[3] de um jeito apático que era irresistivelmente cômico, encerrando com "Vós apreciais o quadro?", enquanto fazia de si mesmo um objeto ao entrelaçar as pernas em um nó e contorcer o rosto de um modo horrível.

O som de aplausos vindos da varanda pôs um fim à palhaçada e os jovens subiram o caminho juntos muito ao estilo dos velhos tempos, quando Tom conduzia bigas de quatro cavalos e Nan era o melhor da parelha. Corados, sem fôlego e contentes, eles cumprimentaram as senhoras e sentaram no degrau para descansar, tia Meg costurando os rasgos na roupa da filha e a senhora Jo assentando a juba de Leão e recuperando o livro. Daisy logo apareceu para cumprimentar a amiga e todos começaram a conversar.

– Bolinhos para o chá; é melhor ficar para provar, os da Daisy são sempre ótimos – disse Ted, hospitaleiro.

– Ele é um bom juiz, comeu nove da última vez. É por isso que está tão gordo – acrescentou Josie, lançando um olhar fulminante para o primo, que era magro como uma ripa.

– Eu preciso ir ver a Lucy Dove. Ela está com um furúnculo que preciso lancetar. Tomarei o chá na faculdade – respondeu Nan, apalpando o bolso para se certificar de que não tinha esquecido o estojo de instrumentos.

– Obrigado, eu também vou. O Tom Merryweather está com terçol e eu prometi dar um jeito. Poupa os honorários médicos e vai ser um bom exercício para mim. Ainda sou desajeitado com os polegares – disse Tom, decidido a ficar perto de sua musa tanto quanto possível.

---

[3] Personagem de *The complete detective Pennington Wise series*, da autora americana Carolyn Wells (1862-1942). (N.T.)

— *Psss!* A Daisy não gosta de ouvir essa conversa médica de vocês. Bolinhos são muito mais agradáveis – e Ted sorriu com doçura, antecipando um futuro favorecimento na fila do doce.

— Alguém tem notícias do Commodore? – perguntou Tom.

— Está voltando para casa, e o Dan também espera vir logo. Estou ansiosa por ver meus meninos reunidos e implorei àqueles andarilhos para que estivessem aqui no Dia da Ação de Graças, se não mais cedo – respondeu a senhora Jo, iluminando-se à ideia.

— Eles virão, todos eles, se puderem. Até o Jack vai arriscar perder um dólar em nome de um dos nossos velhos almoços felizes – riu Tom.

— Lá está o peru sendo engordado para o banquete. Agora eu não corro atrás dele, apenas o alimento bem e ele está "inchado de sabedoria", valha-nos Deus por aquelas coxas! – disse Ted, apontando para a ave condenada, que desfilava em um terreno vizinho.

— Se o Nat for embora no fim do mês, vamos fazer uma festa de despedida para ele. Suponho que o querido Velho Gorjeador vai voltar para casa como um novo Ole Bull[4] – disse Nan à amiga.

Uma bela coloração surgiu nas bochechas de Daisy, e as dobras da musselina em seu peito subiram e desceram rápido, no ritmo da respiração, porém ela respondeu com placidez:

— O tio Laurie diz que ele tem talento de verdade, e que depois dos estudos no exterior poderá ganhar a vida muito bem aqui, embora nunca seja famoso.

— Vocês, jovens, raramente se tornam aquilo que alguém previu, então é de pouca utilidade ter expectativas – disse a senhora Meg com um suspiro. – Se nossas crianças forem homens e mulheres bons e úteis, ficaremos satisfeitos; ainda assim, é bastante natural desejar que sejam brilhantes e bem-sucedidos.

— Eles são como os meus galos, totalmente imprevisíveis. Olha, aquele meu galo bonitão é o mais burro de todos, e o feioso, das pernas

---

[4] Famoso violinista norueguês (1810-1880). (N.T.)

compridas, é o rei do quintal, muito esperto. Canta tão alto que poderia acordar os Sete Dorminhocos[5], mas o bonito só cacareja baixinho e é de uma covardia sem fim. Agora eu sou menosprezado, mas esperem até que eu cresça, e então vocês vão ver – e Ted era tão parecido com a ave das patas longas que todos riram de sua modesta previsão.

– Eu quero ver Dan se estabelecer em algum lugar. "Pedra que rola não cria limo", e aos 25 anos ele ainda está vagando pelo mundo sem um vínculo que o prenda, exceto este – e a senhora Meg apontou para a irmã.

– Dan acabará por encontrar seu lugar e a experiência é sua melhor professora. Ele ainda é agreste, mas, a cada vez que vem para casa, percebo uma mudança para melhor, e nunca perco a fé nele. Talvez ele nunca faça nada grandioso nem fique rico, mas se aquele menino selvagem se transformar em um homem honesto, já me dou por satisfeita – disse a senhora Jo, que sempre defendia a ovelha negra de seu rebanho.

– É isso mesmo, mãe, fique ao lado do Dan! Ele vale uma dúzia de Jacks e Neds, que só sabem se exibir falando de dinheiro e tentando crescer. Ele vai fazer algo tão importante que, em comparação, os outros vão parecer murchos, você vai ver – acrescentou Ted, cujo amor por "Danny" estava fortalecido pela admiração de um menino por um agora homem corajoso e aventureiro.

– Espero que sim, tenho certeza disso. Ele é exatamente o tipo de camarada que faz coisas ousadas e volta coberto de glória: escalar o Cervino[6], dar um "mergulho" no Niágara[7] ou encontrar uma pepita gigante. É o modo dele de plantar suas sementes por aí, e talvez seja melhor do que o nosso – disse Tom, pensativamente, pois havia conquistado uma boa experiência nesse tipo de agricultura depois de se tornar estudante de medicina.

---

[5] Segundo a tradição, grupo de jovens que em 250 d.C. se escondeu em uma caverna para fugir à perseguição religiosa, e de lá só saiu trezentos anos mais tarde. (N.T.)
[6] Uma das montanhas dos Alpes. (N.T.)
[7] Rio onde se localizam as cataratas de mesmo nome. (N.T.)

— Muito melhor — disse a senhora Jo, com ênfase. — Eu preferiria mandar meus meninos para conhecer o mundo desse jeito a deixá-los sozinhos em uma cidade cheia de tentações, sem nada para fazer a não ser desperdiçar tempo, dinheiro e saúde, como tantos são deixados. O Dan tem que fazer as coisas à própria maneira e isso lhe ensina coragem, paciência e autoconfiança. Não me preocupo com ele tanto quanto me preocupo com George e Dolly na faculdade, não mais capazes de tomar conta de si mesmos do que dois bebês.

— E o John? Ele circula pela cidade inteira como jornalista e reporta todo tipo de coisa, desde sermões até lutas por dinheiro — perguntou Tom, que considerava aquele estilo de vida muito mais a seu gosto do que as leituras médicas e as enfermarias dos hospitais.

— O Demi tem três salvaguardas: bons princípios, gostos refinados e uma mãe sábia. Ele não vai se prejudicar, e essas experiências lhe serão úteis quando ele começar a escrever, o que tenho certeza de que ele fará, no devido tempo — disse a senhora Jo naquele tom profético, ansiosa para que alguns de seus gansos se revelassem cisnes.

— Foi só falar do "cronista social bajulador" para ouvir o farfalhar do jornal — disse Tom, enquanto um jovem de rosto jovial e olhos castanhos subia pelo caminho agitando um periódico acima da cabeça.

— Eis o *Evening Tattler*[8]! Última edição! Assassinato terrível! Funcionário do banco se evadiu! Explosão em fábrica e greve na escola de latim para rapazes! — rugiu Ted, indo ao encontro do primo com a passada graciosa de um filhote de girafa.

— O Commodore está em terra, mas vai cortar cabos e correr com o vento assim que puder — gritou Demi, parodiando um epitáfio náutico enquanto caminhava sorrindo pelas boas novas que trazia.

Todos falaram ao mesmo tempo por um instante, e o jornal circulou de mão em mão para que todos os olhos pudessem pousar sobre

---

[8] "Tagarela Vespertino" (N.T.)

o agradável fato de que o *Brenda*, de Hamburgo, tinha aportado em segurança.

– Ele vai chegar amanhã desfiando a coleção habitual de monstros marinhos e conversa fiada. Eu o encontrei, estava feliz e sujo e marrom feito um grão de café. Fez boa viagem e espera se tornar segundo imediato, porque o outro sujeito está afastado com uma perna quebrada – acrescentou Demi.

– Eu gostaria de ter um caso desses – disse Nan a si mesma, curvando a mão com trejeitos profissionais.

– Como vai o Franz? – perguntou a senhora Jo.

– Ele vai se casar! Eis as notícias para a senhora. O primeiro do rebanho, tia, então diga adeus a ele. O nome dela é Ludmilla Heldegard Blumenthal; boa família, próspera, bonita e, claro, um anjo. O velho malandrinho quer a bênção do tio, e depois vai assentar e se tornar um burguês feliz e honesto. Vida longa a ele!

– Fico feliz de ouvir isso. Gosto tanto quando meus meninos sossegam com uma boa esposa e uma boa casinha. Agora, estando tudo bem, posso sentir que o Franz não é mais responsabilidade minha – disse a senhora Jo, entrelaçando as mãos muito contente, pois com frequência ela se sentia como uma galinha estressada, que tivesse sob seus cuidados uma grande quantidade de pintinhos e patinhos misturados.

– Eu também – suspirou Tom, olhando de soslaio para Nan. – É disso que um camarada precisa para se manter firme, e é dever das boas moças se casar o mais cedo possível, não é, Demi?

– Se houver suficientes rapazes bacanas à disposição. A população feminina excede a masculina, você sabe, principalmente na Nova Inglaterra, o que talvez explique o avançado estágio cultural em que estamos – respondeu John, inclinado sobre a cadeira da mãe, contando-lhe em voz baixa sobre suas experiências diárias.

– É um suprimento misericordioso, meus caros, pois três ou quatro mulheres são necessárias para que cada homem entre no mundo, atravesse-o e saia dele. Vocês são criaturas de alto custo, meninos, e ainda bem que mães, irmãs, esposas e filhas amam seu dever e o desempenham tão bem, ou vocês desapareceriam da face da Terra – disse a senhora Jo solenemente, ao pegar um cesto cheio de roupas dilapidadas, uma vez que o bom Professor ainda maltratava as meias e os filhos se pareciam com ele nesse quesito.

– Assim sendo, sobra muito a ser feito pelas "mulheres supérfluas": tomar conta desses homens perdidos e suas famílias. Vejo isso com mais clareza a cada dia e fico muito feliz e grata que minha profissão vá fazer de mim uma útil, feliz e independente solteirona.

A ênfase de Nan na última palavra levou Tom a gemer e os demais a rir.

– Tenho enorme orgulho de você, Nan, uma satisfação sólida. Espero que seja muito bem-sucedida, pois precisamos de mulheres prestativas no mundo. Eu às vezes sinto como se tivesse falhado em minha vocação e devesse ter ficado solteira; mas meu dever parecia apontar nesta direção, e não me arrependo – disse a senhora Jo, dobrando no colo uma meia azul comprida e muito prejudicada.

– Nem eu. O que eu teria feito sem minha amada mamãezinha? – acrescentou Ted, com um abraço filial que levou ambos a desaparecerem por trás do jornal com o qual ele tinha estado entretido por completo durante alguns minutos.

– Meu menino querido, se você lavasse as mãos semiperiodicamente, carinhos afetuosos seriam muito menos desastrosos para os meus colarinhos. Deixe estar, meu descabelado precioso, é melhor terra e manchas de capim do que afago nenhum – e a senhora Jo emergiu daquele breve eclipse parecendo bastante revigorada, embora seus cabelos de trás tivessem enroscado nos botões de Ted e em seu colarinho, debaixo de uma orelha dele.

Nesse momento, Josie, que vinha decorando seu papel na ponta oposta da varanda, irrompeu de súbito em um grito sufocado, e disse as falas de Julieta no túmulo com tanta competência que os rapazes aplaudiram, Daisy estremeceu e Nan murmurou: "Demasiada agitação cerebral para uma menina da idade dela".

— Temo que você precise se acostumar à ideia, Meg. A menina é uma atriz nata. Nós nunca encenamos nada tão bem, nem *A maldição da bruxa* — disse a senhora Jo, lançando um buquê de meias coloridas aos pés da sobrinha corada e ofegante, quando ela desmaiou graciosamente sobre o tapetinho junto à porta.

— É uma espécie de castigo caindo em mim, pela minha paixão pelo palco quando era menina. Agora eu sei como a querida mamãe se sentiu, quando implorei para me tornar atriz. Eu nunca poderei consentir, mas ainda assim talvez me veja obrigada a abrir mão dos meus desejos, esperanças e planos de novo.

Havia na voz da mãe um tom de reprovação que fez Demi levantar a irmã com um movimento gentil e dar a ordem austera de "parar com aquele absurdo em público".

— Solte-me, servo, ou vou incorporar a Noiva Maníaca com minha melhor gargalhada de escárnio — exclamou Josie, encarando o irmão como um gato ofendido.

Uma vez solta, ela fez uma mesura esplêndida e, proclamando com máxima dramaticidade "A carruagem da senhora Woffington me aguarda", desceu correndo os degraus e desapareceu contornando a casa, empunhando o lenço escarlate de Daisy majestosamente atrás de si.

— Ela não é muito divertida? Eu nunca aguentaria ficar neste lugar monótono se não tivesse essa menina para dar vida a ele. Se um dia ela ficar afetada, eu vou embora; então veja lá como a trata — disse Teddy franzindo o rosto para Demi, que estava agora tomando notas em taquigrafia apoiado no degrau.

— Vocês dois são um time, e cuidar de ambos exige mão firme, mas eu gosto. Josie deveria ter sido minha filha, e Rob seu filho, Meg. Então sua casa teria sido uma paz completa, e a minha um verdadeiro hospício. Preciso ir contar as notícias ao Laurie. Venha comigo, Meg, um pequeno passeio vai nos fazer bem.

E, pondo na cabeça o chapéu de Ted, a senhora Jo se afastou com a irmã, deixando Daisy encarregada de cuidar dos bolinhos, Ted de acalmar Josie e Tom e Nan para dar aos respectivos pacientes um quarto de hora muito difícil.

Parnaso

O nome era acertado, e as musas pareciam estar em casa naquele dia, pois, conforme as recém-chegadas subiam a encosta, cenas e sons inspiradores as cumprimentavam. Passando por uma janela aberta, elas olharam para dentro e viram na biblioteca Clio, Calíope e Urânia; Melpômene e Tália se divertiam no corredor, onde alguns jovens dançavam e ensaiavam uma peça; Erato[9] conversava com seu amado no jardim e, na sala de música, Febo[10] em pessoa estava exercitando um melodioso coro.

Um Apolo maduro era nosso velho amigo Laurie, mas atraente e genial como sempre; o tempo havia transformado o menino estranho em um homem nobre. Dificuldades e tristezas, bem como tranquilidade e alegria, haviam feito muito por ele, e a responsabilidade de levar a cabo os desejos do avô foi cumprida com máximo rigor. A prosperidade

---
[9] Seis das nove musas de Apolo. Completam a lista Euterpe, Polímnia e Terpsícore. (N.T.)
[10] Deus romano equivalente ao Apolo grego. (N.T.)

combina com certas pessoas e elas desabrocham melhor à luz do sol; outras precisam de sombra e ficam mais doces após um toque da geada. Laurie era do primeiro tipo, e Amy do segundo; a vida tinha sido para eles uma espécie de poema desde o casamento, que era não apenas harmonioso e feliz mas também sincero, útil e pleno daquela bela benevolência que tanto pode realizar quando a riqueza e a sabedoria andam de mãos dadas com a caridade. A casa deles era cheia de beleza e de conforto não ostensivo, e ali o anfitrião e a anfitriã, admiradores das artes, atraíam e entretinham artistas de todos os tipos. Laurie dispunha de música suficiente agora, e era um benfeitor generoso da classe que mais gostava de ajudar. Amy incluía entre suas protegidas jovens escultoras e pintoras, e descobriu a própria arte duplicada quando a amada filha cresceu o suficiente para dividir com ela os esforços e os deleites. Amy era uma dessas pessoas que provam que mulheres podem ser esposas fiéis e mães dedicadas sem sacrificar o dom especial que lhes foi oferecido para o próprio desenvolvimento e para o bem dos outros.

As irmãs sabiam onde encontrá-la, e Jo foi diretamente para o estúdio, onde mãe e filha trabalhavam juntas. Bess estava ocupada esculpindo o busto de uma criancinha, enquanto a mãe dava os últimos retoques à bela cabeça do esposo. O tempo parecia haver parado para Amy: a felicidade a mantivera jovem, ao passo que a prosperidade lhe dera a cultura de que precisava. Uma mulher digna e encantadora que, pelo gosto com que escolhia suas roupas e pela graça com que as vestia, mostrava como a simplicidade podia ser transformada em elegância. Como disse alguém: "Nunca sei o que a senhora Laurence está vestindo, mas sempre tenho a impressão de que ela é a senhora mais bem-vestida do ambiente".

Era evidente que ela adorava a filha, e com razão, pois a beleza que havia almejado parecia, ao menos a seus olhos, personificada naquele ser mais jovem. Bess tinha saído à mãe em sua aparência de Diana[11]: os

---

[11] Na mitologia romana, irmã gêmea de Febo e deusa da caça e da Lua. (N.T.)

olhos azuis, a pele clara e os cabelos dourados, presos no mesmo coque clássico de cachos. E também, para infinita alegria de Amy, herdara do pai os lindos nariz e boca, modelados em um formato feminino. A simplicidade severa do avental comprido de linho lhe caía muito bem e ela seguiu trabalhando, absorta como uma verdadeira artista, sem notar os olhares carinhosos dirigidos a ela, até que a tia Jo entrou, exclamando ansiosamente:

– Minhas queridas meninas, interrompam o trabalho manual e ouçam as notícias!

As duas artistas puseram de lado suas ferramentas e cumprimentaram cordialmente a mulher irreprimível, embora a genialidade estivesse a todo vapor e sua chegada estragasse um momento precioso. Elas estavam no ápice das fofocas quando Laurie, que tinha sido convocado por Meg, chegou e, sentado entre as irmãs sem nenhum tipo de barricada que os separasse, ouviu com interesse as novidades acerca de Franz e Emil.

– A epidemia eclodiu e agora vai incendiar e consumir o seu rebanho. Prepare-se para todo tipo de romance e arrebatamento pelos próximos dez anos, Jo. Seus meninos estão crescendo e vão mergulhar de cabeça em um mar de dores piores do que qualquer uma de vocês já enfrentou – disse Laurie, divertindo-se com a aparência mista de dor e delícia da cunhada.

– Eu sei, e espero ser capaz de puxá-los em segurança de volta para a terra firme, mas é uma responsabilidade terrível, pois eles virão a mim insistindo que consigo fazer com que seus amores transcorram suavemente. Apesar de tudo, eu gosto, e Meg é tão abundante de amor que se alegra com a possibilidade – respondeu Jo, sentindo-se à vontade quanto aos próprios filhos, cuja pouca idade os mantinha seguros por enquanto.

– Temo que ela não vá se alegrar quando nosso Nat começar a tocar perto demais da Daisy. Vocês percebem, claro, o que tudo isso significa?

Além de diretor musical, sou também o confidente dele, e gostaria de saber que conselho devo dar – disse Laurie, sério.

– Psss! Você se esqueceu dela! – disse Jo, indicando Bess, que havia retomado o trabalho.

– Ainda bem que me avisou! Ela está com a cabeça em Atenas, porém, e não ouve uma palavra. Mas precisa voltar de lá e sair daqui. Minha querida, ponha o bebê para dormir e vá dar uma volta. A tia Meg está na sala, vá mostrar as novas figuras a ela e espere até chegarmos – acrescentou Laurie, olhando para sua menina alta como Pigmalião poderia ter olhado para Galateia[12], pois ele a considerava a mais bela estátua da casa.

– Sim, papai, mas por favor me diga se ficou bom – e Bess obedientemente pousou as ferramentas, lançando um olhar comprido para o busto.

– Minha filha amada, a verdade me obriga a confessar que uma bochecha está mais gordinha do que a outra e os cachos por cima das sobrancelhas infantis se assemelham demais a chifres para serem graciosos, mas, fora isso, é um rival à altura dos Querubins Cantores de Rafael.

Laurie estava rindo enquanto falava, pois aquelas primeiras tentativas eram tão parecidas com as primeiras de Amy que era impossível considerá-las com a mesma seriedade demonstrada pela mãe entusiasmada.

– Você não consegue enxergar beleza em nada além de música – respondeu Bess, balançando a cabeça dourada que constituía o único ponto brilhante no grande estúdio de luz fria.

– Bem, eu enxergo beleza em você, querida. E, se você não é arte, o que seria? Eu gostaria de colocar um pouco mais de natureza dentro de você, de afastá-la da argila e do mármore frios e levá-la para o sol, para dançar e rir como os outros. Eu quero uma filha de carne e osso, não

---

[12] Pigmalião, na mitologia grega, foi um rei e hábil escultor que criou uma estátua feminina, Galateia, pela qual depois se apaixonou. (N.T.)

uma doce estátua dentro de um avental cinza, que se esquece de tudo, exceto do trabalho.

Enquanto ele falava, duas mãos empoeiradas se aproximaram de seu pescoço e Bess disse muito séria, pontuando as palavras com suaves toques dos lábios:

– Eu nunca me esqueço de você, papai, mas quero fazer uma coisa bonita que lhe dê orgulho de mim aos poucos. A mamãe muitas vezes me diz para parar, mas quando entramos aqui, nós esquecemos que existe um mundo lá fora, ficamos tão ocupadas e felizes. Agora eu vou sair, correr e cantar, e ser uma menina que lhe agrada.

E arrancando o avental, Bess desapareceu do estúdio, parecendo levar embora toda a luz.

– Fico contente que você tenha dito isso. A pobrezinha está envolvida demais com os sonhos artísticos para alguém tão jovem. É culpa minha, mas eu me identifico tão profundamente com isso tudo que me esqueço de ser sábia – suspirou Amy, com todo o cuidado cobrindo a estátua de bebê com uma toalha úmida.

– Eu acho que essa capacidade de vivermos em nossos filhos é uma das coisas mais doces do mundo, mas eu tento me lembrar do que a Marmee uma vez disse para a Meg: que os pais deveriam participar da educação tanto de meninas quanto de meninos, então eu deixo o Ted aos cuidados do pai tanto quanto posso, ao passo que Fritz me deixa com Rob, cujos modos tranquilos são tão repousantes e bons para mim quanto a intempestividade de Ted faz bem ao pai. Agora, vou lhe dar um conselho, Amy: deixe que a Bess abandone a escultura por um período e aprenda música com o pai; assim, ela não será unilateral e ele não ficará enciumado.

– Ouça, ouçam! Um Daniel[13], um verdadeiro Daniel! – gritou Laurie, muito satisfeito. – Eu bem que achei que você me daria uma mãozinha,

---

[13] Referência ao profeta hebreu que, segundo a *Bíblia*, viveu no século VI a.C. (N.T.)

Jo, dizendo uma palavra em meu favor. Tenho um pouco de ciúme da Amy e gostaria de ser mais próximo da minha filha. Vamos, minha amada, deixe que eu a tenha por este verão, e no ano que vem, quando formos a Roma, eu a entregarei para você e para as altas artes. Não é uma proposta justa?

– Eu concordo, mas ao abordar seu hobby, a natureza, com música incluída, não se esqueça de que, embora só tenha 15 anos, nossa Bess é mais madura do que a maioria das meninas dessa idade e não pode ser tratada como uma criança. Ela é tão preciosa para mim, sinto como se quisesse mantê-la sempre pura e linda como o mármore que ela tanto ama.

Amy falava cheia de pesar enquanto olhava o adorável estúdio onde passara tantas horas felizes com sua filha querida.

– "Dar uma volta e voltar é jogo limpo", como costumávamos dizer quando todas queríamos cavalgar a árvore Ellen ou usar as botas caramelo – disse Jo, animada. – Então vocês precisam compartilhar sua filha e ver qual dos dois faz mais por ela.

– É o que faremos – responderam os pais orgulhosos, rindo das recordações que o provérbio de Jo trouxera à tona.

– Ah, como nos divertíamos montando nos galhos daquela velha macieira! Nenhum cavalo de verdade jamais me deu nem metade do prazer ou do exercício – disse Amy, olhando para fora através da janela alta como se pudesse ver o velho e querido pomar de novo, e as meninas pequenas brincando nele.

– E como eu aproveitei aquelas abençoadas botas! – riu Jo. – Ainda guardo, como relíquia. Os meninos as reduziram a farrapos, mas eu ainda amo as botas, e seria divertido usá-las em alguma ocasião teatral, se fosse possível.

– As minhas melhores lembranças envolvem caçarola e salsicha. Cada uma que nós aprontamos! Parece ter sido há tanto tempo – disse Laurie, encarando as duas mulheres à sua frente como se achasse difícil compreender como elas haviam antes sido a pequena Amy e a turbulenta Jo.

– Não insinue que está envelhecendo, meu senhor. Nós meramente desabrochamos; e que belo buquê formamos, com nossos pares ao redor – respondeu a senhora Amy, ajeitando as dobras da musselina cor-de-rosa com o mesmo ar de refinada satisfação que adotava quando criança ao exibir um novo vestido.

– Para não mencionar os espinhos e folhas mortas – acrescentou Jo, com um suspiro; pois a vida nunca tinha sido fácil para ela, e mesmo agora havia problemas tanto internos quanto externos.

– Venha tomar uma xícara de chá, querida, e ver o que os jovens estão fazendo. Você está cansada e precisa ser "revigorada com passas e confortada com maçãs"[14] – disse Laurie, oferecendo um braço a cada irmã e conduzindo-as para o chá da tarde, que fluía em Parnaso tão livremente quanto o néctar da Antiguidade.

Encontraram Meg na sala de verão, um cômodo arejado e muito agradável, agora banhado pelo sol da tarde e repleto do farfalhar de árvores, pois as três amplas janelas se abriam para o jardim. O salão de música ficava em uma extremidade e, na outra, em um recanto profundo com cortinas roxas, um santuário doméstico tinha sido montado. Três retratos pendurados, dois bustos de mármore nos cantos, um sofá e uma mesa oval com uma urna de flores eram os únicos itens de mobília que o nicho continha. Os bustos eram de John Brooke e de Beth, trabalhos de Amy, ambos com uma semelhança notável e ambos cheios daquela beleza plácida que faz pensar no ditado segundo o qual "barro representa vida; gesso, morte; mármore, imortalidade". À direita, como fundador da casa, estava o retrato do senhor Laurence, com expressão mista de orgulho e benevolência, viçoso e atraente como quando Jo foi flagrada admirando-o. Do lado oposto ficava o retrato da tia March,

---

[14] Referência bíblica: Cânticos de Salomão. (N.T.)

herança de Amy, com seu turbante imponente, mangas imensas e longas luvas decorosamente cruzadas diante do vestido cor de ameixa. O tempo tinha suavizado a severidade da aparência dela, e o olhar fixo do cavalheiro em frente parecia ser o responsável pelo ligeiro e agradável sorriso naqueles lábios, que havia tantos anos já não proferiam uma só palavra áspera.

No lugar de honra, iluminado de cima pelo calor do sol e tendo sempre ao redor uma guirlanda verde fresca, ficava a amada face da Marmee, pintada com grata habilidade por uma grande artista com quem travara amizade quando ela ainda era pobre e desconhecida. Tão incrivelmente realista era o quadro que parecia sorrir para as filhas e dizer, alegremente:

– Sejam felizes, ainda estou com vocês.

As três irmãs permaneceram por um instante observando o adorado retrato com os olhos cheios de terna reverência e a saudade que jamais as tinha abandonado, pois aquela nobre mãe havia sido tanto para cada uma que ninguém poderia jamais preencher seu lugar. Fazia apenas dois anos que ela partira para viver e amar sob uma nova forma, deixando atrás de si lembranças tão doces que eram, ao mesmo tempo, inspiração e consolo para a família toda. Elas sentiram isso enquanto se aproximavam uma da outra e Laurie pôs o sentimento em palavras ao dizer, sinceramente:

– Não posso pedir para a minha filha nada melhor do que ela se tornar uma mulher como a nossa mãe. Por favor, Deus, que assim seja, se eu puder; pois devo o melhor que tenho a esta santa querida.

Bem nesse momento, uma voz límpida começou a entoar "Ave Maria" no salão de música, e Bess, sem perceber, ecoou a oração do pai por si, pois obedecia com muito respeito aos desejos do pai. O som delicado da melodia que Marmee costumava cantar conduziu os ouvintes de volta ao mundo, depois daquele contato momentâneo com a pessoa amada e perdida, e elas se sentaram juntas perto das janelas abertas para desfrutar da música, enquanto Laurie lhes trouxe o chá, tornando agradável a pequena tarefa graças ao cuidado carinhoso com que a executava.

Nat entrou com Demi, logo seguidos por Ted e Josie e pelo Professor e seu fiel Rob, todos ansiosos para saber mais sobre "os meninos". O ruído de xícaras e línguas cresceu, e o entardecer testemunhou um grupo animado descansando no cômodo claro depois dos vários trabalhos do dia.

O Professor Bhaer estava grisalho agora, mas robusto e vivaz como sempre, pois tinha o trabalho que amava e o desempenhava tão calorosamente que a escola inteira sentia sua bela influência. Rob era tão parecido com ele quanto um menino pode ser, e já era chamado de "jovem professor", pois adorava estudar e imitava seu honrado pai de todas as maneiras.

– Bem, meus queridos, teremos nossos meninos de volta, os dois, e podemos nos alegrar muito – disse o senhor Bhaer, sentando-se ao lado de Jo com o rosto radiante e um aperto de mãos em cumprimento.

– Ah, Fritz, estou tão feliz pelo Emil e, se você aprovar, também pelo Franz. Você conheceu a Ludmilla? É a pessoa certa? – perguntou a senhora Jo, entregando-lhe uma xícara de chá e sentando-se mais perto, como se acolhesse seu refúgio na alegria tanto quanto na tristeza.

– Tudo está bem. Eu conheci a *Mädchen*[15] quando fui instalar Franz. Era então uma menina, mas muito meiga e encantadora. Blumenthal está satisfeito, creio, e o rapaz vai ser feliz. Ele é alemão demais para se sentir bem longe da *Vaterland*[16], então haveremos de tê-lo como um vínculo entre a nova e a velha, o que muito me agrada.

– E o Emil vai ser segundo imediato na próxima viagem, não é ótimo? Estou tão feliz que seus dois meninos se saíram bem; você abriu mão de tanta coisa por eles e pela mãe de ambos. Você fala disso como

---

[15] "Moça", em alemão no original. (N.T.)
[16] "Terra natal", em alemão no original. (N.T.)

coisa ligeira, meu querido, mas eu nunca me esqueço – disse Jo, com a mão na dele tão sentimentalmente como se fosse uma mocinha de novo e Fritz tivesse vindo cortejá-la.

Ele riu alegremente e, por trás do leque dela, cochichou-lhe:

– Se eu não tivesse vindo para a América por causa dos pobrezinhos, nunca teria encontrado a minha Jo. Os períodos difíceis parecem muito doces agora, e eu agradeço a Deus por tudo que aparentemente perdi, porque ganhei a bênção da minha vida.

– Epa, epa, opa! Está em andamento aqui um flerte às escondidas! – gritou Teddy, espiando por cima do leque justo naquele momento especial, para grande desconforto da mãe e diversão do pai, que jamais se envergonhava do fato de ainda considerar sua esposa a mais extraordinária mulher do mundo.

Rob prontamente se levantou para ejetar o irmão por uma janela, mas ele escapou por outra, ao mesmo tempo que a senhora Jo fechava o leque e o empunhava pronta a bater nas juntas do filho rebelde caso ele se aproximasse dela de novo.

Nat se aproximou em resposta ao aceno que o senhor Bhaer lhe fez com a colher de chá e parou à sua frente com o rosto cheio de respeitoso afeto pelo homem maravilhoso que tanto havia feito por ele.

– Tenho as cartas preparadas para ti, meu filho. São dois velhos amigos meus em Leipzig, vão ajudar-te na tua nova vida. Será bom tê-los, pois, no início, tu hás de sofrer de *Heimweh*[17], Nat, e precisarás de conforto – disse o Professor, entregando-lhe várias cartas.

– Obrigado, senhor. Sim, acredito que me sentirei bastante solitário até começar, mas então minha música e a esperança de progredir vão me animar – respondeu Nat, que em igual medida temia e ansiava por deixar para trás os velhos amigos e fazer novos.

Ele era um homem agora, mas os olhos azuis eram sinceros como sempre, a boca ainda um pouco frágil, a despeito do bigode cuidadosamente cultivado acima dela, e a grande testa, mais do que nunca, traía a

---

[17] "Saudade de casa", em alemão no original. (N.T.)

natureza musical do jovem. Modesto, afetuoso e diligente, Nat era considerado pela senhora Jo um sucesso razoável, embora não retumbante. Ela o amava e confiava nele e tinha certeza de que ele faria o máximo que pudesse, mas não esperava que se tornasse excelente em nenhum aspecto, a menos que o estímulo de estudar no exterior e a dependência apenas de si mesmo fizessem dele um artista melhor e um homem mais forte do que agora parecia provável.

– Eu identifiquei todas as suas coisas, ou melhor, a Daisy identificou, e assim que seus livros estiverem reunidos nós trataremos de embrulhar – disse a senhora Jo, que estava tão habituada a despachar os meninos para os mais longínquos cantos do globo que mesmo organizar uma viagem ao Polo Norte não lhe teria parecido excessivo.

Nat ruborizou à menção daquele nome (ou teria sido o último raio de sol em sua bochecha pálida?) e seu coração bateu acelerado ao pensar na menina querida marcando Ns e Bs em suas meias e lenços tão humildes. Pois Nat era apaixonado por Daisy, e o mais acalentado sonho de sua vida era conquistar um lugar como músico e aquele anjo como esposa. Essa esperança fez por ele mais do que os conselhos do Professor, o cuidado da senhora Jo e a generosa ajuda do senhor Laurie. Em nome dela, ele trabalhou, aguardou e torceu, encontrando coragem e paciência no sonho daquele futuro feliz, no qual Daisy faria para ele um pequeno lar, e ele, tocando violino, faria uma fortuna para despejar no colo dela. A senhora Jo sabia disso; embora ele não fosse exatamente o homem que ela teria escolhido para a sobrinha, sentia que Nat sempre precisaria do tipo de sabedoria e cuidado amoroso que Daisy poderia oferecer e que, sem isso, havia o risco de ele se tornar um desses homens amáveis e sem rumo que fracassam pela mera ausência do piloto certo, que os conduza com segurança pelo mundo. A senhora Meg rejeitava decididamente o amor do menino pobre, e não consentiria entregar sua amada filha a ninguém exceto ao melhor homem que pudesse ser encontrado na face da Terra. Ela era muito gentil, mas tão inamovível quanto almas gentis podem ser, e Nat buscava conforto na senhora Jo, que sempre encampava de todo o coração os interesses de seus meninos. Um novo sortimento de aflições começava, agora que os acima mencionados meninos estavam crescendo, e ela previa um sem-fim de preocupações e deleites nos casos de amor, que já estavam surgindo em seu rebanho. A senhora Meg era, em geral, sua melhor aliada e conselheira, pois gostava de romances agora tanto quanto gostava quando era uma menina em flor. Mas, neste caso, ela endureceu o próprio coração e não dava ouvidos a uma só palavra de súplica. "Nat não era homem suficiente e jamais seria, ninguém conhecia a família dele e a vida de um músico é muito sacrificante; Daisy era jovem demais; em cinco ou seis anos, quando ambos tivessem sido postos à prova pelo tempo, então, talvez. Vejamos o que a ausência fará por ele", e isso era o fim do assunto, pois, quando incorporava a mãe galinha, a senhora Meg podia ser incrivelmente firme, embora por seus preciosos filhos ela fosse capaz de arrancar a última pena e dar a última gota de sangue.

A senhora Jo estava pensando nisso ao observar Nat conversando com seu marido sobre Leipzig, e decidiu ter uma conversa franca com ele antes que partisse; ela estava habituada às confidências e conversava à vontade com seus meninos sobre as provações e as tentações que assolam todas as vidas no começo e que com tanta frequência as prejudica pela falta da palavra certa no momento certo.

Esse é o primeiro dever dos pais, e nenhuma falsa discrição deveria afastá-los da observação cuidadosa e do aviso gentil que fazem do autoconhecimento e do autocontrole a bússola e o comandante para os jovens quando eles deixam o porto seguro doméstico.

– Platão e seus discípulos se aproximam – anunciou Teddy com irreverência, conforme o senhor March chegava, cercado de diversos rapazes e moças; o velho sábio era universalmente amado e pregava com tanta beleza para seu rebanho que muitos lhe agradeceram a vida toda a ajuda dada tanto a seus corações quanto a suas almas.

Bess foi até ele imediatamente; desde que Marmee tinha morrido, o vovô era seu queridinho, e era doce ver a cabeça dourada inclinar-se sobre a prateada quando ela empurrava a cadeira de rodas e o servia com alegre ternura.

– Chá estético[18] sempre disponível aqui, senhor; aceitaria uma chávena do líquido ou um pouco de ambrosia? – perguntou Laurie, que circulava com um açucareiro em uma das mãos e um prato de bolo na outra, pois adoçar xícaras e alimentar os famintos era um trabalho que ele adorava.

– Nenhum dos dois, obrigado, esta mocinha já cuidou de mim – e o senhor March virou-se para Bess, sentada no braço da cadeira dele e segurando um copo de leite fresco.

– Que ela viva muito para continuar fazendo isso, senhor, e eu cá estarei para testemunhar esta bela negação daquele poema sobre "jovens e idosos não conviverem"[19]! – respondeu Laurie, sorrindo para a dupla.

– Maturidade, vovô, isso faz toda a diferença no mundo – acrescentou Bess, rápido, pois amava poesia e lia as melhores.

– "Verias tu o nascer de rosas leves, no velho canteiro sob pesadas neves?" – citou o senhor March, quando Josie entrou e se empoleirou no outro braço de sua cadeira, parecendo uma pequena rosa muito cheia de espinhos, pois havia discutido com Ted e levado a pior.

– Vovô, as mulheres têm que sempre obedecer aos homens e dizer que eles são os mais sábios apenas porque eles são mais fortes? – ela exclamou, olhando com ferocidade para o primo, que chegara gingando e com um sorriso provocador no rosto infantil, o que causava sempre um efeito muito cômico, no alto daquela figura esbelta.

– Bem, minha querida, essa é a crença antiga, e levará algum tempo até que seja mudada. Mas eu creio que é chegada a hora das mulheres, e parece-me que os meninos devem fazer o seu melhor, pois as meninas

---

[18] Referência à Estética de Platão. (N.T.)
[19] Referência ao poema *"Crabbed age and youth"*, algumas vezes atribuído a Shakespeare. (N.T.)

estão à frente agora, e podem atingir o alvo primeiro – respondeu o senhor March, observando com satisfação paternal os rostos brilhantes das moças, que estavam entre os melhores alunos do colégio.

– As pobres pequenas Atalantas[20] são infelizmente distraídas e atrasadas pelos obstáculos atirados em seu caminho; não maçãs douradas, de forma nenhuma, mas penso que vão ter uma oportunidade justa quando tiverem aprendido a correr melhor – riu o tio Laurie, afagando o cabelo fino de Josie, que estava eriçado como o pelo de um gato zangado.

– Barris inteiros de maçãs não poderão me parar quando eu começar, e uma dúzia de Teds não vai me fazer tropeçar, apesar de tentar. Eu vou mostrar a ele que uma mulher pode atuar tão bem quanto um homem, se não melhor. Já aconteceu e vai acontecer de novo, e eu jamais vou concordar que meu cérebro não é tão bom quanto o dele, embora seja menor – gritou a jovem, agitada.

– Se você chacoalhar a cabeça com essa violência, vai fazer mingau dos miolos que por acaso tenha. Eu tomaria mais cuidado, se fosse você – provocou Ted.

– O que deu início a esta guerra civil? – perguntou o avô, com uma ênfase delicada ao adjetivo, levando os combatentes a esfriar um pouco os ânimos.

– Ora, nós estávamos falando sobre a *Ilíada*[21] e chegamos à parte em que Zeus diz a Juno que não questione os planos dele, ou ele iria açoitá-la, e a Josie ficou aborrecida porque Juno se calou humildemente. Eu falei que estava certo e concordei com o velho Zeus que mulheres não sabem muita coisa e que deveriam obedecer aos homens – explicou Ted, para grande diversão dos ouvintes.

---

[20] Figura da mitologia grega. Menina abandonada na floresta, criada primeiro por animais e depois por caçadores. Tornou-se tão rápida que era capaz de correr como Hermes, o deus mais veloz. (N.T.)

[21] Poema épico da Grécia Antiga, geralmente atribuído a Homero. (N.T.)

– Deusas podem fazer o que quiserem, mas as gregas e troianas eram muito pobres de espírito, se elas se importavam com homens que nem conseguiam combater sozinhos e que, quando estavam prestes a ser derrotados, precisavam ser forçados à luta por Palas e Vênus e Juno. A ideia de dois exércitos pararem e sentarem, enquanto um punhado de heróis fica atirando pedras uns nos outros! Não acho Homero grande coisa. Prefiro Napoleão ou Grant[22] como meu herói.

A reprimenda de Josie foi tão engraçada como se um humilde passarinho desse uma bronca em um avestruz, e todos riram enquanto ela desprezava o poeta imortal e criticava os deuses.

– A Juno de Napoleão está se divertindo, não? É bem assim que meninas argumentam, primeiro em uma direção e depois em outra – zombou Ted.

– Exatamente como a jovem personagem de Johnson[23], que "não era categórica, mas totalmente vacilante" – acrescentou tio Laurie, divertindo-se à beça com a batalha.

– Eu estava falando deles apenas como soldados. Mas, se você olhar para o lado feminino da questão, Grant não era um marido gentil, e a senhora Grant não era uma mulher feliz? Ele não ameaçava chicoteá-la por ela fazer uma pergunta natural; e Napoleão pode ter agido mal com Josephine, mas ainda era capaz de lutar, e não queria nenhuma Minerva[24] se intrometendo. Aqueles formavam um grupo estúpido, desde o janota do Páris até Aquiles amuadinho em seu navio, e eu não vou mudar de opinião nem por todos os Heitores e Agamenons[25] da Grécia – disse Josie, ainda irredutível.

– Você consegue lutar como um troiano, isso está claro, e nós seremos os dois exércitos obedientes que só observam, enquanto você e o

---

[22] Ulysses Grant (1822-1885), general americano vitorioso na Guerra de Secessão, depois eleito presidente. (N.T.)
[23] Samuel Johnson (1709-1784), crítico literário, biógrafo, ensaísta, poeta e dramaturgo inglês. (N.T.)
[24] Deusa mitológica da sabedoria e das artes. (N.T.)
[25] Páris, Aquiles, Heitor e Agamenon são personagens da mitologia grega citados na *Ilíada*. (N.T.)

Ted resolvem as coisas – começou o tio Laurie, assumindo a postura de um guerreiro apoiado na lança.

– Temo que precisaremos nos interromper, pois Palas está prestes a descer e levar embora nosso Heitor – disse o senhor March, sorrindo, quando Jo chegou para lembrar ao filho que a hora do jantar se aproximava.

– Retomaremos a batalha mais tarde, quando não houver deusas por perto interferindo – disse Teddy, girando para partir com uma alegria incomum, ao se lembrar do quitute à espera.

– Derrotado por um bolinho, por Júpiter! – gritou Josie atrás dele, exultante pela oportunidade de usar a exclamação clássica vetada a seu sexo.

Mas Ted gesticulou como quem lança uma flecha e se afastou muito comportado, respondendo com uma expressão altamente virtuosa:

– A obediência é o primeiro dever de um soldado.

Vencida em seu privilégio feminino de sempre dar a última palavra, Josie saiu correndo atrás dele, porém não chegou a verbalizar o discurso sarcástico que levava nos lábios, pois um jovem muito bronzeado, vestindo malha azul, vinha subindo os degraus com um alegre:

– Alô, alô, onde está todo mundo?

– Emil! Emil! – gritou Josie, e em um instante Ted estava com ele, e assim os adversários de um momento antes encerraram a contenda na animada acolhida ao recém-chegado.

Os bolinhos foram esquecidos e, puxando o primo como dois pequenos rebocadores arrastariam um navio mercante, as crianças voltaram à sala, onde Emil beijou todas as mulheres e apertou a mão de todos os homens, exceto do tio, a quem ele abraçou do bom e velho jeito alemão, para deleite dos observadores.

– Pensei que não poderia sair hoje, mas afinal descobri que sim, e fui diretamente para a velha Plumfield. Não havia uma viva alma lá, então enfunei velas e singrei para Parnaso, e aqui estão todos. Deus os abençoe, estou tão contente por ver todos vocês! – exclamou o marinheiro sorrindo para eles, de pé e com as pernas afastadas, como se ainda sentisse o balanço do convés sob os pés.

– Você deveria dizer "pelas barbas do pirata" e não "Deus os abençoe", Emil; isso não soa nem um pouco náutico. Ah, como você cheira bem a navio e piche! – disse Josie, farejando com gosto os odores frescos do mar que ele trouxera em si; Emil era seu primo favorito, e Josie era a preferida dele, então tinha certeza de que os bolsos estufados da jaqueta azul continham presentes ao menos para ela.

– Calma, meu docinho, deixe-me fazer uma sondagem antes que você mergulhe.

Emil riu, captando a intenção daqueles carinhos afetuosos e mantendo-a distante com uma mão enquanto, com a outra, vasculhava o bolso e de lá tirava várias caixinhas estrangeiras e pacotes marcados com diferentes nomes e os entregava com comentários que causavam muita risada, pois Emil era um galhofeiro.

– Aqui está uma corda náutica capaz de manter nosso barquinho quieto por cinco minutos – ele disse, atirando para Josie um belo colar de coral –, e aqui temos algo do que as sereias ofertaram a Ondina[26] – acrescentou, entregando a Bess um cordão de conchas peroladas em um fio de prata. – Pensei que Daisy gostaria de um violino e que Nat poderia encontrar um namorado para ela – ele prosseguiu, com uma risada, exibindo um broche filigranado na forma do instrumento.

– Tenho certeza de que sim e vou levar para ela – respondeu Nat, afastando-se grato pela missão e seguro de que encontraria Daisy, embora Emil não a tivesse visto.

Emil continuava rindo quando entregou um urso habilmente esculpido, cuja cabeça se abria para revelar um espaçoso tinteiro. Este ele deu de presente, com um bilhete, para a tia Jo.

---

[26] Criatura mitológica, ninfa das águas. (N.T.)

– Sabendo de seu apreço por estes belos animais, trouxe isto para a sua pena.

– Muito bem, Commodore! Ótimo palpite! – disse a senhora Jo, toda satisfeita com o presente, que levou o Professor a profetizar "obras no nível de Shakespeare" saindo das profundezas do tinteiro, tamanha seria a inspiração de sua amada ursinha.

– Como a tia Meg agora usa touca, apesar de ser jovem, consegui que a Ludmilla me desse um pouco de renda. Espero que goste – e de um papel macio saíram umas tramas delicadas, uma das quais foi logo arrumada como uma teia de flocos de neve sobre o belo cabelo da senhora Meg. – Não consegui encontrar nada bom o suficiente para a tia Amy, porque ela tem tudo que quer, então trouxe uma pequena imagem que sempre me faz lembrar dela quando Bess era bebê – e ele lhe entregou um medalhão oval de marfim no qual estava pintada uma Madona de cabelos dourados com uma criança rosada aninhada em seu manto azul.

– Que lindo! – exclamaram todos, e a tia Amy na mesma hora o pendurou no pescoço usando a fita azul que prendia o cabelo de Bess, encantada com o presente, pois ele a fazia lembrar-se do ano mais feliz de sua vida.

– Agora vou me elogiar por ter encontrado a coisa perfeita para a Nan: bonita, mas não extravagante, um tipo de símbolo, vocês entendem, muito apropriado para uma médica – disse Emil, exibindo cheio de orgulho um par de brincos de lava na forma de diminutos crânios.

– Horrível! – e Bess, que detestava coisas feias, desviou o olhar para as próprias conchas lindas.

– Ela não vai usar brincos – disse Josie.

– Bem, então ela poderá se divertir furando as suas orelhas, pois a Nan nunca está tão feliz quanto ao inspecionar seus semelhantes e partir para cima deles com um bisturi em punho – respondeu Emil, imperturbável. – Tenho um butim abundante para vocês, meus camaradas, mas eu sabia que não teria paz até que minha carga para as moças fosse descarregada. Agora, me contem todas as novidades.

Assim, sentado sobre a mais refinada mesa de mármore de Amy, o marujo ficou balançando as pernas e falando à velocidade de dez nós por hora, até que a tia Jo foi buscá-los e levou todos para um grande chá em família em honra do Commodore.

O último texto de Jo

A família March desfrutou de uma boa quantidade de surpresas no curso de suas variadas carreiras, mas a maior de todas se deu quando o Patinho Feio revelou ser não um cisne, mas uma galinha de ouro, cujos ovos encontraram um mercado tão inesperado que, em dez anos, os sonhos mais loucos e ansiados de Jo acabaram se tornando, de fato, realidade. Ela nunca chegou a entender direito como ou por que aquilo aconteceu, mas eis que de repente ela era famosa, de um jeito modesto e, ainda melhor, com uma pequena fortuna no bolso, para afastar os obstáculos do presente e garantir o futuro de seus rapazinhos.

Tudo começou em um ano ruim, quando tudo correu mal em Plumfield; os tempos eram duros, a escola definhou, Jo trabalhou em excesso e caiu doente por um longo período; Laurie e Amy estavam no exterior, e os Bhaers eram orgulhosos demais para pedir a ajuda até mesmo de pessoas próximas e queridas como o generoso casal.

Confinada em seu quarto, Jo se desesperou com o estado das coisas, até que se apoiou na havia muito abandonada pena como a única coisa que poderia fazer para contribuir com as lacunas na renda. Com um livro para moças sendo desejado por certo editor, ela rabiscou apressadamente uma historinha em que descrevia cenas e aventuras próprias e das irmãs, embora meninos fizessem mais o seu estilo e, com parca esperança de sucesso, despachou-o para que encontrasse sua sorte.

As coisas sempre aconteciam às avessas com Jo. Seu primeiro livro, burilado durante anos e lançado com as altas esperanças e os ambiciosos sonhos da juventude, havia naufragado na viagem, embora os destroços tenham continuado a boiar por muito tempo, ao menos quanto ao lucro do editor. A história escrita às pressas e enviada sem nenhum objetivo além dos dólares que poderia gerar navegou com vento favorável e sob um comandante sábio em direção aos favores do público, e voltou para casa carregando uma carga pesada e inesperada de ouro e glória.

Provavelmente jamais existiu uma mulher mais atônita do que Josephine Bhaer quando seu barquinho entrou no porto com as bandeiras ao vento, o canhão, até então silencioso, disparando salvas alegremente e, o melhor de tudo, rostos alegres felicitando-a, mãos amigas apertando as suas em cumprimentos cordiais. Depois disso, foi navegar em velocidade de cruzeiro, e só o que ela precisava fazer era pôr a carga em seus navios e enviá-los para viagens prósperas, das quais eles voltavam com estoques de conforto para quem ela amava e por quem trabalhava.

A fama ela não chegou de fato a aceitar, pois, hoje em dia, bem pouco fogo é necessário para produzir um belo volume de fumaça, e notoriedade não é glória real. Da sorte ela não podia duvidar, e recebia-a com gratidão, embora não tivesse nem metade do tamanho que o mundo generoso relatou que tivesse. A maré havia mudado e continuava a encher, conduzindo a família com todo o conforto para um porto próspero, onde os membros mais velhos podiam se abrigar em segurança das intempéries e do qual os mais jovens podiam lançar seus barcos para a viagem da vida.

Todas as formas de felicidade, paz e abundância ancoraram naqueles anos para abençoar todos os servidores pacientes, trabalhadores esperançosos e crentes devotos na sabedoria e na justiça Daquele que manda decepções, pobreza e dor para testar o amor dos corações humanos e tornar o sucesso mais doce quando chega. O mundo viu a prosperidade e as almas gentis se alegraram com a fortuna da família; mas do sucesso que Jo mais valorizava, da alegria que nada poderia alterar nem roubar, poucos tinham conhecimento.

Era o poder de tornar felizes e serenos os últimos anos de vida da mãe, ver o fardo do cuidado com os outros removido para sempre, as mãos exaustas afinal em repouso, o rosto amado não perturbado por aflições e o coração amoroso livre para se derramar sobre a caridade sábia que era seu maior deleite. Quando menina, o plano favorito de Jo tinha sido um cômodo onde Marmee pudesse se sentar em paz e se divertir depois de uma vida árdua e heroica. Agora o sonho era um fato feliz, e Marmee estava acomodada em seu agradável quarto abastecido de todos os luxos e confortos, rodeada por filhas amorosas que a serviam conforme as enfermidades aumentavam, por um companheiro fiel no qual se apoiar e netos que, com seu amor dedicado, iluminavam o crepúsculo de sua vida. Uma época muito preciosa para todos, pois ela se alegrava como só as mães conseguem diante da boa sorte de seus filhos. Ela vivera para colher o que havia plantado: vira suas orações atendidas; suas esperanças desabrochar; os dons gerar bons frutos; paz e prosperidade abençoarem o lar que havia construído; então, como uma espécie de anjo corajoso e paciente cujo trabalho estivesse completo, ela virou o rosto para o céu, feliz por descansar.

Esse era o aspecto doce e sagrado da mudança, mas houve também um jocoso e cheio de espinhos, como têm todas as coisas neste nosso mundo peculiar. Depois da surpresa, da incredulidade e da alegria que tomaram Jo, com a ingratidão típica da natureza humana, ela logo se cansou de ser famosa e começou a se ressentir da perda de sua liberdade. Pois, de repente, o público de admiradores tomou posse dela e de todos os seus assuntos passados, presentes e futuros. Estranhos exigiam vê-la, questioná-la, aconselhá-la, alertá-la, cumprimentá-la e, por fim, tirá-la do sério com suas atenções bem-intencionadas, mas muito cansativas. Se ela declinava de abrir para eles seu coração, eles a censuravam. Se ela se recusasse a financiar suas iniciativas caritativas, a aliviar suas carências pessoais ou simpatizar com todas as moléstias e provações conhecidas da humanidade, era chamada de coração de pedra, egoísta e arrogante; se ela achasse impossível responder às pilhas de cartas mandadas, era negligente com os fãs; e se preferia a privacidade doméstica ao pedestal onde esperavam que ela subisse, os "ares de gente da literatura" eram amplamente criticados.

Ela fazia tudo o que podia pelas crianças, pois esse era o público para quem ela escrevia, e trabalhava vigorosamente para suprir a demanda sempre presente nas vorazes bocas dos jovens, "Mais histórias! Mais e agora mesmo!". A família se opunha àquela devoção oferecida à custa deles e sua saúde declinou, mas, por um período, ela com toda a boa vontade ofereceu a si mesma em sacrifício no altar da literatura juvenil, sentindo que devia muito aos pequenos amigos, que a haviam favorecido depois de vinte anos de esforço.

Mas chegou o tempo em que sua paciência se esgotou e, cansada de ser leão[27], ela se tornou urso na natureza e no nome[28] e, de volta à sua toca, rugia terrivelmente quando lhe mandavam sair. A família se divertia com aquilo e demonstrava pouca simpatia por suas pequenas provações, mas Jo chegou a considerar aquele como o pior texto de sua vida, pois a liberdade havia sido sempre seu bem mais precioso, e agora parecia escapar-lhe depressa por entre os dedos. Viver na ribalta logo perde o

---
[27] *Lion*, em inglês, significa também "celebridade". (N.T.)
[28] A pronúncia de *bear*, urso em inglês, é semelhante à do sobrenome alemão Bhaer. (N.T.)

encanto, e ela estava velha demais, cansada demais e ocupada demais para gostar. Ela sentiu que havia feito tudo o que podia ser razoavelmente esperado dela quando autógrafos, imagens e histórias autobiográficas tinham sido amplamente semeados pela Terra; quando artistas haviam retratado sua casa sob todos os ângulos e repórteres flagrado o sorriso que ela sempre exibia naquelas ocasiões desafiadoras; quando uma série de entusiasmados alunos de internato haviam devastado seu jardim em busca de troféus e um fluxo constante de amáveis peregrinos destruíra a entrada de casa com seus pés respeitosos; quando empregados deixaram seus empregos após serem testados durante uma semana pela campainha que tocava o dia inteiro; quando o marido foi obrigado a protegê-la durante as refeições e quando os meninos tiveram de cobrir sua retaguarda nas janelas traseiras durante certas ocasiões em que pessoas entravam nos momentos mais impróprios e sem ser anunciadas.

O resumo de um dia típico talvez explique o estado das coisas, ofereça alguma desculpa para a infeliz mulher e dê uma dica ao caçador de autógrafos agora tão em voga no país; pois esta é uma história real.

– Deveria existir uma lei que protegesse os pobres autores – disse a senhora Jo certa manhã, pouco depois da chegada de Emil, quando o carteiro entregou um grande e variado sortimento de cartas. – Para mim, este é um assunto mais vital do que os direitos autorais, pois tempo é dinheiro e paz é saúde, e eu perco ambos sem ter nada em troca, a não ser menos respeito pelos meus semelhantes e um desejo selvagem de fugir para algum lugar deserto, já que não posso fechar minhas portas nem mesmo na América livre.

– Caçadores de celebridades são terríveis quando perseguem suas vítimas. Se eles pudessem inverter as posições por um tempo, seria bom, pois eles veriam o fardo que são quando "dão a si mesmos a honra de fazer uma visita para expressar sua admiração pelo trabalho encantador" – citou Ted, com uma mesura para os pais, que agora franziam o cenho diante de doze pedidos de autógrafo.

– Quanto a uma coisa, estou decidida – disse a senhora Jo, com muita firmeza. – Eu não vou responder a este tipo de carta. Já mandei seis para este menino, e ele provavelmente as está vendendo. Esta mocinha está em um convento; se eu mandar uma carta para ela, todas as outras vão me escrever pedindo. Todos começam dizendo que eles sabem que estão sendo invasivos e que eu naturalmente me aborreço com essas solicitações, mas eles se arriscam a pedir porque eu gosto de crianças ou porque eles gostam dos livros ou porque é um pedido só. Emerson[29] e Whittier[30] jogam essas coisas no cesto de lixo; e apesar de eu ser apenas uma ama-seca literária, que fornece o peito moral para os jovens, vou seguir o exemplo ilustre deles. Porque não terei tempo para comer nem para dormir, se tentar atender a todas essas crianças amáveis e insensatas – e a senhora Jo afastou o lote todo com um suspiro de alívio.

– Eu vou abrir as outras enquanto a senhora toma o café da manhã em paz, *liebe Mutter*[31] – disse Rob, que com frequência fazia as vezes de secretário. – Esta aqui vem do sul – ele disse, e após romper um selo muito imponente, leu:

SENHORA, Como aprouve aos Céus abençoar os seus esforços com uma grande fortuna, não sinto hesitação em pedir-lhe que forneça fundos para a compra de um novo serviço de comunhão para a nossa igreja. Seja qual for a denominação à qual pertença, a senhora irá, claro, responder com prodigalidade a tal pedido.
Respeitosamente,
Sra. X. Y. Zavier

---

[29] Ralph Waldo Emerson, ensaísta, poeta e filósofo americano (1803-1882). (N.T.)
[30] John Greenleaf Whittier, poeta e abolicionista americano (1807-1892). (N.T.)
[31] "Querida mãe", em alemão no original. (N.T.)

– Mande uma recusa educada, querido. Tudo que tenho para doar deve ser destinado a alimentar e vestir os pobres no meu portão. Este é meu agradecimento pelo sucesso. Continue – respondeu a mãe, lançando um olhar grato por seu lar feliz.

– Um jovem escritor de 18 anos propõe que a senhora ponha seu nome em um livro que ele escreveu; depois da primeira edição, seu nome sai e o dele entra. Há uma boa proposta financeira, também. Acho que a senhora não vai aceitar, apesar do seu coração mole com a maioria dos jovens escrevinhadores.

– Isso não poderia ser feito. Responda gentilmente e não permita que ele envie o manuscrito. Já tenho sete em mãos e pouco tempo até para ler o meu – disse a senhora Jo, pensativamente pescando uma cartinha de uma tigela profunda e abrindo-a com cuidado, porque o endereçamento inclinado sugeria que uma criança a havia escrito.

– A esta eu vou responder pessoalmente. Uma menininha doente quer um livro e vai receber, mas não posso escrever continuações indefinidamente para lhe agradar. Eu nunca chegaria ao fim, se tentasse satisfazer esses pequenos Oliver Twists[32] vorazes que sempre clamam por mais. E a seguir, Robin?

– Esta é curta e meiga: "Prezada senhora Bhaer, eu vou lhe dar agora a minha opinião sobre os seus livros. Eu li todos muitas vezes e acho que são de primeira linha. Por favor, continue. Seu admirador, Billy Babcock".

– Ora, é disso que eu gosto. Billy é um homem de bom senso e um crítico que vale a pena ter, já que ele leu meus trabalhos diversas vezes antes de expressar sua opinião. Ele não pede uma resposta, então agradeça e mande meus cumprimentos.

– Aqui está uma senhora da Inglaterra que tem sete filhas e quer saber sua opinião sobre a educação. E também quais carreiras as meninas

---

[32] Oliver Twist, protagonista do romance homônimo publicado em 1838, de autoria do inglês Charles Dickens (1812-1870). (N.T.)

deveriam seguir; a mais velha tem doze anos. Não me admira que ela esteja preocupada – riu Rob.

– Tentarei responder, porém, como não tenho filhas, minha opinião não vale muito e provavelmente vai chocá-la, pois vou dizer-lhe para deixar as meninas correr e brincar e desenvolver um corpo saudável e robusto antes de conversar com elas sobre carreiras. Elas logo vão mostrar o que querem e, se deixadas em paz, não seguirão um caminho idêntico.

– Esta é de um camarada que quer saber com que tipo de moça ele deve se casar e se a senhora conhece alguma como as que aparecem nas suas histórias.

– Dê a ele o endereço da Nan e veja o que ele consegue – propôs Ted, decidindo em particular que faria isso pessoalmente, se possível.

– Esta é de uma moça que quer que a senhora adote a filha dela e empreste dinheiro para ela ir estudar arte no exterior por alguns anos. É melhor aceitar e testar suas habilidades com uma menina, mãe.

– Não, obrigada, vou manter minha linha de atuação. E o que é esta manchada? Parece horrível, a julgar pelos borrões – perguntou a senhora Jo, que suavizava a tarefa diária acrescentando a diversão de tentar adivinhar, pelo exterior, o que havia no interior das cartas; essa revelou ser um poema de um admirador maluco, a julgar por seu estilo incoerente.

PARA J. M. B.
Ah, se fosse um heliotrópio,
Eu bancaria o poeta,
Sopraria uma brisa de fragrância
Para a senhora, que seria discreta.
Sua forma, como um olmo imponente
Quando Febo doura, da manhã, o raio;
Sua face como o fundo do oceano,
Onde desabrocha uma rosa em maio.
Suas palavras são sábias e inteligentes,
Eu as deixo como legado para a posteridade;
E quando seu espírito alçar voo,
Que possa florescer no paraíso da eternidade.
Minha língua falou o idioma da admiração,
E o doce silêncio jamais rompeu.
Na rua agitada ou no vale da desolação
Eu a levo no clarão da minha pena.
Veja como o lírio cresce, se puder;
Não trabalha, mas é honesto.
Gemas e flores e o selo de Salomão,
O gerânio do mundo é J. M. Bhaer.
JAMES

Enquanto os meninos berravam por causa dessa efusão, que é verdadeira, a mãe lia uma série de generosas ofertas de revistas emergentes que a convidavam a editá-las de graça; uma longa carta de uma mocinha inconsolável porque seu herói favorito tinha morrido, e "será que a querida senhora Bhaer não reescreveria a história para lhe dar um final feliz?"; outra de um menino furioso a quem um autógrafo tinha sido negado, e que sombriamente previa ruína financeira e perda da estima do público caso ela não enviasse autógrafos, fotografias e resumos biográficos a ele e a todos os outros meninos que pediram; a de um clérigo que desejava saber qual a religião dela, e a de uma senhorita indecisa que perguntava com qual de seus pretendentes deveria se casar. Essas amostras bastarão para demonstrar algumas das solicitações feitas a uma senhora muito ocupada, e para fazer com que os leitores perdoem a senhora Jo se ela não respondeu cuidadosamente a todos.

– Este trabalho está concluído. Agora vou tirar um pouco de pó e depois trabalhar. Estou atrasada, e folhetins[33] não podem esperar. Diga a qualquer um que não posso atender, Mary. Não receberei nem a rainha Vitória, se ela aparecer hoje – e a senhora Bhaer lançou longe o guardanapo, como se desafiasse toda a Criação.

– Espero que o dia te seja favorável, minha querida – respondeu o marido, que tinha estado ocupado com a própria correspondência volumosa. – Almoçarei no colégio com o professor Plock, que virá nos visitar hoje. Os *Jünglings*[34] podem comer em Parnaso, assim tu terás um período tranquilo – e, suavizando as marcas de preocupação da testa da esposa com um beijo de despedida, o valoroso homem se afastou, com ambos os bolsos repletos de livros, um velho guarda-chuva em uma das mãos e uma grande sacola de rochas para a aula de geologia na outra.

– Se todas as autoras tivessem por marido anjos assim tão previdentes, elas seriam mais longevas e escreveriam mais. Talvez isso não fosse uma coisa boa para o mundo, entretanto, pois a maioria de nós escreve em excesso agora – disse a senhora Jo, acenando com o espanador para o marido, que retribuiu com florcios do guarda-chuva enquanto se afastava.

Rob partiu para a aula na mesma hora, tão parecido com o pai com seus livros, a sacola, os ombros quadrados e o ar decidido, que a mãe riu quando virou de costas, dizendo afetuosamente:

---

[33] Romances seriados, cujos capítulos são publicados em jornal ou revista. (N.T.)
[34] "Jovens", em alemão no original. (N.T.)

– Deus abençoe meus amados dois professores, pois criaturas melhores nunca existiram!

Emil já tinha partido para a cidade para tomar seu navio, mas Ted se deixou ficar para roubar o endereço que desejava, assaltar o açucareiro e conversar com "mamã", pois os dois se divertiam muito juntos. A senhora Jo sempre arrumava o próprio quarto, reabastecia os vasos e dava o pequeno toque que os deixava arrumados e frescos para o dia. Quando foi baixar a cortina, observou um artista desenhando no gramado, e gemeu ao se afastar rapidamente para a janela dos fundos, onde sacudiu o espanador.

Nesse momento, a campainha soou e ouviu-se som de rodas vindo pelo caminho.

– Eu vou, a Mary deixa todo mundo entrar – e Ted arrumou o cabelo enquanto rumava para o corredor.

– Não posso ver ninguém. Preciso de um segundo para subir correndo – cochichou a senhora Jo, preparando-se para escapar.

Contudo, antes que ela conseguisse, um homem apareceu à porta com um cartão em mãos. Ted o recebeu com uma expressão séria e a mãe se escondeu atrás das cortinas, para ganhar tempo para a fuga.

– Estou escrevendo uma série de artigos para o *Saturday Tattler* e vim visitar a senhora Bhaer antes de todos os demais – começou o recém-chegado no tom insinuante de sua tribo, enquanto os olhos rápidos absorviam tudo o que podiam, pois a experiência lhe ensinara a extrair o máximo do tempo, já que suas visitas costumavam ser bem curtas.

– A senhora Bhaer nunca recebe jornalistas, senhor.

– Mas uns poucos minutos é só o que eu peço – disse o homem, deslizando um pouco mais para dentro.

– O senhor não poderá vê-la porque ela não está – respondeu Teddy, depois que uma espiadela para trás mostrou que sua infeliz mãe tinha desaparecido; pela janela, ele supôs, como ela às vezes fazia quando em apuros.

– Lamento muito. Tentarei de novo. Aqui é o estúdio dela? Que sala encantadora! – e o intruso avançou para a sala, determinado a ver algo ou flagrar um fato ainda que morresse na tentativa.

– Não é – disse Teddy, pressionando-o de volta com gentileza, porém firme, e esperando de todo o coração que a mãe tivesse mesmo escapado dando a volta na casa.

– Se você pudesse me revelar a idade e o local de nascimento da senhora Bhaer, data de casamento e número de filhos, eu lhe ficaria muito grato – continuou o inabalável visitante, tropeçando no capacho da entrada.

– Ela tem cerca de 60 anos, nasceu em Nova Zembla, casou-se há quarenta anos no dia de hoje e tem onze filhas. Mais alguma coisa, senhor? – e a expressão séria de Ted fazia um contraste tão engraçado com a resposta ridícula que tinha dado que o repórter reconheceu a derrota e se afastou rindo, bem quando uma senhora e três belas moças vinham subindo os degraus.

– Nós viemos lá de Oshkosh e não podíamos voltar pra casa sem ver a querida tia Jo. Minhas filhas admiram o trabalho dela e não se aguentam de vontade de conhecê-la. Sei que está cedo, mas vamos ver Holmes e Longfeller e o resto das celebridades, então corremos para cá primeiro. Senhora Erastus Kingsbury Parmalee, de Oshkosh, vá dizer a ela. Não ligamos de esperar, podemos espiar por aí por um tempo, se ela ainda não estiver pronta para receber gente.

Tudo isso foi despejado com tamanha rapidez que Ted só conseguiu ficar imóvel olhando para as robustas donzelas, que fixavam os seis olhos azuis sobre ele de modo tão suplicante que sua galantaria natural impossibilitou que ele lhes negasse, pelo menos, uma resposta educada.

– A senhora Bhaer não está recebendo ninguém hoje; ou agora, ao menos, creio; mas as senhoras podem visitar a casa e o terreno, se desejarem – ele murmurou, recuando enquanto as quatro forçavam a entrada, observando o entorno avidamente.

– Ora, obrigada! Um lugarzinho doce e aconchegante, tenho certeza! É ali que ela escreve, não é? Diga que este é o retrato dela! É justo como eu imaginava que ela fosse!

E com esse comentário as senhoras pararam em frente a uma gravura da honorável senhora Norton[35], que tinha a pena em mãos, uma expressão sublime no rosto, uma tiara e um colar de pérolas.

Esforçando-se para manter a postura grave, Teddy apontou para um retrato muito ruim da senhora Jo, o qual pendia atrás da porta e proporcionava muita diversão, de tão desalentador que era, apesar do efeito interessante da luz na ponta do nariz e nas bochechas, tão vermelhas quanto a cadeira em que ela estava sentada.

– Este retrato é da minha mãe; mas não é muito bom – ele disse, deleitando-se com o esforço das moças para não demonstrarem sua decepção diante da triste diferença entre o real e o ideal. A mais jovem, de 12 anos, não conseguiu disfarçar a decepção e virou-se de costas, sentindo-se como tantos de nós já nos sentimos ao descobrir que nossos ídolos são homens e mulheres bastante comuns.

– Eu pensei que ela tivesse uns 16 anos e o cabelo em duas tranças caindo atrás. Agora não quero mais conhecer ela, não – disse a honesta criança partindo em direção à porta, deixando a mãe para pedir desculpas e as irmãs para declararem que o retrato horrível era "perfeitamente adorável, tão expressivo e poético, sabe, especialmente na fronte".

– Vamos, meninas, precisamos ir, se quisermos terminar hoje. Podem deixar seus livros e eles serão enviados a vocês quando a senhora Bhaer tiver escrito uma dedicatória neles. Somos-lhe mil vezes gratas. Mande nossas melhores recomendações à sua mãe e diga que lamentamos não tê-la visto.

Bem quando a senhora Erastus Kingsbury Parmalee pronunciou estas palavras, seu olhar recaiu sobre uma mulher de meia-idade que vestia

---

[35] Caroline Elizabeth Sarah Norton (1808-1877), escritora e ativista social inglesa. (N.T.)

um grande avental xadrez, com um lenço amarrado na cabeça, muito atarefada espanando os fundos de um cômodo que parecia um estúdio.

– Só uma espiadinha no santuário dela, já que ela não está – exclamou a entusiasmada senhora, voando pelo corredor com seu rebanho, antes que Teddy conseguisse alertar a mãe, cujo refúgio havia sido liquidado pelo desenhista na frente, o repórter atrás, pois ele não tinha ido embora, e as senhoras no corredor.

"Elas a apanharam!", pensou Teddy, entre o desânimo e o humor. "Não adianta a mamãe bancar a empregada, pois elas viram o retrato."

A senhora Jo fez o melhor que pôde e, sendo uma boa atriz, teria escapado, se o quadro fatal não a tivesse traído. A senhora Parmalee parou junto à escrivaninha e, a despeito do cachimbo que nela repousava, dos chinelos masculinos ao lado e de uma pilha de cartas dirigidas ao "Professor F. Bhaer", ela juntou as mãos e exclamou, impressionada:

– Meninas, este é o lugar onde ela escreveu aquelas histórias ternas e cheias de moral que nos comoveram até a alma! Será que eu poderia, ah, poderia pegar um pouco de papel, uma caneta velha, ou mesmo um selo postal, como lembrança dessa talentosa mulher?

– Si'sinhora, fiquem à vontade – respondeu a "empregada", enquanto se afastava lançando um olhar de esguelha para o menino, em cujo rosto havia agora uma expressão indisfarçável de diversão.

A menina mais velha percebeu, adivinhou a verdade, e uma rápida espiada na mulher de avental confirmou suas suspeitas. Cutucando a mãe, ela cochichou:

– Mami, é a senhora Bhaer em pessoa, eu sei que é.

– Não? É? Ah, é! Bem, mas isso é estupendo, digo eu! – e saindo agilmente atrás da infeliz mulher, que estava já quase na porta, a senhora Parmalee gritou, ansiosa: – Não se incomode conosco! Sei que está ocupada, só quero apertar sua mão e depois iremos embora!

Reconhecendo que não havia saída, a senhora Jo se virou e ofereceu a mão como uma bandeja de chá, submetendo-a a ser vivamente sacudida pela matrona que enquanto isso dizia, com uma hospitalidade um tanto alarmante:

– Se a senhora algum dia for a Oshkosh, não conseguirá pisar no chão, pois será carregada nos braços do povo, de tão exultantes que ficaremos de recebê-la.

Decidindo mentalmente jamais visitar aquela cidade efusiva, Jo respondeu com toda a cordialidade de que foi capaz e, depois de escrever seu nome nos exemplares, supriu cada visitante com uma lembrancinha, beijou todas e elas, afinal, foram embora, para visitar "Longfeller, Holmes e o resto", que estariam todos fora de casa, é nossa devotada esperança.

– Seu malvado, por que não me deu uma chance de escapar? Ah, meu querido, as balelas que você contou àquele homem! Espero que sejamos perdoados por nossos pecados neste assunto, mas não sei o que seria de nós se não nos escondêssemos. Tantos contra um não é justo – e a senhora Jo pendurou o avental no armário do corredor, gemendo pelas provações que lhe cabiam.

– Mais gente vem subindo pelo caminho! É melhor ir se esconder enquanto a área está livre! Vou tentar distrair o grupo – gritou Teddy, olhando para trás, enquanto se afastava para ir à escola.

A senhora Jo subiu a escada voando e, após trancar a porta, ficou calmamente observando jovens alunas acamparem no gramado e, impedidas de entrar na casa, se divertiam colhendo flores, enfiando-as nos cabelos, comendo sanduíches e expressando livremente suas opiniões acerca do local e de seus proprietários, antes de partirem.

Seguiram-se algumas horas de tranquilidade e ela estava se preparando para uma longa tarde de trabalho árduo quando Rob chegou para contar que os Rapazes da Liga Cristã fariam uma visita ao colégio e que dois ou três deles, que a senhora Jo já conhecia, gostariam de prestar seus respeitos a ela no caminho.

– Parece que vai chover, então arrisco dizer que eles não virão, mas o papai pensou que você gostaria de estar pronta, caso eles venham mesmo. Você sempre recebe os meninos, sabe disso, apesar de se fechar para as coitadas das meninas – disse Rob, que havia escutado do irmão a história das visitantes da manhã.

– Meninos não tagarelam, então consigo aguentar. Da última vez que deixei entrar um grupo de meninas, uma delas se atirou nos meus braços e disse "Querida, me ame!" e eu tive vontade de sacudi-la! – respondeu a senhora Jo, limpando vigorosamente a caneta.

– Você pode ter certeza de que os rapazes não vão fazer isso, mas vão querer autógrafos, então é melhor estar preparada com umas dúzias – disse Rob, entregando-lhe diversas folhas avulsas, pois era um jovem hospitaleiro com muita simpatia por aqueles que admiravam sua mãe.

– Eles não serão piores do que as meninas. No colégio X, acredito que realmente autografei trezentos cartões durante o dia que passei lá, e ainda deixei para trás uma pilha, quando vim embora. Esta é uma das mais absurdas e cansativas manias que já afligiram o mundo.

Mesmo assim, a senhora Jo escreveu seu nome uma dúzia de vezes, vestiu a roupa preta de seda e resignou-se à visita iminente, torcendo, porém, para que chovesse, e retomou o trabalho.

A chuva caiu e, sentindo-se segura, ela soltou o cabelo, removeu os punhos da roupa e correu para terminar o capítulo, pois trinta páginas por dia eram sua meta, e ela gostava de redigi-las com qualidade antes do entardecer. Josie havia levado flores para os vasos e estava dando os últimos toques quando flagrou vários guarda-chuvas despontando na colina.

– Eles estão chegando, tia! Estou vendo o tio atravessar correndo o campo para recebê-los – ela gritou, do pé da escada.

– Fique de olho e me avise quando chegarem ao passeio principal. Só vou precisar de um minuto para me arrumar e descer – respondeu a senhora Jo, rabiscando como se daquilo dependesse sua vida, pois folhetins não esperam ninguém, nem mesmo toda a Liga Cristã em massa.

– Tem mais do que dois ou três. Vejo pelo menos meia dúzia – disse a empregada Ann na porta do corredor.

– Não, acho que é uma dúzia! Tia, olha, estão todos vindo! O que vamos fazer? – e Josie se debatia diante da possibilidade de enfrentar a multidão de guarda-chuvas pretos que se aproximava rapidamente.

– Misericórdia, são centenas! Corra e coloque um balde na porta de trás, onde eles possam pôr os guarda-chuvas para escorrer. Diga que sigam pelo corredor e os deixe lá, e acomode os chapéus na mesa, porque o suporte não será suficiente para tantos. E não adianta pegar capachos; ah, meus pobres tapetes! – e lá se foi a senhora Jo preparar-se para a invasão, enquanto Josie e as empregadas correm de um lado a outro, desoladas com a perspectiva de tantas botas enlameadas.

Eis que chegaram, uma longa fila de guarda-chuvas, com pernas respingadas e rostos afogueados por baixo, pois os cavalheiros vinham se divertindo desde a cidade, imperturbados pelo aguaceiro. O Professor Bhaer foi ao encontro deles no portão e estava fazendo um pequeno discurso de boas-vindas quando a senhora Jo, comovida pelo estado sujo e molhado deles, apareceu à porta e acenou para que entrassem. Abandonando o anfitrião discursando sozinho e com a cabeça descoberta, os rapazes avançaram animadamente, acalorados, ansiosos, tirando o chapéu conforme entravam e lutando com os guarda-chuvas quando receberam a ordem de marchar para dentro e depositar armas.

"Toclof, toclof, toclof", corredor abaixo seguiram setenta e cinco pares de botas; logo setenta e cinco guarda-chuvas estavam amigavelmente pingando no balde acolhedor, enquanto seus proprietários se espalhavam por toda a parte inferior da casa; setenta e cinco mãos calorosas foram cumprimentadas pela anfitriã, sem um pio, embora algumas estivessem molhadas, algumas, muito quentes, e quase todas trouxessem resquícios das perambulações do dia. Um indivíduo impetuoso, ao fazer seu cumprimento, ofereceu com um floreio uma pequena tartaruga; outro tinha um carregamento de gravetos tirados de lugares notáveis; e todos pediram lembrancinhas de Plumfield. Misteriosamente, apareceu sobre a mesa uma pilha de cartões, com uma solicitação por escrito de

autógrafos; e, apesar da promessa feita pela manhã, a senhora Jo assinou cada um, enquanto o marido e os meninos faziam as honras da casa.

Josie fugiu para o quarto dos fundos, mas foi descoberta por jovens exploradores, e mortalmente ofendida por um deles, que na maior ingenuidade perguntou se ela era a senhora Bhaer. A recepção não durou muito e terminou melhor do que tinha começado, pois a chuva parou e um arco-íris brilhava lindamente, enquanto os bons rapazes se alinhavam no gramado, cantando com doçura à despedida. Um bom presságio, aquele arco de promessa curvado sobre as jovens cabeças, como se o céu sorrisse do encontro e mostrasse ao grupo que, acima da terra enlameada e do céu chuvoso, o sol abençoado ainda brilhava para todos. Três vivas e então eles foram embora, deixando na família uma boa impressão de sua visita, pois haviam raspado com pás o barro dos tapetes e esvaziado o balde que tinha água até metade.

– Rapazes educados, honestos e trabalhadores, e não lamento nem um pouco a meia hora que gastei com eles; mas preciso terminar, então não deixe que ninguém me interrompa até a hora do chá – disse a senhora Jo, deixando Mary responsável por fechar a casa, uma vez que papai e os meninos tinham ido acompanhar os convidados e Josie havia corrido para casa para contar à mãe sobre a diversão na casa da tia Jo.

A paz reinou por uma hora, e então a campainha soou e Mary entrou, rindo:

– Uma senhora esquisita quer saber se pode pegar um gafanhoto no jardim.

– Um o quê? – exclamou a senhora Jo, derrubando a caneta e provocando um borrão, pois, de todos os pedidos estranhos já feitos, aquele era o mais intrigante.

– Um gafanhoto, senhora. Eu falei que a senhora estava ocupada e perguntei o que ela queria, e ela falou: "Tenho gafanhoto do jardim de várias pessoas famosas, quero um de Plumfield pra minha coleção". Já viu só uma coisa dessas? – e Mary riu de novo da ideia.

– Diga a ela que pegue todos que quiser e que agradecemos. Ficarei grata de me livrar deles, estão sempre pulando no meu rosto e se agarrando ao vestido – e a senhora Jo riu também.

Mary se retirou, mas voltou um instante depois quase sem fala de tanto divertimento.

– Ela lhe fica muito grata, senhora, e queria uma roupa velha ou um par de meias da senhora pra botar num tapete que ela tá fazendo. Falou que tem um colete de Emerson, uma calça do senhor Holmes e um vestido da dona Stowe. Eu acho que ela é doida!

– Dê a ela aquele velho xale vermelho, e assim vou ter uma participação bem alegre entre os maiorais que compõem esse tapete espantoso. Sim, esses caçadores de celebridades são todos loucos, mas essa parece inofensiva, porque não rouba meu tempo e ainda proporciona boas risadas – disse a senhora Jo, retomando o trabalho depois de uma espiada pela janela, que revelou uma senhora alta e magra, em trajes pretos um tanto desbotados, pulando curiosamente de um lado a outro na perseguição aos insetos ágeis que tanto queria.

Não houve novas interrupções até que a luz começou a baixar, quando então Mary enfiou a cabeça para dizer que um cavalheiro desejava ver a senhora Bhaer e não aceitava "não" como resposta.

– Mas terá de aceitar. Eu não vou descer. Hoje foi um dia horrível e não serei incomodada mais uma vez – respondeu a estressada escritora, parando no meio do grande final de seu capítulo.

– Eu falei isso pra ele, senhora, mas ele foi entrando, todo convencido. Acho que é mais um doido e preciso falar que fiquei com muito medo dele, o homem é grande e escuro e frio como um pepino, mas tenho que falar que é bem bonitão também – acrescentou Mary, com um sorrisinho, pois o estranho havia claramente causado boa impressão, apesar do atrevimento.

– Meu dia foi arruinado e vou usar esta última meia hora para terminar. Diga-lhe que vá embora; eu não vou descer – exclamou a senhora Jo, com ferocidade.

Mary saiu e sua patroa, mesmo não querendo, ouviu, primeiro, um murmúrio; depois, um grito de Mary; recordando os modos dos repórteres e também que a empregada era tanto bonita quanto tímida, a senhora Bhaer soltou a caneta e partiu em socorro dela. Descendo com seu ar mais majestoso, parando para analisar o intruso, que parecia um bandoleiro e tentava subir a escada que Mary defendia com toda a bravura, ela inquiriu, com voz imponente:

– Quem é esta pessoa que insiste em permanecer quando já declinei de recebê-lo?

– Eu é que não sei, senhora. Ele não me falou o nome e disse que a senhora vai se arrepender se não encontrar com ele – respondeu Mary, afastando-se de seu posto ruborizada e indignada.

– A senhora não vai se arrepender? – perguntou o estranho, dirigindo a ela um olhar risonho, exibindo dentes brilhantes em meio à barba cerrada e com as duas mãos esticadas à frente, enquanto acintosamente se aproximava da irada senhora.

A senhora Jo lhe devolveu um olhar penetrante, pois a voz era familiar, e depois completou o assombro de Mary ao atirar os dois braços em volta do pescoço do bandoleiro e exclamar, com enorme alegria:

– Meu menino amado, de onde você surgiu?

– Da Califórnia, de propósito para vê-la, mamãe Bhaer. Agora, você não iria lamentar se eu fosse embora? – respondeu Dan, dando-lhe um afetuoso beijo.

– E pensar que mandei expulsá-lo da casa, depois de passar um ano desejando vê-lo – riu a senhora Jo, que foi ter uma boa conversa com o andarilho retornado, que se divertiu muito com a piada.

Dan

A senhora Jo sempre pensara que Dan tinha sangue indígena correndo nas veias, não apenas porque ele amava a natureza e uma vida errante, mas por sua aparência; agora que ele havia crescido, isso era ainda mais evidente. Aos 25 anos, ele era bastante alto, com membros fortes, tinha um rosto astuto e escuro e o olhar alerta de alguém cujos sentidos eram muito aguçados; rude nos modos, cheio de energia, ágil nas palavras e nos movimentos, olhos flamejantes sempre observadores, como se acostumados a vigiar, e um ar geral de vigor e frescor que encantava os que conheciam os perigos e as delícias de sua vida aventureira. Ele estava em sua melhor forma sentado ali conversando com a "mamãe Bhaer", uma mão forte e escura na dela e um mundo de afeto na voz, ao dizer:

– Esquecer os velhos amigos! Como eu poderia me esquecer do único lar que já conheci? Ora, eu estava com tanta pressa de vir contar tudo que nem parei para me arrumar, mesmo sabendo que a senhora me acharia parecido com um búfalo selvagem mais do que nunca – ele disse, com um meneio da cabeça preta descabelada, um afago na barba e uma risada que ressoou na sala inteira.

– Eu gostei. Sempre simpatizei com rebeldes e é o que você está parecendo. A Mary, sendo uma recém-chegada, ficou assustada com sua aparência e seus modos. A Josie não vai saber quem você é, mas Ted reconhecerá o querido Danny apesar da barba comprida e dessa cabeleira amotinada. Eles logo estarão aqui para cumprimentá-lo, então, antes que cheguem, conte-me tudo. Ora, Dan, querido, faz quase dois anos que você esteve aqui. Como correram as coisas? – perguntou a senhora Jo, que vinha escutando com interesse maternal o relato que ele fazia sobre a vida na Califórnia e o sucesso inesperado de um pequeno investimento que fizera.

– Primeira linha! Eu não ligo para dinheiro, a senhora sabe. Só quero o suficiente para me sustentar; prefiro ganhar à medida que avanço, sem me incomodar cuidando de muito. É da diversão de as coisas virem para mim e eu poder abrir mão delas que eu gosto. Não faz sentido acumular, eu não vou viver o suficiente pra ficar velho e precisar, gente do meu tipo nunca vive muito – disse Dan, como se sua pequena fortuna o oprimisse.

– Mas se você se casar e assentar, como espero, vai precisar de algo com o que começar, meu filho. Então seja prudente e invista seu dinheiro; não desperdice, pois dias difíceis chegam para todos, e para você seria muito duro depender de alguém – respondeu a senhora Jo com ar sábio, embora gostasse de ver que a febre do dinheiro ainda não tinha engolfado seu menino sortudo.

Dan abanou a cabeça e olhou ao redor da sala como se já a considerasse sufocante e ansiasse pelo ar livre de novo.

– Quem se casaria com um camarada arredio como eu? Mulheres gostam de homens estáveis, e isso eu nunca vou ser.

– Meu menino amado, quando eu era moça, gostava de camaradas aventureiros como você. Qualquer coisa fresca e desafiadora, livre e romântica, é sempre atraente para nós, mulheres. Não desanime, um dia você vai encontrar um porto seguro e ficará feliz ao fazer viagens mais curtas e voltar para casa com uma boa carga.

– O que a senhora diria se eu um dia lhe apresentasse uma esposa indígena? – perguntou Dan, com uma faísca de travessura nos olhos pousados sobre o busto de mármore de Galateia, que brilhava, branca e adorável, em um dos cantos.

– Eu daria a ela as mais calorosas boas-vindas, se fosse uma boa pessoa. Existe alguma perspectiva nesse sentido? – e a senhora Jo olhou para ele com um interesse que até mesmo senhoras escritoras demonstram por casos de amor.

– Não no momento, muito obrigado. Ando ocupado demais para "ser galanteador", como diz o Ted. Como vai o menino? – perguntou Dan, habilmente mudando o rumo da conversa, como se já tivesse falado o suficiente sobre sentimentos.

A senhora Jo desatou a falar, exaltando os talentos e as virtudes de seus filhos até que eles chegaram e irromperam sala adentro, caindo sobre Dan como dois amorosos filhotes de urso, encontrando uma válvula para o afeto alegre na forma de uma amigável luta, na qual ambos levaram a pior, é claro, pois o caçador logo os dominou. O Professor entrou em seguida e as línguas se moviam como pás de um moinho; Mary se animou e a cozinheira se dedicou a preparar um jantar excepcionalmente bom, adivinhando por instinto que aquele convidado era muito bem-vindo.

Depois do chá, Dan percorreu os grandes quartos enquanto conversava, com ocasionais saídas para o corredor em busca de ar fresco, como se seus pulmões precisassem de mais do que os das pessoas civilizadas. Em uma dessas expedições, ele viu uma figura branca emoldurada pelo batente escuro e parou para observar. Bess estancou também, sem reconhecer o velho amigo e sem consciência do belo quadro que formava, parada ali, alta e esguia, contra a escuridão suave da noite de verão, os cabelos dourados parecendo um halo em torno de sua cabeça e as pontas de um xale branco tremulando como asas ao vento fresco que soprava no corredor.

– É o Dan? – ela perguntou, aproximando-se com um sorriso gracioso e as mãos estendidas.

– Parece que sim, mas eu não reconheci você, Princesa. Pensei que era um espírito – respondeu Dan, baixando para ela um olhar de suave curiosidade e expressão de deslumbramento.

– Eu cresci bastante, mas você mudou completamente em dois anos – e Bess olhou para cima com um prazer feminino diante da figura pitoresca à sua frente, pois era um contraste evidente com as pessoas arrumadinhas que a cercavam.

Antes que pudessem dizer mais qualquer coisa, Josie entrou correndo e, esquecida da recém-conquistada dignidade de sua adolescência, permitiu que Dan a suspendesse e beijasse como a uma criança. Somente quando a pousou de volta no chão ele percebeu que também ela havia mudado, e então exclamou, com divertido desânimo:

– Ora essa! Mas você também cresceu muito! O que vai ser de mim, sem crianças com quem brincar? O Ted espicha como um pé de feijão, Bess parece uma dama e até você, minha pimentinha, está largando os cueiros e ficando uma moça.

As meninas deram risada e Josie corou ao encarar o homem alto, consciente de que havia se precipitado ao pular nele. Formavam um belo contraste, aquelas duas primas, uma delicada como um lírio, a outra parecendo uma pequena rosa silvestre. E Dan assentiu satisfeito para ambas, pois havia conhecido muitas jovens bonitas em suas viagens e ficava satisfeito ao ver que as duas velhas amigas estavam florescendo lindamente.

– Vamos, não podemos permitir que o Dan seja monopolizado! – chamou a senhora Jo. – Tragam-no de volta e fiquem de olho nele, do contrário ele vai escapulir para mais uma fugidinha de um ou dois anos antes que tenhamos ouvido metade das histórias.

Conduzido pelas agradáveis captoras, Dan voltou à sala de visitas, onde recebeu uma bronca de Josie por passar na frente de todos os outros meninos e parecer um homem antes de todos.

– O Emil tem mais idade do que você, mas ainda é só um menino, que dança e canta músicas de marinheiro como fazia antes. Você parece ter 30 anos e é tão alto e bronzeado quanto um vilão de teatro. Ah! Tive uma ideia maravilhosa! Você é exatamente o que precisamos para *Arbaces nos últimos dias de Pompeia*. Nós queremos encenar essa peça, ter o leão e os gladiadores e a erupção. Tom e Ted vão despejar montes de cinzas e rolar barris de pedra ao redor. Queríamos um homem de pele escura para interpretar o egípcio; você vai ficar lindo com xales vermelhos e brancos. Não vai, tia Jo?

Aquele dilúvio de palavras levou Dan a cobrir as orelhas com as mãos; e, antes que a senhora Bhaer pudesse responder à impetuosa sobrinha, os Laurences, com Meg e a família, chegaram, logo seguidos por Tom e Nan, e todos se sentaram para ouvir as aventuras de Dan, contadas de modo sucinto porém incisivo, conforme demonstravam claramente as expressões de interesse, assombro, alegria e suspense nos rostos ao redor dele. Todos os meninos quiseram ir de imediato para a Califórnia e fazer fortuna; as meninas mal podiam esperar pelas coisas interessantes e bonitas que ele lhes trouxera das viagens; enquanto os mais velhos se alegravam de todo o coração pela energia e pelas boas perspectivas de seu menino selvagem.

– É claro que você vai querer voltar para mais uma vez tentar a sorte, e espero que tenha. Mas a especulação é um jogo perigoso e você pode perder tudo o que já ganhou – disse o senhor Laurie, que havia se divertido com o emocionante relato tanto quanto qualquer um dos meninos, e teria gostado tanto quanto eles de acompanhar Dan.

– Já tive o bastante disso, ao menos por enquanto; é parecido demais com jogos de azar. Eu só me importo com a emoção, e isso não é bom para mim. Ando pensando em tentar ser fazendeiro no Oeste. É majestoso em grande escala, e sinto que gostaria de um pouco de trabalho estável, depois de tanto tempo vagando por aí. Eu começo, e o senhor pode me mandar seu rebanho de ovelhas desgarradas para abastecer a minha propriedade. Já criei ovelhas na Austrália e, seja como for, eu sei um pouco sobre as desgarradas.

Uma risada afastou o olhar sóbrio no rosto de Dan quando ele terminou de falar, e aqueles que o conheciam melhor perceberam que ele aprendera uma lição lá em São Francisco, e que não se atreveria a tentar de novo.

– É uma ideia maravilhosa, Dan! – exclamou a senhora Jo, sentindo naquele plano uma grande esperança de que ele se fixasse em algum lugar e ajudasse outras pessoas. – Assim, saberemos onde você está e poderemos ir vê-lo e não haverá meio mundo de distância entre nós. Vou mandar o Ted para uma visita; ele tem um espírito tão inquieto, vai fazer bem a ele. Com você, ele estará seguro, poderá gastar um pouco da energia excedente que tem e ainda aprender um negócio digno.

– Eu vou usar a pá e a enxada como um bom menino, se tiver oportunidade de ir para lá, mas as minas de Speranza ainda parecem mais divertidas – disse Ted, examinando as amostras de minério que Dan havia trazido para o Professor.

– Você vai na frente e funda uma nova cidade, e quando estivermos prontos, chegaremos para nos estabelecer e povoá-la. Muito em breve você vai querer um jornal, e eu gosto muito mais da ideia de ter um periódico próprio do que de continuar me esfalfando pelos outros como agora – comentou Demi, ansioso por se distinguir na linha jornalística.

— Nós poderíamos facilmente estabelecer um novo colégio lá. Aqueles rapagões do Oeste têm fome de conhecimento, e não seria difícil analisar e escolher os melhores — acrescentou o sempre jovem senhor Bhaer, contemplando com seu olhar profético muitas réplicas de seu bem-sucedido estabelecimento florescendo no imenso Oeste.

— Vá em frente, Dan. É um belo plano e nós vamos ajudá-lo. Eu mesmo não me importaria em investir em algumas pradarias e vaqueiros — disse o senhor Laurie, sempre pronto a ajudar os rapazes a ajudarem a si mesmos, tanto com palavras de incentivo quanto pelo bolso aberto.

— Um pouco de dinheiro dá lastro a um sujeito, e investir em terras acaba por fixá-lo, ao menos por um período. Eu gostaria de ver o que consigo, mas pensei em consultá-los antes de decidir. Tenho dúvidas sobre por quanto tempo isso seria adequado para mim, mas sempre posso cortar os laços quando me cansar — respondeu Dan, comovido e contente pelo grande interesse dos amigos em seus planos.

— Eu sei que você não vai gostar. Depois de ter o mundo inteiro para explorar, uma fazenda vai parecer horrivelmente pequena e monótona — disse Josie, que preferia o aspecto romântico da vida andarilha que lhe trazia relatos emocionantes e coisas bonitas a cada retorno.

— Existe algum tipo de arte por lá? — perguntou Bess, pensando que belo estudo em preto e branco Dan proporcionaria, de pé ali falando, meio enviesado em relação à luz.

— Muita natureza, querida, e essa é a melhor parte. Você vai encontrar animais esplêndidos para modelar e paisagens para pintar como você nunca viu na Europa. Até as prosaicas abóboras são grandiosas lá. Você pode interpretar Cinderela dentro de uma, Josie, quando inaugurar seu teatro em Dansville — disse o senhor Laurie, ansioso para que nenhuma água fria fosse derramada no candente novo plano.

Josie, apaixonada pelos palcos, foi imediatamente conquistada e, quando lhe foram prometidos todos os papéis trágicos do teatro ainda não construído, ela sentiu um interesse profundo pelo projeto e implorou a Dan que desse início ao experimento sem mais delongas. Bess também confessou que estudos de natureza seriam bons para ela e que paisagens agrestes iriam aprimorar seu bom gosto, que poderia se tornar ótimo, bastando que coisas delicadas e belas lhe fossem oferecidas.

– Eu responderei pela medicina da nova cidade – disse Nan, sempre disposta a novas empreitadas. – Eu estarei pronta quando você estiver estabelecido; as cidades crescem tão rápido por lá.

– O Dan não vai aceitar na propriedade dele nenhuma mulher abaixo de 40 anos. Ele não gosta delas, especialmente as jovens e bonitas – acrescentou Tom, fervendo de ciúme ao ver a admiração por Nan nos olhos de Dan.

– Isso não será problema, porque médicos são exceções a todas as regras. Não haverá muita doença em Dansville, todos levarão vidas ativas e saudáveis e apenas gente jovem e disposta vai para lá. Mas os acidentes serão frequentes, por causa do gado selvagem, das cavalgadas aceleradas, das escaramuças com os índios e da temeridade da vida no Oeste. Isso tudo é perfeito para mim. Estou ansiosa por ossos quebrados; operar é tão interessante e aqui tão poucas cirurgias são necessárias – respondeu Nan, desejando pendurar a tabuleta com seu nome e começar.

– Eu a receberei, doutora, e ficarei contente de contar com uma amostra tão boa do que temos no Leste do país. Continue trabalhando, e mandarei buscá-la assim que tiver um telhado onde possa abrigar você. Vou escalpelar alguns peles-vermelhas ou esmagar uma dúzia de caubóis para seu deleite particular – e Dan riu, todo satisfeito com o vigor e a mentalidade que faziam de Nan uma figura de destaque entre outras moças.

– Obrigada, eu irei. Você me deixaria apalpar seu braço? Que bíceps esplêndido! Agora, meninos, isto é o que eu chamo de músculo – e Nan fez um pequeno discurso usando o braço forte de Dan para ilustrar.

Tom se retirou e foi observar as estrelas, ao mesmo tempo que balançava o braço direito com uma intensidade bastante sugestiva do ato de nocautear alguém.

– Faça do Tom o coveiro, ele vai gostar de enterrar os pacientes que a Nan matar. Ele já está tentando adotar a expressão triste do ofício. Não se esqueça dele, Dan – disse Ted, desviando a atenção para o ser arruinado no canto.

Mas Tom nunca ficava amuado por muito tempo e voltou de seu breve eclipse com uma proposta animada:

– Já sei, vamos fazer com que a nossa cidade despache para Dansville todos os casos de febre amarela, varíola e cólera que chegarem aqui, daí a Nan ficará feliz e os erros dela não terão tanta importância, cometidos contra emigrantes e condenados.

– Eu aconselharia que se estabelecesse perto de Jacksonville, ou uma cidade parecida, para que possa desfrutar da companhia de pessoas cultas. Lá existem o Clube Platão e também uma sede ardente por filosofia. Tudo que chega do Leste da nação é muito bem recebido, e novos empreendimentos florescem em solos assim tão generosos – comentou o senhor March, oferecendo brandamente uma sugestão, sentado entre os adultos e desfrutando da cena animada.

A ideia de Dan estudando Platão era muito engraçada, mas ninguém sorriu, a não ser o peralta Ted, e Dan se apressou em revelar outro plano que fervilhava naquele seu cérebro infatigável.

– Eu não tenho certeza se a fazenda vai dar certo e sinto uma forte inclinação pelos meus velhos amigos, os índios montanas. Eles são uma tribo pacífica e precisam desesperadamente de ajuda; centenas morreram de fome por não receberem sua parte. Os sioux são guerreiros, trinta mil fortes, então o governo os teme e lhes dá tudo que querem. Eu considero isso uma maldita vergonha! – Dan parou quando a palavra feia lhe escapou, mas seus olhos brilhavam e ele retomou, depressa: – É isso mesmo e não vou pedir desculpas. Se eu tivesse algum dinheiro quando estive lá, teria dado até o último centavo para aqueles pobres-diabos, roubados de tudo e esperando com toda a paciência, depois de serem expulsos da própria terra para lugares onde nada cresce. Agora, pessoas honestas poderiam fazer muita coisa, e tenho uma sensação de que deveria oferecer uma mão. Conheço a língua e gosto deles. Tenho uns poucos milhares de dólares, mas não estou seguro se tenho direito de gastá-los comigo mesmo, assentar e desfrutar. O que acham?

Dan parecia muito viril e sério ao encarar os amigos, corado e agitado pela energia do que dissera; e todos sentiram aquela corrente de simpatia que une os corações pelo vínculo da compaixão pelos que foram enganados.

– Faça isso, faça isso! – gritou a senhora Jo, imediatamente inflamada, pois para ela os infortúnios eram muito mais interessantes do que a boa sorte.

– Faça isso, faça isso! – ecoou Ted, aplaudindo como se estivesse no teatro. – E me leve junto para ajudar. Mal posso esperar para estar no meio desses camaradas e caçar.

– Vamos ouvir mais um pouco, e ponderar se isso é sábio – disse o senhor Laurie, decidindo no íntimo povoar suas ainda não adquiridas pradarias com índios montanas e aumentar as doações à sociedade que enviava missionários para aquele povo tão prejudicado.

Na mesma hora Dan mergulhou na história do que tinha visto entre os dakotas e outras tribos no Noroeste, contando sobre os engodos que sofreram, sua paciência e coragem, como se eles fossem seus irmãos.

– Eles me chamam de Dan Nuvem de Fogo, porque meu rifle é o melhor que já viram. E o Falcão Negro é o melhor amigo que um sujeito poderia desejar, salvou minha vida mais de uma vez e me ensinou tudo que será útil, se eu voltar. Eles estão num período de má sorte agora, e eu gostaria de quitar minha dívida.

A essa altura, todos estavam interessados, e Dansville começou a perder seu encanto. Mas o prudente senhor Bhaer sugeriu que um indivíduo honesto não conseguiria muito, no meio de tantos, por mais nobre que o empenho fosse, e que seria mais sensato refletir cuidadosamente sobre o tema, obter a influência e a autoridade dos grupos certos e, enquanto isso, visitar terrenos antes de decidir.

– Bem, é o que farei. Vou dar uma corrida até Kansas para ver o potencial. Conheci um sujeito em São Francisco que tinha estado lá, e falou muito bem. O fato é que há tanto a ser feito em todos os lugares que não sei qual escolher, e quase desejaria não ter dinheiro nenhum – respondeu Dan, franzindo as sobrancelhas na perplexidade que todas as almas sentem quando anseiam por ajudar nessa enorme tarefa da caridade mundial.

– Eu vou guardá-lo para você até que se decida. Você é um camarada tão impetuoso que acabará dando ao primeiro mendigo que se aproximar. Vou investi-lo enquanto você faz seus estudos preliminares e devolvê-lo quando você tiver decidido qual a destinação, o que me diz? – perguntou o senhor Laurie, que havia adquirido alguma sapiência desde os dias de juventude extravagante.

– Muito obrigado, senhor, fico aliviado por me livrar disso. O senhor o guarde até que eu diga e, se algo me acontecer nesse intervalo, use-o para ajudar outro menino perdido como ajudou a mim. Este é meu desejo e todos vocês são testemunhas. Agora me sinto melhor – e Dan endireitou os ombros como se liberto de um fardo, depois de entregar o porta-notas em forma de cinto onde carregava sua pequena fortuna.

Ninguém poderia imaginar tudo o que aconteceria antes que Dan voltasse para pegar seu dinheiro, nem como aquele ato ficou próximo de ser sua derradeira vontade e testamento; enquanto o senhor Laurie estava explicando como iria investi-lo, ouviu-se uma voz animada cantarolando:

A Peggy é uma moça alegre
Hey, ho!
Que ao amado nunca mente
Hey, ho!
Quando ele parte para o mar
Hey, ho!
Ela é fiel ao pretendente.

Emil sempre anunciava sua chegada daquele modo, e dali a um instante entrou correndo com Nat, que tinha estado o dia todo dando aulas na cidade. Foi bom ver este último se iluminar à vista do amigo querido, e quase lhe arrancar a mão de tanto cumprimentá-lo; também foi bom ver como Dan recordava com gratidão tudo que devia a Nat e tentava pagar a dívida de seu jeito bruto; e melhor ainda ouvir os dois viajantes comparando histórias para encantar os homens da terra e as donas de casa.

Com esta última adição, a casa já não conseguia conter os entusiasmados jovens, então eles migraram para a varanda e se acomodaram nos degraus, como um rebanho de pássaros apreciadores da noite. O senhor March e o Professor se recolheram ao estúdio, Meg e Amy foram cuidar do lanche de frutas e bolo prestes a ser servido e a senhora Jo e o senhor Laurie sentaram junto à janela para ouvir as conversas que ocorriam do lado de fora,

Aí estão eles, a fina flor do nosso rebanho! – ela disse, apontando para o grupo à frente deles. Os demais estão mortos ou espalhados, mas estes sete meninos e quatro meninas são meu consolo e meu orgulho especiais. Incluindo a Alice Heath, minha dúzia está completa e minhas mãos estão bem ocupadas, tentando conduzir essas jovens vidas até onde a habilidade humana consegue.

– Quando nos damos conta de como estão diferentes agora do que eram quando chegaram, e vemos a influência de Plumfield sobre os demais, acho que podemos nos sentir bastante satisfeitos até aqui – respondeu o senhor Laurie sobriamente, enquanto seus olhos pousavam sobre uma cabeça brilhante entre as pretas e castanhas, pois a lua iluminava todas do mesmo jeito.

– Eu não me preocupo com as meninas; a Meg cuida delas, e é tão sábia e paciente e carinhosa que só podem se sair bem; mas meus meninos demandam mais cuidados a cada ano, e toda vez que partem parecem se afastar mais de mim – suspirou a senhora Jo. – Eles vão crescer e só posso segurá-los por uma linha fina, que pode se romper a qualquer momento, como aconteceu com Jack e Ned. O Dolly e o George ainda gostam de voltar aqui, e eu consigo lhes dizer uma palavrinha, e o querido Franz é autêntico demais para se esquecer dos seus. Mas com estes três que em breve vão partir para o mundo de novo, eu não consigo evitar me preocupar. O bom coração do Emil vai mantê-lo nos eixos, espero, e "um pequeno e doce querubim senta-se no alto para cuidar da vida do pobre Jack[36]". Nat vai dar seu primeiro voo e ele é fraco, apesar da sua influência fortalecedora; e o Dan ainda não foi domesticado, e temo que somente uma lição dura consiga fazer isso.

– Ele é um bom sujeito, Jo, e quase lamento por esse projeto de fazenda. Um pouco de polimento faria dele um cavalheiro e quem sabe o que ele poderia se tornar, ficando aqui entre nós – respondeu o senhor Laurie, inclinando-se sobre a cadeira da senhora Bhaer como costumava fazer muitos anos antes, quando eles compartilhavam segredos.

– Não seria seguro, Teddy. O trabalho e a vida livre que ele ama farão dele um bom homem, e isso é melhor do que qualquer polimento, com os riscos que uma vida fácil na cidade acarretaria. Nós não podemos alterar a natureza dele, apenas ajudá-lo a desenvolvê-la na direção certa. Os velhos impulsos ainda estão lá e precisam ser controlados, do

---

[36] Trecho de *Poor Jack*, de Charles Dibdin (1745-1814), compositor, músico e romancista inglês. (N.T.)

contrário ele vai se desencaminhar. Eu vejo isso; mas o amor dele por nós é uma salvaguarda, e precisamos manter nossa influência sobre ele até que fique um pouco mais velho ou tenha um laço mais forte para ajudá-lo.

A senhora Jo falou com sinceridade, pois conhecia Dan melhor do que ninguém, enxergava que o potro não estava ainda totalmente domado e sentia, ao mesmo tempo, receio e esperança, ciente de que a vida era sempre difícil para pessoas como ele. Estava segura de que, antes de partir de novo, ele, em algum momento tranquilo, daria a ela um vislumbre de seu interior, e então ela poderia dizer a palavra de alerta ou incentivo de que ele precisava. Então, ela deu tempo ao tempo, analisando Dan nesse intervalo, grata ao identificar o que era promissor e ágil ao detectar o mal que o mundo vinha fazendo a ele. Ela estava muito ansiosa por tornar seu "agitador" um sucesso, porque os outros haviam previsto fracasso; porém, tendo aprendido que as pessoas não podem ser moldadas como argila, ela se contentava com a esperança de que o menino abandonado se tornasse um bom homem; não pedia mais nada, mas até isso era pedir demais, tão cheio ele era de impulsos rebeldes, de paixões poderosas e da natureza sem lei que nascera com ele. Nada o continha, a não ser o único afeto de sua vida: a lembrança de Plumfield, o medo de desapontar os amigos fiéis, o orgulho, mais forte do que o princípio, que o fazia querer conservar o respeito dos camaradas que sempre o haviam admirado e amado, a despeito de todas as suas falhas.

– Não se preocupe, minha querida; o Emil é um desses sortudos que sempre caem de pé. Eu vou cuidar do Nat, e Dan está no bom caminho, agora. Deixe que ele vá dar uma olhada em Kansas, e se o projeto da fazenda perder o atrativo, ele sempre pode contar com o pobre Lo e se sair realmente bem lá. Ele é adequado como poucos para essa tarefa peculiar, e espero que se decida a executá-la. Combater os opressores e ajudar os oprimidos vão manter ocupada aquela energia arriscada dele, e a vida vai lhe correr melhor do que com ovelhas e campos de trigo.

– Espero bem que sim. O que é isso? – e a senhora Jo se inclinou para a frente para escutar, pois exclamações de Ted e Josie haviam chegado a seus ouvidos.

– Um mustangue! Um mustangue de verdade e vivo! E podemos cavalgar nele! Ah, Dan, você é um sujeito supimpa mesmo! – gritou o menino.

– Uma roupa indígena completa para mim! Agora eu posso fazer a Namioka, se os meninos interpretarem Metamora[37]! – acrescentou Josie, batendo palmas.

– Uma cabeça de búfalo para Bess! Minha nossa, Dan, o que o levou a trazer uma coisa horrível dessas para ela?

– Eu pensei que seria bom para ela esculpir algo forte e natural. Ela nunca chegará a lugar nenhum se continuar criando deuses piegas e gatinhos insípidos – respondeu o irreverente Dan, recordando que, em sua visita anterior, Bess alternava sua dedicação distraída entre dois modelos: uma cabeça de Apolo e seu gato persa.

– Obrigada. Eu vou tentar e, se não der certo, podemos pendurar o búfalo no corredor para nos lembrar de você – disse Bess, indignada com o insulto feito aos deuses que ela idolatrava, mas educada demais para demonstrar isso a não ser por sua voz, que saiu doce e fria como sorvete.

– Suponho que você não visitará nosso acampamento quando os demais forem, deve ser tosco demais para você – disse Dan, tentando assumir o ar de especial deferência que todos os meninos usavam quando se dirigiam à Princesa.

– Eu vou para Roma estudar e lá ficarei muito anos. Toda a beleza e a arte do mundo estão lá, e nem uma vida inteira bastaria para desfrutar de tudo – respondeu Bess.

---

[37] *Metamora, ou o último dos wampanoags*, peça do dramaturgo americano John Augustus Stone (1801-1834). (N.T.)

— Roma não passa de um velho túmulo mofado quando comparada ao Jardim dos Deuses e às minhas magníficas Montanhas Rochosas. Eu não dou a mínima para arte; a natureza é tudo que me interessa, e acho que poderia lhe mostrar coisas que elevariam seus velhos mestres mais do que pipas. Seria bom se você fosse e, enquanto a Josie monta os cavalos, você poderia fazer esculturas deles. Se um plantel de cem ou mais cavalos selvagens não conseguir mostrar a você o que é beleza, eu desisto — exclamou Dan, entusiasmado com a graça selvagem e o vigor que ele tanto apreciava, mas não conseguia descrever.

— Eu irei um dia com o papai, para ver se são cavalos melhores do que os de São Marcos ou os do Capitólio. Por favor, não zombe dos meus deuses, e eu tentarei gostar dos seus — disse Bess, começando a pensar que talvez valesse a pena visitar o Oeste, apesar de nenhum Raphael nem Michelangelo terem surgido lá ainda.

— Trato feito! Eu acho mesmo que as pessoas deveriam conhecer o próprio país antes de irem ao estrangeiro, como se o Novo Mundo não merecesse ser explorado — começou Dan, disposto a encerrar o assunto em paz.

— Tem algumas vantagens, mas não todas. As mulheres da Inglaterra podem votar, e nós não podemos. Tenho vergonha da América porque ela não está à frente em todas as coisas boas — exclamou Nan, que tinha opiniões avançadas sobre todas as reformas necessárias e estava ansiosa por seus direitos, tendo precisado brigar por alguns deles.

— Ah, por favor, não comece com isso. As pessoas sempre discutem por causa dessa questão, dizem palavras feias e nunca chegam a um acordo. Vamos ficar tranquilos e contentes esta noite — suplicou Daisy, que detestava discussões tanto quanto Nan adorava.

— Você poderá votar tanto quanto quiser na nossa nova cidade, Nan, poderá ser prefeita ou vereadora e administrar a coisa toda. Dansville vai ser livre como o ar, ou eu mesmo não conseguirei morar nela — disse

Dan, acrescentando, com uma risada: – Vejo que a senhorita Peraltinha e a senhora Shakespeare não estão mais de acordo hoje do que antes.

– Se todos concordassem, nós jamais avançaríamos. A Daisy é um amor, mas propensa a agir como uma velha conservadora, então eu a provoco um pouco, e no próximo outono ela irá comigo votar. O Demi vai nos acompanhar para fazermos a única coisa que nos permitem, por enquanto.

– Você vai levá-las, Diácono? – perguntou Dan, usando o velho apelido como se gostasse. – Vai funcionar lindamente no Wyoming.

– Terei orgulho de fazer isso. A mamãe e as tias vão todos os anos, e a Daisy irá comigo. Ela ainda é a minha melhor metade e não tenho intenção de deixá-la para trás em nada – disse Demi, com um braço em volta da irmã, de quem ele era mais fã do que nunca.

Dan os observou com melancolia, pensando como devia ser bom ter um vínculo daqueles; sua juventude solitária pareceu mais triste do que nunca, enquanto ele relembrava suas batalhas. Mas Tom interrompeu os sentimentos de Dan, ao dar um suspiro ruidoso e dizer, pensativamente:

– Eu sempre quis ser gêmeo. É tão agradável e acolhedor ter alguém satisfeito por aconchegar um sujeito e confortá-lo, quando as outras meninas são cruéis.

Como a paixão não correspondida de Tom era a piada constante da família, aquele comentário provocou uma gargalhada, que Nan intensificou ao sacar um frasco de *Nux*[38] e dizer, com um ar profissional:

– Eu sabia que você tinha comido lagosta demais no chá. Tome quatro comprimidos, e sua dispepsia vai melhorar. O Tom sempre suspira e fica bobo quando come em excesso.

– Vou aceitar. É a única coisa doce que você costuma me oferecer – e Tom sombriamente engoliu a dose.

---

[38] *Nux vomica*, medicamento indicado no combate a distúrbios digestivos, produzido desde 1794. (N.T.)

— "Quem poderá servir a uma mente adoentada ou arrancar uma dor enraizada?[39]" — citou Josie, tragicamente, de seu poleiro no corrimão.

— Venha comigo, Tommy, e eu farei de você um homem. Esqueça esses comprimidos e pós e vamos rodar o mundo por um tempo, e você logo vai esquecer que tem um coração e, aliás, também um estômago — disse Dan, oferecendo a panaceia que usava para os próprios males.

— Embarque comigo, Tom. Um pouco de enjoo de mar vai dar um jeito em você, e um vento nordeste forte vai soprar para longe os demônios da melancolia. Venha como médico; é trabalho fácil e diversão interminável.

E se sua menina fizer careta, rapaz,
E desprezar seu casaco azul-marinho,
Ice as velas e rume para outros portos,
E lá encontre muito mais carinho.

Acrescentou Emil, que sempre tinha uma canção para alegrar qualquer problema ou tristeza, e as oferecia generosamente aos amigos.

— Talvez eu pense nisso quando conseguir meu diploma. Não vou me esfalfar durante três anos mortais e não ter nada para mostrar no final. Até lá...

— Não vou abandonar a senhora Micawber[40] — interrompeu Teddy, com um gorgolejo risonho.

Tom imediatamente o empurrou do degrau para o gramado úmido abaixo; e quando a ligeira contenda chegou ao fim, o tilintar de colheres de chá sugeriu refrescos de um tipo mais agradável. Antigamente, as meninas serviam os meninos, para evitar confusão, mas agora os

---

[39] Fala adaptada de *Macbeth*, de Shakespeare. (N.T.)
[40] Referência a Emma Micawber, personagem constantemente irritada e sobrecarregada de trabalho, presente em *David Copperfield*, livro de Charles Dickens (1812-1870). (N.T.)

jovens cavalheiros corriam para servir as mulheres, tanto jovens quanto maduras, e esse pequeno fato demonstrava cabalmente como o tempo invertera as coisas. E que belo arranjo era! Até Josie ficou sentada quieta e permitiu que Emil lhe levasse frutas silvestres e desfrutou de sua jovem feminilidade até que Teddy roubou seu bolo, quando ela então se esqueceu das boas maneiras e o castigou batendo em seus dedos. Como convidado de honra, Dan foi o único com permissão para servir Bess, que ainda detinha o mais alto posto naquele pequeno mundo. Tom selecionava com cuidado tudo de melhor para Nan, apenas para ser esmagado pelo comentário:

– Eu nunca como a esta hora, e você vai ter pesadelos, se comer.

Então, docilmente reprimindo as pontadas de fome, ele deu seu prato para Daisy, e mascou folhas de rosa como jantar.

Quando uma quantidade surpreendente de nutrientes saudáveis havia sido consumida, alguém disse "Vamos cantar!", e seguiu-se uma hora melodiosa. Nat tocou violino; Demi, flauta; Dan arranhou o velho banjo, e Emil torturou uma cantiga triste sobre o naufrágio do *Bounding Betsey*; depois, todos se uniram às antigas baladas até que, sem sombra de dúvida, havia "música no ar", e quem passava por ali dizia, sorrindo ao escutar: "A velha Plumfield está contente esta noite!".

Quando todos já haviam se recolhido, Dan permaneceu na varanda, desfrutando do vento fresco que soprava dos campos de trigo e trazia o aroma das flores de Parnaso; enquanto ele estava ali relaxando, muito romanticamente ao luar, a senhora Jo se aproximou para trancar a porta.

– Sonhando acordado, Dan? – ela perguntou, pensando que o momento tinha chegado; imaginem o choque dela quando, em vez de fazer alguma confidência interessante ou dizer uma palavra de afeto, Dan se virou e disse, um tanto abruptamente:

– Eu queria poder fumar.

A senhora Jo deu risada da decepção de suas esperanças e respondeu, com ternura:
– Você pode, no seu quarto, mas não ponha fogo na casa.
Talvez Dan tenha visto uma ligeira decepção no rosto dela, ou a lembrança das consequências daquela brincadeira infantil tenha tocado seu coração; pois ele pôs-se de pé e lhe deu um beijo, cochichando "Boa noite, mamãe". E a senhora Jo ficou parcialmente satisfeita.

Férias

Na manhã seguinte, todos estavam contentes por estarem em férias e se deixaram ficar à mesa do café da manhã até que a senhora Jo de repente exclamou:

– Ora, um cachorro!

E à porta de entrada apareceu um grande cão de caça, imóvel, com os olhos fixos em Dan.

– Oi, meninão! Você não podia esperar que eu fosse até lá? Veio às escondidas? Agora confesse e aceite seu castigo como homem – disse Dan, levantando-se para ir ao encontro do cachorro, que sentou nas patas traseiras, encarou o dono e latiu como se verbalizando uma negação indignada de qualquer desobediência. – Está certo, o Don nunca mente – e Dan abraçou a fera enorme, acrescentando, enquanto olhava pela janela e via um homem e um cavalo se aproximando: – Deixei meus despojos passando a noite no hotel, porque não sabia como iria encontrar vocês. Venham aqui para fora conhecer a Octoo, minha mustangue; ela é uma beleza.

E Dan saiu, com a família logo atrás, para dar as boas-vindas à recém-chegada. Encontraram-na preparando-se para subir os degraus, na ansiedade de ver logo o dono, para grande desânimo do homem que a segurava.

– Deixe que ela venha – disse Dan. – Ela sobe degraus como um gato e salta feito um cervo. Então, minha menina, quer galopar? – ele perguntou, enquanto a bela criatura trotava ao encontro dele e relinchava de prazer enquanto ele esfregava o focinho dela e afagava seu flanco sedoso.

– Isso é o que eu chamo de um cavalo que vale a pena ter – disse Ted, cheio de admiração e deleite, pois seria o responsável por cuidar da égua durante a ausência de Dan.

– Que olhos inteligentes. Ela parece que seria capaz de falar – disse a senhora Jo.

– Ela fala como uma pessoa, do jeito dela. Há bem pouco que ela não saiba. Não é, moça bonita? – e Dan encostou sua bochecha à dela, como se a pequena égua preta lhe fosse muito querida.

– O que significa Octoo? – perguntou Rob.

– Relâmpago, e ela bem merece, como você verá. O Falcão Negro me deu esta égua em troca do meu rifle, e já nos divertimos muito juntos. Ela salvou minha vida mais de uma vez. Está vendo esta cicatriz?

Dan apontou para uma marca pequena, meio escondida pela longa crina; de pé com o braço em volta do pescoço de Octoo, ele contou a história.

– O Falcão Negro e eu saímos para caçar búfalos uma vez, mas não os encontramos tão depressa quanto esperávamos; então a comida acabou e nós estávamos a mais de cento e sessenta quilômetros do Rio Red Deer, onde ficava nosso acampamento. Pensei que estávamos liquidados, mas meu corajoso amigo falou: "Agora vou mostrar como podemos sobreviver até encontrar a manada". Tiramos as selas e descarregamos, para passar a noite perto de uma pequena lagoa; não havia uma só criatura à vista em lugar nenhum, nem mesmo um passarinho, e conseguíamos enxergar muito longe, acima das pradarias. O que vocês acham que nós fizemos? – e Dan encarou os rostos que o rodeavam.

– Comeram minhocas como os camaradas australianos – disse Rob.

– Ferveram grama ou folhas – acrescentou a senhora Jo.

– Talvez tenham preenchido o estômago com barro, como lemos que os silvícolas fazem? – arriscou o senhor Bhaer.

– Mataram um dos cavalos – exclamou Ted, ansioso por algum tipo de derramamento de sangue.

– Não, mas sangramos um deles. Vejam, bem aqui; enchemos uma pequena caneca de metal, pusemos umas folhas de sálvia selvagem, água, e aquecemos numa fogueira de gravetos. Foi bom e nós dormimos bem.

– Acho que a Octoo não – e Josie afagou o animal com uma expressão de grande empatia.

– Ela não se importou minimamente. O Falcão Negro disse que podíamos sobreviver dos cavalos durante vários dias e ainda viajar de volta, antes que eles sentissem qualquer coisa. Mas, na manhã seguinte, nós encontramos os búfalos, e eu atirei naquele cuja cabeça está na minha bagagem, pronta para ser pendurada e afugentar os morcegos. Ele era um tipo bem feroz, podem apostar.

– Para que serve esta tira? – perguntou Ted, que estava ocupado examinando a sela indígena, a rédea única e o bridão com laço e, em volta do pescoço, a tira de couro da qual queria saber mais.

– Nós nos seguramos nisso quando nos inclinamos ao longo da lateral do cavalo que está mais distante do inimigo, e disparamos por baixo do pescoço enquanto cavalgamos. Vou mostrar.

Pulando na sela, Dan partiu voando pelos degraus abaixo, percorrendo o gramado em grande velocidade, às vezes na garupa de Octoo, às vezes meio escondido, pendurado pelo estribo e pela correia, e às vezes totalmente desmontado da égua, correndo ao lado dela enquanto ela continuava avançando, adorando a diversão, e Don corria atrás, em êxtase canino por estar livre de novo e com seus companheiros.

As três criaturas selvagens brincando cheias de vigor, graça e liberdade era uma visão tão bela que, por um momento, o gramado suave pareceu uma pradaria rústica, e os espectadores sentiram que aquele vislumbre de um outro tipo de vida tornava a deles um bocado doméstica e sem cor.

– Isto é melhor do que um circo! – gritou a senhora Jo, desejando que fosse jovem outra vez e pudesse dar uma volta naquele cavalo que era como um relâmpago com rédea. – Prevejo que Nan vai ficar bastante ocupada remendando ossos, pois Ted vai quebrar cada um deles tentando superar Dan.

– Alguns poucos tombos não lhe farão mal, e esta nova responsabilidade e novo prazer serão benéficos para ele em todos os aspectos. Receio, porém, que Dan jamais possa cuidar de uma plantação, depois de haver montado um Pégaso como este – respondeu o senhor Bhaer, conforme a égua preta saltava o portão, aproximava-se pelo caminho voando, estancava ao ouvir o comando e ficava imóvel, trêmula de excitação, e Dan desmontava e olhava para o grupo à espera de palmas.

Ele recebeu aplausos abundantes e pareceu mais satisfeito por seu animal de estimação do que por si mesmo. Ted clamava por uma aula imediatamente, e logo estava à vontade na sela estranha; achou Octoo gentil como um cordeiro e se afastou trotando até o colégio para se exibir. Bess veio apressada descendo a colina, tendo visto a corrida de longe; e todos se reuniram na varanda quando Dan arrancou a tampa da grande caixa que o serviço expresso tinha "largado" junto à porta, conforme as palavras dele mesmo.

Em geral, Dan viajava frugalmente e detestava ter mais bagagem do que era capaz de transportar em sua valise já bem gasta. Agora, porém, que tinha um pouco de dinheiro próprio, havia se sobrecarregado com uma coleção de troféus conquistados por seu arco e sua lança, e os levado para oferecer aos amigos.

"Seremos devorados pelas traças", pensou a senhora Jo, quando surgiu a cabeça desgrenhada, seguida por um tapete de pele de lobo para o quarto dela, uma pele de urso para o estúdio do Professor e trajes indígenas enfeitados com caudas de raposa para os meninos.

Tudo muito agradável e carinhoso para um dia quente de julho, e recebido com deleite. Ted e Josie imediatamente se fantasiaram, aprenderam o grito de guerra e puseram-se a assustar os amigos com uma série de contendas ao redor da casa e dos terrenos, com machados, arcos e flechas, até que a exaustão os obrigou a uma trégua.

Asas coloridas de pássaros, capim roxo dos pampas, colares de conchas tubulares e lindos trabalhos de miçangas, cascas e penas encantaram as meninas. Minerais, pontas de flechas e esboços esquemáticos interessaram ao Professor. E quando a caixa ficou vazia, Dan deu de presente ao senhor Laurie várias canções indígenas melancólicas escritas em casca de bétula.

– Nós só precisamos de uma tenda por cima para ficar tudo perfeito. Sinto que devo lhes oferecer milho tostado e carne desidratada para o jantar, meus bravos. Ninguém vai querer cordeiro e ervilhas depois dessa esplêndida cerimônia indígena – disse a senhora Jo, observando a pitoresca confusão que reinava no corredor, onde as pessoas estavam relaxando sobre os tapetes, todas mais ou menos enfeitadas de penas, calçados típicos ou contas.

– Focinho de alce, língua de búfalo, bifes de urso e tutano assado seriam a coisa certa, mas não me incomodo de variar um pouco, então sirva seu carneirinho com legume – respondeu Dan de dentro da caixa, onde estava sentado como um chefe indígena no meio da tribo, com o grande cão a seus pés.

As meninas começaram a arrumar as coisas, mas fizeram pouco progresso, pois tudo o que tocavam tinha uma história e todas as histórias eram emocionantes, cômicas ou selvagens, de modo que acharam bem difícil fazer o trabalho, até que Dan foi levado embora pelo senhor Laurie.

Esse foi o início das férias de verão, e foi interessante ver que agradável mexida a vinda para casa de Dan e Emil provocou na vida calma da comunidade de alunos, pois os dois pareceram trazer consigo uma brisa fresca que animou a todos. Muitos dos colegiais haviam ficado durante as férias; e Plumfield e Parnaso faziam o melhor que podiam para tornar esses dias gostosos para eles, já que a maioria vinha de Estados distantes, era pobre e tinha pouca oportunidade além daquela de obter um pouco de cultura e diversão. Emil era cordial com os homens e com as senhoritas e circulava amigavelmente à moda dos marujos, mas Dan ficou muito impressionado com as moças prestes a se formar, e permanecia em silêncio no meio delas, observando-as como uma águia observaria um bando de pombas. Ele se deu melhor com os estudantes e se tornou imediatamente o herói deles. A admiração dos jovens por suas conquistas lhe fez bem, porque ele sentia claramente seu déficit educacional e com frequência se perguntava se poderia encontrar nos livros algo que o satisfizesse de modo tão completo quanto as lições que estava aprendendo no volume esplendidamente ilustrado da natureza. Apesar de seu silêncio, as meninas descobriram suas qualidades e dedicavam ao "espanhol", como o chamavam, uma deferência toda especial, pois seus olhos pretos eram mais eloquentes do que sua língua, e as doces criaturas tentavam mostrar seu interesse amigável de muitas formas encantadoras.

Ele percebeu e se empenhou para estar à altura das demonstrações, reprimindo o discurso impensado, suavizando os modos rudes e observando o efeito de tudo o que dizia e fazia, ansioso para causar boa impressão. A atmosfera social aquecia seu coração solitário, a cultura o incentivava a dar o seu melhor e as mudanças ocorridas durante sua ausência, tanto nele quanto nos demais, faziam o velho lar parecer um novo mundo. Depois da vida na Califórnia, era doce e tranquilo estar ali, cercado por rostos conhecidos que o ajudavam a esquecer muito daquilo de que se arrependia, e a decidir merecer por completo a confiança dos bons camaradas e o respeito das meninas inocentes.

Então havia cavalgadas e remo e piqueniques durante o dia, e música, dança e teatro à noite, e todos afirmavam que, em muitos anos, não tinha havido férias tão divertidas. Bess manteve a promessa e deixou que a poeira se acumulasse sobre sua amada argila, enquanto com prazer ela acompanhava os amigos ou estudava música com o pai, que se alegrava com o tom rosado nas bochechas da filha e com o riso que expulsara o olhar sonhador que ela costumava exibir. Josie brigava menos com Ted, pois Dan tinha um jeito de olhar para ela que a esfriava imediatamente e produzia um efeito quase tão bom sobre o primo rebelde. Mas Octoo fez ainda mais pelo animado jovem, que descobriu que os encantos dela eclipsavam totalmente os da bicicleta, que havia sido o deleite de seu coração até então. De manhã até à noite, ele montava a besta incansável e começou a desenvolver músculos, para grande alegria de sua mãe, que temia que seu pé de feijão espichasse rápido demais para se manter saudável.

Demi, achando o jornalismo um tanto desinteressante ali, alegrou seu lazer fotografando cada um que conseguiu convencer a posar para ele, obtendo algumas fotografias excelentes em meio a muitas que não deram certo, pois tinha bom gosto para composições e uma paciência infinita. Pode-se dizer que enxergava o mundo através das lentes de sua câmera e que parecia se divertir muitíssimo apertando os olhos para seus semelhantes quando sob a cambraia preta. Dan era seu tesouro, pois aceitava bem e posava de boa vontade com roupas mexicanas, cavalo e cachorro, e todos quiseram cópias daquelas fotos. Bess também era uma das modelos favoritas, e Demi ganhou um prêmio na Mostra de Fotografia Amadora com uma imagem de sua prima com o cabelo espalhado à frente do rosto, elevando-se da nuvem de laços brancos que caía sobre seus ombros. Reproduções dessa imagem foram distribuídas liberalmente pelo orgulhoso artista, e uma cópia tinha por trás uma historinha ainda por ser contada.

Nat cavava todo minuto que conseguia para estar com Daisy antes da longa separação, e a senhora Meg cedeu um pouco, na certeza de que a ausência iria curá-lo de sua fantasia infeliz. Daisy falava pouco, mas seu rosto meigo ficava triste quando ela estava sozinha, e umas poucas lágrimas silenciosas caíram sobre os lenços que ela dobrava com grande capricho, incluindo fios do próprio cabelo. Ela estava segura de que Nat não a esqueceria, e a vida se mostrava lúgubre sem o querido companheiro que tinha sido seu amigo desde os dias de panquecas e confidências no velho salgueiro, mas ela era uma filha à moda antiga, obediente e dócil, com tamanho amor e reverência pela mãe que sua vontade era lei. Se o amor estava proibido, a amizade teria que bastar. Então ela guardou o sofrimento para si mesma, sorria animada para Nat e tornou os últimos dias de vida doméstica dele muito felizes, com todos os mimos e prazeres que poderia lhe oferecer, desde conselhos sensatos e palavras carinhosas até um bom suprimento de itens para sua vida de solteiro e uma caixa de guloseimas para a viagem.

Tom e Nan usaram todo o tempo que conseguiram roubar aos estudos para se divertir em Plumfield com os velhos amigos, pois a viagem seguinte de Emil seria longa, a duração da ausência de Nat era incerta e ninguém fazia ideia de quando Dan apareceria outra vez. Todos pareciam sentir que a vida estava começando a ficar séria, e mesmo enquanto desfrutavam juntos do agradável verão, eles tinham consciência de já não serem crianças e, com frequência, nas pausas das brincadeiras, conversavam com toda a sobriedade sobre planos e esperanças, como se ansiosos por se ajudarem mutuamente antes que se afastassem em diferentes direções.

Umas poucas semanas era tudo de que dispunham; então, o *Brenda*, ficou pronto, Nat ia partir de Nova Iorque e Dan o acompanhou para se despedir; seus próprios planos fermentavam na cabeça, e ele estava ansioso por começar a executá-los. Uma festa dançante de despedida ocorreu em Parnaso em homenagem aos viajantes, e todos apareceram em seus melhores trajes e melhores humores. George e Dolly chegaram com os modos e o decoro de Harvard, lindos de se ver de paletó e "chapéus amassados", como Josie chamou o orgulho especial e a alegria de suas almas de menino. Jack e Ned enviaram seus melhores votos e se desculparam por não comparecer, e ninguém lamentou a ausência, pois eles estavam entre o que a senhora Jo chamava de seus fracassos. O pobre Tom se meteu em encrenca, como sempre, ao lambuzar a cabeça com algum preparo altamente perfumado na esperança vã de alisar o cabelo crespo até torná-lo achatado e liso, como era moda. Infelizmente, os cachos apenas se apertaram mais, e o odor de muitas barbearias se agarrou a ele a despeito dos esforços frenéticos que fez para bani-lo. Nan não permitia que ele se aproximasse dela e abanava vigorosamente o leque quando ele estava à vista, o que o magoou bastante e o fez sentir como Adão expulso do Paraíso. Claro que os amigos zombaram dele e nada, além de sua inextinguível jovialidade, evitou que caísse em desespero.

Emil estava resplandecente em seu uniforme novo e dançou com uma entrega que só os marinheiros conhecem. Seus sapatos pareciam estar em todos os lugares ao mesmo tempo e os amigos logo perderam o fôlego na tentativa de acompanhá-lo, mas todas as meninas afirmaram que ele as conduzia como um anjo e, apesar dos passos amplos, não houve colisões; então, ele estava feliz e não lhe faltaram donzelas com quem balançar.

Não possuindo um paletó, Dan foi convencido a usar sua fantasia de mexicano e, sentindo-se à vontade na calça de muitos botões, na jaqueta folgada e na faixa berrante, atirou a pala por cima do ombro com um floreio e ficou muito bonito, executando manobras elaboradas com as esporas longas, enquanto ensinava a Josie passos estranhos ou, cheio de admiração, revirava os olhos pretos para certas donzelas loiras a quem não se atrevia a abordar.

As mães estavam sentadas em um canto fornecendo alfinetes, sorrisos e palavras gentis a todos, em especial aos jovens desajeitados que eram novatos naquele evento e às meninas acanhadas, conscientes da musselina desbotada e das luvas limpas. Era agradável ver a majestosa senhora Amy bailar nos braços de um menino interiorano muito alto, com botas grossas e uma testa enorme, ou a senhora Jo dançar como uma garota, com um sujeito tímido cujos braços pareciam manivelas e cujo rosto estava roxo de constrangimento e orgulho pela honra de pisotear os pés da esposa do diretor. A senhora Meg sempre tinha em seu sofá espaço para duas ou três meninas, e o senhor Laurie dedicava a essas senhoritas simples e pobremente vestidas um gracejo gentil que conquistava seus corações e as fazia felizes. O bondoso Professor circulava com refrescos e seu rosto alegre brilhava para todos da mesma forma, ao passo que o senhor March discutia o estudo da comédia grega com os cavalheiros sérios demais para curvarem os poderosos intelectos às alegrias frívolas.

O grande salão de música e o corredor, a sala de estar e a varanda estavam coalhados de senhoritas vestidas de branco e admiradores que as acompanhavam como sombras; o ar estava cheio de vozes animadas, e corações e pés avançavam juntos com leveza ao som da banda doméstica, que tocava vigorosamente, e a Lua camarada fazia o melhor que podia para acrescentar encantamento à cena.

– Ajeite meus alfinetes, Meg; aquele menino querido, Dunbar, quase me quebrou em mil pedacinhos, como diria a senhora Peggotty. Mas ele bem que se divertiu, trombando contra os outros rapazes e me girando como se eu fosse um escovão. É nessas horas que eu percebo que já não sou jovem como era, nem tenho mais os pés ágeis como antes. Dentro de dez anos estaremos acabadas, irmã, é melhor nos acostumarmos e a senhora Jo se recolheu a um canto, bastante descabelada devido aos benevolentes esforços.

– Sei que eu vou ganhar peso, mas você não para quieta o suficiente para acumular carne nesses ossos, minha querida; e a Amy vai sempre manter a aparência adorável. Esta noite ela parece ter 18 anos, naquele vestido branco e com as rosas – respondeu Meg, ocupada remendando os babados rasgados de uma irmã enquanto com os olhos acompanhava os movimentos graciosos da outra; Meg ainda amava Amy como antigamente.

Era uma piada de família que Jo estivesse engordando e ela também brincava a respeito, embora até o momento tivesse apenas adquirido uma silhueta mais madura que lhe caía muito bem. Elas estavam brincando sobre papadas duplas e caídas quando o senhor Laurie se aproximou, de folga por um instante.

– Consertando estragos como de hábito, Jo? Você nunca conseguiu fazer o mais ligeiro exercício sem voltar em farrapos. Venha dar um passeio tranquilo comigo para se refazer antes do jantar. Tenho uma série de quadros vivos para lhe mostrar, enquanto a Meg escuta o sibilar arrebatado da senhorita Carr, a quem eu fiz feliz quando entreguei como parceira a Demi.

Enquanto falava, Laurie conduziu Jo para o salão de música, quase vazio agora, depois que uma dança havia dispersado os jovens para o jardim e o corredor. Parando em frente à primeira das quatro amplas janelas que se abriam para a varanda larga, ele apontou para um grupo do lado de fora e falou:

– O nome deste quadro é "Zé em terra firme".

Um par de compridas pernas azuis, que terminava em calçados muito arrumados, pendia do telhado da varanda por entre vinhas; e rosas, colhidas por mãos invisíveis, porém evidentemente vinculadas às antes mencionadas pernas, estavam sendo jogadas no colo de várias moças, que se empoleiravam na grade lá embaixo como um bando de aves brancas, enquanto uma voz masculina "caía como uma estrela cadente" ao cantar esta cantiga pensativa para uma plateia extremamente acolhedora:

O SONHO DE MARY
A Lua havia escalado a colina oriental
Que se eleva sobre as areias de Dee,
E do alto de seu cume derramou
Uma luz prateada na torre e no quintal
Quando Mary se deitou para dormir
(Os pensamentos em Sandy, longe, no mar)
Uma suave voz baixinho se fez ouvir
Dizendo: "Mary, não chore mais por mim".
Ela do travesseiro gentilmente levanta
A cabeça, para ver quem poderia ser,
E vê o jovem Sandy, oco e trêmulo,
Com rosto pálido como uma flor branca.
"Oh Mary, frio é o meu barro agora, querida;
Sob o mar tempestuoso ele se encontra;
Longe de ti, durmo na morte, já sem vida.
Querida Mary, não chore mais por mim."
"Por três noites e três dias de tempestade
Fomos jogados sob a fúria poderosa
Muito lutamos para nosso barco salvar
Mas todo o esforço foi uma inutilidade.
Mesmo quando o terror o meu sangue gelou,
Meu coração estava cheio de amor por ti.
Agora eu descanso, a tempestade passou;
Então, Mary, não chore mais por mim."
"Oh minha donzela querida, esteja preparada;
Logo nos encontraremos naquela praia
Onde o amor é livre da dúvida amargurada
E você e eu não nos separaremos mais."
Alto cantou o galo e a sombra fugiu assim;
Sandy não mais olhava para ela;
Mas ao passar o suave espírito disse:
"Doce Mary, não chores mais por mim".

— A alegria perene desse menino vale uma fortuna para ele. Ele nunca vai afundar, tendo um espírito tão animado para mantê-lo à tona ao longo da vida – disse a senhora Jo, enquanto as rosas eram atiradas de volta em meio a muitos aplausos, quando a canção terminou.

— Não, ele não vai afundar, e é uma graça pela qual ser grato, não? Nós, pessoas melancólicas, sabemos quanto isso vale. Que bom que você gostou do meu primeiro quadro. Venha ver o número dois. Espero que não tenha se estragado, estava muito bonito agora há pouco. Este se chama *Otelo contando suas aventuras para Desdêmona*[41].

A segunda janela emoldurava um grupo muito pitoresco de três pessoas. O senhor March em uma poltrona, tendo Bess sobre uma almofada a seus pés, estava ouvindo Dan, que, apoiado em um pilar, falava com animação incomum. O velho cavalheiro estava na sombra, mas a pequena Desdêmona, totalmente iluminada pela luz da lua cheia, olhava para cima na direção do rosto de Otelo, absorta pela história que ele contava tão bem. A pala colorida sobre o ombro de Dan, sua pele escura e os gestos de seu braço tornavam a cena muito impactante, e ambos os espectadores desfrutaram dela em silencioso prazer, até que a senhora Jo disse, em um cochicho rápido:

— Fico contente que ele esteja indo embora. Ele é pitoresco demais para o mantermos aqui, em meio a tantas meninas românticas. Receio que esse estilo "grandioso, sombrio e peculiar" seja excessivo para as nossas mocinhas tão simples.

— Não há perigo, Dan ainda é um tanto rude e creio que sempre vá ser, mas vem melhorando em vários aspectos. E como Queenie fica bem sob aquela luz suave!

— A pequena e querida Cachinhos Dourados fica bem em qualquer lugar – e com uma olhadela para trás, cheia de orgulho e admiração, a senhora Jo seguiu caminho, mas aquela cena lhe voltou à lembrança muito depois, assim como suas palavras proféticas.

---

[41] Otelo e Desdêmona, personagens de *Otelo, o mouro de Veneza*, de Shakespeare. (N.T.)

O terceiro era, à primeira vista, um quadro trágico, mas o senhor Laurie abafou uma risada ao cochichar "O cavaleiro ferido", apontando para Tom, com a cabeça envolvida por um lenço e ajoelhado diante de Nan, que extraía de sua mão um espinho ou uma farpa com notável habilidade, a julgar pelo semblante enlevado do paciente.

– Estou machucando você? – ela perguntou, virando a mão para o luar de modo a enxergar melhor.

– Nem um pouco; cava fundo, eu gosto – respondeu Tom, sem se importar com os joelhos doendo e com o dano causado às suas melhores calças.

– Não vou demorar.

– Leve horas, se quiser. Nunca fui tão feliz quanto agora.

Inabalada pelo comentário carinhoso, Nan pôs um par de óculos grandes e redondos dizendo, em um tom de voz prosaico:

– Agora estou vendo. É só uma lasquinha, e cá está.

– Minha mão está sangrando, você não vai enfaixar? – perguntou Tom, desejando prolongar a situação.

– Que bobagem, é só sugar. Apenas tome cuidado amanhã, caso vá investigar. Não quero mais intoxicação por sangue.

– Esta foi a única vez que você foi gentil comigo. Gostaria de ter perdido um braço.

– Eu gostaria que você perdesse a cabeça; está cheirando a terebintina e querosene mais do que nunca. Vá dar uma corrida no jardim para arejar.

Receando que uma risada revelasse sua presença, os observadores se afastaram, deixando para trás o cavaleiro correndo em desespero e a dama enfiando o nariz no vaso de lírios para se recompor.

– Pobre Tom, que destino duro. Ele está desperdiçando seu tempo! Aconselhe-o a parar com o flerte e ir trabalhar, Jo.

– Já fiz isso, Teddy, muitas vezes, mas será preciso algum choque muito grande para tornar esse rapaz sábio. Aguardo com interesse para ver o que será. Misericórdia, mas o que é isso?

E era natural que perguntasse, pois sobre uma cadeirinha rústica estava Ted tentando se equilibrar em uma perna só, com a outra estendida e ambas as mãos balançando no ar. Josie, com vários outros amigos, observava o contorcionismo com profundo interesse, enquanto conversavam sobre "pequenas asas", "fios dourados retorcidos" e "casquete caprichado".

– Este pode se chamar *Mercúrio tentando voar* – disse o senhor Laurie, quando eles espiaram pela cortina rendada.

– Abençoadas sejam as pernas compridas deste menino! Como ele acha que vai conseguir lidar com elas? Eles estão ensaiando a representação das Estátuas de Owlsdark, e que bela confusão vão aprontar, sem ninguém para lhes mostrar como fazer – respondeu a senhora Jo, divertindo-se muito com a cena.

"Ah, agora ele conseguiu!", "Está perfeito, esplêndido!", "Veja quanto tempo consegue ficar nessa posição!", gritaram as meninas, quando Ted logrou manter o equilíbrio por um instante ao apoiar a ponta de um dos pés na treliça. Infelizmente, isso concentrou todo o peso dele no pé oposto, a palha do assento cedeu e o Mercúrio voador caiu com um estrondo em meio aos gritos e risos das meninas. Estando acostumado a se estatelar, ele rapidamente se recompôs e, com vivacidade, começou a saltar de um lado a outro, com uma das pernas enfiadas na cadeira, improvisando uma dança.

– Obrigada pelas quatro belas imagens. Você me deu uma ideia, e creio que, em algum momento, nós vamos representar regularmente quadros vivos desse tipo, encenando com a nossa trupe um conjunto sequencial dessas cenas. É inovador e impactante. Vou propor ao nosso diretor e dar a você toda a glória – disse a senhora Jo, enquanto se afastavam rumo à sala de onde chegavam ruídos de vidro e louça se partindo, e vislumbres de casacos pretos muito agitados.

Vamos seguir o exemplo dos nossos velhos amigos e circular por aí entre os jovens, espionando e reunindo alguns fios que nos ajudem a tecer a história. George e Dolly estavam na sala de jantar e, depois de servirem as damas sob seus cuidados, ficaram a um canto absorvendo nutrientes de todos os tipos, em uma tentativa vã de esconder apetites intensos sob uma aura de elegante indiferença.

– Comida boa, esta. O Laurence faz as coisas com estilo. Café de primeira categoria, mas nada de vinho, e isso é um erro – disse Rechonchudo, que ainda fazia por merecer o apelido e era um jovem robusto, de olhos pesados e pele biliosa.

– Faz mal para os rapazes, ele diz. Por Júpiter, se ele nos visse em uma de nossas sessões de vinho, encharcados feito esponjas, como diz o Emil – respondeu Dolly, o janota, com todo o cuidando esticando um guardanapo sobre o peito brilhante da camisa, onde um botão de diamante brilhava como uma estrela solitária.

A gagueira de Dolly estava quase superada; ele, assim como George, falava em tom condescendente que, somado ao ar de indiferença que os dois tinham assumido, provocava um contraste engraçado com seus rostos jovens e observações tolas. Eram ambos rapazotes de bom coração, mas inchados de orgulho por estarem no segundo ano da faculdade e pela liberdade que a vida universitária lhes dava.

– A pequena Josie está se tornando uma menina bonita, não está? – disse George com um longo suspiro de satisfação, conforme o primeiro bocado de sorvete lhe descia lentamente pela garganta.

– Hum, bem, mais ou menos. A Princesa é mais do meu agrado. Gosto das loiras, imponentes e elegantes, sabe.

– Sim, a Josie é muito agitada, poderia dançar com um gafanhoto. Tentei uma abordagem, mas ela é demais para mim. A senhorita Perry é bonita e mais fácil de lidar. Eu a conquistei para o alemão.

– Você nunca será um dançarino. Preguiçoso demais. Eu, ao contrário, vou aceitar conduzir qualquer garota ou dançar com qualquer rapaz que você escolher. Dançar é o meu forte – e os olhos de Dolly foram dos sapatos elegantes para a brilhante pedra preciosa com o ar exibido de um jovem peru em um desfile.

— A senhorita Grey está procurando você, quer mais comida. Veja também se o prato da senhorita Nelson está vazio, bom menino. Não posso tomar sorvete com pressa — e George ficou na segurança de seu cantinho, enquanto Dolly abria caminho na multidão para cumprir seu dever, voltando muito zangado, com uma mancha de molho de salada na manga do casaco.

— Confundi as moçoilas! Elas ficam zanzando por aí como escaravelhos e fazem muita confusão. É melhor ficar com os livros e não tentar ser um homem da sociedade. Eu não consigo. Maldita mancha. Esfrega um pouco e me dá uma colherada, estou faminto. Nunca vi meninas comerem assim. Isso prova que não deveriam estudar tanto. Nunca gostei de ensino misto — rosnou Dolly, muito irritado.

— Comem muito mesmo, e isso não é nada feminino. Elas deveriam se satisfazer com um sorvete e um pouquinho de bolo, e comer com modos. Não gosto de ver uma moça devorando nada. Nós, homens que trabalhamos duro, precisamos de grandes porções e, por Júpiter, pretendo conseguir um pouco do merengue, se é que já não acabou. Aqui, garçom! Traga aquela travessa para cá, e se apresse — ordenou Rechonchudo, cutucando um jovem em trajes bastante gastos, que ia passando com uma bandeja de copos.

Suas ordens foram prontamente obedecidas, mas o apetite de George sumiu no exato momento em que Dolly exclamou com um rosto escandalizado, enquanto tirava os olhos de seu casaco danificado:

— Agora você está encrencado, meu velho. Aquele é Morton, amigo do senhor Bhaer. Sabe tudo, não vai parar por causa de um empurrão e está destinado a receber todas as honras. Você não perde por esperar — e Dolly riu com tanto gosto que uma colherada de sorvete caiu na cabeça da moça sentada à sua frente, o que o pôs em encrenca também.

Agora, deixando-os entregues a seu desespero, vamos ouvir a conversa cochichada por duas moças confortavelmente sentadas a um canto, esperando que seus acompanhantes se alimentassem.

– Eu acho que os Laurences dão festas adoráveis. Você não gosta? – perguntou a mais nova, olhando ao redor com o ar ansioso de quem não está habituado a esse tipo de prazer.

– Gosto muito, mas nunca sinto que estou vestida corretamente. Minhas roupas pareciam boas quando eu estava em casa e até pensei que estaria arrumada demais, mas aqui estou parecendo uma caipira desajeitada. Não tenho tempo nem dinheiro para me trocar agora, mesmo que soubesse como fazer isso – respondeu a outra analisando, aflita, o vestido de seda cor-de-rosa com bainhas de renda barata.

– Você precisa conseguir que a senhora Brooke lhe conte como consertar as suas coisas. Ela foi muito gentil comigo. Eu tinha um vestido de seda verde que parecia tão barato e feio ao lado dos bonitos que se vê aqui que sempre me sentia infeliz, e perguntei a ela quanto custaria um como o da senhora Laurence. Ele parecia tão simples e elegante que pensei que não seria caro demais, mas era de musselina indiana e renda de Valência, de modo que, obviamente, eu não poderia comprar. Mas então a senhora Brooke falou: "Use um pouco de musselina para cobrir a seda verde e use lúpulo ou flores brancas, em vez de cor-de-rosa, no cabelo, e você terá um belo traje". Não é adorável e muito apropriado? – e a senhorita Burton se inspecionou com satisfação feminina, pois um pouco de discernimento havia suavizado o verde forte, e botões de lúpulo valorizaram seu cabelo ruivo muito mais do que rosas.

– Está bonito, eu já tinha notado. Vou fazer igual com o meu vestido roxo e perguntar como ficou. A senhora Brooke me ajudou a me livrar das minhas enxaquecas e a dispepsia da Mary Clay pararam, desde que ela parou de tomar café e comer pão quente.

— A senhora Laurence me aconselhou a caminhar e correr e a usar o ginásio para melhorar meus ombros e expandir o tórax, e fiquei muito melhor do que eu era.

— Você sabia que o senhor Laurence paga todas as contas da Amelia Merrill? O pai dela faliu e ela estava arrasada por ter de sair do colégio, mas esse homem maravilhoso entrou em cena e consertou tudo.

— Sim, e o Professor Bhaer recebe vários alunos em casa, à noite, para ajudá-los, e assim eles conseguem continuar estudando, e a senhora Bhaer cuidou pessoalmente do Charles Mackey quando ele teve febre, no ano passado. Eu acho que eles são as melhores pessoas do mundo, as mais gentis.

— Eu também acho, e o período que vou passar aqui será o mais feliz e mais útil da minha vida.

E, por um momento, as meninas se esqueceram de suas roupas e seus jantares para olhar com gratidão e afeto para os amigos, que tentavam cuidar de corpos, almas e mentes.

Agora, vamos a um animado grupo se alimentando na escada, as meninas como espuma no alto e um substrato de jovens abaixo, onde as partículas mais pesadas sempre se acomodam. Emil, que jamais se sentava se pudesse trepar ou empoleirar, decorava o novo corrimão; Tom, Nat, Demi e Dan estavam acampados nos degraus, comendo atarefadamente, uma vez que as respectivas senhoritas estavam bem servidas e eles haviam conquistado um momento de descanso, do qual desfrutava com os olhos fixos na agradável imagem acima deles.

— Eu estou tão triste que os meninos estejam indo embora. Vai ficar tudo horrivelmente monótono sem eles. Agora que pararam com as provocações e são educados, eu gosto da companhia deles – disse Nan, que nessa noite se sentia graciosa como raramente, uma vez que o acidente com Tom o impedia de importuná-la.

— Eu também, e a Bess estava lamentando sobre isso mais cedo hoje, apesar de, em geral, ela não gostar de meninos a menos que sejam modelos de refinamento. Ela está esculpindo a cabeça do Dan e ainda não está terminada. Nunca a vi tão interessada em nenhum trabalho, e está ficando muito bom. Ele é tão impressionante e grande que sempre me faz pensar no "Gladiador Moribundo[42]" ou em alguma outra dessas figuras antigas. Lá vem a Bess. Mas que linda ela está, esta noite – respondeu Daisy, acenando quando a Princesa passou com o avô apoiado em seu braço.

– Nunca imaginei que ele se pudesse se sair tão bem. Vocês se lembram que costumávamos chamá-lo de menino mau, e como tínhamos certeza de que se tornaria um pirata ou outra coisa horrível, porque ele nos encarava e de vez em quando dizia palavrões? Agora ele é o mais lindo dos rapazes, e muito divertido, com tantas histórias e planos. Eu gosto muito dele; ele é tão grande e forte e independente. Estou farta de meninos mimados e leitores vorazes – disse Nan, de seu jeito firme.

– Não mais lindo do que o Nat! – exclamou a leal Daisy, comparando os dois rostos ao pé da escada, um com um entusiasmo raro, outro delicado e sóbrio mesmo no ato de mastigar bolo. – Gosto do Dan e fico contente que esteja bem, mas ele me cansa e provoca um pouquinho de medo. Pessoas tranquilas são melhores para mim.

– A vida é luta e gosto de um bom soldado. Os meninos levam as coisas muito na maciota, não percebem a seriedade das coisas nem vão trabalhar a sério. Vejam o absurdo do Tom, desperdiçando seu tempo e fazendo de si objeto de chacota porque não pode ter o que deseja, como um bebê chorando pela Lua. Não tenho paciência para essas bobagens – repreendeu Nan, olhando para baixo na direção do jovial Thomas, que estava alegremente brincando de colocar docinhos nos sapatos de Emil e tentando suportar o melhor possível seu banimento.

– A maioria das meninas ficaria comovida com tamanha fidelidade. Eu acho lindo – disse Daisy por trás do leque, pois outras moças estavam sentadas logo abaixo.

---

[42] *Gálio, Gálata ou Gladiador Moribundo* é uma estátua de mármore da Roma Antiga. (N.T.)

– Você é uma ave sentimental, e não um juiz. Nat será duas vezes mais homem quando voltar depois dessa viagem. Eu gostaria que o Tom fosse com ele. Minha opinião é que se nós, mulheres, temos alguma influência, devemos usá-la para o bem desses meninos, e não cair na bajulação que fará de nós escravas e deles tiranos. Eles que provem o que podem ser e fazer antes de pedir qualquer coisa de nós, e que nos deem a oportunidade de agir do mesmo modo. Então saberemos em que pé estamos, e não vamos cometer erros dos quais nos lamentar pelo resto da nossa vida.

– Ouçam, ouçam! – gritou Alice Heath, uma menina ao estilo de Nan e que havia escolhido ter uma profissão, como uma jovem corajosa e sensata. – Apenas nos deem uma chance e tenham paciência até podermos fazer nosso melhor. Agora, esperam que sejamos sábias como os homens, que há muitas gerações contam com toda a ajuda que existe, enquanto nós mal recebemos alguma. Que tenhamos oportunidades iguais e, dentro de algumas gerações, vamos ver qual será o resultado. Eu aprecio a justiça, e nós recebemos bem pouco dela.

– Ainda dando o grito de guerra pela liberdade? – perguntou Demi, espiando pelos vãos do suporte do corrimão. – Levantem essa bandeira! Eu me alio a vocês e darei uma mãozinha, se quiserem. Mas com você e Nan liderando, creio que não vão precisar de muita ajuda.

– Você é um grande consolo, Demi, e vou chamá-lo em todas as emergências, pois você é um menino honesto e não se esquece do muito que deve à sua mãe, às suas irmãs e tias – continuou Nan. – Gosto de homens que falam francamente e reconhecem que não são deuses. Como poderíamos imaginar que sim, quando tantos erros terríveis são cometidos o tempo todo por essas criaturas grandiosas? Veja-os quando doentes, como eu, e você vai conhecê-los de fato.

– Não nos golpeie quando estivermos caídos; tenha compaixão e nos prepare para abençoarmos e acreditarmos em vocês, mulheres, cada vez mais – suplicou Demi por entre as barras do corrimão.

– Seremos gentis com vocês se forem justos conosco. E não digo "generosos", apenas justos. Fui a um debate sufragista na Câmara no último inverno e, de todas as conversas tolas, débeis e vulgares que já ouvi, aquela foi a pior; e aqueles homens são nossos representantes. Senti vergonha por eles, pelas esposas e mães. Quero um homem inteligente para me representar, se não puder representar a mim mesma, não um tonto.

– A Nan está no modo "discurso de campanha", agora vamos conseguir – exclamou Tom, abrindo o guarda-chuva para proteger a cabeça acidentada, pois a voz firme de Nan era audível e o olhar indignado dela pousara nele enquanto ela falava.

– Prossiga, prossiga! Vou tomar notas e incluir diversos "muitos aplausos" – acrescentou Demi, pegando o caderno de anotações e o lápis e adotando o ar de "cronista social bajulador".

Daisy apertou o nariz dele por entre as barras do corrimão e, por um momento, o encontro virou um rebuliço, pois Emil gritou: "Cuidado, cuidado, tempestade a barlavento", Tom aplaudiu como louco, Dan olhou para cima como se a perspectiva de uma briga, mesmo que só de palavras, o agradasse, e Nat apoiou Demi, cuja postura lhe parecia positiva. No meio dessa crise, enquanto todos riam e falavam ao mesmo tempo, Bess se aproximou flutuando pelo corredor superior e olhou para baixo como um anjo da paz olharia para um grupo ruidoso lá embaixo e perguntou, com olhos doces e lábios sorridentes:

– O que foi?

– Uma conjunção de indignações. Nan e Alice estão provocando alvoroço e nós estamos sob as luzes sendo julgados por nossas vidas. Sua Alteza concederia em presidir e escolher entre nós? – perguntou Demi, quando o silêncio baixou de repente, pois ninguém causava tumulto na presença da Princesa.

– Não sou sábia o suficiente. Vou me sentar aqui e escutar. Por favor, continuem – e Bess ocupou seu lugar acima de todos, impassível e tranquila como uma pequena estátua da Justiça, com leque e flores em lugar da espada e das balanças.

– Agora, damas, descansem suas mentes e nos poupem apenas até o amanhecer; pois temos um alemão com quem dançar assim que todos estiverem alimentados, e Parnaso espera que cada homem cumpra seu dever. A senhora presidente Peraltinha tem a palavra – disse Demi, que gostava daquele tipo de diversão muito mais do que do flerte brando permitido em Plumfield, pela simples razão de que não poderia ser totalmente banido e por fazer parte da educação de todos, fosse ela mista ou não.

– Tenho apenas uma coisa a dizer, e é a seguinte – começou Nan sobriamente, embora seus olhos reluzissem em um misto de diversão e seriedade. – Quero perguntar a cada menino entre vocês o que pensam de verdade sobre este assunto. Dan e Emil já viram o mundo e deveriam conhecer as próprias mentes. Tom e Nat tiveram cinco exemplos diante de si durante vários anos. Demi está do nosso lado e nos orgulhamos dele, assim como Rob. Ted oscila mais do que catavento e Dolly e George, claro, são apenas uns tolos provocadores, apesar do Anexo[43] e de as mulheres em Girton[44] estarem à frente dos homens. Commodore, você está pronto para a pergunta?

– Lança, capitã.

– Você acredita no sufrágio feminino?

– Deus abençoe sua linda cabecinha! Sim, acredito, e contratarei uma tripulação inteiramente feminina assim que você ordenar. Elas não são piores do que uma gangue de repórteres para arrancar um sujeito das amarras que o prendem ao ancoradouro? Todos nós não precisamos de uma moça como piloto para nos manobrar em segurança até o porto? Então por que as mulheres não poderiam compartilhar conosco

---

[43] Edifício contíguo à Universidade de Harvard, aberto para mulheres em 1879. (N.T.)
[44] Girton College, primeira faculdade inglesa para mulheres, fundada em 1869. (N.T.)

as turbulências em alto-mar e em terra firme, já que certamente encalharíamos se não fosse por elas?

– Bom para você, Emil! Nan vai torná-lo primeiro imediato depois desse belo discurso! – disse Demi, enquanto as meninas batiam palmas e Tom resplandecia.

– Agora, Dan, você ama tanto a liberdade para si mesmo, está convencido de que nós também deveríamos ter?

– Toda que vocês conseguirem obter, e combaterei qualquer homem malvado o bastante para dizer que vocês não a merecem.

Essa resposta curta e forte encantou a entusiasmada presidente e ela sorriu para o representante da Califórnia, enquanto dizia, cheia de vivacidade:

– O Nat não se atreveria a afirmar que está do lado oposto, mesmo que estivesse, mas espero que ele tenha decidido se aliar a nós, pelo menos quando as mulheres tiverem ocupado seu espaço, e não ser um daqueles que esperam até o fim vitorioso da batalha para depois bater os tambores e dividir a glória.

As dúvidas da senhora Peraltinha foram afastadas do modo mais eficaz, e seu discurso afiado, um tanto lamentado, quando Nat olhou para cima, rubro, porém com um novo tipo de masculinidade no rosto e nos modos, dizendo, em um tom que os comoveu a todos:

– Eu seria o sujeito mais ingrato do mundo se não amasse, honrasse e servisse as mulheres de todo o coração e com toda a minha força, pois a elas eu devo tudo que sou ou venha a ser.

Daisy juntou as mãos e Bess atirou seu buquê no colo de Nat, enquanto as demais meninas agitavam os leques, muito satisfeitas; pois o sentimento verdadeiro tornara o pequeno discurso muito eloquente.

– Thomas B. Bangs, apresente-se à corte e diga a verdade, toda a verdade e nada além da verdade, se puder – ordenou Nan, com batidinhas para restabelecer a ordem da reunião.

Tom fechou o guarda-chuva, ficou de pé e levantou a mão, dizendo com solenidade:

– Acredito no sufrágio de todas as formas. Eu adoro todas as mulheres e morrerei por elas a qualquer momento, se isso ajudar a causa.

– Viver e trabalhar por isso é mais difícil e, portanto, mais honroso. Os homens estão sempre preparados para morrer por nós, mas não para tornar digna nossa vida. Sentimento barato e lógica ruim. Você será aprovado, Tom, apenas não tagarele. Agora, uma vez que atingimos o propósito da reunião, vamos suspender a sessão, pois a hora festiva da ginástica chegou. Fico feliz de ver que a velha Plumfield forneceu ao mundo seis homens de verdade, e espero que eles continuem a ser leais a ela e aos princípios que ela lhes ensinou, seja qual for o caminho que tomem. Agora, meninas, não se exponham às correntes de vento e, meninos, prestem atenção à água fria quando vocês estiverem quentes.

Com esse encerramento médico típico, Nan se retirou do tribunal e as meninas partiram para desfrutar de um dos poucos direitos que lhes eram permitidos.

Palavras finais

O dia seguinte era domingo, e uma boa tropa de jovens e idosos se pôs a caminho da igreja, alguns dirigindo, outros caminhando, todos aproveitando o clima agradável e a calmaria feliz que chega para nos revigorar quando o trabalho e as preocupações da semana chegam ao fim. Daisy estava com dor de cabeça, e a tia Jo ficou em casa para lhe fazer companhia, sabendo muito bem que a pior dor era no coração meigo, que lutava com toda a diligência contra o amor que ficava mais forte quanto mais a separação se aproximava.

– A Daisy conhece meu desejo e eu confio nela. Você precisa ficar de olho no Nat e fazê-lo entender claramente que não deve haver nenhum tipo de "namorico", ou vou proibir a troca de cartas. Detesto parecer cruel, mas é cedo demais para que a minha menina amada se prenda a alguém sob qualquer forma – disse a senhora Meg, farfalhando de um lado a outro seu melhor vestido de seda cinza, enquanto aguardava Demi, que sempre acompanhava sua devota mãe à igreja, como uma oferta de paz por contrariar os desejos dela em outras coisas.

– Farei isso, querida; estou à espera de todos os três meninos hoje, como uma velha aranha, e terei uma boa conversa com cada um. Eles sabem que eu os entendo e cedo ou tarde sempre abrem seus corações. Você parece uma *quaker* simpática e gordinha, Meg, ninguém vai acreditar que este rapagão é seu filho – acrescentou a senhora Jo, quando Demi chegou reluzindo de capricho dominical, desde as botas bem engraxadas até o cabelo castanho penteado.

– Você está me adulando para amolecer meu coração em relação ao seu menino. Conheço seu jeito, Jo, e não vou desistir. Seja firme e me poupe de fazer uma cena mais tarde. Quando ao John, se ele estiver satisfeito com sua velha mãe, eu não ligo para o que as pessoas pensam – respondeu a senhora Meg, aceitando com um sorriso o pequeno arranjo de flores que Demi lhe entregou.

Em seguida, tendo abotoado com cuidado as luvas cor de pomba, ela tomou o braço do filho e orgulhosamente partiu para a carruagem, onde Amy e Bess esperavam, enquanto Jo perguntava, exatamente como Marmee costumava fazer:

– Meninas, vocês estão levando bons lenços?

Todas sorriram ao ouvir as palavras conhecidas e três pedaços de tecido foram abanados enquanto elas se afastavam, deixando a aranha para cuidar de sua primeira mosca. Ela não precisou esperar muito. Daisy estava deitada, com uma bochecha úmida encostada no pequeno livro de música que ela e Nat costumavam usar para cantar juntos, então a senhora Jo desceu para o gramado parecendo-se muito com um cogumelo ambulante, por causa do amplo guarda-chuva amarelo.

Dan tinha saído para um passeio de dezesseis quilômetros e Nat supostamente iria acompanhá-lo, mas, no momento, estava voltando sorrateiramente, incapaz de se afastar da propriedade ou de perder um momento de proximidade de sua musa naquele último dia. A senhora Jo o viu de imediato e acenou em direção a um assento rústico sob o velho olmo, onde eles poderiam trocar confidências sem ser perturbados e ficar de olho em uma determinada janela de cortinas brancas, meio escondida pelas trepadeiras.

– Agradável e fresco, aqui. Não estou disposto a uma daquelas caminhadas do Dan hoje; está tão quente e ele anda rápido como um motor a vapor. Ele foi para o pântano onde viviam as cobras de estimação dele, mas eu pedi licença para não acompanhar – disse Nat, abanando-se com o chapéu de palha, embora o dia não estivesse abafado.

– Fico contente que você tenha feito isso. Sente-se aqui e descanse comigo, e vamos ter uma das nossas boas e velhas conversas. Nós dois estivemos tão ocupados ultimamente, sinto que não conheço nem metade dos seus planos, e quero muito conhecer – respondeu a senhora Jo, segura de que, embora começassem em Leipzig, terminariam em Plumfield.

– A senhora é muito gentil e não há nada que eu preferisse. Ainda não caí em mim sobre ir para tão longe; acho que nem vou, até ter embarcado. É um início esplêndido e não sei como alguma vez poderei agradecer ao senhor Laurie por tudo que ele fez, e à senhora também – acrescentou Nat, com a voz falhando, pois era um camarada de coração generoso que jamais se esquecia de uma gentileza recebida.

– Você pode nos agradecer lindamente sendo e fazendo tudo o que esperamos de você, meu querido. Na nova vida para a qual você está indo, haverá mil provações e tentações, e apenas sua inteligência e sua sabedoria para orientá-lo. Este será o período de testar os princípios que tentamos lhe transmitir e ver quanto estão firmes. É claro que você cometerá erros, todos nós cometemos, mas não abra mão de sua consciência para vagar às cegas. Observe e reze, querido Nat, e enquanto suas mãos adquirem habilidade, que sua cabeça se torne mais sábia; e mantenha seu coração inocente e terno como é agora.

– Eu vou me esforçar ao máximo, mamãe Bhaer, em honra da senhora. Sei que vou melhorar na música e, estando lá, nem teria como evitar o aprimoramento, mas receio que jamais serei sábio. Quanto ao meu coração, a senhora sabe que o deixo aqui, em boas mãos.

Enquanto Nat falava, seus olhos estavam fixos na janela, com uma expressão de amor e saudade que tornava tanto viril quanto triste o seu rosto tranquilo, uma demonstração clara de como estava dominado pelo afeto juvenil.

– Quero falar sobre isso e sei que você vai perdoar o que parecer muito duro, porque estimo você de todo o coração – disse a senhora Jo, aliviada porque a oportunidade chegara.

– Sim, fale sobre a Daisy! Eu não penso em mais nada, além de deixá-la e perdê-la. Não tenho esperança, acho que é pedir demais, mas não consigo evitar amá-la, esteja eu onde estiver! – exclamou Nat, em um misto de desafio e desespero que deixou a senhora Jo muito assombrada.

– Ouça o que vou dizer, tentarei oferecer consolo e bons conselhos aos dois. Todos nós sabemos que a Daisy gosta muito de você, mas a mãe se opõe e, sendo uma boa menina, ela tenta obedecer. Os jovens pensam que nunca vão conseguir mudar, mas conseguem, e às vezes de maneiras maravilhosas, e bem poucos morrem de amor – a senhora Jo sorriu ao se lembrar de outro rapaz a quem ela certa vez tentara confortar, e retomou a fala com seriedade, enquanto Nat a escutava como se seu destino pendesse dos lábios dela.

– Uma de duas coisas vai acontecer. Você vai encontrar outra pessoa para amar ou, melhor ainda, será tão ocupado e feliz com a música que estará disposto a esperar que o tempo acomode as coisas para vocês dois. Talvez Daisy se esqueça de você na sua ausência e fique contente por vocês serem apenas bons amigos. De qualquer forma, é muito mais sábio não fazer promessas; assim, ambos estarão livres e, dentro de um ou dois anos, quem sabe poderão se encontrar e rir do pequeno romance arrancado pela raiz.

– A senhora honestamente acredita nisso? – perguntou Nat, olhando para ela com tanta intensidade que a verdade tinha de ser dita, pois todo o coração do rapaz estava naqueles olhos azuis francos que ele tinha.

– Não, não acredito! – respondeu a senhora Jo.

– Então, se a senhora estivesse no meu lugar, o que faria? – ele acrescentou, com um tom de comando jamais ouvido antes em sua voz gentil.

"Deus me ajude, o menino está falando muito sério! Receio ter de deixar de lado a prudência e demonstrar empatia", pensou a senhora Jo, surpresa e satisfeita pela hombridade que Nat demonstrava.

– Vou lhe contar o que faria. Eu diria a mim mesma: "Eu vou provar que o meu amor é forte e leal e fazer com que a mãe de Daisy tenha orgulho de dá-la a mim, pois sou não apenas um músico bom mas um homem excelente, e por isso merecedor de respeito e confiança. Esse é o meu objetivo; se eu fracassar, serei uma pessoa melhor em virtude do esforço e encontrarei consolo na consciência de que fiz tudo o que pude por ela".

– Era isso que eu pretendia fazer, mas quis uma palavra de esperança para me dar coragem – exclamou Nat, inflamando-se como se uma faísca tivesse entrado em combustão pelo sopro de esperança. – Outros sujeitos, mais pobres e mais burros do que eu, fizeram coisas grandiosas e conquistaram a honra. Por que eu não poderia, apesar de agora não ser nada? Eu sei que a senhora Brooke se lembra de onde eu vim, mas o meu pai era honesto, embora tudo corresse mal, e eu não tenha nada do que me envergonhar, embora fosse um menino muito pobre. Eu jamais vou me envergonhar das minhas origens nem de mim mesmo e farei com que as outras pessoas me respeitem, se eu puder.

– Ótimo! Este é o espírito, Nat. Atenha-se a ele e faça de si próprio um homem. Ninguém será mais rápido para ver e reconhecer o empenho corajoso do que a minha irmã Meg. Ela não despreza sua pobreza nem seu passado, mas mães são muito protetoras com suas filhas e nós, os Marches, apesar de termos sido pobres, somos, devo confessar, um pouquinho orgulhosos da nossa boa família. Não nos importamos com dinheiro, mas uma longa linhagem de antepassados virtuosos é algo a se desejar e do que sentir orgulho.

— Bem, os Blakes são boa gente, eu pesquisei. Nem um único jamais esteve preso nem foi enforcado nem caiu em desgraça de nenhum tipo. Nós éramos ricos e honrados muitos anos atrás, mas definhamos e empobrecemos, e meu pai preferiu ser músico de rua a mendigar. E eu serei um músico de rua de novo antes de fazer as coisas horríveis que alguns homens fazem para obter aprovação.

Nat estava tão agitado que a senhora Jo deu uma risada para acalmá-lo, e ambos prosseguiram mais tranquilos.

— Eu contei tudo isso à minha irmã e ela ficou satisfeita. Tenho certeza de que, se você for bem pelos próximos poucos anos, ela vai ceder e tudo vai se acomodar a contento, a menos que aquela mudança maravilhosa, que você não acredita ser possível, ocorra. Agora, anime-se, não fique todo macambúzio e sorumbático. Diga adeus com alegria e coragem, mostre um rosto viril e deixe para trás uma recordação positiva de si. Todos nós queremos o seu bem e torcemos muito por você. Escreva para mim toda semana, e eu responderei com uma boa dose de fofocas. Tenha cuidado com o que escrever para Daisy, não se exceda nem lamente, pois minha irmã vai ler, e você vai se ajudar muito mais se mandar para todos nós relatos sensatos e alegres da sua vida por lá.

— Sim, sim, farei isso, tudo já parece melhor e mais brilhante, e eu não vou perder meu único consolo cometendo nenhum tipo de erro. Muito, muito obrigado, mamãe Bhaer, por tomar o meu partido. Eu me senti tão ingrato, perverso e esmagado quando pensei que todos vocês me consideravam um intruso que não tinha nada que amar uma menina tão preciosa quanto a Daisy. Ninguém falou nada, mas eu sabia o que vocês pensavam e que o senhor Laurie me despachou para longe, em parte, para me tirar do caminho. Ah, meu Deus, a vida é tão difícil às vezes, não é? — e Nat envolveu a cabeça com ambas as mãos como se ela doesse na confusão de esperanças e medos, paixões e planos, o que provava que a meninice tinha passado e que a vida adulta havia começado.

— Muito difícil, mas é precisamente este embate com as dificuldades que nos faz bem. As coisas foram facilitadas para você de muitas formas, mas ninguém pode fazer tudo. Você precisa remar a própria canoa agora, aprender a evitar as correntezas e a manobrar para o porto que quer alcançar. Não sei bem quais serão as suas tentações, pois você não tem maus hábitos e ama tanto a música que nada parece capaz de afastá-lo dela. Só espero que você não trabalhe demais.

— Sinto como se pudesse trabalhar como um cavalo, de tão ansioso que estou para progredir, mas vou tomar cuidado. Não posso desperdiçar tempo ficando doente, e a senhora me deu doses suficientes para me manter de pé, eu acho — Nat riu ao se lembrar do caderno de orientações que a senhora Jo havia redigido para que ele consultasse em todas as circunstâncias.

Ela imediatamente acrescentou algumas orientações verbais acerca de assuntos estrangeiros e, tendo cavalgado um de seus passatempos de estimação, achava-se em pleno galope quando Emil foi visto andando no telhado da velha casa, um de seus passeios favoritos, pois ele podia se imaginar em um convés, tendo no entorno apenas o céu azul e a brisa fresca.

— Quero dar uma palavrinha com o Commodore, e lá em cima ficaremos tranquilos e em paz. Vá tocar para Daisy, isso a fará dormir e será bom para vocês dois. Sente-se sob a janela do lado de fora, para que eu possa ficar de olho em você conforme prometi — e com um afago maternal no ombro, a senhora Jo deixou Nat entregue à deliciosa missão e se apressou em subir ao telhado, não pelas treliças externas como antigamente, mas por meio da escada dentro da casa.

Emergindo na plataforma, ela encontrou Emil entalhando suas iniciais na madeira e cantando *Pull for the shore* como o marinheiro afinado que de fato era.

— Suba a bordo e sinta-se em casa, tia — ele disse, com uma saudação brincalhona. — Estou deixando aqui um P. P. C. no velho lugar; assim, quando você fugir para cá em busca de sossego, vai se lembrar de mim.

– Ah, meu querido, não é provável que eu me esqueça de você. Não preciso de E. B. H. entalhado em todas as árvores e parapeitos para me lembrar do meu marujo – e a senhora Jo se sentou mais perto da figura azul pendurada no parapeito, incerta sobre como dar início ao pequeno discurso que queria fazer.

– Bem, se você não ficar com olhos marejados nem fizer cara de tempestade quando eu me despedir, como antes, já vai ser um conforto. Gosto de despedidas alegres e de zarpar com tempo bom. Especialmente agora, porque vai levar mais de um ano antes de lançarmos âncora por aqui de novo – respondeu Emil, empurrando o boné para trás e olhando ao redor como se amasse a velha Plum e fosse lamentar caso não a visse mais.

– Você já tem água salgada suficiente sem que eu precise acrescentar mais. Serei uma mãe espartana e mandarei meus filhos para a batalha sem choramingos, apenas dando o comando "Com seu escudo ou sobre ele[45]" – disse a senhora Jo alegremente, acrescentando, depois de uma pausa: – Muitas vezes, eu gostaria de ir junto, e algum dia irei mesmo, quando você for o capitão do próprio navio, como sem dúvida será daqui a algum tempo, com a ajuda do tio Herman.

– Quando eu tiver um navio, vou batizá-lo de Jo Jovial e você será minha primeira imediata. Seria uma diversão sem fim tê-la a bordo e eu teria muito orgulho de levá-la para conhecer o mundo, como você há tanto tempo quer e nunca pôde – respondeu Emil, seduzido por aquela visão esplêndida.

– Farei minha primeira viagem com você e vou me divertir muitíssimo, apesar do enjoo e das rajadas tempestuosas que sopram. Eu sempre imaginei que gostaria de ver um naufrágio, um naufrágio bom e seguro, em que todos se salvariam após grande perigo e atos heroicos, enquanto

---

[45] Segundo Plutarco, historiador e filósofo da Grécia Antiga, conselho dado aos guerreiros de Esparta que saíam para combater. O sentido é: volte para casa vitorioso, trazendo seu escudo, ou morto, carregado em cima ele. (N.T.)

nós ficaríamos pendurados como o senhor Pillicoddy[46] na vela do mastro principal e nas aberturas de escoamento de água.

— Nenhum naufrágio até o momento, madame, mas tentaremos agradar a clientela. O capitão diz que sou um cão sortudo e que atraio bom tempo, então reservaremos o clima ruim para você, se você quiser — riu Emil, entalhando mais fundo o navio de velas enfunadas que ele estava acrescentando ao desenho.

— Obrigada, espero que reserve. Essa longa viagem vai lhe proporcionar experiências inéditas e, como oficial, você terá novas obrigações e responsabilidades. Você está preparado para elas? Você leva tudo tão na flauta, eu me pergunto se você percebeu que agora terá não apenas de obedecer mas também de comandar, e o poder é uma coisa perigosa. Tenha cuidado para não abusar dele e para que ele não transforme você em um tirano.

— Sábias palavras, madame. Já vi muitos casos assim, mas acho que tenho me orientado bem. Não vou ter muito espaço de manobra com Peters de olho em mim, mas vou cuidar para que os meninos não sejam abusados quando ele estiver curvado no mastro. Antes eu não podia falar, mas agora não vou aguentar isso.

— Isso soa misteriosamente horrível. Pode-se perguntar que tipo de tortura náutica seria "estar curvado no mastro"? — perguntou a senhora Jo, em um tom de profundo interesse.

— Ficar bêbado. O Peters entorna mais do que qualquer homem que eu já tenha visto; ele não cambaleia, mas se torna selvagem como um nortista e deixa tudo muito agitado ao redor. Eu já o vi derrubar um camarada depois de bater nele com um pino de segurança, e não pude fazer nada. Terei melhor sorte agora, espero — e Emil franziu o cenho como se já estivesse no convés, senhor de tudo o que examinava.

---

[46] Protagonista de *Poor Pillicoddy*, peça teatral em um ato, de autoria do inglês John Maddison Morton (1811-1891). (N.T.)

– Não se envolva em problemas, pois nem mesmo a proteção do tio Herman poderá livrá-lo em caso de insubordinação, você sabe. Você já provou ser um bom marinheiro, agora seja um bom oficial, o que deve ser mais difícil, eu imagino. É preciso um bom caráter para comandar com justiça e gentileza; você precisará pôr de lado seus modos infantis e praticar a dignidade. Será um excelente treino para você, Emil, vai torná-lo um pouco mais sério. Chega de travessuras, a não ser aqui; tenha modos e honre suas insígnias – disse a senhora Jo, batendo de leve em uma delas, de metal muito brilhante, que enfeitava o novo casaco do qual Emil tanto se orgulhava.

– Farei o melhor que puder. Sei que chegou ao fim minha época de entalhador de dentes de cachalote (brincadeira) e que preciso tomar rumo; mas nada tema, o "Zé em terra firme" é um tipo muito diferente do que quando tem água azul debaixo da quilha. Tive uma longa conversa com o tio ontem à noite, e recebi minhas ordens; não vou esquecê-las nem tudo que devo a ele. Quanto a você, batizarei meu primeiro navio, como disse, e porei um busto seu como figura de proa, espere só para ver – e Emil deu na tia um beijo afetuoso para selar a promessa, um procedimento que muito divertiu Nat, que tocava delicadamente lá embaixo.

– Você me deixa orgulhosa, capitão. Mas, querido, eu quero lhe dizer mais uma coisa, e então terei acabado, pois você não precisa de muito conselho meu, uma vez que meu bondoso marido já falou. Eu li em algum lugar que cada centímetro da corda usada pela marinha britânica tem um fio vermelho, de modo que, quando um pedaço é encontrado, mesmo que seja minúsculo, ele é reconhecido. É disso que trata meu pequeno sermão para você. A virtude, que significa honra, honestidade, coragem e tudo o mais que constitui o caráter, é o fio vermelho que marca um homem aonde quer que ele vá. Sempre mantenha seu fio em todos os lugares, e assim, mesmo que destruído pelo infortúnio, esse sinal ainda será achado e identificado. A sua vida é dura e seus companheiros não são tudo que poderíamos desejar, mas você pode ser um cavalheiro no verdadeiro sentido da palavra; e, não importa o que aconteça ao seu corpo, mantenha sua alma limpa, seu coração leal a quem ama você e cumpra seu dever até o fim.

Enquanto ela falava, Emil havia se posto de pé para ouvir, tirado o chapéu e assumido um ar grave e animado como se estivesse recebendo ordens de um oficial superior; quando ela terminou, ele deu uma resposta curta, porém, sincera:

– Se for do agrado de Deus, é o que farei.

– Era só isso. Tenho um pouco de receio por você, mas ninguém nunca sabe quando ou como o momento de fraqueza vai chegar, e às vezes uma palavra dita por acaso pode ajudar, como tantas que minha amada mãe me disse e voltam agora para meu consolo e orientação dos meus meninos – disse a senhora Jo, pondo-se de pé, pois as palavras tinham sido ditas e outras não eram necessárias.

– Eu as guardei e saberei encontrá-las quando quiser. Muitas e muitas vezes, durante o meu turno de vigia, eu vi a velha Plum e ouvi tão claramente você e o tio conversando que poderia jurar que estava aqui. É uma vida dura, tia, mas também plena, se o camarada gosta dela como eu gosto, e se tem uma âncora que não o deixa perder o rumo de casa como eu tenho. Não se preocupe comigo; voltarei no ano que vem com um baú de chás que vai alegrar seu coração e lhe dar ideias suficientes para uma dúzia de romances. Está descendo? Muito bem, atenção na escada! Estarei com você em um instante. Última oportunidade para uma boa refeição em terra firme.

A senhora Jo desceu dando risada e Emil terminou de entalhar o navio assoviando alegremente, sem fazer a menor ideia de quando e onde aquela breve conversa no telhado da casa voltaria à memória de um deles.

Capturar Dan já foi mais difícil, e só de noitinha houve um momento de tranquilidade naquela família ocupada. Enquanto os demais andavam por todo lado, a senhora Jo sentou no estúdio para ler e, dali a pouco, Dan espiou pela janela.

– Entre e descanse depois do longo passeio; você deve estar cansado – ela chamou, com um aceno convidativo em direção ao grande sofá onde tantos meninos haviam repousado, na medida em que um animal ativo repousa.

– Tenho medo de incomodar a senhora – mas Dan parecia querer descansar os pés inquietos em algum lugar.

– Nem um pouco; estou sempre disposta a conversar e não seria uma mulher se não fosse assim – riu a senhora Jo, enquanto Dan se balançava para dentro e se acomodava com um ar de satisfação muito agradável de ver.

– O último dia acabou e, por algum motivo, não estou ansioso para ir embora. Em geral, fico aflito para partir depois de uma pequena estada. Estranho, não é? – perguntou Dan, sério, retirando folhas do cabelo e da barba, pois tinha estado deitado na grama refletindo sobre muita coisa naquela tranquila noite de verão.

– De jeito nenhum; você está começando a se tornar civilizado. É um bom sinal e fico contente de vê-lo – respondeu a senhora Jo prontamente. – Você já viveu suas aventuras e agora quer uma mudança. Espero que a fazenda proporcione isso, embora a ideia de ajudar os índios me agrade mais: é tão melhor trabalhar pelos outros do que apenas por si próprio.

– É verdade – Dan assentiu calorosamente. – Parece que eu quero criar raízes em algum lugar e ter uma família para tomar conta. Cansei da minha própria companhia, acho, agora que já vi tanta coisa. Sou um sujeito bruto e ignorante e pensei que talvez tenha perdido muita coisa perambulando em meio à natureza em vez de continuar os estudos como os outros camaradas. O que acha?

Ele olhou com muita ansiedade para a senhora Jo, que tentou esconder a surpresa que aquela explosão havia lhe causado, pois, até agora, Dan havia sempre desprezado os livros e glorificado sua liberdade.

– Não, eu não penso assim, no seu caso. Tenho certeza de que, até o momento, a vida livre foi o melhor. Agora que você é um homem, consegue controlar melhor sua natureza impulsiva, mas, quando era menino, só bastante atividade e bastante aventura conseguiam mantê-lo longe de problemas. Veja, o tempo está domando meu potro selvagem, e eu ainda vou me orgulhar muito, seja por ele transportar ajuda aos que têm fome, seja por arar a terra como fez o Pégaso.

Dan gostou da comparação e sorriu, aconchegado no canto do sofá com aquela nova expressão pensativa nos olhos.

– Que bom que pensa assim. O fato é que ainda vou precisar de montes de adestramento para funcionar bem com arreios em qualquer lugar. Eu quero e tento, de vez em quando, mas sempre acabo dando uns coices e deixando tudo para trás. Nenhuma vida se perdeu por enquanto, mas eu não me admiraria se acontecesse em algum momento, e depois um caos geral.

– Ora, Dan, você andou em aventuras arriscadas durante esta última ausência? Eu imaginei que sim, mas não perguntei antes sabendo que você me contaria, se eu pudesse ajudar de alguma forma. Posso? – e a senhora Jo olhou aflita para ele, pois uma súbita expressão abatida havia baixado sobre seu rosto, e ele se inclinou para a frente para escondê-la.

– Nada muito grave, mas São Francisco não é bem o paraíso na terra, sabe, e é mais difícil ser um santo lá do que aqui – ele respondeu devagar e depois, como se tivesse decidido "fessar", como as crianças costumavam dizer, ele se sentou direito e acrescentou depressa, de um modo meio desafiador e meio envergonhado: – Andei jogando, e não me fez bem.

– Foi assim que você conseguiu seu dinheiro?

– Não, nem um centavo. Foi todo ganho honestamente, se é que especular não é só outro jeito de apostar. Eu ganhei muito, mas perdi ou dei o que ganhei, e cortei o mal pela raiz antes que ele levasse a melhor sobre mim.

– Graças a Deus por isso! Não tente de novo, pode ser que jogar a dinheiro exerça sobre você a mesma fascinação terrível que exerce sobre tantos. Fique nas montanhas e pradarias e afaste-se das cidades, se essas coisas são tentações para você, Dan. É melhor perder a vida do que a alma, e uma paixão dessas sempre leva a pecados mais graves, como você sabe melhor do que eu.

Dan assentiu e, vendo como ela estava perturbada, acrescentou, em um tom de voz mais leve, embora a sombra da experiência passada ainda permanecesse:

– Não precisa ficar assustada, agora eu estou bem, e cachorro queimado tem medo do fogo. Eu não bebo nem faço outras coisas que você despreza, não ligo para isso; mas eu fico agitado e daí este meu temperamento maldito é mais do que consigo controlar. Lutar com um alce ou um búfalo é tranquilo, mas quando você enfrenta um homem, por mais malandro que seja, precisa ficar atento. Eu acabo matando alguém algum dia, e é só disso que tenho medo. Eu odeio covardes! – e Dan bateu o punho na mesa com tanta força que a lâmpada tremeu e os livros pularam.

– Essa sempre foi sua provação, Dan, e me solidarizo com você, pois venho tentando controlar meu temperamento durante a vida inteira e ainda não aprendi – disse a senhora Jo, com um suspiro. – Pelo amor de Deus, prenda bem o seu demônio e não permita que um instante de fúria arruíne toda a sua vida. Como eu disse ao Nat, observe e reze, meu menino querido. Não existe outra ajuda nem esperança para a fraqueza humana além do amor e da paciência de Deus.

Havia lágrimas nos olhos da senhora Jo enquanto ela falava, pois sentia em seu íntimo como era árdua a tarefa de controlar esses impulsos arraigados. Dan parecia comovido e também desconfortável, como ficava sempre que qualquer tipo de tema religioso era mencionado, embora ele tivesse um simples credo próprio e tentasse viver à altura dele, de seu jeito cego.

— Eu não rezo muito, não parece adiantar grande coisa para mim. Sou capaz de observar como um pele-vermelha, só que é mais fácil vigiar um urso do que este meu temperamento maldito. É disso que eu tenho medo, se vier a me estabelecer em algum lugar. Eu consigo lidar com feras selvagens muito bem, mas os homens me tiram do sério terrivelmente e não posso tirar as coisas a limpo com eles em um confronto explícito, como posso com um urso ou um lobo. Acho que seria melhor eu ir para as Montanhas Rochosas e ficar lá por um período mais longo, até estar domesticado o suficiente para conviver com as pessoas decentes, se é que um dia eu vou estar — e Dan apoiou a cabeça nas mãos, desanimado.

— Tente meu tipo de ajuda e não desista. Leia mais, estude um pouco e tente encontrar um tipo melhor de pessoa, que não "tire você do sério" e sim que o acalme e fortaleça. Nós não despertamos o seu selvagem interior, tenho certeza, pois você tem sido doce como um cordeirinho e nos feito muito felizes.

— Fico contente; mas, mesmo assim, eu me senti como um falcão no galinheiro, e quis esmurrar e destruir mais de uma vez. Mas não tanto quanto antes — acrescentou Dan, depois de uma risada curta diante do rosto surpreso da senhora Jo. — Vou tentar o seu plano e procurar boa companhia, desta vez, na medida do possível. Mas um sujeito não pode escolher muito, vagando por aí como eu.

— Pode sim, desta vez você vai poder, pois está partindo para uma viagem tranquila e poderá se afastar das tentações, se tentar. Leve alguns livros e leia, é uma ajuda enorme, e livros são sempre boa companhia, se você os tiver do tipo certo. Deixe me escolher alguns para você   e a senhora Jo partiu em linha reta rumo às prateleiras, que eram a alegria de seu coração e o conforto de sua vida.

— Escolha os de viagens e histórias, por favor; não quero obras caridosas, não consigo gostar delas e não vou fingir que sim — disse Dan, seguindo-a para observar, por cima de sua cabeça e um tanto de má vontade, a longa fileira de volumes gastos.

A senhora Jo girou e, pousando uma mão em cada ombro largo, encarou-o e disse, séria:

— Agora, Dan, olha aqui: nunca despreze as coisas boas nem finja ser pior do que você é. Não permita que uma vergonha falsa o leve a abandonar a religião, sem a qual nenhum homem pode viver. Você não precisa falar a respeito se não gosta, mas não feche seu coração para ela, independentemente da forma que ela assuma. A natureza é o seu Deus agora; ela fez muito por você, permita que faça mais, que o leve a conhecer e amar um professor, amigo e consolador mais sábio e mais terno do que ela própria jamais poderá ser. Esta é sua única esperança; não jogue isso fora nem desperdice tempo, pois mais cedo ou mais tarde você sentirá necessidade Dele, e Ele virá a você e vai sustentá-lo quando todas as demais ajudas falharem.

Dan ficou imóvel e deixou que ela enxergasse em seus olhos suavizados o desejo mudo que ele trazia no coração, apesar de não ter as palavras para verbalizá-lo, e só permitisse que ela captasse um vislumbre de centelha divina que brilha em todas as almas humanas. Ele nada disse e, grata por ser poupada de alguma resposta que não correspondesse aos sentimentos reais dele, a senhora Jo se apressou em dizer, com seu sorriso mais maternal:

— Eu vi no seu quarto aquela pequena Bíblia que lhe dei tanto tempo atrás; o lado de fora está bem gasto, mas por dentro está nova, como se não muito lida. Você promete ler um pouco uma vez por semana, querido, por mim? Domingo é um dia calmo em qualquer lugar e esse livro nunca é velho demais nem deslocado. Comece com as histórias que apreciava quando eu as contava para vocês, meninos. Davi era seu favorito, lembra? Leia de novo, ele vai lhe fazer ainda mais bem agora, e você achará os pecados e o arrependimento dele muito úteis, até que chegue à vida e ao trabalho de um exemplo mais divino do que ele. Você vai fazer isso, por amor à mamãe Bhaer, que sempre amou seu Nuvem de Fogo e esperou poder salvá-lo?

– Vou – respondeu Dan, com um brilho súbito no rosto que foi como um raio de sol irrompendo através das nuvens, cheio de promessa apesar de breve e raro.

A senhora Jo virou-se imediatamente para os livros e começou a falar sobre eles, ciente de que, naquele momento, Dan não escutaria mais nada. Ele pareceu aliviado, pois achava sempre difícil revelar seu íntimo e se orgulhava de escondê-lo como os índios escondem a dor ou o medo.

– Ora, eis o velho Sintram[47]! Eu me lembro bem, gostava muito dele e dos surtos de mau humor que tinha, e quantas vezes li para o Ted. Aqui vai ele cavalgando com a Morte e o Diabo ao lado.

Quando Dan olhou para o pequeno desenho do jovem, com cavalo e cachorro, subindo corajosamente o desfiladeiro rochoso, ladeado pelos acompanhantes que seguem a maioria dos homens neste mundo, um estranho impulso levou a senhora Jo a dizer, rápido:

– É você, Dan, bem como você está agora! Perigo e pecado estão ao seu lado nesta vida que você leva; humores e paixões o atormentam; o pai malvado o abandonou para lutar sozinho e o espírito selvagem o faz vaguear para cima e para baixo pelo mundo afora, em busca de paz e autocontrole. Até o cavalo e o cão de caça estão aí, como Octoo e Don, amigos fiéis e sem medo dos acompanhantes estranhos que vão junto. Você ainda não tem armadura, mas estou tentando mostrar onde pode conseguir uma. Você se lembra da mãe que Sintram amava e tentava encontrar, e que afinal encontrou, depois que a luta tinha sido travada com bravura, sua recompensa bem merecida? Você pode se inspirar na sua mãe; eu sempre senti que todas as boas qualidades que você tem derivam dela. Neste aspecto e nos demais, reproduza esta bela velha história e tente devolver à sua mãe um filho do qual ela possa se orgulhar.

---

[47] *A história de Sintram e seus companheiros*, romance do autor alemão Friedrich de La Motte Fouqué (1777-1843). (N.T.)

Bastante espantada com a semelhança entre o estranho romance e a vida e as necessidades de Dan, a senhora Jo prosseguiu apontando os vários desenhos que a ilustravam, e quando olhou para cima, se surpreendeu ao ver como Dan parecia surpreso e interessado. Como todas as pessoas com o mesmo temperamento, ele era muito sugestionável, e sua vida entre caçadores e índios o havia tornado supersticioso; acreditava em sonhos e gostava de histórias misteriosas; tudo que apelasse aos olhos ou à mente o impressionava bem mais do que as palavras mais sábias. A história do pobre e atormentado Sintram voltou com toda clareza à sua memória enquanto ele olhava e ouvia, e pareceu simbolizar suas provações secretas ainda mais verdadeiramente do que a senhora Jo poderia supor, causando um efeito do qual ele não iria se esquecer. Mas só o que disse foi:

– Pequena chance que aconteça. Não levo muito a sério a ideia de encontrar pessoas no paraíso. E acho que minha mãe não se lembraria do pobre coitado que ela abandonou há tanto tempo. Por que se lembraria?

– Porque verdadeiras mães nunca se esquecem de seus filhos; e eu sei que ela era uma boa mãe, pelo fato de que fugiu do marido cruel para poupar o filhinho de más influências. Se ela tivesse sobrevivido, a vida teria sido mais feliz para você, com essa amiga afetuosa para ajudá-lo e confortá-lo. Nunca se esqueça de que ela arriscou tudo por você e não permita que tenha sido em vão.

A senhora Jo falou com muita seriedade, sabendo que essa era a lembrança mais doce da infância de Dan, e contente por ter-se lembrado dela naquele momento, pois, de repente, uma grande lágrima pingou na página em que Sintram se ajoelha aos pés da mãe, ferido, porém, vitorioso sobre o pecado e a morte. Ela olhou para cima, satisfeita por haver tocado Dan no ponto mais profundo de seu coração, conforme a lágrima comprovava, mas um movimento rápido do braço secou a gota caída na história, e a barba absorveu a companheira dela, então ele fechou o livro e disse, contendo o tremor na voz forte:

– Vou ficar com ele, se ninguém mais quiser. Lerei do início ao fim, talvez me faça bem. Eu gostaria de encontrar minha mãe em qualquer lugar, mas não creio que vá, algum dia.

– Pois pegue, e eu que agradeço. Foi minha mãe que me deu; quando ler, tente acreditar que nenhuma das suas mães irá jamais esquecê-lo.

A senhora Jo entregou o livro com um carinho; dizendo apenas "Obrigado, boa noite", Dan enfiou o exemplar no bolso e afastou-se decidido para o rio, para se recuperar daquelas sensações inéditas de ternura e confiança.

No dia seguinte, os viajantes partiram. Estavam todos no melhor dos humores, e uma nuvem de lenços embranqueceu o ar enquanto eles se afastavam na velha carroça, agitando os chapéus para todos e beijando as mãos, especialmente para a mamãe Bhaer, que em seu tom profético disse, enxugando os olhos, quando o ruído familiar cessou:

– Tenho uma sensação de que algo vai acontecer a alguns deles e que eles nunca voltarão para mim, ou que voltarão mudados. Bem, só posso dizer "Que Deus esteja com os meus meninos!".

E Ele esteve.

O leão e o cordeiro

Quando os rapazes foram embora, uma calmaria baixou sobre Plumfield e a família se dispersou para passear em vários lugares, pois agosto tinha chegado e todos tinham necessidade de um pouco de mudança. O Professor levou a senhora Jo para as montanhas. Os Laurences estavam na praia, e eram visitados alternadamente pela família de Meg e pelos meninos dos Bhaer, pois alguém sempre precisava ficar em casa para manter as coisas em ordem.

A senhora Meg estava com Daisy no escritório quando ocorreram os eventos prestes a serem relatados. Rob e Ted tinham acabado de voltar do Recanto Rochoso e Nan estava passando a semana lá com uma amiga; esse era o único descanso que ela permitia a si mesma. Demi estava fora com Tom, então Rob era o homem da casa, com o velho Silas como supervisor geral. O ar marítimo parecia ter penetrado na cabeça de Ted, que estava agitado de um modo esquisito, dando bastante trabalho à tia gentil e ao coitado do Rob com suas brincadeiras. Octoo estava exausta pelas cavalgadas selvagens dele e Don se rebelou abertamente quando ordenado a saltar ou executar truques; enquanto isso, as moças da escola estavam em igual proporção divertidas e temerosas com os fantasmas que assombravam o terreno à noite, pelas melodias sobrenaturais que perturbavam suas horas de estudo e por todas as vezes que Ted escapava por um triz de água, terra e fogo. Dali a pouco aconteceu efetivamente algo que devolveu Ted à sobriedade e provocou uma impressão duradoura nos dois meninos; pois, quanto à coragem, o perigo súbito e um medo apavorante transformaram o leão em cordeiro e o cordeiro em leão.

Em primeiro de setembro (os meninos nunca esqueceram a data), depois de um passeio agradável e de uma boa pescaria, os irmãos estavam descansando no celeiro, pois Daisy tinha convidados e os rapazes se mantiveram distantes.

– Vou lhe dizer uma coisa, Bobby, este cachorro está doente. Não brinca, não come, não toma água e age de um jeito esquisito. O Dan vai nos matar se alguma coisa acontecer com ele – disse Ted olhando para Don, que estava deitado perto da casinha, recuperando-se por um instante depois de mais uma de suas caminhadas inquietas, que o mantinham vagando entre a porta do quarto de Dan e o canto à sombra do pátio, onde o dono o havia instalado com a missão de vigia até que ele voltasse.

– Pode ser o tempo quente. Mas, às vezes, eu acho que ele está sofrendo pelo Dan. Os cachorros sofrem, você sabe, e o coitado anda bem tristonho desde que os meninos foram embora. Talvez tenha acontecido alguma coisa com o Dan. O Don uivou muito ontem à noite e não conseguia descansar. Já escutei histórias assim – respondeu Rob, pensativo.

– Que nada, ele não tem como saber. Só está de mau humor. Vou agitá-lo um pouco, levá-lo para correr. Sempre me faz sentir melhor. Ei, meninão, levanta e se anima! – e Ted estalou os dedos para o cachorro, que, em resposta, apenas o encarou com sombria indiferença.

– Melhor deixá-lo em paz. Se ele não estiver melhor amanhã, levaremos ao doutor Watkins e veremos o que ele diz – e Rob voltou a observar as andorinhas, deitado no feno, burilando alguns versos que havia composto em latim.

Um espírito de perversidade dominou Ted, e só porque lhe disseram para não provocar Don, ele fez exatamente o contrário, fingindo que era pelo bem do cachorro. Don ignorou afagos, ordens, broncas e xingamentos, até que Ted perdeu a paciência; ao pousar os olhos sobre um chicote muito conveniente ali perto, ele não pôde resistir à tentação de conquistar o grande cão à força, já que a gentileza havia fracassado em fazê-lo obedecer. Teve, porém, a sabedoria de antes prender Don, pois o toque de uma mão que não fosse a do dono deixava o cão furioso, e Ted havia mais de uma vez tentado o experimento, conforme Don bem se lembrava. Essa indignidade arrancou Don da apatia e o fez sentar-se rosnando. Rob ouviu e, vendo Ted levantar o chicote, correu para interferir, exclamando:

– Não toque nele! Dan proibiu! Deixe o coitado em paz, não vou permitir isso.

Rob raramente dava ordens, mas, quando deu, Ted teve de ceder. Sua raiva aumentou e o tom de voz imperioso de Rob tornou impossível resistir a desferir um golpe no cão rebelde, antes de se submeter. Um golpe único, porém muito custoso, pois, quando foi dado, o cachorro saltou sobre Ted com um rosnado, e Rob, enfiando-se depressa entre os dois, sentiu os dentes afiados em sua perna. Uma palavra fez Don soltar e tombar cheio de remorso aos pés de Rob, pois o cão adorava o rapaz e evidentemente lamentava muito ter ferido o amigo por engano. Com um afago de perdão, Rob se afastou, andou mancando até o celeiro seguido por Ted, cuja ira se transformara em vergonha e pesar ao ver as gotas vermelhas nas meias de Rob e os pequenos ferimentos em sua perna.

– Sinto muitíssimo. Por que você tinha de entrar no meio? Aqui, lave enquanto pego um trapo para enfaixar – ele disse, rapidamente umedecendo uma esponja com água e oferecendo um lenço muito esfarrapado.

Em geral, Rob não dava muita importância aos próprios infortúnios e estava sempre pronto a perdoar quem fosse culpado por eles; agora, porém, ele estava sentado bem quieto, olhando as marcas roxas com uma expressão tão estranha no rosto pálido que Ted ficou incomodado, embora tenha acrescentado, rindo:

– Ora, você não está com medo de uns furinhos como esses, está, Bobby?

– Tenho medo de hidrofobia. Mas se o Don estiver com raiva, é melhor que seja eu a pegar – respondeu Rob, com um sorriso e um tremor.

Ao ouvir a palavra terrível, Ted ficou mais branco do que o irmão e, largando esponja e lenço, encarou-o muito assustado e falou baixinho, em um tom de desespero:

– Ah, Rob, não diga isso. O que nós vamos fazer, o que vamos fazer?

– Chama a Nan, ela vai saber. Não assuste a tia nem conte nada a ninguém fora a Nan. Ela está na varanda de trás, traga-a aqui o mais rápido que puder. Vou continuar lavando até que ela chegue. Talvez não seja nada, então não fique tão alarmado, Ted. Eu só achei que poderia ser, já que o Don está estranho.

Rob tentou falar com coragem, mas as longas pernas de Ted pareciam estranhamente fracas quando ele se afastou correndo, e foi uma sorte que não tenha encontrado ninguém, pois seu rosto o teria traído. Nan estava balançando suntuosamente em uma rede, divertindo-se com um tratado sobre difteria, quando um menino agitado de repente a agarrou e cochichou, enquanto quase a derrubava:

– Vem ver o Rob no celeiro! O Don está com raiva e mordeu ele e nós não sabemos o que fazer, é tudo culpa minha e ninguém pode saber. Vem, vem logo!

Nan se pôs de pé num instante, espantada, porém totalmente alerta, e ambos partiram sem mais palavras; evitaram a casa onde Daisy, com toda a inocência, conversava com as amigas na sala e a tia Meg desfrutava placidamente de seu cochilo vespertino lá em cima.

Rob estava preparado, calmo e firme como sempre, quando eles o encontraram na sala dos arreios, para onde ele havia sabiamente se retirado para evitar ser visto. O acontecido foi logo relatado e depois de olhar para Don, agora na casinha, triste e contrariado, Nan falou devagar, com os olhos pousados na chaleira:

– Rob, tem uma coisa que precisa ser feita por uma questão de segurança, e precisa ser feita imediatamente. Não podemos esperar para ver se Don está... doente, nem para procurar um médico. Eu posso fazer e vou fazer, mas é uma coisa muito dolorida e detesto machucar você, meu querido.

Um tremor totalmente antiprofissional fez falhar a voz de Nan enquanto ela falava, e seus olhos argutos embaçaram enquanto ela olhava para os dois jovens rostos aflitos que a encaravam tão cheios de confiança em sua ajuda.

– Eu sei, queimar. Faz, por favor, eu aguento. Mas é melhor o Ted ir embora – disse Rob, fechando os lábios com firmeza e apontando para o irmão agoniado.

– Eu não vou sair daqui. Consigo aguentar, se ele consegue, mas deveria ser em mim! – gritou Ted, em um esforço desesperado para não chorar, tão cheio de pesar e medo e vergonha que era como se não conseguisse suportar aquilo como um homem.

– É melhor ele ficar e ajudar, vai fazer bem – respondeu Nan, séria, com o coração tremendo, ciente de tudo que poderia acontecer aos dois pobres meninos. – Fique quieto, voltarei num instante – ela acrescentou, e correu em direção à casa enquanto sua mente ágil rapidamente calculava o melhor a fazer.

Era dia de passar roupa e o fogo ainda ardia na cozinha vazia, pois as empregadas estavam no andar de cima, descansando. Nan pôs um atiçador delgado para esquentar e, sentada esperando, cobriu o rosto com as mãos, pedindo ajuda naquela necessidade súbita por força, coragem e sabedoria. Não havia ninguém a quem recorrer e, mesmo jovem como era, ela sabia o que precisava ser feito, bastando que tivesse coragem. Qualquer outro paciente teria despertado apenas um interesse tranquilo, mas o querido e bondoso Robin, orgulho do pai, conforto da mãe, amigo de todos e tão amado, que fosse justamente ele a estar em perigo era terrível; e algumas lágrimas quentes pingaram na mesa bem polida enquanto Nan tentava se acalmar lembrando como era provável que tudo não passasse de um engano, um alarme muito natural, porém infundado.

"Preciso tornar isso leve ou os meninos terão um colapso, e então haverá pânico. Por que afligir e assustar todo mundo, quando tudo está em dúvida? Não farei isso. Levarei Rob ao doutor Morrison agora mesmo, e mandarei chamar o veterinário. Depois, quando tivermos feito tudo ao nosso alcance, ou bem vamos rir do medo que sentimos ou bem estaremos prontos para o que der e vier. Agora, ao menino", ela pensou.

Armada com o tição incandescente, um jarro de água fria e diversos lenços retirados do varal, Nan voltou ao celeiro pronta a dar tudo de si em seu mais sério "caso de emergência". Os meninos estavam sentados como estátuas; um era o retrato do desespero, o outro, da resignação; todo o sangue frio de Nan, do qual ela muito se gabava, foi necessário para que ela conseguisse trabalhar bem e rápido.

– Agora, Rob, só um minuto e então estaremos seguros. Fique por perto, Ted, ele pode se sentir um pouco fraco.

Rob fechou os olhos, apertou as mãos e permaneceu sentado como um herói. Ted se ajoelhou a seu lado, branco como um lençol e fraco como uma menina, pois pontadas de remorso o estavam torturando e seu coração falhava ao pensar que toda aquela dor se devia a um capricho. Tudo acabou em um instante e com um só gemido; mas quando Nan olhou para o assistente para que lhe passasse a água, o pobre Ted era quem mais precisava dela, pois havia desmaiado e estava estendido no chão formando uma pilha patética de braços e pernas.

Rob deu risada e, animada por aquele tom inesperado, Nan enfaixou o ferimento com mãos que não vacilaram nem uma vez, embora grandes gotas de suor brotassem em sua testa; e ela dividiu a água com o paciente número um antes de se virar para o paciente número dois. Ted ficou muitíssimo envergonhado e com o espírito em frangalhos quando descobriu que tinha falhado no momento crítico; implorou aos dois que não contassem a ninguém, ele realmente não tinha podido evitar; depois, como que para coroar sua humilhação, uma explosão de lágrimas histéricas desgraçou sua alma masculina, e isso lhe fez muito bem.

– Calma, calma, estamos todos bem, agora, e ninguém precisa bancar o equilibrado – disse Nan animada, enquanto o pobre Ted soluçava no ombro de Rob, rindo e chorando da maneira mais confusa, ao passo que o irmão tentava acalmá-lo e a jovem doutora abanava ambos com o velho chapéu de palha de Silas.

– Agora, meninos, ouçam o que vou dizer e guardem minhas palavras. Não vamos alarmar ninguém por ora, pois concluí que nosso receio não faz sentido. O Don estava brincando na água quando passei, e não acho que ele esteja mais louco do que eu mesma. Mesmo assim, para acalmar nossas mentes e restaurar nossos espíritos, e também para tirar nossos rostos culpados de circulação por um período, acho que é melhor irmos até a cidade visitar meu velho amigo doutor Morrison e deixar que ele dê uma espiada no meu trabalho e nos forneça uma pequena dose de calmante, pois ficamos todos um pouco mexidos com tudo isso. Fique sentado, Rob; Ted, ponha os arreios enquanto eu vou correndo buscar meu chapéu e dizer à tia que peça licença em meu nome para a Daisy. Eu não conheço muito bem essas moças Penniman; ela vai desfrutar da sala durante o chá, nós vamos comer alguma coisa gostosa na minha casa e depois voltar tão alegres quanto cotovias.

Nan usava a fala como uma válvula de escape para as emoções ocultas que seu orgulho profissional não permitia que ela demonstrasse, e os meninos aprovaram o plano imediatamente, pois a ação é sempre mais fácil do que a espera silenciosa. Antes de aprontar o cavalo, Ted foi cambaleando lavar o rosto na bomba de água, esfregando as bochechas para ganhar um pouco de cor. Rob permaneceu calmamente deitado no feno, olhando para cima em apreciação às andorinhas, enquanto recordava alguns momentos memoráveis. Mesmo sendo ainda um menino, a ideia da morte de repente lhe ocorreu e, nesse sentido, bem poderia tê-lo tornado calmo, pois é uma coisa muito solene ser arrastado no meio de uma vida agitada para a possibilidade de uma mudança significativa. Não havia pecados dos quais se arrepender, poucas faltas e diversos anos felizes e diligentes dos quais se lembrar com infinita satisfação. Então Rob não tinha medos que o assombrassem nem arrependimentos que o entristecessem e, o melhor de tudo, tinha uma piedade muito forte e simples para sustentá-lo e animá-lo.

"*Mein Vater*[48]" foi seu primeiro pensamento, pois Rob era muito próximo do pai e a perda do primogênito teria sido um golpe amargo para o Professor. Essas palavras, sussurradas com um tremor nos lábios que tão firmes tinham ficado quando o ferro quente o queimou, fizeram-no lembrar-se do outro Pai que está sempre perto, sempre carinhoso e solícito; assim, entrelaçando as mãos, Rob rezou a pequena prece mais intensa que já tinha rezado, ali no feno, para o suave canto do bando de pássaros. Isso fez bem a ele; então, com muita sabedoria

---

[48] "Meu pai", em alemão no original. (N.T.)

depositando nas mãos de Deus seu medo, sua dúvida e seus temores, o menino se sentiu pronto para o que quer que viesse em seguida e, a partir daquele momento, manteve firme diante de si o dever único que se apresentava: manter-se corajoso e alegre, manter silêncio e esperar pelo melhor.

Nan apanhou o chapéu e deixou na almofada de alfinetes de Daisy um bilhete em que dizia ter levado os meninos para dar uma volta, e que os três estariam fora até depois do chá. Em seguida, voltou depressa e encontrou os pacientes muito melhor, um pelo trabalho, outro pelo descanso. Eles embarcaram e, acomodando Rob no assento do fundo com a perna apoiada no da frente, lá se foram eles, parecendo tão animados e despreocupados como se nada tivesse acontecido.

O doutor Morrison tratou a questão como se não fosse muito séria e disse a Nan que ela havia agido bem; quando os meninos, bastante aliviados, desciam a escada para ir embora, ele acrescentou, cochichando: "Mande o cachorro embora por um período e fique de olho no menino. Não deixe que ele perceba e entre em contato comigo se algo parecer estranho. Em casos assim, nunca se sabe. Cuidado nunca é demais".

Nan assentiu e, aliviada porque a responsabilidade tinha sido tirada de seus ombros, levou os rapazes até o doutor Watkins, que prometeu ir mais tarde examinar Don. Um lanche alegre na casa de Nan fez muito bem aos três; quando eles voltaram para Plumfield no entardecer fresco, não restava nenhum sinal do pânico, a não ser os olhos pesados de Ted e um leve coxear quando Rob andava. Como as convidadas ainda estavam conversando na varanda da frente, eles foram para a dos fundos; Ted acalmou sua alma arrependida balançando Rob na rede, enquanto Nan contou histórias até a chegada do veterinário.

Ele disse que Don estava um pouco triste, mas não mais louco do que o gatinho cinzento que ficou brincando entre as pernas do doutor durante o exame.

– Ele quer o dono, e se ressente do calor. Talvez seja alimentado em excesso, também. Ficarei com ele por algumas semanas e o devolverei em ordem – disse o doutor Watkins, enquanto Don pousava a cabeçorra na mão dele e mantinha os olhos inteligentes em seu rosto, evidentemente sentindo que aquele homem entendia seu sofrimento e sabia o que fazer.

Assim, Don partiu sem um murmúrio de protesto, e nossos três conspiradores se reuniram em conselho para decidir como poupar a família de toda a ansiedade e, ao mesmo tempo, garantir que Rob recebesse o repouso que sua perna exigia. Felizmente, ele sempre passou muitas horas no pequeno estúdio, então podia ficar deitado no sofá tanto quanto quisesse, com um livro em mãos, sem atiçar a menor desconfiança de ninguém. Sendo de temperamento tranquilo, ele não preocupou a si mesmo nem a Nan com receios infundados; ao contrário, acreditou no que lhe foi dito e, uma vez descartadas as possibilidades sombrias, seguiu alegremente seu caminho, logo se recuperando do choque do que ele chamava de "nosso susto".

Mas lidar com o agitado Ted era mais difícil, e Nan precisou de toda a sua argúcia e sabedoria para impedir que ele traísse o segredo, uma vez que era melhor não dizer nada e evitar qualquer discussão sobre o assunto em nome do bem-estar de Rob. Ted foi dominado pelo remorso e, sem a mamãe por perto com quem se abrir, ele sofria. Durante o dia, dedicava-se a Rob: servia-lhe, conversava com ele, observava-o aflito e, com tudo isso, muito preocupava o bom rapaz, embora ele nada demonstrasse, já que Ted extraía consolo dessa atitude. À noite, porém, quando tudo ficava tranquilo, a imaginação vívida e o coração pesado de Ted levavam a melhor sobre ele e o mantinham desperto ou o punham para andar dormindo. Nan ficava de olho e, mais de uma vez, ministrou uma pequena dose para que ele descansasse, leu para ele ou deu bronca e, quando o flagrou rondando a casa em uma vigília noturna, ameaçou trancá-lo no quarto se ele não ficasse na cama. Isso acabou passando depois de algum tempo, mas uma mudança tinha ocorrido no menino extravagante e todos a notaram, mesmo antes que a mãe voltasse e perguntasse o que eles tinham feito que havia esfriado o ânimo de seu leão. Ele ainda era alegre, mas não mais tão voluntarioso e, com frequência, quando a antiga disposição o dominava, ele a identificava de imediato, olhava para Rob e a abandonava, ou se afastava para ficar sozinho com seus caprichos. Ele não zombava mais dos modos antiquados do irmão ou de seu gosto pela leitura; em lugar disso, tratava-o com um respeito novo e muito acentuado que comoveu e satisfez o modesto Rob e muito espantou todos os observadores. Era como se ele sentisse que devia ao irmão uma reparação pelo gesto tolo que poderia ter-lhe custado a vida; e, sendo o amor mais forte do que a vontade, Ted esqueceu o orgulho e pagou sua dívida como um menino honesto.

– Eu não entendo – disse a senhora Jo depois de uma semana de vida doméstica, muito impressionada pelo bom comportamento do filho caçula. – Ted está tão bonzinho, tenho medo de que vamos perdê-lo. Será a doce influência da Meg, a culinária refinada da Daisy ou as pastilhas que vi Nan dando a ele às escondidas? Algum feitiço foi feito durante a minha ausência e esse menino está tão amável, calmo e obediente que não o reconheço.

– Ele está crescendo, minha amada, e, como é uma planta preciosa, desabrocha cedo. Eu vejo mudanças também no meu Robchen. Ele está mais maduro e sério do que nunca e raramente se afasta de mim, como se o amor pelo pai aumentasse com o crescimento dele. Nossos meninos irão com frequência nos surpreender dessa maneira, Jo, e nós só podemos nos alegrar com isso e deixar que se tornem o que agradar a *Gott*.

Enquanto o Professor falava, seus olhos pousaram orgulhosamente sobre os irmãos, que vinham juntos subindo os degraus, Ted com o braço em volta dos ombros de Rob ouvindo com plena atenção os comentários geológicos que Rob fazia sobre a pedra que tinha em mãos. Em geral, Ted caçoava de tais interesses e gostava de despejar pedregulhos no caminho do estudante, esconder fragmentos de rocha sob o travesseiro ou cascalho dentro dos sapatos dele, e enviar pacotes de terra por encomenda expressa aos cuidados do "Professor M. R. Bhaer".

Ultimamente, porém, ele vinha tratando os passatempos de Rob com todo o respeito, e tinha começado a apreciar as boas qualidades daquele irmão tranquilo que ele sempre tinha amado, porém subestimado, até que a coragem demonstrada sob o fogo conquistou a admiração de Ted e tornou impossível esquecer o erro, cujas consequências poderiam ter sido tão terríveis. A perna ainda estava prejudicada, embora se recuperasse bem, e Ted estava sempre oferecendo um braço como apoio, olhando ansioso para o irmão, tentando adivinhar suas vontades, pois o arrependimento ainda espetava a alma de Ted, e o perdão de Rob só o tornava mais agudo. Um feliz escorregão na escada deu a Rob a desculpa para mancar, e ninguém, exceto Nan e Ted, tinha visto o machucado, então o segredo estava seguro até aquele momento.

– Estamos falando sobre vocês, meninos. Entrem e contem para nós que boa fada esteve trabalhando aqui enquanto não estávamos. Ou será que é porque a distância aguçou nossos olhos que estamos descobrindo tantas mudanças positivas desde que voltamos? – disse a senhora Jo, dando tapinhas no sofá de ambos os lados, enquanto o Professor abandonava a pilha de cartas a responder para admirar a cena adorável: a esposa envolvida por braços, tendo em cada lateral um filho sentado e sorrindo afetuosamente, mas se sentindo um pouco culpado, pois até agora "mamãe" e *Vater* conheciam cada episódio de suas vidas de meninos.

– Ah, é só porque o Bobby e eu ficamos muito sozinhos, agora somos como gêmeos. Eu o agito um pouco e ele me acalma bastante. É como você e o papai fazem. É um bom arranjo. Eu gosto – e Ted sentiu que havia resolvido lindamente a questão.

– A mamãe não vai agradecer por você se comparar a ela, Ted. Já eu fico envaidecido de ser parecido com o papai em qualquer coisa. Eu tento ser – respondeu Rob, e todos riram do cumprimento de Ted.

– Eu vou agradecer sim, pois é verdade. E se você, Robin, fizer pelo seu irmão metade do que o papai faz por mim, sua vida não será desperdiçada – disse a senhora Jo, calorosamente. – Eu fico muito feliz ao vê-los se ajudando mutuamente. Isso é o certo, e nunca é cedo demais para tentarmos entender as necessidades, virtudes e falhas daqueles que nos são mais próximos. O amor não deveria nos deixar cegos para os erros, nem a familiaridade nos deixar sempre prontos a culpar as deficiências que percebemos. Portanto, continuem o bom trabalho, meus filhotes, e nos deem mais surpresas desse tipo sempre que quiserem.

– A *liebe Mutter*[49] disse tudo. Eu também estou muito satisfeito com a amigável ternura fraterna que vejo. É positiva para todos; que perdure! – e o professor Bhaer assentiu para os meninos, que demonstravam contentamento, mas perdidos quanto a como responder aos comentários elogiosos.

Rob, sabiamente, se manteve em silêncio, por receio de falar demais; mas Ted extravasou, achando impossível evitar contar alguma coisa.

– O fato é que eu descobri que o Bobby é um sujeito muito corajoso e estou tentando compensar a chatice que sempre fui para ele. Eu sabia que ele era absurdamente inteligente, mas achava que era meio mole, porque gostava de livros mais do que de brincadeiras e estava sempre questionando a própria consciência. Mas eu comecei a ver que não são os camaradas que falam mais alto e que se exibem mais que são os mais masculinos. Não, senhor! O Bob, todo tranquilo, é um bom sujeito e

---

[49] "Mãe amada", em alemão no original. (N.T.)

um herói, e tenho orgulho dele e vocês também teriam, se soubessem de tudo.

Então um olhar de Rob trouxe Ted girando de volta à realidade; ele se interrompeu, ficou vermelho e tapou a boca com as mãos, desolado.

– Ora bem, e que "tudo" é esse do qual não sabemos? – perguntou a senhora Jo rapidamente, pois seu olhar aguçado captou sinais de perigo e o coração maternal sentiu que alguma coisa tinha se intrometido entre ela e os filhos. – Meninos – ela continuou, solene –, suspeito que a mudança que mencionamos não seja totalmente o efeito do crescimento, como dissemos. Está me parecendo que Ted se envolveu em alguma confusão e que Rob o resgatou de algum apuro, e disso deriva o humor amoroso do meu menino travesso e a sobriedade do meu menino responsável, que nunca esconde nada da mãe.

Rob estava agora tão vermelho quanto Ted, mas após um instante de hesitação, ele olhou para cima e respondeu, com uma expressão de alívio:

– Sim, mamãe, isso mesmo; mas agora tudo já passou e nenhum mal foi causado, e acho que é melhor deixar assim, ao menos por enquanto. Eu me senti culpado de esconder uma coisa de você, mas agora você já sabe tanto que eu não vou me preocupar, e você também não precisa. O Ted se arrependeu, eu não me importei e fez bem a nós dois.

A senhora Jo olhou para Ted, que piscava muito, mas sustentou o olhar como um homem; depois ela se virou para Rob, que lhe sorriu com tanta alegria que ela se sentiu reconfortada; mas algo no rosto dele a chocou, e ela enxergou o que o tinha feito parecer mais velho, mais grave e, ainda assim, mais adorável do que nunca: era o olhar que a dor na consciência, assim como no corpo, acarreta, e a paciência de uma doce submissão a alguma provação inevitável. Como um raio, ela adivinhou que um perigo tinha se aproximado de seu filho, e os olhares que flagrou entre os dois malandrinhos e Nan confirmaram seus receios.

— Rob, querido, você ficou doente ou se machucou ou entrou em problemas por causa do Ted? Conte agora mesmo, não vou mais admitir segredos. Meninos às vezes sofrem pela vida inteira por causa de um acidente não tratado ou malcuidado. Fritz, faça com que falem!

O senhor Bhaer pousou os papéis e foi se posicionar diante deles, dizendo, em um tom que acalmou a senhora Jo e encorajou os meninos:

— Meus filhos, deem-nos a verdade. Nós suportaremos; não a retenham para nos poupar. Ted sabe que nós o perdoamos muito porque o amamos, então sejam honestos, vocês dois.

Ted instantaneamente mergulhou entre as almofadas do sofá e lá ficou, restando visível apenas um par de orelhas vermelhas, enquanto Rob em poucas palavras contou a pequena história, com toda a fidelidade, mas também toda a gentileza de que foi capaz, apressando-se a acrescentar a tranquilizadora certeza de que Don não estava com raiva, que a ferida estava quase boa e que nenhum risco jamais surgiria dela.

Mas a senhora Jo ficou tão lívida que ele precisou pôr os braços em volta dela, e o pai virou-se e afastou-se, exclamando *"Ach, Himmel!"*[50] em um tom tão confuso de sofrimento, alívio e gratidão que Ted puxou uma almofada extra sobre a cabeça para abafar o som. Um minuto depois, estavam todos bem, mas notícias assim são sempre um choque, mesmo quando o perigo já passou, e a senhora Jo abraçou forte seu menino, até que o pai voltou e o levou embora, dizendo, com um aperto firme de ambas as mãos e uma hesitação na voz:

— Estar em perigo de vida é um teste para o espírito de um homem e você o suportou bem; mas eu não posso abrir mão do meu bom menino ainda; graças a *Gott* ele está seguro!

Um som abafado, entre o soluço e o gemido, veio das profundezas das almofadas, e as contorções das longas pernas de Ted expressavam

---

[50] "Ah, céus!", em alemão no original. (N.T.)

com tanta clareza o desespero dele que a mãe se inclinou em sua direção e, escavando até encontrar uma cabeça loira descabelada, puxou-a para fora e a afagou, exclamando, com uma risada irreprimível, embora suas bochechas estivessem molhadas de lágrimas:

– Venha e seja perdoado, pobre pecador! Eu sei que você sofreu o suficiente e não direi uma palavra; apenas se algum dano acontecesse ao Rob você provocaria em mim mais tristeza do que causou a si mesmo. Ah, Teddy, Teddy, tente curar este espírito voluntarioso antes que seja tarde demais!

– Eu tento, mamãe, eu tento! Eu nunca vou esquecer isso; espero que tenha me curado; porque, se não curou, acho que eu não tenho salvação – respondeu Ted, puxando os cabelos como único modo de expressar seu remorso profundo.

– Claro que tem, meu querido, eu me senti exatamente assim aos 15 anos, quando a Amy quase se afogou, e a Marmee me ajudou como eu vou ajudar você. Venha me procurar, Teddy, quando o maligno tomar conta de você, e juntos vamos derrotá-lo. Ah, eu mesma tive muitos embates com o velho Apollyon[51] e muitas vezes levei a pior, mas nem sempre. Venha para debaixo do meu escudo e juntos nós lutaremos até vencer.

Ninguém disse nada por um minuto, enquanto Ted e a mãe riam e choravam em um só lenço, e o senhor Bhaer apoiava o braço em Rob, que estava felicíssimo porque tudo tinha sido relatado e perdoado, embora jamais fosse ser esquecido; pois tais experiências fazem bem à pessoa e aproximam ainda mais os corações que se amam.

Dali a pouco, Ted se endireitou e foi direto até o pai, dizendo com coragem e humildade:

– Eu devo ser castigado. Por favor, aplique uma punição, mas antes diga que me perdoa, como o Rob perdoou.

---

[51] Termo hebraico que significa "destruidor". Em Apocalipse 9, um anjo com esse nome é descrito como "rei do abismo sem fim". (N.T.)

— Sempre, *mein Sohn*[52], setenta vezes sete, se for preciso; do contrário, não mereço o modo como você me chama. O castigo já veio; eu não poderia lhe dar nenhum que fosse maior. Não permita que tenha sido em vão. E não terá sido, com a ajuda de sua mãe e do Pai de Todos. Haverá lugar para vocês dois sempre!

O bom Professor abriu os braços e acolheu seus filhos como um verdadeiro alemão, sem vergonha de expressar por gestos ou palavras as emoções paternas que um americano teria reduzido a um afago no ombro e um ligeiro "tudo bem".

A senhora Jo estava sentada desfrutando da cena como a alma romântica que de fato era, e depois todos tiveram uma conversa tranquila na qual falaram livremente sobre o que andava em seus corações, encontrando muito consolo na confiança que vem quando o amor expulsa o medo. Concordaram que nada seria dito a não ser para Nan, que merecia agradecimentos e recompensas por sua coragem, discernimento e fidelidade.

— Eu sempre soube que aquela menina tinha em si a fibra de uma boa mulher, e isso prova meu ponto. Nada de pânico nem gritinhos nem desmaios e confusão, apenas sensatez tranquila e habilidade energética. Que menina querida, o que poderei lhe dar ou fazer por ela para demonstrar minha gratidão? — disse a senhora Jo, entusiasmada.

— Faça o Tom sair do caminho e deixá-la em paz — sugeriu Ted, de novo quase como era antes, embora uma névoa meditativa ainda obscurecesse parcialmente sua alegria natural.

— Sim, isso mesmo! Ele a irrita como um mosquito. Ela o proibiu de vir aqui para fora quando ela estivesse, e o despachou com o Demi. Eu gosto do velho Tom, mas ele é um chato com a Nan — acrescentou Rob, enquanto partia com o pai para ajudar com as cartas acumuladas.

---

[52] "Meu filho", em alemão no original. (N.T.)

– É o que farei! – disse a senhora Jo, resoluta. – A carreira daquela moça não deveria ser atrapalhada pela fantasia tola de um menino. Em um momento de fraqueza, ela pode acabar cedendo, e então estará tudo acabado. Mulheres mais sábias do que ela cometeram esse erro e se arrependeram pelo resto da vida. A Nan deve primeiro conquistar seu lugar e provar que está à altura de ocupá-lo, depois poderá se casar, se quiser e se conseguir encontrar um homem digno dela.

Mas a ajuda da senhora Jo não foi necessária, pois o amor e a gratidão podem operar milagres, e quando juventude, beleza, acidente e fotografia entram na conta, o sucesso é certo, conforme ficou provado no caso do desavisado, porém muito suscetível, Thomas.

Josie interpreta a sereia

Enquanto os jovens Bhaers viviam experiências sérias em casa, Josie estava se divertindo imensamente no Recanto Rochoso, pois os Laurences sabiam como tornar o descanso do verão tão charmoso quanto pleno. Bess gostava muito da priminha; a senhora Amy pensava que, fosse sua sobrinha uma atriz ou não, ela precisava ser uma dama, e lhe deu o treinamento social que em qualquer lugar distingue a mulher bem-educada, ao passo que o tio Laurie jamais se sentia tão feliz quanto ao remar, cavalgar, brincar ou descansar com duas meninas alegres ao seu lado. Josie desabrochou como uma flor silvestre naquela vida livre, Bess ficou rosada, ativa e contente, e ambas eram as queridinhas dos vizinhos, cujas *villas* ficavam na praia ou encarapitadas na colina ao longo da bela baía.

Uma folha amarfanhada perturbava a paz de Josie, um desejo desconcertante a preenchia com um anseio que se tornou uma obsessão e a mantinha inquieta e vigilante como um detetive que tivesse um caso no qual "trabalhar". Senhorita Cameron, a grande atriz, havia alugado uma das *villas* e se retirado para lá para criar uma nova montagem para a temporada teatral seguinte. Ela não recebia ninguém, a não ser um ou dois amigos, dispunha de uma praia particular e se mantinha invisível, exceto durante os passeios diários ou quando os monóculos de ópera de observadores curiosos se fixavam em uma figura azul que se divertia no mar. Os Laurences a conheciam, porém respeitavam sua privacidade e, depois de uma visita, deixaram-na em paz até que ela expressou o desejo por companhia, uma cortesia da qual ela mais tarde se lembrou e retribuiu, conforme veremos.

Mas Josie parecia um inseto sedento zunindo ao redor de um pote de mel lacrado, pois essa proximidade de sua musa era tanto deliciosa quanto enlouquecedora. Ela ansiava por ver, ouvir, conversar e estudar aquela grande mulher feliz, capaz de comover milhares de pessoas com sua arte e fazer amigos por sua virtude, benevolência e beleza. Era o tipo de atriz que a menina queria ser, e poucos poderiam objetar, se ela de fato tivesse talento, pois o palco precisa de tais mulheres para purificar e elevar a profissão, que tanto educa quanto diverte. Se a gentil senhorita Cameron soubesse do amor e do anseio apaixonado que queimavam no peito da menininha que ela preguiçosamente observava saltando as rochas, brincando na praia ou galopando em um pônei Shetland, ela a teria feito feliz com um olhar ou uma palavra. No entanto, cansada pelo trabalho do inverno e ocupada com o novo papel, a dama não reparou em sua jovem vizinha mais do que nas gaivotas da baía ou nas margaridas que balançavam nos campos. Buquês deixados à sua porta, serenatas ao muro do jardim e a observação fixa de olhos admirados eram coisas tão familiares que ela mal os notava; e Josie foi ficando desesperada pelo fracasso de todas as suas pequenas tentativas.

— Eu poderia subir naquele pinheiro e me lançar no telhado da varanda dela, ou conseguir que o Sheltie me atirasse bem no portão, então me levariam para dentro quase desmaiando. Não adianta tentar me afogar quando ela estiver no mar, porque não sei afundar e ela só pediria a um homem que me puxasse de volta para a superfície. O que eu posso fazer? Quero vê-la e contar sobre minhas esperanças e fazê-la dizer que algum dia eu poderei atuar. A mamãe acreditaria nela. E se, ah, se ao menos ela me deixasse estudar com a senhorita Cameron, que perfeita alegria isso seria!

Josie fez esses comentários certa tarde, quando ela e Bess se preparavam para ir nadar, uma pescaria impediu o banho matinal de ambas.

– Você precisa ganhar tempo, querida, e não ser tão impaciente. O papai prometeu dar uma oportunidade a você antes que as férias cheguem ao fim, e ele sempre lida bem com as coisas. Isso vai ser melhor do que qualquer travessura que você apronte – respondeu Bess, prendendo os belos cabelos em uma touca branca que combinava com o maiô, enquanto Josie fazia de si mesma uma pequena lagosta em escarlate.

– Eu detesto esperar, mas acho que preciso. Espero que ela vá ao mar hoje à tarde, apesar da maré baixa. Ela contou para o tio que precisaria ir mais tarde, porque pela manhã as pessoas a encararam demais e invadiram a praia dela. Vamos dar um bom mergulho saltando da rocha alta. Não há ninguém por perto a não ser babás e bebês, então podemos fazer barulho e espalhar água quanto quisermos.

Lá se foram elas para algumas boas horas de diversão, pois a pequena baía estava livre de outros banhistas e os bebês muito se admiraram da ginástica aquática das duas, ambas nadadoras experientes.

Enquanto estavam sentadas pingando na grande rocha, Josie de repente deu em Bess um apertão que quase a mandou de volta para a água, gritando:

– Lá está ela! Olha! Vindo tomar banho. Que maravilha! Ah, se ela ao menos se afogasse um pouquinho e me deixasse fazer o salvamento! Ou se pelo menos um caranguejo mordesse o dedão do pé dela... Qualquer coisa que me deixasse ir lá e falar!

– Não demonstre que está olhando, ela vem aqui para ficar em paz e se divertir. Finja que não a está vendo, é a única coisa civilizada a fazer – disse Bess, fingindo que observava um iate de velas brancas que passava.

– Vamos boiar naquela direção como quem não quer nada, como se estivéssemos procurando algas nas rochas. Ela não pode se incomodar por estarmos deitadas de costas, só com o nariz para fora. Assim não teremos como não vê-la, e nadaremos de volta como se ansiosas para descansar. Isso vai causar boa impressão e ela pode nos chamar para agradecer às mocinhas educadas por terem respeitado a vontade dela – propôs Josie, cuja imaginação vivaz estava sempre planejando situações dramáticas.

Quando elas estavam prestes a deslizar da rocha, como se o destino houvesse afinal cedido, a senhorita Cameron foi vista acenando loucamente do mar, onde estava de pé, com a água pela cintura, olhando para baixo. Ela chamou a empregada, que parecia estar vasculhando a praia em busca de alguma coisa, e, não tendo encontrado o que procurava, acenou com uma toalha em direção às meninas, como se as incentivando a ir ajudá-la.

– Corre, voa! Ela nos chama, ela nos quer! – gritou Josie, caindo na água como uma tartaruga cheia de energia e nadando em seu melhor estilo em direção ao muito desejado paraíso da alegria. Bess a seguiu mais devagar e ambas chegaram ofegantes e sorridentes até a senhorita Cameron, que, sem levantar os olhos, disse, naquela voz maravilhosa dela:

– Deixei cair uma pulseira. Estou vendo, mas não consigo pegar. Será que o rapazinho não pegaria um graveto para mim? Vou ficar de olho nela, para que a água não leve.

– Eu mergulharei com prazer para pegar, mas não sou um menino – respondeu Josie, rindo enquanto chacoalhava a cabeça cacheada que, a distância, havia enganado a senhora.

– Peço desculpas. Mergulhe, criança; a areia está cobrindo bem rápido. Eu gosto muito dessa pulseira e nunca me esqueci de tirar, antes.

– Vou buscar! – e para o fundo lá foi a Josie, para voltar à tona com a mão cheia de pedrinhas, mas sem nenhuma pulseira.

– Foi embora. Não se preocupe, foi culpa minha – disse a senhorita Cameron, desapontada, mas achando graça do desalento da menina, que enxugou a água dos olhos e arfou, cheia de coragem:

– Não, não foi. Vou encontrar nem que fique lá embaixo a noite toda! – e tomando um longo fôlego, Josie mergulhou de novo, sem deixar para trás nada além de um par de pés agitados.

– Receio que ela se machuque – disse a senhorita Cameron olhando para Bess, a quem tinha reconhecido pela semelhança com a mãe.

– Ah, não. A Josie é um peixinho. E ela gosta – e Bess sorriu, muito feliz porque o desejo da prima tinha sido maravilhosamente concedido.

– Você é filha do senhor Laurence, suponho. Como vai, querida? Diga ao seu pai que logo irei visitá-lo. Antes eu estava cansada demais, e bastante brava também. Estou melhor agora. Ah! Aí vem nossa pescadora de pérolas. Como foi? – ela perguntou, quando os calcanhares foram para baixo e uma cabeça pingando veio à superfície.

No primeiro momento, Josie só conseguiu tossir e cuspir, meio sufocada; embora suas mãos houvessem falhado de novo, sua coragem restava inabalada, e com uma sacudida resoluta do cabelo molhado, um olhar brilhante para a senhora alta e uma série de inspirações para encher os pulmões, ela disse com toda a calma:

– "Nunca desistir" é meu lema. Vou pegar sua pulseira nem que tenha que nadar a Liverpool. Agora, então! – e para o fundo se foi a sereia, sem muita visão dessa vez, tateando o fundo do mar como uma lagosta de verdade.

– Menininha valente! Gosto disso. Quem é ela? – perguntou a senhora, sentando-se em uma pedra meio protegida para observar a mergulhadora, já que a pulseira sumira das vistas havia tempo.

Bess lhe contou e, com o sorriso persuasivo herdado do pai, acrescentou:

– A Josie quer ser atriz e faz um mês que espera para vê-la. Isto é uma grande alegria para ela.

– Deus abençoe a criança! Por que ela não veio me fazer uma visita? Eu a teria deixado entrar, embora em geral evite essas meninas loucas pelos palcos tanto quanto evito jornalistas – riu a senhorita Cameron.

Não houve tempo para mais; uma mão bronzeada, segurando uma pulseira, elevou-se do mar seguida por um rosto arroxeado, quando Josie subiu tão cega e zonza que mal conseguiu se agarrar a Bess, meio afogada, mas triunfante.

A senhorita Cameron a arrastou para a pedra em que estava, afastou os cabelos dos olhos da menina e a ressuscitou com calorosos "Bravo! Bravo!", que asseguraram a Josie que seu primeiro ato tinha sido um sucesso. Josie muitas vezes imaginara seu encontro com a grande atriz: a dignidade e a graça com que entraria e exporia suas ambiciosas esperanças, o traje impactante que estaria usando, as coisas sagazes que diria, a impressão profunda que seu gênio em botão causaria. Mas nunca em seus delírios mais ousados ela imaginou um encontro como aquele: roxa, cheia de areia, trêmula, pingando e muda, apoiada no ombro ilustre, parecendo uma linda foca, piscando e arquejando até afinal conseguir sorrir alegremente e exclamar, cheia de orgulho:

– Consegui recuperar! Estou tão feliz!

– Agora recupere o fôlego, minha querida, e eu ficarei feliz também. Foi muito gentil de sua parte ter tido tanto trabalho por minha causa. Como posso lhe agradecer? – perguntou a senhora, olhando para ela com aqueles olhos lindos que podiam transmitir tanta coisa sem a necessidade de palavras.

Josie uniu as mãos com um estalo que jogou água ao redor, comprometendo assim o efeito do gesto, e respondeu, em um tom suplicante que teria amolecido corações bem mais duros do que o da senhorita Cameron:

– Deixe que eu lhe faça uma visita, só uma! Quero que a senhora me diga se sou capaz de interpretar. A senhora vai saber. Vou me submeter ao que disser, e se a senhora achar que consigo atuar, então, com o tempo, depois que eu tiver estudado bastante, serei a menina mais feliz do mundo. Posso?

– Sim. Venha amanhã às onze horas. Teremos uma boa conversa, você vai me mostrar o que sabe fazer e eu vou lhe dar minha opinião. Mas você não vai gostar.

– Vou sim, não faz mal se a senhora disser que sou uma boba. Quero resolver isso, e a mamãe também. Vou aceitar com bravura se me disser que não, mas, se disser que sim, eu jamais vou desistir até ter dado o meu melhor, como a senhora.

– Ah, minha criança, é uma jornada exaustiva e há muitos espinhos entre as rosas quando você as conquista. Acho que você tem coragem e isso demonstra que tem perseverança. Talvez consiga. Venha e veremos.

A senhorita Cameron tocou a pulseira enquanto falava, e sorriu com tanta meiguice que a impetuosa Josie quis beijá-la, mas sabiamente se conteve, embora seus olhos estivessem molhados de uma água mais delicada do que a do mar, quando lhe agradeceu.

– Nós estamos atrapalhando o banho da senhorita Cameron e a maré está mudando. Vamos, Josie – disse a sensata Bess, com receio de que abusassem da acolhida.

– Corra pela praia para se aquecer. E muito obrigada, pequena sereia. Diga ao seu pai que traga a filha para me ver quando quiser. Até logo – e com um aceno de mão, a rainha da tragédia dispensou sua corte, mas permaneceu em seu trono de algas observando, até sumirem da vista, aquelas duas figuras ágeis correndo pela areia com os pés reluzentes. Depois, conforme ondulava calmamente na água, pensou consigo mesma: "A menina tem um bom rosto cênico, é vívido, maleável; olhos expressivos; abandono; impulso; vontade. Quem sabe ela consegue. Boa cepa, talento na família. Veremos".

É claro que Josie não pregou os olhos durante a noite e estava numa alegria febril no dia seguinte. O tio Laurie se divertiu muito com o episódio e a tia Amy escolheu o vestido branco mais adequado para a grande ocasião; Bess lhe emprestou seu chapéu mais artístico e Josie esquadrinhou bosques e pântanos para conseguir um buquê de rosas silvestres, doces azaleias brancas, brotos de samambaia e gramíneas graciosas, como oferenda de um coração muito grato.

Às dez horas, ela se arrumou solenemente e depois ficou sentada olhando para as luvas impecáveis e os sapatos de fivela até chegar a hora de partir, ficando cada vez mais pálida e séria com a ideia de que seu destino estava à beira de ser decidido, pois, como todas as pessoas jovens, ela tinha certeza de que sua vida inteira poderia ser determinada por uma única criatura humana, bastante desatenta ao fato de que a Providência nos treina maravilhosamente por meio de decepções, nos surpreende com sucessos inesperados e transforma nossas aparentes provações em bênçãos.

– Irei sozinha, ficaremos mais à vontade assim. Ah, Bess, reze para que ela me avalie positivamente! Tanta coisa depende disso! Não dá risada, tio! É um momento muito sério para mim. A senhorita Cameron sabe, e vai lhe dizer. Me dá um beijo, tia Amy, já que a mamãe não está aqui. Se você disser que estou bem, já ficarei satisfeita. Adeus – e com um aceno de mão tão parecido com o de sua musa quanto foi capaz de reproduzir, Josie partiu, mostrando muita beleza e se sentindo muito trágica.

Confiante agora de que seria admitida, ela audaciosamente tocou a campainha da porta que deixava tantos para fora e, sendo conduzida a uma sala fracamente iluminada, arregalou os olhos com diversos lindos retratos de grandes atores, enquanto esperava. Havia lido sobre a maioria deles e conhecia seus dissabores e triunfos tão bem que logo se esqueceu de si e tentou imitar a senhora Siddons como Lady Macbeth; Josie observou a gravura empunhando o buquê do modo como a personagem segura a vela na cena do sonambulismo, franzindo as jovens sobrancelhas muito aflita, enquanto repetia murmurando a fala da rainha assombrada. Tão ocupada ela estava que a senhorita Cameron a observou por vários minutos sem ser notada, e depois a assustou ao surgir de repente, com as mesmas palavras nos lábios e aquela expressão no rosto que tornavam aquela cena uma de suas mais grandiosas.

– Eu nunca consigo fazer desse jeito, mas vou continuar tentando, se a senhora disser que eu posso – exclamou Josie, esquecendo-se das boas maneiras diante do interesse profundo do momento.

– Mostre-me o que sabe fazer – respondeu a atriz, sabiamente entrando de uma vez no cerne da questão, ciente de que nenhuma conversa amena poderia satisfazer aquela pessoinha tão séria.

– Primeiro, deixe-me lhe dar isto. Pensei que a senhora gostaria das flores silvestres mais do que das de estufa, e ainda bem que a trouxe, porque não teria outro modo de agradecer-lhe por sua imensa gentileza – disse Josie, oferecendo o buquê com um afeto simples que era também muito meigo.

– Eu de fato gosto mais delas, e mantenho meu quarto cheio de arranjos que alguma boa fada pendura no meu portão. Juro pela minha palavra que penso ter descoberto quem é a fada; estas flores são tão parecidas – ela acrescentou depressa, enquanto seu olhar ia das flores em sua mão para as outras que estavam ali perto, dispostas com o mesmo bom gosto.

O rubor e o sorriso de Josie a traíram antes que ela dissesse, com um olhar repleto de adoração juvenil e humildade:

– Não pude evitar, eu a admiro tanto! Sei que tomei uma liberdade indevida, porém, como eu mesma não podia entrar, gostei de imaginar que ao menos os meus ramalhetes poderiam lhe agradar.

Alguma coisa em relação à menina e à pequena oferenda comoveu a mulher e, puxando Josie para perto de si, ela disse, sem nenhum indício no rosto nem na voz de que estaria atuando:

– Eles me agradaram sim, querida, e você também. Estou cansada de elogios; e o amor é doce, quando simples e sincero como este.

Josie se lembrou de ter ouvido, entre diversas outras histórias, que a senhorita Cameron perdera o amado muitos anos antes, e que desde então vivia apenas para a arte. Agora, sentia que isso bem poderia ser verdade; o lamento pela vida esplêndida e solitária tornou seu rosto muito eloquente, bem como grato. Então, como se ansiosa para abandonar o passado, a nova amiga disse, do modo imperativo que lhe parecia tão natural:

– Deixe-me ver o que você sabe fazer. Julieta, é claro. Tudo começa com ela. Pobre alma, o modo como foi assassinada!

Bem, Josie tinha planejado começar com a amada de Romeu e depois prosseguir com Bianca, Pauline e muitas das outras musas favoritas das meninas loucas pelos palcos, porém, sendo uma mocinha muito astuta, ela de repente percebeu a sabedoria do conselho do tio Laurie, e decidiu segui-lo. Assim, em vez da longa fala que a senhorita Cameron esperava, Josie fez a cena de loucura da pobre Ofélia e atuou muito bem, tendo sido treinada pelo professor de impostação da faculdade e interpretado o papel várias vezes. Ela era jovem demais, é claro, mas o vestido branco, o cabelo solto e as flores de verdade que ela espalhava ao redor do túmulo imaginário contribuíram para o efeito, e ela entoou as melodias de um jeito doce, curvou-se em mesuras patéticas e correu para trás da cortina que separava os cômodos lançando para trás um olhar que surpreendeu a examinadora e a levou a um rápido gesto de aplauso. Animada por aquele som bem-vindo, Josie correu de volta, dessa vez como a jovem atrevida de uma das farsas que tantas vezes havia interpretado, contando uma história cheia, no começo, de humor picante, mas que terminava com um choro de arrependimento e preces sinceras por perdão.

– Muito bom! Tente mais uma vez. Melhor do que eu esperava – gritou a voz do oráculo.

Josie então fez o discurso de Portia e o recitou muito bem, dando a ênfase devida ao final de cada sentença. Depois, incapaz de se conter diante do que considerava seu melhor desempenho, ela irrompeu na cena de Julieta na sacada, encerrando com o veneno e a tumba. Ela estava certa de haver se superado, e aguardou o aplauso. Mas uma sonora risada a fez tremer de indignação e desapontamento; ela foi até a senhorita Cameron, parou à sua frente e disse, em um tom de educada surpresa:

– Disseram-me que eu a interpretava bem, lamento que a senhora não ache.

– Minha querida, é muito ruim. Mas como poderia ser de outra forma? O que uma criança como você sabe sobre amor, medo e morte? Não tente este texto ainda. Deixe a tragédia de lado até estar pronta para ela.

– Mas a senhora aplaudiu Ofélia.

– Sim, aquilo foi bonito. Qualquer menina esperta consegue interpretar com verossimilhança. Mas o verdadeiro significado de Shakespeare ainda está muito além de você, querida. A parte da comédia foi a melhor, ali você demonstrou um talento real. Foi tão engraçado quanto patético. Isto é arte, não perca. A Portia foi boa na declamação. Vá em frente com esse tipo de coisa, isso treina a voz, ensina os variados tons expressivos. Você tem uma boa voz e uma graça natural, ambas grandes ajudas e difíceis de adquirir.

– Bem, fico contente por ter alguma coisa – suspirou Josie, sentando-se humildemente em uma cadeira baixa, com o coração afundado no peito, mas ainda não intimidada e decidida a obter uma opinião.

– Minha menina, eu lhe disse que você não ia gostar do que eu tivesse para lhe dizer. Ainda assim, preciso ser honesta, se pretendo ajudá-la de fato. Precisei fazer isso por muitas como você, e a maioria nunca me perdoou, embora minhas palavras tenham se provado verdadeiras e elas tenham se tornado o que as aconselhei a ser: boas esposas e mães felizes em lares tranquilos. Algumas insistiram e se saíram razoavelmente. De uma delas você vai ouvir falar em breve, eu acho, pois ela tem talento, uma paciência a toda prova e inteligência, assim como beleza. Você é jovem demais para mostrar a qual categoria pertence. Os gênios são muito escassos, e mesmo aos 15 anos, raramente fazem muita promessa do que poderão vir a ser no futuro.

– Ah, mas eu não acho que sou um gênio! – exclamou Josie, acalmando-se e ficando mais séria conforme escutava aquela voz melodiosa e olhava para o rosto expressivo que a enchia de confiança, de tão forte, sincero e gentil ele era. – Eu só quero descobrir se tenho talento suficiente para continuar e, depois de anos de estudo, ser capaz de atuar bem em qualquer uma das peças de qualidade que as pessoas nunca se cansam de ver. Eu não tenho expectativa de me tornar uma senhora Siddons ou uma senhorita Cameron, por mais que desejasse. Mas é como se eu tivesse dentro de mim uma coisa que não sai de outro jeito que não este. Quando eu atuo, sou perfeitamente feliz. Parece que estou viva, que estou no meu próprio mundo, e cada novo papel é um novo amigo. Eu amo Shakespeare e nunca me canso de seus personagens esplêndidos. É claro que eu não entendo tudo, mas é como estar sozinha à noite com as montanhas e as estrelas, solene e grandiosa, e eu tento imaginar como vai ser quando o sol surgir e tudo se tornar claro e glorioso para mim. Eu não consigo enxergar, mas sinto a beleza e anseio por expressá-la.

Enquanto ela falava, no mais perfeito abandono de si mesma, Josie ficara pálida de agitação, os olhos cintilavam, os lábios tremiam e toda a sua pequena alma parecia estar tentando colocar em palavras as emoções que a preenchiam até o transbordamento. A senhorita Cameron compreendeu, e sentiu que aquilo era algo mais do que um capricho de menina e, quando ela respondeu, havia um novo tom de simpatia em sua voz e um novo interesse em seu rosto, embora ela tenha tido a sapiência de se abster de dizer tudo o que pensava, ciente dos sonhos extraordinários que as pessoas jovens constroem com base em uma palavra e de como é amarga a dor, quando a bolha reluzente estoura.

– Se você sente assim, não posso lhe dar um conselho melhor do que continuar amando e estudando nosso grande mestre – ela disse devagar, mas Josie captou a mudança no tom e sentiu, com um frêmito de intensa alegria, que sua nova amiga agora lhe falava como a uma colega. – Isso será uma instrução em si mesma, e nem uma vida inteira bastaria para ensinar-lhe todos os segredos dele. Mas há muito a fazer antes que você possa ter esperança de ecoar as palavras dele. Será que você tem a paciência, a coragem e a força de começar pelo começo e lentamente, dolorosamente, estabelecer as bases para o trabalho futuro? A fama é uma pérola que muitos mergulham para pegar e só uns poucos conseguem trazer para cima. E, mesmo quando trazem, se ela não é perfeita, eles suspiram por outras, e perdem coisas melhores na labuta por elas.

As últimas palavras pareceram ser ditas mais para ela mesma do que para sua ouvinte, mas Josie respondeu rápido, com um sorriso e um gesto significativo:

– Eu peguei a pulseira, apesar de toda a água salgada nos olhos.

– Pegou mesmo! Eu não me esqueci. Um bom presságio, vamos concordar.

A senhorita Cameron respondeu ao sorriso com outro, que foi como um raio de sol para a menina, e então esticou as mãos alvas como se para receber um presente invisível. Depois acrescentou, em um tom diferente, observando o efeito de suas palavras no rosto expressivo à sua frente:

– Agora você vai ficar decepcionada, pois, em vez de lhe dizer para vir ensaiar comigo, ou para ir de imediato atuar em alguma companhia teatral de segunda linha, eu a aconselho a voltar para a escola e concluir seus estudos. Este é o primeiro passo, pois todas as conquistas são necessárias, e um talento único constitui um caráter bastante imperfeito. Cultive mente e corpo, coração e alma, faça de si uma moça inteligente, graciosa, bonita e saudável. Depois, aos 18 ou 20 anos, vá exercitar e testar suas capacidades. É melhor começar a batalha tendo seus braços prontos, e se poupar das lições duras que vêm quando nos precipitamos. De vez em quando, a genialidade supera tudo, mas não com frequência. Nós precisamos escalar lentamente, com muitos escorregões e quedas. Será que você consegue esperar tão bem quanto consegue trabalhar?

– Sim!

– Veremos. Seria muito agradável para mim saber que, ao sair de cena, deixo atrás de mim uma colega bem treinada, dedicada e talentosa para mais do que preencher o meu lugar e dar continuidade ao que trago no coração: a purificação do palco. Talvez você seja ela; mas lembre-se, a mera beleza ou figurinos elaborados não formam uma atriz, nem os esforços de uma menininha esperta para interpretar grandes personagens constituem arte de verdade. Agora, tudo é ofuscante e falso, uma desgraça e uma decepção. Por que o público vai se contentar com uma ópera-bufa ou com o lixo chamado "peças sociais", quando um mundo de verdade e beleza, poesia e *páthos* está à espera de ser interpretado e usufruído?

A senhorita Cameron se esqueceu da pessoa com quem falava e andava de um lado a outro, cheia do nobre pesar que todas as pessoas refinadas sentem diante do baixo nível dos palcos hoje em dia.

– Isso é o que o tio Laurie diz, e ele e a tia Jo tentam encenar peças sobre temas verdadeiros e bons, cenas domésticas simples que tocam o coração das pessoas e as fazem rir e chorar e se sentir melhor. O tio diz que esse tipo é o meu estilo e que não devo pensar em tragédia. Mas é tão mais agradável interpretar usando coroas e vestidos de veludo do que as roupas de todo dia e apenas ser eu mesma, apesar de ser tão fácil.

– No entanto, isso é alta arte, é do que precisamos por um período, até estarmos prontas para os mestres. Cultive esse seu talento. É um dom especial; esse poder de provocar lágrimas e sorrisos e tocar o coração é uma tarefa mais delicada do que congelar o sangue ou incendiar a imaginação. Diga ao seu tio que ele tem razão e peça à sua tia que escreva um papel para você. Eu irei vê-la, quando você estiver pronta.

– A senhora irá? Ah! Irá mesmo? No Natal, vamos encenar uma peça que tem um papel muito bom para mim. Uma coisinha simples, mas serei capaz de fazer, e a senhora estar lá vai me deixar tão orgulhosa, tão feliz!

Josie se levantou enquanto falava, pois uma espiada rápida para o relógio revelou que a visita já se estendia e, por mais que lhe custasse pôr fim àquele encontro momentâneo, ela sentiu que precisava partir. Apanhando o chapéu, ela foi até a senhorita Cameron, que estava de pé, observando-a com tamanha profundidade que ela se sentiu transparente como um vidro de janela, e ruborizou lindamente ao olhar para cima e dizer, com um ligeiro tremor de gratidão na voz:

– Nunca poderei agradecer o suficiente por esta hora e tudo o que a senhora me falou. Seguirei os seus conselhos, e a mamãe vai ficar muito contente ao ver-me dedicada aos livros de novo. Agora posso estudar de todo o coração, porque é para me ajudar no futuro; e não terei grandes expectativas, vou trabalhar e esperar e tentar agradar à senhora como o único modo de pagar minha dívida.

– Isso me faz lembrar que eu não paguei a minha. Jovem amiga, use isto por mim. É adequado a uma sereia e fará com que se lembre de seu primeiro mergulho. Que o próximo possa trazer uma joia melhor e não deixar água salgada nos seus lábios!

Enquanto falava, a senhorita Cameron tirou da renda junto ao pescoço um belo alfinete de água-marinha, e o prendeu como uma comenda no peito orgulhoso de Josie; em seguida, levantando o rostinho feliz da menina, deu-lhe um beijo cheio de ternura e, com olhos que pareciam enxergar um futuro cheio das provações e conquistas que ela tão bem conhecia, observou enquanto a sereia se afastava sorrindo.

Bess esperava que Josie voltasse para casa flutuando, em êxtase e muito emocionada, ou afogada em lágrimas de decepção, e ficou surpresa com a expressão decidida e de calmo contentamento que ela exibia. Orgulho, satisfação e um inédito sentimento de responsabilidade sustentavam-na e a tornavam mais centrada; Josie sentia que qualquer volume de estudo árduo e qualquer período de espera seriam suportáveis, se no futuro glorioso ela pudesse ser uma honra para sua profissão e uma colega para aquela nova amiga a quem já amava com ardor juvenil.

Ela contou sua breve história para uma plateia profundamente interessada, e todos acharam que o conselho da senhorita Cameron era bom. A senhora Amy ficou aliviada com a perspectiva do adiamento, pois não queria que a sobrinha fosse atriz e esperava que aquela fantasia passasse.

O tio Laurie estava repleto de planos encantadores e de profecias, e redigiu um de seus mais afetuosos bilhetes para agradecer à vizinha pela gentileza, enquanto Bess, que amava todas as formas de arte, simpatizava totalmente com as ambiciosas esperanças da prima, apenas se questionando por que ela preferia representar suas emoções em vez de esculpi-las em mármore.

O primeiro encontro não foi o último, pois a senhorita Cameron ficou interessada de verdade, e manteve com os Laurences diversas conversas memoráveis, enquanto as meninas, sentadas por perto, absorviam cada palavra com o deleite que todos os artistas sentem em seu próprio belo mundo, aprendendo a ver como dons positivos são sagrados e com que força e fé devem ser postos a serviço de finalidades elevadas, cada um em sua área, ajudando a educar, refinar e revigorar.

Josie escreveu resmas para a mãe e, quando a temporada chegou ao fim, alegrou-a ao levar de volta para casa sua filhinha um tanto mudada, que se atirou ao estudo dos livros antes detestados com uma energia paciente que a todos surpreendeu e agradou. A corda certa havia sido tocada; até os exercícios de francês e de piano eram suportáveis agora, já que, aos poucos, essas conquistas seriam muito úteis; roupas, modos e hábitos, tudo era interessante agora, porque "mente e corpo, coração e alma precisam ser cultivados", e, enquanto treinava para se tornar uma "moça inteligente, graciosa e saudável", Josie estava, sem saber, se preparando para desempenhar bem o seu papel, em qualquer que fosse o palco que o Grande Diretor reservasse para ela.

O vento vira

Duas bicicletas excelentes tilintavam ao subir o caminho para Plumfield certa tarde de setembro, trazendo dois condutores bronzeados e cobertos de poeira que claramente voltavam de uma corrida muito bem-sucedida, pois, embora suas pernas estivessem talvez um tantinho cansadas, seus rostos resplandeciam, enquanto eles olhavam para o mundo de seus privilegiados pontos de observação, com um ar de contentamento tranquilo que todos os homens sobre rodas adquirem depois de terem aprendido a rodar; antes desse momento feliz, a angústia mental e física é a principal expressão da fisionomia masculina.

– Vá em frente e conte as novidades, Tom, eu fico por aqui. Vejo você mais tarde – disse Demi, saindo da bicicleta com um volteio à porta de Dovecote.

– Seja um bom companheiro e não dê com a língua nos dentes. Deixe-me acertar as coisas com a mamãe Bhaer antes – devolveu Tom, pedalando junto ao portão com um suspiro profundo.

Demi riu e o camarada subiu o caminho devagar, esperando de todo o coração que o terreno estivesse livre, pois era o portador de notícias que, ele achava, iriam convulsionar toda a família com assombro e desânimo.

Para sua imensa alegria, descobriu a senhora Jo sozinha em uma selva de páginas de revisão, que ela pôs de lado para receber carinhosamente o andarilho. Mas depois da primeira olhada ela viu que algo estava errado, pois os episódios recentes a tornaram desconfiada e com o olhar singularmente aguçado.

– O que houve agora, Tom? – ela perguntou, quando ele se deixou cair sobre uma poltrona com uma expressão curiosa que misturava medo, vergonha, diversão e nervosismo em seu rosto vermelho como um tijolo.

– Estou em uma enrascada tremenda, senhora.

– É claro; estou sempre preparada para encrencas quando você aparece. O que foi? Atropelou alguma idosa que pretende processá-lo por isso? – perguntou a senhora Jo, brincando.

– Pior do que isso – gemeu Tom.

– Não envenenou alguma pobre alma que lhe pediu um remédio, espero?

– Pior do que isso.

– Não permitiu que Demi pegasse alguma coisa horrível e o largou para trás sozinho, não é?

– Pior até do que isso.

– Desisto. Conte rápido, detesto esperar por más notícias.

Tendo deixado sua ouvinte suficientemente agitada, Tom despejou sua carga explosiva em uma única frase curta, e recostou para observar o efeito.

– Estou noivo!

As páginas de revisão da senhora Jo voaram loucamente quando ela bateu as mãos e exclamou, desanimada:

– Se a Nan cedeu, eu nunca a perdoarei!

– Ela não cedeu; é outra moça.

Tom estava com uma expressão tão engraçada quando disse isso que foi impossível não rir, pois ele parecia ao mesmo tempo acanhado e satisfeito, além de muito perplexo e preocupado.

– Estou contente, muito contente mesmo! Não me importa quem seja e espero que você se case logo. Agora me conte tudo – ordenou a senhora Jo, tão aliviada que se sentia preparada para qualquer coisa.

– O que a Nan vai dizer? – perguntou Tom, um tanto chocado ante a perspectiva de seu dilema.

– Ela vai ficar contente por livrar-se do mosquito que há tanto tempo a atazanava. Não se preocupe com a Nan. Quem é essa "outra moça"?

– O Demi não escreveu contando?

– Apenas algo sobre você aborrecer uma senhorita West lá em Quitno; pensei que isso era encrenca suficiente.

– Aquilo foi só o início de uma série de encrencas. Que sorte a minha! É claro que depois de encharcar a pobre menina na salmoura eu precisava lhe dar atenção, não é? Todos pareciam pensar que sim e eu não consegui fugir, então, antes de me dar conta, já estava perdido. É tudo culpa do Demi, que quis ficar lá remexendo aquelas fotos antigas, porque as paisagens eram bonitas e todas as meninas queriam ser fotografadas. Veja estas, por favor, senhora. Foi assim que passamos o tempo quando não estávamos jogando tênis – e Tom tirou do bolso um maço de fotografias, exibindo várias em que ele próprio se destacava, ou nas rochas, segurando uma sombrinha amarela sobre uma moça muito bonita, ou repousando aos pés dela no gramado, ou empoleirado na grade de uma varanda com outros casais em trajes de veraneio e atitudes pomposas.

– Esta é ela, claro – comentou a senhora Jo, apontando para uma donzela muito vivaz, com chapéu estiloso, sapatos coquetes e raquete na mão.

– Esta é a Dora. Ela não é adorável? – exclamou Tom, esquecendo as tribulações por um momento e falando com ardor apaixonado.

– Uma mocinha de aparência muito agradável. Espero que não seja como a Dora de Dickens[53]. O cabelo cacheado lembra um pouco.

– Nem um pouco. Ela é muito inteligente. Sabe cuidar da casa e costurar e fazer várias outras coisas, eu lhe asseguro, senhora. Todas as meninas a adoram, ela tem uma personalidade meiga e é alegre, canta como um passarinho, dança lindamente e ama livros. Acha que a senhora é maravilhosa e me fez falar infinitamente a seu respeito.

– Esta última frase é para me adular e conquistar minha ajuda para tirar você da encrenca. Mas antes me conte como você entrou nela – e a senhora Jo se acomodou para escutar com toda a disposição, nunca se cansando dos assuntos dos meninos.

Tom esfregou a cabeça inteira com vigor, para clarear as ideias, e depois mergulhou com vontade na história.

– Bem, nós já a havíamos encontrado antes, mas eu não sabia que ela estava lá. O Demi quis ir visitar um sujeito, então fomos; vendo que o lugar era confortável e fresco, descansamos lá o domingo inteiro. Encontramos pessoas agradáveis e saímos com elas para remar. Eu levei a Dora e, por acidente, bati em uma pedra. Ela sabe nadar, não houve dano, apenas o susto e o vestido, que se estragou. Ela levou na esportiva e ficamos amigos imediatamente; não houve como evitar, escalando aos trambolhões a besta daquele barco, enquanto os outros riam de nós. Claro que precisamos ficar mais um dia para ter certeza de que a Dora estava bem. Foi o Demi que quis. A Alice Heath também está lá, e outras duas moças da faculdade, então fomos ficando, o Demi continuou tirando fotografias e nós dançamos, fizemos um torneio de tênis e pensamos que era um exercício tão bom quanto pedalar. O fato é que o

---

[53] Em *David Copperfield*, romance do inglês Charles Dickens (1812-1870), Dora Spenlow é uma personagem muito bonita, porém infantil. (N.T.)

tênis é um jogo perigoso, senhora. Muito cortejo acontece na quadra, e nós, rapazes, achamos muito agradável isso de servir[54], entende?

– Não se jogava muito tênis na minha época, mas entendo perfeitamente – disse a senhora Jo, divertindo-se com tudo aquilo tanto quanto Tom.

– Dou-lhe minha palavra, eu não tinha a menor ideia de estar agindo a sério – ele continuou devagar, como se fosse difícil contar aquela parte do relato –, mas todos os outros estavam mais ou menos flertando, então comecei também. A Dora pareceu gostar e até estar à espera, e claro que fiquei contente por ser agradável. Ela pensou que eu valia alguma coisa, embora a Nan não pense, e foi muito bom ser apreciado, depois de tantos anos sendo esnobado. Sim, foi uma alegria absoluta ter uma moça meiga sorrindo para você o dia todo, corando de um jeito lindo quando você fazia um gracejo, ficando contente quando você chegava e triste quando partia, admirando tudo que você fazia e levando-o a sentir-se um homem e a agir do melhor modo que pudesse. É o tipo de tratamento que um camarada aprecia e deveria receber quando se comporta; não caretas e ombros frios ano após ano, e feito de bobo quando tem as melhores intenções e é leal e amou uma menina desde que ele era um menino. Não, por Júpiter, não é justo e não vou aguentar isso!

Tom ficou acalorado e falante enquanto refletia sobre as injustiças sofridas, levantou-se de um salto e pôs-se a marchar pela sala, abanando a cabeça e tentando sentir a mágoa habitual, porém, surpreso, descobriu que seu coração não doía nem um pouquinho.

– Eu não aguentaria. Deixe para trás a velha fantasia, pois não era nada além disso, e agarre a nova, se for autêntica. Mas como você se declarou, Tom, como certamente deve ter feito, uma vez que está noivo? – perguntou a senhora Jo, impaciente pelo ápice da história.

---

[54] "Serviço" é uma jogada do tênis; trocadilho com "flertar". (N.T.)

— Ah, foi um acidente. Eu não tinha a intenção, em absoluto. Foi o burro que provocou e depois eu não tinha como sair da enrascada sem ferir os sentimentos da Dora — começou Tom, vendo que o momento fatal tinha chegado.

— Então houve dois burros envolvidos, não é? — disse a senhora Jo, prevendo algum tipo de comicidade.

— Não ria! Soa engraçado, mas poderia ter sido terrível — respondeu Tom, sombrio, embora um brilho em seus olhos demonstrasse que suas provas de amor não o haviam cegado para o aspecto divertido da aventura.

— As meninas admiravam nossas bicicletas novas e é claro que gostamos de nos exibir. Então, nós as levamos para passear e brincamos bastante e tal. Bem, um dia, a Dora estava na garupa e já havíamos percorrido sem incidentes um bom pedaço do caminho, quando um burro velho, ridículo, atravessou. Eu pensei que ele ia sair da nossa frente, mas não saiu, então eu dei um chute e ele escoiceou de volta, e lá fomos nós para o chão, desmoronamos todos, o burro inclusive. Que confusão! Eu só pensava na Dora, que estava histérica; ou, pelo menos, rindo até chorar, daí o burro zurrou e eu perdi a cabeça. Qualquer um teria perdido, com uma pobre garota engasgada no meio da estrada, ele secando as lágrimas dela e pedindo perdão, sem saber se ela teria quebrado algum osso. Eu a chamei de querida uma vez e, na minha afobação, repeti, feito um bobo, até que ela se acalmou e disse, olhando para mim daquele jeito, "Eu perdoo você, Tom. Ponha-me de pé e vamos continuar". Agora, isso não foi doce, depois que eu a tinha derrubado pela segunda vez? Fiquei muito comovido e falei que poderia continuar para sempre, tendo um anjo daqueles para levar na garupa, e, bem, eu não sei direito o que falei, mas uma pessoa conseguiria me derrubar com uma pena, quando ela colocou o braço em volta do meu pescoço e murmurou: "Tom, querido, com você eu não tenho medo de nenhum leão no caminho". Ela poderia ter dito "burro", mas estava sendo sincera e poupou meus sentimentos. Muito bacana da parte dela; enfim, eis que lá estava eu com duas namoradas e um dilema duplo em mãos.

Achando impossível continuar se reprimindo por mais um segundo, a senhora Jo gargalhou até que lágrimas lhe escorreram pelas bochechas diante daquele episódio típico; e depois de lançar um olhar de reprovação que apenas aumentou o divertimento dela, Tom também explodiu em um rugido feliz que fez a sala trepidar.

– Tommy Bangs! Tommy Bangs! Quem, além de você, conseguiria se meter em tamanha catástrofe? – disse a senhora Jo, quando recuperou o fôlego.

– Não é mesmo uma grande trapalhada e não vão todos zombar de mim até a morte por causa disso? Vou precisar ficar longe de Plum por um tempo – respondeu Tom, esfregando o rosto, tentando absorver a extensão completa do perigo de sua posição.

– Não, na verdade. Eu ficarei ao seu lado, pois acho que foi a melhor piada da temporada. Mas me conte como as coisas terminaram. Isto é realmente sério ou foi apenas um flerte de verão? Não aprovo, mas rapazes e moças brincam com fogo e acabam se queimando.

– Bem, a Dora se considera noiva, e escreveu para casa imediatamente. Eu não pude dizer uma palavra, porque ela levou tudo tão a sério e solenemente e pareceu estar tão feliz. Ela só tem 17 anos, nunca gostou de ninguém antes e tem certeza de que tudo vai se ajeitar, pois o pai dela conhece o meu e nós dois temos boa situação financeira. Eu fiquei tão pasmo que falei: "Ora, você não pode me amar de verdade, já que sabemos tão pouco um do outro", mas ela, sem vacilar, me deu uma resposta saída direto daquele coraçãozinho doce: "Posso, sim, e muito, Tom; você é tão alegre e gentil e honesto que não pude evitar". Bem, depois disso, o que eu podia fazer, a não ser fazê-la feliz enquanto eu estivesse por ali e confiar na sorte para destrinchar o emaranhado depois?

– Um modo verdadeiramente *tomista* de levar tudo na flauta. Espero que você já tenha contado ao seu pai.

– Ah, sim, eu escrevi e contei tudo em três linhas. Falei assim: "Querido pai, estou noivo de Dora West e espero que ela seja adequada para a família, pois a mim é adequada perfeitamente. Seu sempre, Tom". Ele ficou bem, nunca gostou muito da Nan, a senhora sabe, mas a Dora vai lhe agradar em todos os aspectos – e Tom parecia plenamente satisfeito com seu próprio tato e bom gosto.

– O que Demi disse sobre esse cortejo breve e fulminante? Ele não ficou escandalizado? – perguntou a senhora Jo, tentando não rir de novo enquanto pensava no espetáculo nada romântico de burro, bicicleta, rapaz e moça amontoados juntos na poeira.

– Nem um pouco. Ficou muitíssimo interessado e foi bastante gentil; conversou comigo como se fosse meu pai, disse que era uma coisa boa para assentar um sujeito, apenas que eu deveria ser honesto comigo e com ela e não hesitar em nenhum instante. Demi é um perfeito Salomão[55], especialmente quando está no mesmo barco – respondeu Tom, parecendo profundo.

– Você não está querendo dizer?... – engasgou a senhora Jo, subitamente alarmada pela simples possibilidade de novos casos de amor, ao menos por um tempo.

– Sim, estou, por favor, senhora, é uma transação equilibrada do começo ao fim, e eu devo uma ao Demi por me conduzir à tentação de olhos vendados. Ele disse que queria ir a Quitno para ver Fred Wallace, mas nunca encontrou o sujeito. E como poderia, se o Wallace esteve fora, velejando, durante todo o tempo que passamos lá? A Alice era a verdadeira atração, e eu fui abandonado ao meu destino, ao passo que eles ficaram perambulando para cima e para baixo com a velha câmera. Há três burros neste caso e eu não sou o pior deles, embora tenha de suportar todo o riso. O Demi vai parecer muito inocente e sério, e ninguém fará uma piada com ele.

---

[55] Segundo a tradição bíblica, rei de Israel admirado por sua sabedoria. (N.T.)

– A loucura de verão irrompeu e ninguém sabe quem será atingido a seguir. Bem, deixemos Demi a cargo da mãe dele e vamos nos concentrar no que você vai fazer, Tom.

– Eu não sei muito bem; é estranho estar apaixonado por duas garotas ao mesmo tempo. O que me aconselha?

– Uma abordagem sensata do caso, sem dúvida. Dora ama você e acha que você a ama. Nan não se importa com você e você só se importa com ela como amiga, embora tenha tentado ser mais do que isso. A minha opinião, Tom, é que você ama Dora ou está prestes a amar, pois em todos estes anos eu nunca o vi falar sobre a Nan como fala sobre a Dora. A recusa de Nan fez com que você se agarrasse obstinadamente a ela, até que este acidente revelou uma moça mais interessante. Agora, eu acho melhor você considerar o velho amor como amiga, o novo como namorada e, no devido tempo, se o sentimento se provar autêntico, casar com ela.

Se a senhora Jo tivesse alguma dúvida sobre a questão, o rosto de Tom teria comprovado que sua opinião estava certa: pois os olhos brilhavam, os lábios sorriam e, a despeito da poeira e das queimaduras de sol, uma nova expressão de felicidade o glorificava, parado ali um instante, em silêncio, tentando entender o lindo milagre que o amor verdadeiro opera quando se trata do coração de um jovem.

– O fato é que eu queria provocar ciúme na Nan, pois ela conhece a Dora e eu tinha certeza de que iria saber das nossas atividades. Eu estava cansado de ser pisoteado, pensei em ir embora, deixar de ser um chato e uma fonte de riso – ele disse devagar, como se o aliviasse despejar para a velha amiga as suas dúvidas, amarguras, esperanças e alegrias. – Fiquei surpreso ao descobrir como era fácil e agradável. Não quis provocar mal nenhum, simplesmente as coisas correram bem, e pedi ao Demi que falasse a respeito nas cartas para a Daisy, assim a Nan ficaria sabendo. Depois, eu me esqueci totalmente da Nan, e não enxergava, ouvia, sentia nem me importava com ninguém além da Dora, até aquele burro (que Deus o abençoe!) a jogou nos meus braços e eu descobri que ela me amava. Juro pela minha alma que não entendo por quê! Eu não estou à altura dela, nem metade disso.

– Todo homem honesto sente isso quando uma moça inocente põe a mão na dele, e então torna-se digno dela. Ela não é um anjo e sim uma mulher com falhas próprias, que você deverá suportar e perdoar, e ambos devem se ajudar mutuamente – disse a senhora Jo, tentando absorver que aquele jovem sóbrio era seu antes impetuoso Tommy.

– O que me perturba é que eu não tinha essa intenção quando comecei, e pretendia usar essa moça querida como instrumento para torturar a Nan. Não foi certo e eu não mereço estar tão feliz. Se todas as encrencas em que me meto terminassem bem como esta, em que estado beatífico eu viveria! – e Tom se iluminou de novo, diante da arrebatadora perspectiva.

– Meu querido menino, isto não é uma encrenca, mas uma experiência muito terna que de repente lhe aconteceu – respondeu a senhora Jo, falando com toda a seriedade, pois percebia que ele estava sendo sincero. – Desfrute com sabedoria e faça por merecê-la, pois é uma coisa muito séria aceitar o amor e a confiança de uma moça, e permitir que ela se volte para você em busca de receber, de retorno, carinho e autenticidade. Não deixe que a pequena Dora procure em vão. Seja homem em todos os aspectos em nome dela e torne este afeto uma bênção para ambos.

– Eu vou tentar. Sim, eu a amo de verdade, só que não consigo acreditar ainda. Gostaria que a senhora a conhecesse. Ah, minha menininha querida, eu já sinto saudade! Ela chorou quando nos despedimos ontem à noite, e eu detestei partir – a mão de Tom pousou em sua bochecha como se ele ainda pudesse sentir o leve toque rosado que Dora havia depositado ali para que ele não se esquecesse dela e, pela primeira vez em sua vida feliz e despreocupada, Tommy Bangs entendeu a diferença entre sentimento e sentimentalismo. Isso o fez relembrar Nan, pois, ao pensar nela, ele nunca havia sentido tal calafrio de ternura, e a velha amizade pareceu uma questão bastante prosaica, diante daquela deliciosa mistura de romance, surpresa, amor e diversão. – Confesso que sinto como se um peso tivesse sido retirado dos meus ombros, mas com a breca, o que será que a Nan vai dizer quando souber! – ele exclamou, com uma risada.

– Souber do quê? – perguntou uma voz límpida que levou ambos a dar um pulinho e girar, pois lá estava Nan, na porta, calmamente olhando para eles.

Aflita para pôr um fim à ansiedade de Tom e ver como Nan receberia a notícia, a senhora Jo respondeu, rápido:

– Do noivado de Tom com Dora West.

– Sério? – e Nan pareceu tão surpresa que a senhora Jo temeu que ela gostasse do antigo companheiro de brincadeiras mais do que se dava conta, mas as palavras seguintes afastaram esse temor e deixaram tudo muito à vontade e leve: – Eu sabia que minha prescrição faria maravilhas, se você a tomasse por tempo suficiente. Meu querido Tom, eu fico tão contente! Tudo de bom, tudo de bom! – e ela tomou ambas as mãos dele com imenso carinho.

– Foi um acidente, Nan. Eu não queria, mas estou sempre entrando em confusão, e pareceu que não conseguiria sair desta de nenhum outro jeito. A mamãe Bhaer vai contar tudo. Eu preciso ir me arrumar, vou a um chá com Demi. Vejo vocês mais tarde.

Gaguejando, corando, parecendo ao mesmo tempo humilde e grato, Tom fugiu de repente, deixando para a senhora mais velha explicar tudo à mais jovem, rindo outra vez daquele novo estilo de fazer a corte, que bem poderia se chamar "acidental". Nan ficou profundamente interessada, pois conhecia Dora e a considerava uma mocinha bem agradável; previu que, com o tempo, ela seria para Tom uma esposa excelente, já que o admirava e "apreciava" tanto.

– Claro que vou sentir falta dele, mas será um alívio enorme para mim e o melhor para ele; esse estado de suspensão faz tão mal aos meninos. Agora ele irá trabalhar com o pai, vai se sair bem e todos ficarão felizes. Como presente de casamento, darei para a Dora uma linda cômoda de medicamentos de família, e vou ensiná-la a usar. Não se pode confiar no Tom para isso, ele não leva mais jeito para a profissão do que o Silas.

A última parte desse discurso desanuviou a mente da senhora Jo porque, ao começar, Nan tinha olhado em volta como se tivesse perdido alguma coisa; mas a cômoda de medicamentos pareceu alegrá-la, e a ideia de Tom ter uma profissão segura era claramente um grande alívio.

– Finalmente o vento virou, Nan, e seu escravo está livre. Deixe que ele parta e dedique-se de corpo e alma ao seu trabalho, pois você é perfeita para a profissão, e, aos poucos, será uma honra para ela – ela falou em tom de aprovação.

– Assim espero. Ah, isso me faz lembrar: está havendo sarampo na cidade, é melhor dizer às meninas que não façam visitas a casas onde haja crianças. Seria muito ruim ter um surto entre elas, bem no início do semestre. Agora vou ver a Daisy. O que será que ela vai dizer ao Tom? Isso tudo não é muito divertido? – e Nan foi embora, rindo da piada com uma satisfação tão genuína que ficou evidente que nenhum arrependimento emocional estava incomodando aquela moça solteira objetiva e nada sentimental.

"Vou ficar de olho no Demi, mas não direi uma palavra. A Meg gosta de conduzir os filhos da própria maneira, e é uma maneira muito boa. Mas a querida mãe galinha vai ficar um bocado incomodada se seu menino pegar a epidemia que parece ter estourado entre nós neste verão."

A senhora Jo não estava pensando no sarampo, e sim em uma moléstia bem mais grave chamada amor, capaz de devastar comunidades, primaveras e outonos, quando a alegria do inverno e a letargia do verão geram uma profusão de noivados e levam os jovens a formar pares como passarinhos. Franz havia começado, Nat era um caso crônico, e Tom, um súbito; Demi parecia ter os sintomas e, o pior de tudo, seu próprio Ted lhe havia dito no dia anterior, muito calmamente: "Mamãe, acho que eu seria mais feliz se estivesse apaixonado, como os outros meninos". Nem se seu amado filhinho tivesse pedido para brincar com dinamite a senhora Jo teria ficado mais espantada ou recusado o pedido absurdo mais decididamente.

– Bom, o Barry Morgan achou que eu devia ter uma namorada e se ofereceu pra escolher uma certa pra mim aqui no meio das nossas meninas. Eu perguntei pra Josie em primeiro lugar e ela vaiou a minha ideia, então pensei em deixar o Barry dar uma olhada por aí. Você sempre fala que isso assenta um sujeito, e eu quero me assentar – explicou Ted em um tom sério que, em qualquer outro contexto, teria feito a alegria de sua mãe.

– Misericórdia! Aonde vamos parar, nestes tempos acelerados, quando meninos pouco mais do que bebês têm expectativas desse tipo e querem brincar com uma das coisas mais sagradas da vida? – exclamou a senhora Jo, que, tendo com poucas e boas palavras colocado as coisas nos devidos lugares, orientou o filho que buscasse em algum esporte saudável ou nas cavalgadas com Octoo um destino seguro para sua paixão.

Agora, lá estava a granada de Tom prestes a explodir no meio deles e provocar, talvez, uma destruição de amplas proporções. Pois embora uma só andorinha não faça verão, um único noivado pode provocar vários outros, e a maioria de seus meninos estava naquela idade inflamável em que uma fagulha acende a chama, que logo brilha e morre ou que aquece e ilumina por toda a vida. Nada podia ser feito a respeito, a não ser ajudá-los a fazer escolhas sábias e serem dignos de suas parceiras. Mas de todas as lições que a senhora Jo tentara ensinar a seus rapazinhos, essa grande e importante era a mais difícil, pois o amor é capaz de transformar em lunáticos até os santos e sábios, de modo que não se pode esperar que os jovens escapem de desilusões, decepções e erros, bem como das delícias dessa doce loucura.

"Suponho que isso seja inevitável, uma vez que vivemos na América, então não vou me preocupar por antecipação, mas espero que algumas das ideias modernas sobre educação produzam algumas moças calorosas, felizes, capazes e inteligentes para os meus rapazes. Que sorte a minha não ter todos os doze sob minha responsabilidade, ou ficaria fora de mim, pois prevejo complicações e problemas piores do que barcos, bicicletas, burros e Doras do Tom", pensou a senhora Jo, enquanto voltava para as páginas de revisão que havia abandonado.

Tom ficou bastante satisfeito com o efeito estrondoso que seu noivado produziu na pequena comunidade em Plumfield.

– Foi paralisante – como Demi descreveu, e o assombro deixou à maioria dos companheiros de Tom pouco espaço para gozações.

Que ele, o mais leal, abandonasse sua musa em favor de deusas estranhas foi um choque para os românticos e um alerta para os suscetíveis. Foi engraçado ver os ares de importância que nosso Tom assumiu, pois as partes mais divertidas do caso foram gentilmente enterradas no esquecimento pelos poucos que as conheciam, e Tom se exibia como um herói de pleno direito que houvesse resgatado a donzela de um túmulo aquático e conquistado a gratidão e o amor dela por meio de seus atos de coragem. Dora guardou segredo e desfrutou da diversão quando foi conhecer a mamãe Bhaer e prestar respeitos à família em geral. Todos gostaram dela imediatamente, pois era uma moça alegre e confiante, jovial, franca e tão feliz que era bonito ver o orgulho inocente que tinha de Tom, que era um novo menino, ou antes, um novo homem; pois com a mudança em sua vida tinha ocorrido uma mudança nele mesmo. Alegre ele haveria de ser sempre, e também impulsivo, mas tentava se tornar tudo o que Dora acreditava que ele fosse, e seu melhor lado passou a ser exibido todo o tempo, como uma roupa de uso diário. Foi surpreendente ver quantas características positivas Tom tinha e como eram cômicos seus esforços para manter a dignidade masculina devida à orgulhosa posição que ele ocupava por ser noivo. Cômica também era a completa transformação de sua antiga devoção irrestrita a Nan para um ar um bocado altivo diante de sua nova amada, pois Dora fazia dele um ídolo e se ressentia com a ideia de que seu Tom possuísse erros ou falhas. Esse novo estado de coisas convinha a ambos, e a criatura antes arruinada floresceu lindamente na atmosfera acolhedora do apreço, do amor e da confiança. Ele adorava a moça, mas não pretendia voltar a ser um escravo e desfrutava imensamente de sua liberdade, sem suspeitar que havia caído para sempre nas garras do maior tirano do mundo.

Para grande satisfação de seu pai, abandonou o estudo de medicina e se preparou para ir trabalhar com o velho cavalheiro, que era um próspero comerciante, agora pronto para facilitar o caminho e abençoar a união com a bem-dotada filha do senhor West. O único espinho no canteiro de rosas de Tom era o interesse plácido que Nan demonstrava pelo assunto e o evidente alívio dela com a suspensão da lealdade dele. Ele não desejava que ela sofresse, mas um nível decente de arrependimento diante de tamanha perda o teria gratificado; uma ligeira melancolia, uma palavra de reprovação ou um olhar de ciúme quando ele passasse levando a adorável Dora pelo braço teriam sido nada além de um tributo adequado a todos aqueles anos de serviço leal e afeição sincera. Mas Nan o tratava com uma espécie de ar maternal que muito o irritava e afagava os cabelos cacheados de Dora com um ar de experiência de vida digno da esmaecida Julia Mills, a solteirona do romance *David Copperfield*.

Foi necessário algum tempo até que as velhas e as novas emoções se acomodassem a contento, mas a senhora Jo o ajudou, e o senhor Laurie lhe deu alguns bons conselhos acerca das espantosas proezas ginásticas de que o coração humano é capaz, e que só o tornam melhor por isso se ele se mantiver firmemente preso à barra de equilíbrio da verdade e do bom senso. Por fim, nosso Tom encontrou o prumo e, quando o outono chegou a Plumfield, ele pouco era visto, uma vez que sua nova estrela-guia ficava na cidade e que os negócios o mantinham trabalhando duro. Era evidente que ele estava no lugar certo, agora, e logo desabrochou, para grande contentamento do pai, pois sua presença jovial permeava o antes tranquilo escritório como uma rajada de vento fresco, e seu temperamento animado encontrava no gerenciamento de homens e de assuntos uma aplicação muito mais adequada do que no estudo de doenças e nas brincadeiras impróprias com esqueletos.

Nesse ponto, nós o deixaremos de lado por um instante para dirigirmos nossa atenção às aventuras mais sérias de seus companheiros, embora seu noivado, feito em meio a tanto riso, fosse a âncora que mantinha feliz o nosso estouvado Tom e tenha feito dele um homem.

Demi se estabelece

– Mãe, posso ter uma pequena conversa séria com você? – perguntou Demi certa noite, quando eles estavam sentados juntos desfrutando da primeira vez na estação em que acendiam a lareira, enquanto Daisy escrevia cartas no andar de cima e Josie estudava na pequena biblioteca ao lado.

– Claro, querido. Não são más notícias, espero – e a senhora Meg levantou os olhos da costura com um misto de prazer e ansiedade em seu rosto maternal, pois ela apreciava profundamente conversar com o filho e sabia que ele sempre tinha algo que valia a pena contar.

– Serão boas notícias para você, eu acho – respondeu Demi, sorrindo ao jogar longe o jornal e indo se sentar ao lado da mãe no sofazinho que só acomodava duas pessoas.

– Então me conte, conte logo.

– Sei que você não gosta do jornalismo, e vai ficar contente de saber que eu desisti.

– Fico muito contente! É um negócio muito incerto e não existe perspectiva de prosseguir por um longo período. Eu quero que você se estabeleça em um lugar bom, onde possa ficar, e nesse meio-tempo, fazer dinheiro. Eu preferiria que você gostasse de alguma profissão, mas, como não gosta, qualquer negócio legítimo e estável vai servir.

– O que me diz de um escritório ferroviário?

– Não gosto. Um lugar barulhento e agitado, eu sei, com todo tipo de homem rude ao redor. Espero que não se trate disso, querido.

– É um trabalho que eu poderia ter; mas a contabilidade de um atacadista no ramo de couros a agrada mais?

– Não. Você acabaria corcunda por passar o dia inteiro escrevendo em uma escrivaninha alta, e é como dizem, uma vez contador, sempre contador.

– Agente de viagens combina mais com a sua expectativa?

– De forma nenhuma; com todos esses acidentes medonhos e o contato com comida ruim durante as viagens de um canto a outro, você certamente acabaria morto ou perdendo a saúde.

– Eu poderia ser o secretário particular de um editor, mas o salário é pequeno e pode acabar a qualquer momento.

– Isso seria melhor, e mais de acordo com o meu desejo. Não é que eu tenha objeção a qualquer tipo de trabalho honesto, mas não quero que meu filho gaste seus melhores anos se esfalfando por um dinheirinho em algum escritório melancólico, nem que seja mandado desordenadamente de um lado a outro para poder prosperar. Quero vê-lo em um negócio no qual seus gostos e talentos possam ser desenvolvidos e tornados úteis, onde você possa progredir e depois, com o tempo, investir sua pequena fortuna e tornar-se sócio, para que seus anos de aprendizado não sejam desperdiçados e sim usados para treiná-lo a ocupar seu lugar entre os homens honrados, que tornam suas vidas e seus trabalhos úteis e respeitados. Eu conversei sobre tudo isso com o seu amado pai quando você era criança e, se ele tivesse sobrevivido, teria lhe mostrado o que quero dizer, e ajudado você a se tornar o que ele era.

A senhora Meg afastou uma lágrima discreta enquanto falava, pois a lembrança do marido era muito cara a ela, e a educação dos filhos dele tinha sido a missão sagrada à qual ela dedicara o coração e a vida, tendo até o momento se saído maravilhosamente bem, conforme o bondoso filho e as adoráveis filhas tentavam provar. O braço de Demi estava em volta dela quando ele disse, em uma voz tão semelhante à do pai que era a música mais doce para seus ouvidos:

– Mãe querida, acho que encontrei exatamente o que você deseja para mim, e não há de ser por omissão que eu falharei em me tornar o homem que você espera. Deixe-me contar tudo. Não falei nada até ter certeza porque isso só iria preocupá-la, mas a tia Jo e eu estamos à espreita já há algum tempo, e agora aconteceu. Você conhece o editor dela, o senhor Tiber, que é um dos homens mais bem-sucedidos nessa área, além de generoso, gentil e honrado, como demonstra o tratamento que ele dispensa à tia. Bem, eu suspirava por aquele lugar, pois amo livros e, já que não posso escrevê-los, gostaria de publicá-los. Isso requer algum gosto literário e discernimento, põe você em contato com pessoas finas e é, em si mesma, uma atividade educativa. Quando entro naquela sala ampla e bonita para ver o senhor Tiber em nome da tia Jo, eu sempre quero ficar, pois é cheia de livros e fotografias, homens e mulheres famosos entram e saem, e o senhor Tiber fica sentado à mesa como uma espécie de rei recebendo seus súditos, pois os maiores autores são humildes diante dele e aguardam com ansiedade pelo "sim" ou pelo "não" dele. É claro que eu não tenho nada a ver com tudo isso, e talvez nunca venha a ter, mas gosto de ver aquilo, e a atmosfera é tão diferente da que reina em escritórios acanhados e na azáfama de várias outras atividades, em que só se fala de dinheiro, que parece outro mundo, e eu me sinto em casa nele. Eu prefiro bater os capachos e acender a fogueira lá a ser o atendente principal de um grande armazém de couros recebendo um salário polpudo.

Demi fez uma pausa para recobrar o fôlego e a senhora Meg, cujo rosto vinha se tornando cada vez mais iluminado, exclamou, avidamente:

– Exatamente o que eu adoraria! Você conseguiu? Ah, meu menino mais amado! Seu destino estará garantido, se você for para aquele lugar próspero e bem estabelecido, com aqueles bons homens para ajudá-lo no caminho!

– Acho que consegui, mas não devemos estar seguros de nada por enquanto. Talvez eu não seja adequado, ainda estou em treinamento, preciso começar do começo e construir meu caminho com trabalho diligente. O senhor Tiber é muito gentil e vai me empurrar adiante tão depressa quanto for justo com os demais companheiros, e de acordo com as provas que eu der de ser adequado para progredir. Vou começar no dia primeiro do próximo mês, na área administrativa, preenchendo pedidos, e também vou sair para pegar as encomendas e fazer várias outras coisas do tipo. Eu gosto. Estou pronto a fazer qualquer coisa que envolva livros, nem que seja espaná-los – riu Demi, muito satisfeito com suas perspectivas, pois, depois de tentar diversas coisas, ele parecia afinal ter encontrado o tipo de trabalho de que gostava, e as possibilidades lhe pareciam muito convidativas.

– Você herdou esse amor pelos livros do seu avô, ele não consegue viver sem eles. Fico muito contente. Gostos desse tipo indicam uma natureza refinada e são tanto um conforto quanto uma ajuda ao longo de toda a vida de uma pessoa. Estou realmente satisfeita e grata, John, que você por fim queira se estabelecer, e que tenha conseguido um lugar tão completamente satisfatório. A maioria dos rapazes começa bem mais cedo, mas eu não acredito em mandá-los tão jovens para enfrentar o mundo, quando seus corpos e almas ainda precisam de cuidados domésticos e supervisão. Agora você é um homem e deve começar por si mesmo a sua vida. Faça o seu melhor e seja tão honesto, útil e feliz quanto seu pai, e eu não me importarei com a construção de uma fortuna.

– Vou tentar, mãe. Eu não poderia ter uma oportunidade melhor, pois a Tiber & Co. trata seus funcionários como cavalheiros e remunera generosamente o trabalho bem realizado. As coisas são conduzidas de maneira profissional lá, e isso me convém. Eu detesto promessas não cumpridas e modos indolentes ou tirânicos. O senhor Tiber falou: "Isto é apenas para lhe ensinar o básico, Brooke; aos poucos vou lhe dar outros tipos de trabalho". A tia contou a ele que criei alguns anúncios para livros e que sou fã de literatura; então, embora não seja capaz de fazer nada como a "obra de Shakespeare", como ela diz, eu talvez consiga produzir alguma coisinha mais tarde. E, se não conseguir, ainda acho uma profissão muito honrada e nobre selecionar bons livros e dá-los ao mundo, e ficarei satisfeito ajudando humildemente nesse trabalho.

– Fico contente que você se sinta assim. A felicidade de uma pessoa aumenta bastante quando ela ama o que faz. Eu detestava dar aula, mas cuidar da casa para a minha própria família foi sempre delicioso, apesar de mais difícil em vários aspectos. E a tia Jo, está satisfeita com tudo isso? – perguntou a senhora Meg, já imaginando uma placa esplêndida com "Tiber, Brooke & Co." sobre o telhado de uma famosa editora.

– Tão satisfeita que eu mal consegui impedir que ela revelasse o segredo cedo demais. Eu já fiz tantos planos e desapontei você com tanta frequência que, desta vez, quis ter certeza. Tive de subornar Rob e Ted para mantê-la em casa hoje à noite até que eu tivesse contado as novidades, de tão ansiosa que ela estava para descer aqui e contar a você pessoalmente. Os castelos que aquela mulher querida construiu para mim seriam capazes de preencher a Espanha inteira e alimentaram nosso entusiasmo enquanto esperávamos para saber a resposta. O senhor Tiber não faz as coisas às pressas, mas, quando toma uma decisão, você pode ficar tranquilo; e eu sinto que estou muito bem encaminhado.

— Graças a Deus, querido, espero que sim! É um dia feliz para mim, ando aflita ultimamente, temendo que, por excesso de zelo, tenha sido indulgente demais, e que o meu menino, com seus tantos dons, acabasse desperdiçando seu tempo com coisas inofensivas, mas também insatisfatórias. Agora estou tranquila em relação a você. Se a Daisy for feliz e a Josie desistir de seus sonhos, ficarei bem contente.

Durante alguns minutos, Demi deixou que a mãe se entretivesse com seus pensamentos e ficou sorrindo sozinho acerca de um pequeno sonho que tinha, mas não estava pronto ainda a revelar; depois acrescentou, no tom paternal que sem perceber usava quando falava das irmãs:

— Eu ajudarei com as meninas, mas começo a pensar que o vovô está certo ao dizer que devemos ser o que Deus e a natureza fizeram de nós. Não há muito que nós possamos mudar, podemos apenas ajudar a desenvolver os traços bons que possuímos e controlar os ruins. Eu finalmente consegui encontrar meu caminho para o lugar certo desta vez. Deixe que a Daisy seja feliz do jeito dela, já que é um jeito bom e feminino. Se Nat voltar são e salvo para casa, eu diria: "Deus os abençoe, meus filhos", e lhes daria uma casinha própria. Depois, você e eu vamos ajudar a pequena Jo a descobrir se vai ser "O mundo inteiro é um palco" ou "Lar, doce lar" para ela.

— Acho que é o que devemos fazer, John; mas não posso evitar fazer planos e torcer para que se tornem realidade. Sei que Daisy está ligada ao Nat; se ele a merecer, deixarei que sejam felizes a seu próprio modo, como meus pais me deixaram. Mas com a Josie vai ser uma provação, é o que antevejo; e por mais que eu ame os palcos, e sempre tenha amado, não vejo como poderia deixar a minha menininha ser atriz, apesar de ela claramente ter muito talento.

— E de quem é a culpa? — perguntou Demi, sorrindo ao recordar os triunfos precoces e o interesse inextinguível da mãe pelos esforços dramáticos dos jovens ao redor dela.

— Minha, eu sei. Como poderia ser de outra forma, quando encenei *Babes no bosque*[56] com você e a Daisy antes que vocês soubessem falar, e ensinei a Josie a declamar as histórias da Mamãe Ganso quando ela ainda estava no berço. Ah, pobre de mim. Os gostos da mãe se revelam nos filhos, e ela precisa redimi-los e permitir que sigam o próprio caminho, acho – e a senhora Meg riu, meneando a cabeça ao reconhecer o fato inegável de que os Marches eram uma família teatral.

— Por que não ter uma grande atriz com o nosso sobrenome, assim como uma autora, um ministro e um editor famoso? Nós não podemos escolher nossos talentos, mas também não precisamos escondê-los em um guardanapo por não serem exatamente o que queríamos. Minha opinião: deixe a Jo fazer as coisas do jeito dela e vamos ver o que consegue. Estarei aqui para tomar conta dela, e você não pode negar que gostou de costurar aqueles adereços extravagantes e de vê-la brilhar à luz da ribalta, onde você mesma quis durante muito tempo estar. Convenhamos, mãe, é melhor encarar a música e dançar alegremente, já que seus voluntariosos filhos vão seguir a marcha do próprio jeito.

— Não vejo alternativa, e "deixarei as consequências nas mãos de Deus", como a Marmee costumava dizer, quando precisava tomar uma decisão e só enxergava o primeiro passo do caminho. Eu desfrutaria disso imensamente, se pelo menos sentisse que a vida não vai ferir minha menina nem torná-la infeliz quando for tarde demais para mudar, pois de nada é tão difícil de abrir mão do que dos êxtases dessa profissão. Sei algo a respeito, e se seu abençoado pai não tivesse surgido, receio que teria me tornado atriz, apesar da tia March e de todos os nossos ancestrais respeitáveis.

— Deixe que a Josie acrescente mais honra ao nome e que desenvolva o talento da família no lugar adequado. Eu vou interpretar o dragão para ela, você será a enfermeira e nenhum dano há de baixar sobre a

---

[56] História infantil do inglês Randolph Caldecott (1846-1886). (N.T.)

nossa pequena Julieta, independentemente de quantos Romeus cantem sob o balcão dela. Francamente, minha senhora, é ruim que haja oposição por parte de uma dama que irá derreter os corações da nossa plateia no papel de heroína, na peça da tia do próximo Natal. É a coisa mais emocionante que eu já vi, mãe, e lamento que você não tenha se tornado atriz, apesar de que nós não existiríamos se você tivesse.

Demi estava de pé agora, de costas para a lareira, com a atitude altiva que os homens gostam de adotar quando as coisas estão correndo bem para eles, ou quando querem estabelecer as regras em alguma questão.

A senhora Meg ficou corada diante do caloroso elogio do filho e não pôde negar que o som dos aplausos era tão doce agora quanto na época em que atuou em *A maldição da bruxa* e *A criada moura*, tantos anos antes.

– É totalmente absurdo que eu interprete esse papel, mas não consegui resistir, já que a Jo e o Laurie o escreveram para mim, e vocês crianças iam atuar também. No instante em que ponho o vestido da velha mãe, eu me esqueço de mim e, ao ouvir o sino, sinto a mesma emoção que costumava sentir quando montávamos peças no sótão. Se ao menos a Daisy aceitasse o papel da filha, seria tudo perfeito; pois com você e a Josie eu mal estou atuando, é tudo tão real.

– Especialmente a cena do hospital, quando você encontra seu filho ferido. Ora, mãe, você bem sabe que no último ensaio meu rosto ficou molhado com lágrimas de verdade quando você chorou em cima de mim. Isso vai trazer a plateia abaixo, mas não se esqueça de enxugá-las, eu acabarei espirrando – disse Demi, rindo ao recordar o grande sucesso da mãe.

– Não vou esquecer; é que quase me partiu o coração vê-lo tão pálido e assustado. Espero que não haja outra guerra durante minha vida, pois eu teria de deixar você partir, e não quero nunca mais passar pela experiência que tivemos com o papai.

– Você não acha que a Alice faria o papel melhor do que a Daisy? A Daisy não tem nada de atriz, enquanto a Alice põe vida até nas palavras mais mornas que diz. Eu acho que a marquesa está perfeita na nossa peça – disse Demi, zanzando pela sala como se o calor da fogueira tivesse provocado um rubor súbito em seu rosto.

– Eu também acho. Ela é uma menina muito querida, por quem sinto orgulho e admiração. Onde ela está, agora?

– Esfalfando-se no estudo de grego, eu suponho. É o que ela em geral faz à noite. Para meu grande pesar – acrescentou Demi em voz baixa, encarando fixamente a estante de livros, embora não conseguisse ler um só título.

– Bem, essa é uma moça que me fala ao coração. Bonita, fina, bem educada e ainda assim caseira, uma verdadeira companheira, além de boa ajudante para algum homem inteligente e bom. Espero que ela encontre alguém assim.

– Também espero – murmurou Demi.

A senhora Meg retomara o trabalho e estava inspecionando uma casa de botão semiacabada com tanto interesse que o rosto do filho lhe escapou da vista. Ele lançou um sorriso iluminado para a prateleira dos poetas, como se mesmo de sua prisão envidraçada eles pudessem simpatizar e se alegrar com ele pelos primeiros laivos rosados do alvorecer de uma paixão, como eles tão bem conheciam. Mas Demi era um jovem prudente e jamais saltava antes de olhar com atenção. Ele ainda mal conhecia o próprio coração e estava satisfeito em esperar até que o sentimento, cujo tremelicar de asas ele começava a sentir, escapasse da crisálida e estivesse pronto para ganhar os ares à luz do sol, para procurar e reivindicar sua adorável parceira. Ele nada dissera, mas os olhos castanhos eram eloquentes e havia um subtexto inconsciente em todas as peças nas quais ele e Alice Heath interpretavam tão bem juntos. Ela estava ocupada com seus livros, determinada a se graduar com altas honras, e ele tentava fazer o mesmo naquela grande faculdade aberta a todos, em que cada homem deve conquistar seu prêmio ou perdê-lo. Demi não tinha nada além de si mesmo a oferecer e, sendo um jovem humilde, considerava ser um dote bem modesto, até haver provado sua capacidade de garantir o próprio sustento e o direito de tomar a felicidade de uma mulher sob sua responsabilidade.

Ninguém percebeu que ele estava tomado pela febre exceto a arguta Josie, e ela, tendo certo receio do irmão, que podia se demonstrar bastante severo quando ela ia longe demais, contentou-se sabiamente em observá-lo como um gato, pronta para saltar diante do primeiro sinal visível de fraqueza. Demi começou a tocar flauta pensativamente enquanto se recolhia ao quarto, fazendo da amiga melodiosa sua confidente e soprando para dentro dela todas as esperanças ternas e todos os medos que enchiam seu coração. A senhora Meg, absorvida pelas questões domésticas, e Daisy, que não se importava com nenhuma música a não ser a que saía do violino de Nat, não prestavam a menor atenção àqueles concertos de câmara, mas Josie sempre cochichava para si mesma, com um risinho sardônico, "Dick Swiveller está pensando em sua Sophy Wackles[57]", e dava tempo ao tempo, aguardando até poder se vingar de certas injustiças impostas por Demi, que sempre tomava o partido de Daisy quando ela tentava domar o espírito de sua irmãzinha rebelde.

A oportunidade surgiu naquela noite e Josie a aproveitou ao máximo. A senhora Meg estava prestes a concluir a casa de botão e Demi ainda perambulava inquieto pela sala quando se ouviu um livro caindo no estúdio, seguido por um bocejo audível e pelo aparecimento de uma aluna na qual o sono e a disposição para a travessura pareciam estar competindo pelo comando.

– Eu ouvi meu nome. Vocês falaram alguma coisa sobre mim? – ela perguntou, empoleirando-se no braço da poltrona.

---

[57] Personagens de *A velha loja de curiosidades*, romance de Charles Dickens (1812-1870), publicado em 1840. (N.T.)

A mãe contou as boas novas, Josie se alegrou por elas obedientemente e Demi recebeu os cumprimentos com um ar de benevolência que a fez sentir que excesso de satisfação não era benéfico para o irmão, e a motivou a imediatamente inserir um espinho no canteiro de rosas dele.

– Eu acabei de perceber uma coisa em relação à peça, e quero contar a vocês que vou acrescentar uma música ao meu papel para dar um pouco mais de vida a ele. O que acham disso? – e sentando-se ao piano ela começou a cantar estas palavras na melodia de *Kathleen Mavourneen*[58]:

> *Donzela dulcíssima, como posso expressar*
> *O amor que transfigura tudo ao meu redor*
> *A saudade que faz meu pobre peito inchar*
> *Ao sonhar em por ti ser um homem melhor.*

Ela não prosseguiu, pois Demi, vermelho de ira, correu em sua direção, e no instante seguinte uma pessoa jovem muito ágil foi vista correndo em volta de mesas e cadeiras tendo o futuro sócio da Tiber & Co. em sua encarniçada perseguição.

– Sua enxerida, como se atreve a mexer nos meus papéis? – berrou o poeta enfurecido, fazendo gestos inúteis de agarrar a menina insolente, que pulava para lá e para cá provocadoramente agitando um pedaço de papel diante dele.

– Eu não mexi, encontrei dentro do dicionário grande. É bem feito, se você larga suas bobagens por aí. Não gostou da minha música? É tão bonita!

– Se você não me der minha propriedade vou lhe ensinar uma lição da qual você não vai gostar.

– Vem pegar, se puder – e Josie desapareceu no estúdio para continuar sua briga em paz, pois a senhora Meg já estava dizendo:

---

[58] Canção composta em 1837, com música de Frederick Crouch e letra da senhora Crawford. (N.T.)

– Crianças, crianças, não briguem!

O papel estava na lareira quando Demi chegou e ele se acalmou no mesmo instante, vendo que o ponto crucial da contenda tinha sido eliminado.

– Fico contente que tenha queimado, eu não me importo com ele, eram só uns versos que eu estava tentando musicar para uma das meninas. Mas estou avisando que você pare de mexer nas minhas coisas, do contrário vou inverter o conselho que dei à mamãe esta noite, sobre permitir que você atue tanto quanto quiser.

Diante daquela ameaça explícita, Josie imediatamente voltou à razão e, em sua voz mais lisonjeira, implorou para saber o que ele dissera. Demi contou tudo, e sua postura diplomática de retribuir com gentileza a maldade dela garantiu a ele um aliado na mesma hora.

– Ah, meu irmão querido! Eu nunca mais vou provocar você de novo, mesmo que você gema e suspire de amor dia e noite. Se você ficar do meu lado, eu ficarei do seu e jamais direi uma só palavra. Olha aqui! Tenho um bilhete da Alice para você. Não é uma boa proposta de paz e um calmante para os seus sentimentos?

Os olhos de Demi faiscaram quando ela exibiu um chapéu de papel, mas como ele sabia o que provavelmente havia lá dentro, tratou de desinflar as velas de Josie, e a encheu de absoluto espanto ao responder, descuidadamente:

– Isso não é nada, é só para dizer se ela vai ao concerto conosco amanhã à noite. Você pode ler, se quiser.

Com a perversidade natural de seu sexo, Josie deixou de sentir curiosidade no momento em que ouviu que poderia ler o bilhete e com toda a humildade o entregou, mas ficou observando Demi enquanto ele calmamente lia as duas linhas, e depois o atirava na lareira.

– Com a breca, eu pensei que você valorizasse qualquer rabisco da "donzela dulcíssima". Você não gosta dela?

– Muitíssimo; todos nós gostamos dela. Mas "gemer e suspirar", como você elegantemente expressou, não é meu estilo. Minha querida, suas peças a tornam romântica e, porque às vezes a Alice e eu interpretamos namorados, você enfiou na sua cabecinha tola que de fato somos. Não perca seu tempo procurando chifre em cabeça de cavalo, cuide dos seus assuntos e deixe os meus comigo. Eu a perdoo, mas não faça mais isso; é deselegante, e grandes damas da tragédia não agem assim.

As últimas palavras venceram Josie e ela humildemente pediu perdão e foi para a cama; Demi logo foi se deitar também, sentindo que havia acalmado a si próprio bem como à irmãzinha inquisitiva. Mas se ele tivesse visto o rosto dela enquanto ela escutava a doce melodia de sua flauta, ele não teria tanta certeza, pois ela parecia astuta como uma raposa, quando disse a si mesma, fungando com desprezo: "*Humpf*, ele pensa que me engana, mas eu sei muito bem que Dick está fazendo serenata para Sophy Wackles".

A Ação de Graças de Emil

O *Brenda* avançava com todas as velas enfunadas para captar o vento ascendente e todos a bordo se sentiam animados, pois a longa viagem estava chegando ao fim.

– Mais quatro semanas, senhora Hardy, e eu lhe oferecerei uma xícara de chá como jamais provou antes – disse o segundo imediato Hoffmann, parando ao lado de duas senhoras sentadas à sombra em um canto do convés.

– Ficarei satisfeita, e ainda mais satisfeita quando puser os pés em terra firme de novo – respondeu a senhora mais velha, sorrindo, pois gostava muito do nosso amigo Emil e com razão, pois ele havia se dedicado bastante à esposa e à filha do capitão, que eram as únicas passageiras a bordo.

– Eu também vou ficar, mesmo que precise calçar um par de sapatos chineses de palha. Eu percorri este convés tantas vezes que acabarei descalça se não chegarmos logo – riu Mary, a filha, exibindo as duas botinhas muito gastas e olhando para o companheiro daquelas caminhadas, recordando-se com gratidão como ele as havia tornado agradáveis.

– Não creio que existam sapatos pequenos o suficiente na China – respondeu Emil, com a galanteria imediata dos marinheiros, decidindo em seu íntimo que conseguiria os calçados mais lindos que pudesse encontrar assim que desembarcassem.

– Eu não sei que tipo de exercício você teria feito, querida, se o senhor Hoffmann não a tivesse feito caminhar todos os dias. Esta vida preguiçosa faz mal aos jovens, embora seja muito conveniente a um corpo velho como o meu, quando o tempo está bom. Isto aparenta ser um vendaval, não? – acrescentou a senhora Hardy, lançando um olhar aflito para o Oeste, onde o sol se punha muito avermelhado.

– Apenas um leve sopro de brisa, madame, só o suficiente para nos fazer avançar com ritmo – respondeu Emil com um olhar abrangente de alto a baixo.

– Por favor, cante alguma coisa, senhor Hoffmann, é tão agradável ter música nesses momentos. Sentiremos muita saudade, quando estivermos na costa – disse Mary, em um tom persuasivo que teria arrancado uma melodia até de um tubarão, se tal coisa fosse possível.

Ao longo daqueles meses, Emil havia diversas vezes sentido gratidão por seu único talento, pois ele animava os dias compridos e fazia do crepúsculo sua hora mais feliz, desde que o vento e o clima permitissem. Então, de muito bom grado, ele apanhou o acordeão e, apoiando-se na balaustrada e observando os cachos castanhos balançando ao vento, cantou a música favorita dela:

Eu quero a brisa fresca, rapaziada
Vela brancas e enfunadas
Para singrar as ondas mais arrojadas
Com tempo bom ou no temporal.
Nenhuma vida é melhor que no navio
Livre, plena, aventurosa e viril
Lar melhor do que o mar nunca se viu
Meu túmulo será uma formação de coral.

Assim que morreram as últimas notas da voz límpida e forte, a senhora Hardy de repente exclamou:

– O que é aquilo?

O olho rápido de Emil viu imediatamente uma fumaça subindo de um alçapão onde não deveria haver fumaça nenhuma, e seu coração pareceu parar no peito por um instante, enquanto a terrível palavra "Fogo!" passava como um raio por sua mente. Ele se manteve bastante firme e se afastou dizendo, com toda a calma:

– Não é permitido fumar aqui, vou lá acabar com isso agora mesmo.

Mas no segundo em que ele partiu, seu rosto se alterou, e ele desceu correndo pelo alçapão pensando, com um sorriso estranho: "Se houver um incêndio, meu túmulo será mesmo nos corais".

Ele ficou sumido por alguns minutos e quando voltou, meio sufocado pela fumaça, estava tão pálido quanto um homem bem moreno é capaz de ficar, mas muito controlado e calmo quando foi reportar ao capitão.

– Fogo no porão, senhor.

– Não assuste as mulheres – foi a primeira ordem do capitão Hardy e, em seguida, ambos se apressaram para descobrir qual o nível de perigo que o inimigo representava e para desbaratá-lo, se possível.

A carga do *Brenda* era muito inflamável; apesar dos jorros de água despejados no porão, logo ficou evidente que o navio estava condenado.

A fumaça começou a subir por entre as tábuas em vários pontos do convés, e o vendaval crescente logo transformou as brasas em chamas que irromperam aqui e ali, contando a verdade terrível de um modo explícito demais para ser negado. A senhora Hardy e Mary suportaram com muita bravura o choque, quando lhes foi dito que se preparassem para abandonar o navio a qualquer momento; os botes foram rapidamente aprontados e os homens trabalharam com diligência para tapar qualquer brecha por onde o fogo pudesse escapar. Logo o pobre *Brenda* era uma fornalha flutuante, e a ordem de "Ocupar botes!" chegou para todos. Mulheres primeiro, claro; foi uma sorte tratar-se de um navio mercante e, por isso, não haver mais passageiros a bordo, de modo que não houve pânico e, um após o outro, os botes foram lançados. Aquele onde as mulheres estavam se manteve ali por perto, pois o bravo capitão seria o último a abandonar seu navio.

Emil ficou com ele até que recebeu ordens de evacuar e, com relutância, obedeceu; e ainda bem, pois tão logo chegou ao bote, que balançava muito forte lá embaixo, meio oculto por uma nuvem de fumaça, um mastro, enfraquecido pelo fogo que agora consumia as entranhas do navio, tombou com um estrondo, lançando o capitão ao mar. O bote rapidamente o alcançou enquanto ele boiava para longe do *Brenda*, e Emil mergulhou para resgatá-lo; o capitão estava ferido e inconsciente. Esse acidente fez com que o jovem assumisse o comando e imediatamente ele ordenou aos homens que remassem para salvar a vida, pois uma explosão poderia ocorrer a qualquer momento.

Os demais botes estavam fora de perigo e todos se deixaram ficar para observar o espetáculo esplêndido, embora assustador, de um navio em chamas sozinho no vasto oceano, avermelhando a noite e lançando um clarão lúgubre sobre a água, onde flutuavam os frágeis botes repletos de rostos pálidos, todos voltados para um último olhar na direção do *Brenda*, que lentamente baixava para sua sepultura aquática. Ninguém viu o fim, porém, pois em instantes o vendaval afastou os observadores e os separou, alguns dos quais nunca voltariam a ser vistos até que o mar devolvesse seus mortos.

O bote cujo destino vamos acompanhar estava sozinho quando o amanhecer chegou, revelando aos sobreviventes todos os riscos de sua situação. A água e a comida levadas deveriam fornecer conforto e segurança pelo tempo possível, mas era evidente que, com um homem gravemente ferido, duas mulheres e sete marinheiros, o suprimento não duraria muito, e que ajuda era desesperadamente necessária. Sua única esperança era serem encontrados por um navio, apesar de o vendaval, que soprara forte durante a noite toda, tê-los afastado muito de sua rota. Todos se agarraram a essa esperança e enfrentaram as horas exaustivas observando o horizonte e animando-se mutuamente com profecias de um resgate rápido.

O segundo imediato Hoffmann foi muito corajoso e útil, apesar do peso que sentia nos ombros pela responsabilidade inesperada, uma vez que o estado do capitão parecia desesperador, o sofrimento da pobre esposa lhe doía no coração e a confiança cega da jovem em seu poder de salvá-los o fazia sentir que nenhum sinal de dúvida ou medo deveria transparecer. Os homens desempenhavam a contento os respectivos papéis, mas Emil sabia que, se a fome e o desespero os tornassem brutos, sua tarefa poderia se revelar terrível. Assim, ele se manteve firmemente agarrado à sua coragem, manteve uma expressão confiante e falou com tanto entusiasmo sobre as boas chances que tinham que, por instinto, todos se voltaram a ele em busca de orientação e apoio.

O primeiro dia e a primeira noite passaram em relativo conforto, mas quando o terceiro chegou, as coisas ficaram sombrias e a esperança começou a falhar. O ferido delirava, a esposa estava devastada pela ansiedade e pelo suspense, e a menina, fraca por falta de comida, pois tinha cedido metade de seu biscoito para a mãe e dado sua porção de água para umedecer os lábios febris do pai. Os marinheiros pararam de remar e permaneceram sentados esperando, soturnos, reprovando abertamente o líder por não haver seguido o conselho deles, outros exigindo mais comida e todos se tornando perigosos, na medida em que a privação e o sofrimento traziam à tona os instintos animais que espreitavam dentro de cada um. Emil fez o melhor que pôde, mas um pobre mortal estava desamparado ali, e só o que estava ao seu alcance era desviar o rosto abatido do céu impiedoso, que não mandava chuva para amainar sua sede, em direção ao mar sem fim, de onde não surgia nenhuma vela para alegrar seus olhos ansiosos. Durante o dia inteiro ele tentou animar e confortar os demais, enquanto a fome corroía, a sede ressecava e o medo crescente pesava em seu coração. Ele contou histórias aos homens, implorou para que suportassem a situação em nome das mulheres, prometeu recompensas se eles remassem enquanto ainda tinham forças para voltar à rota perdida, tanto quanto ele era capaz de identificá-la, e assim aumentarem a chance de resgate. Sobre o homem que tanto sofria, Emil armou um toldo com uma vela e cuidou dele como de um filho; consolou a esposa; e tentou que a moça pálida se esquecesse de si mesma cantando para ela todas as músicas que conhecia, e contando mais uma vez suas aventuras em terra e mar, até que ela sorriu e se alegrou um pouco, pois todas acabavam bem.

O quarto dia chegou e o suprimento de água estava quase no fim. Emil propôs manter o que restava para o homem ferido e as mulheres, mas dois dos marujos se revoltaram e exigiram as respectivas partes. Emil abriu mão da sua como exemplo, e muitos dos bons camaradas o seguiram, com aquele heroísmo discreto que com tanta frequência brota das naturezas brutas porém honradas. Isso envergonhou os demais, e durante mais um dia uma paz agourenta reinou sobre o pequeno mundo de sofrimento e suspense. No entanto, durante a noite, enquanto Emil, exausto, passou a vigilância para o marinheiro mais confiável, para poder descansar por uma hora, esses dois homens avançaram sobre os suprimentos e roubaram o último naco de pão, o pouco que restava da água e a única garrafa de conhaque, até então cuidadosamente mantida como reserva para manter a força e tornar bebível a água salobra. Meio loucos de sede, eles beberam avidamente e, ao amanhecer, um estava em um estupor do qual nunca acordou, e o outro, tão insano pelo estimulante forte que, quando Emil tentou controlá-lo, ele se atirou à água e se perdeu. Chocados pelo horror daquela cena pavorosa, os demais se tornaram submissos, e o bote continuou boiando com sua triste carga de almas e corpos torturados.

Uma nova provação se abateu sobre eles e os deixou ainda mais desesperançados do que antes. Surgiu no horizonte uma vela e, por um período, uma alegria frenética prevaleceu, apenas para se tornar a mais amarga decepção quando passou ao largo, distante demais para ver os sinais que lhes faziam e para ouvir os gritos histéricos por ajuda que ecoavam através do mar. Nesse momento, o coração de Emil afundou no peito, pois parecia que o capitão estava morrendo e que as mulheres não conseguiriam aguentar muito mais. Ele se manteve firme até que a noite chegou e então, na escuridão, interrompida apenas pelo débil murmúrio do moribundo, pelas orações sussurradas da pobre esposa e pelo incessante marulhar das ondas, Emil cobriu o rosto e viveu uma hora de agonia silenciosa que o envelheceu mais do que muitos anos de vida feliz teriam podido. Não era a privação física que o atormentava, embora a fome e a fraqueza o torturassem; era sua assustadora incapacidade para dominar o destino cruel que parecia pender sobre eles. Os homens pouco lhe importavam, pois esses perigos eram parte integrante da vida que tinham escolhido; mas o mestre que ele tanto adorava, a bondosa mulher que havia sido tão gentil com ele e a moça meiga cuja presença encantadora tornara a viagem tão agradável para todos... Ah, se ao menos pudesse salvar essas três criaturas queridas e inocentes de uma morte cruel, ele sentia estar pronto para dar sua vida por elas.

Enquanto ele estava sentado com a cabeça entre as mãos, curvado sob o peso da primeira grande provação de sua jovem vida, tendo acima o céu sem estrelas, abaixo o mar incansável e por todos os lados um sofrimento contra o qual nada podia fazer, um som suave rompeu o silêncio, e ele ouviu como se estivesse sonhando. Era Mary cantando para a mãe, que estava deitada chorando nos braços da filha, extenuada pela longa agonia. A voz saía muito fraca e vacilante, pois os lábios da pobre moça estavam rachados pela secura, mas seu coração amoroso havia se voltado instintivamente para o Grande Socorro naquela hora de desespero, e Ele tinha ouvido o lamento débil. Era um hino de louvor antigo e delicado muitas vezes entoado em Plumfield e, enquanto Emil escutava, todo o passado feliz lhe voltou à mente e ele se esqueceu do presente amargo e estava de novo feliz em casa. A conversa com tia Jo no telhado parecia ter sido no dia anterior e, com uma agulhada de autorreprovação, ele pensou: "O fio vermelho! Preciso me lembrar dele e cumprir meu dever até o fim. Ânimo, meu velho; se não conseguir chegar ao porto, ao menos afunde com velas enfunadas".

Então, enquanto a voz suave cantava baixinho, embalando o sono agitado da mulher exausta, Emil se esqueceu por um instante de seu pesado fardo e sonhou com Plumfield. Ele os viu a todos, ouviu as vozes conhecidas, sentiu os cumprimentos das mãos acolhedoras e foi como se dissesse a si mesmo: "Bem, eles não vão se envergonhar de mim, caso eu nunca mais os encontre".

Um grito repentino o arrancou com um susto do breve repouso, e uma gota na testa lhe informou que a chuva abençoada chegara afinal, trazendo junto a salvação, pois é mais difícil suportar a sede do que a fome, o calor e o frio. Recebida com gritos de alegria saídos dos lábios rachados, todos estenderam as mãos e esticaram as roupas para colher os pingos grossos que logo caíam em abundância, baixando a febre do doente, extinguindo a agonia da sede e trazendo alívio a todos os corpos fatigados do bote. Choveu durante toda a noite, e durante toda a noite os náufragos se regozijaram no banho salvador e se animaram outra vez como plantas morrendo reavivadas pelo orvalho celeste. Ao amanhecer, as nuvens se afastaram e Emil se levantou de um salto, maravilhosamente refeito e reanimado, após horas de silenciosa gratidão pelo pedido de ajuda afinal atendido. E não era só: quando seu olhar percorreu o horizonte, límpido contra o céu rosado, viu resplandecerem as velas brancas de um navio tão próximo que eles conseguiam distinguir a bandeira no mastro principal e os vultos escuros se movendo no convés.

Um grito irrompeu de todas aquelas gargantas ansiosas e ecoou pelo mar; cada homem acenou com o quepe ou o lenço e as mulheres estenderam as mãos suplicantes em direção àquele grande anjo branco libertador, que se aproximava como se o vento enchesse cada vela na intenção de ajudar.

Dessa vez, nenhuma decepção; sinais de resposta garantiram que haveria ajuda; no êxtase do momento, as mulheres, felicíssimas, abraçaram Emil pelo pescoço e lhe deram sua recompensa sob a forma de lágrimas e bênçãos, enquanto seus corações transbordavam. Ele sempre dizia que aquele tinha sido o momento de maior orgulho de sua vida, ali, segurando Mary em seus braços, pois a corajosa moça, que por tanto tempo se mantivera firme, naquele instante desmoronou e se agarrou a ele meio desmaiada, ao passo que a mãe se ocupava do inválido, que pareceu perceber a guinada para a alegria e deu ordens como se de novo no convés de seu navio perdido.

Logo tudo estava acabado, e todos estavam sãos e salvos a bordo do bom *Urania*, rumando para casa. Emil se certificou de que os amigos fossem cuidados, viu seus homens entre colegas e contou toda a história do naufrágio antes de pensar em si mesmo. O cheiro apetitoso da sopa, levada à cabine para as senhoras, o fizeram perceber que estava morrendo de fome, e um súbito cambaleio traiu seu cansaço. Ele foi imediatamente levado e quase afogado por tanta gentileza: foi alimentado, vestido, consolado e deixado em paz para descansar. Quando o médico estava saindo da cabine, ele perguntou, com voz hesitante:

– Que dia é hoje? Minha cabeça está tão confusa que perdi as contas.

– Dia de Ação de Graças, rapaz! E nós vamos lhes oferecer um típico almoço da Nova Inglaterra, se vocês conseguirem comer – respondeu o doutor, afetuosamente.

Mas Emil estava exausto demais para fazer qualquer coisa além de permanecer deitado imóvel e dar graças a Deus com mais fervor e gratidão do que jamais antes, diante do abençoado dom da vida, que se tornava mais doce pelo senso do dever fielmente cumprido.

O Natal de Dan

Onde estava Dan? Na prisão. Ah, coitada da senhora Jo! Como seu coração teria doído se ela soubesse que, enquanto a velha Plum brilhava com a alegria do Natal, seu menino estava sentado sozinho em uma cela, tentando ler o pequeno livro que ela lhe dera, com os olhos de vez em quando turvados por lágrimas quentes, que nenhum sofrimento físico havia jamais arrancado dele, e ansiando com o coração saudoso por tudo o que havia perdido.

Sim, Dan estava na prisão, mas sem um único pedido de ajuda de sua parte, pois encarava o terrível aperto em que se encontrava com o desespero silencioso de um índio na fogueira, uma vez que tinha sido seu próprio peito pecador que o levara até aquela situação. Essa foi a amarga lição que domesticou seu espírito selvagem e lhe ensinou autocontrole.

A história de sua queda pode ser contada em breves palavras, pois ocorreu, como muitas vezes acontece, bem quando ele estava extraordinariamente cheio de grandes esperanças, boas resoluções e sonhos de uma vida melhor. Em sua jornada, ele havia conhecido um jovem muito agradável e naturalmente sentiu interesse por ele, já que Blair estava a caminho de se juntar aos irmãos mais velhos em um rancho no Kansas. Um jogo de cartas estava em andamento no vagão onde era permitido fumar, e o menino, pois mal tinha 20 anos, cansado da longa viagem, tentava se distrair com qualquer um que aparecesse, pois era de espírito alegre e se sentia um pouco embriagado pela liberdade do Oeste. Dan, leal à sua promessa, não participou do jogo, mas observou com muito interesse as partidas que se desenrolavam, e logo percebeu que dois dos homens eram vigaristas ansiosos por esfolar o menino que, imprudentemente, havia exibido um bolso bem recheado. Dan sempre teve um fraco por qualquer criatura jovem e frágil que encontrasse, e algo naquele rapazinho o fazia lembrar-se de Teddy, então ele ficou de olho em Blair e o alertou sobre os novos companheiros.

Em vão, é claro, pois quando todos desembarcaram para passar a noite em uma das cidades grandes, Dan perdeu o rapaz de vista no hotel para onde o havia levado para poder cuidar dele e, informando-se sobre quem tinha ido procurá-lo, partiu em seu encalço, chamando a si mesmo de bobo por sua atitude, mas incapaz de abandonar o ingênuo Blair aos perigos que o cercavam.

Ele o encontrou jogando em um lugar sórdido com os homens, que estavam determinados a arrancar dele todo o seu dinheiro e, pelo olhar de alívio no rosto de aflito de Blair quando ele o viu, Dan soube, sem necessidade de palavras, que as coisas estavam correndo mal, e que ele havia percebido o perigo tarde demais.

– Não posso voltar para o hotel ainda, eu perdi; o dinheiro não é meu. Preciso recuperar, ou não terei coragem de encarar meus irmãos – cochichou o coitado, quando Dan implorou que ele parasse antes de sofrer ainda mais perdas.

Vergonha e medo o haviam induzido ao pânico e ele seguiu jogando, certo de que conseguiria reaver o dinheiro deixado aos seus cuidados. Notando o rosto resoluto de Dan, seu olhar arguto e ar experiente, os vigaristas recuaram e jogaram limpo, deixando que o menino vencesse algumas rodadas, porém não lhes passava pela cabeça abrir mão de sua presa e, ao ver que Dan estava de pé como uma sentinela atrás do menino, trocaram um olhar sinistro que significava: "Precisamos tirar esse sujeito do caminho".

Dan viu e ficou alerta; pois ele e Blair eram estrangeiros, coisas ruins são feitas com muita facilidade em lugares como aquele, e ninguém fala a respeito. Mas tampouco ele abandonaria o menino; manteve a observação atenta, detectou a trapaça explícita e verbalizou isso claramente. Palavras afiadas foram trocadas, e a indignação de Dan venceu sua prudência; quando, proferindo insultos e sacando uma arma, o vigarista se recusou a devolver o produto de seu roubo, o temperamento exaltado de Dan explodiu e ele derrubou o homem com um soco que o fez, primeiro, bater a cabeça contra um fogão e, depois, rolar para o chão, inconsciente e sangrando. Seguiu-se uma cena violenta, mas, em meio à confusão, Dan cochichou ao menino:

– Vai embora e bico calado. Não se preocupe comigo.

Assustado e confuso, Blair fugiu da cidade na mesma hora, deixando Dan sozinho para passar a noite na cadeia e, poucos dias depois, para se apresentar ao tribunal, acusado de assassinato, pois o homem tinha morrido. Dan não tinha amigos e, depois de contar sua história brevemente uma vez, manteve silêncio, ansioso por manter a triste questão desconhecida de todos em casa. Ele até escondeu seu nome e informou David Kent, como fizera muitas vezes antes, em emergências. O processo foi muito rápido e, como havia circunstâncias atenuantes, a sentença foi um ano de prisão com trabalhos forçados.

Atordoado pela velocidade com que toda essa mudança terrível se abateu sobre ele, Dan não a compreendeu totalmente até que a porta de ferro foi fechada com um estrondo atrás dele, e ele se viu sentado sozinho em uma cela tão estreita, fria e silenciosa quanto um túmulo. Ele sabia que bastaria uma palavra para que o senhor Laurie viesse ajudar e consolar, mas ele não suportaria contar sua desgraça nem ver o pesar e a vergonha que ela causaria aos amigos que tanto esperavam dele.

– Não – ele disse, cerrando o punho. – Prefiro deixar que pensem que morri. Acabarei mesmo morrendo, se for mantido aqui tempo suficiente.

Ele se levantou e começou a andar no chão de pedra, como um leão enjaulado, em um tumulto de ira, tristeza, revolta e remorso que borbulhava em seu coração e na mente, até sentir que iria enlouquecer e esmurrar as paredes que o afastavam da liberdade que era sua própria vida. Por dias ele sofreu terrivelmente, depois se cansou e mergulhou em uma melancolia escura, mais triste de ver do que a fúria de antes.

O diretor da prisão era um homem rude que havia conquistado a antipatia de todos devido à severidade desnecessária, mas o capelão era cheio de compaixão e desempenhava sua tarefa árdua com fé e doçura. Ele se dedicou ao pobre Dan, mas sem resultado visível, então se viu obrigado a esperar até que o trabalho acalmasse seus nervos agitados e o cativeiro domasse aquele espírito orgulhoso que sofria, mas não se queixava.

Dan foi alocado na montagem de pincéis e, sentindo que aquela atividade era sua única salvação, trabalhou com uma energia febril que logo conquistou a aprovação do diretor e a inveja dos companheiros menos habilidosos. Dia após dia, ele ficava sentado em seu lugar, vigiado por um supervisor armado, proibido de falar exceto palavras rigorosamente necessárias, sem nenhum contato com o homem ao lado, nenhuma mudança a não ser da cela para a oficina, nenhum exercício além das horrorosas marchas de um lado a outro, cada homem com a mão no ombro do seguinte, marcando o passo com um barulho pavoroso, muito distinto das passadas reverberantes de soldados. Calado, esquelético e sombrio, Dan cumpria seu dever diário, comia seu pão amargo e obedecia aos comandos com um brilho rebelde nos olhos que fazia o diretor dizer: "É um homem perigoso. Fiquem atentos, um dia ele foge".

Havia outros mais perigosos do que ele, porque eram mais antigos no crime e estavam prontos para qualquer arroubo desesperado que alterasse a monotonia de suas longas condenações. Esses homens endeusavam o temperamento de Dan e, pelos caminhos misteriosos que os condenados inventam, conseguiram informar a ele, em menos de um mês, que estavam sendo feitos planos para um motim na primeira oportunidade. O Dia de Ação de Graças era uma das poucas chances que eles tinham de conversar, pois desfrutavam de uma hora de liberdade no pátio da prisão. Nessa ocasião, tudo seria combinado e a tentativa, se possível, levada a cabo, provavelmente terminando em banho de sangue e derrota para a maioria, mas em liberdade para alguns poucos. Dan já tinha planejado a própria fuga e estava ganhando tempo, tornando-se cada vez mais soturno, feroz e rebelde, como se a perda de liberdade se abatesse sobre sua alma, além de em seu corpo, pois a alteração súbita de sua vida livre e saudável para aquela tão confinada, sombria e miserável não podia ter produzido um resultado diferente sobre alguém com o temperamento e a idade de Dan.

Ele refletiu sobre sua vida destruída, abriu mão de todos os planos e esperanças felizes, sentiu que jamais poderia encarar a velha e querida Plumfield de novo, nem tocar outra vez as mãos amigas, agora que as suas estavam manchadas de sangue. Ele não se importava com o desgraçado do homem que tinha matado, pois uma vida como a dele era melhor mesmo que chegasse ao fim, ele pensava; mas a desgraça de ter sido preso jamais poderia ser apagada de sua lembrança, embora os cabelos cacheados pudessem crescer de novo, o uniforme cinzento ser substituído e as algemas e grades deixadas para trás.

– Está tudo acabado para mim. Estraguei minha vida, desisto. Vou abrir mão das brigas e obter prazer onde puder, em algum lugar, de algum jeito. Eles vão pensar que morri e, portanto, ainda gostarão de mim, porém sem jamais saber do meu paradeiro. Coitada da mamãe

Bhaer! Ela tentou me ajudar, mas foi inútil. Uma nuvem de fogo não pode ser salva.

E apoiando a cabeça nas mãos enquanto se sentava na cama baixa, Dan lamentou em um sofrimento sem lágrimas por tudo que havia perdido, até que o sono piedoso veio confortá-lo com sonhos dos dias felizes, quando os meninos brincavam juntos, ou do período mais recente e feliz, quando todos sorriam para ele e Plumfield parecia recoberta por um novo e curioso encanto.

Havia um pobre coitado, companheiro de Dan na oficina, cujo destino era ainda mais penoso que o dele, pois sua sentença terminaria na primavera, mas a expectativa de que ele vivesse até lá era bem pequena. E o homem de coração frio tinha pena do tal do Mason quando o via sentado naquele lugar sufocante, tossindo até parecer que ia morrer, contando os dias maçantes que ainda faltavam até que pudesse ver a esposa e o filhinho de novo. Havia alguma esperança de que obtivesse perdão, mas ele não tinha amigos que pudessem acelerar as coisas e estava claro que o perdão do grande Juiz iria em breve encerrar o sofrimento daquele paciente para sempre.

Dan sentia mais pena dele do que tinha coragem de demonstrar e, naquele período sombrio, esse único sentimento terno foi como a florzinha que brotou entre as pedras do pátio da prisão e salvou os detentos do desespero, naquela linda velha história. Dan ajudava Mason com o trabalho quando ele estava fraco demais para concluir sua parte, e o olhar de gratidão que recebia era um raio de sol que animava a vida em sua cela quando estava sozinho. Mason invejava a saúde esplêndida de seu vizinho e lamentava vê-la desperdiçada naquele lugar. Ele era uma alma pacífica e, na medida em que cochichos ou olhares de alerta conseguiam, tentava impedir Dan de se juntar à "banda podre", como os rebeldes eram chamados. No entanto, uma vez tendo se afastado da luz, Dan achava atraente o caminho da perdição e sentia um contentamento sombrio diante da perspectiva de uma revolta geral, durante a qual ele pudesse se vingar do diretor tirânico e dar um murro em nome de sua liberdade, sentindo que uma hora de insurreição seria uma bem-vinda válvula de escape para as emoções reprimidas que o atormentavam. Ele já havia domado muitos animais selvagens, mas o próprio espírito indômito seria um desafio grande demais, enquanto ele não encontrasse um freio que o tornasse mestre de si mesmo.

No domingo anterior ao Dia de Ação de Graças, sentado na capela, Dan observou vários convidados nos bancos reservados a eles, e olhou ansioso para ver se havia algum rosto conhecido, pois ele tinha um medo mortal de que alguém de casa aparecesse de repente para confrontá-lo. Não, todos eram estranhos, e ele logo se esqueceu deles ao ouvir as palavras alegres do capelão e o canto triste de muitos corações pesarosos. As pessoas com frequência falavam aos condenados, e por isso não foi surpresa quando, ao serem convidadas a se dirigir a eles, uma das senhoras se levantou e anunciou que iria contar uma pequena história. O anúncio levou os jovens a apurar o ouvido e até os mais velhos pareceram interessados, pois qualquer mudança em sua rotina monótona era bem recebida.

A oradora era uma mulher de meia-idade vestida de preto, com um rosto simpático, olhos compassivos e uma voz que aquecia o coração, por causa de certos tons maternais. Ela fez Dan se lembrar da senhora Jo e ele escutou avidamente cada palavra, sentindo que todas se destinavam a ele, porque, por acaso, elas chegavam no momento em que ele precisava de uma lembrança doce, que rompesse o gelo do desespero que vinha destruindo todos os traços positivos de sua natureza.

Era uma historinha muito simples, mas de imediato captou a atenção dos homens; tratava de dois soldados em um hospital durante a última guerra, ambos gravemente feridos no braço direito, aflitos por salvar aquele membro que lhes garantiria o pão e desejando voltar para casa sem mutilações. Um dos soldados era paciente e dócil e cumpriu as ordens com alegria, mesmo quando informado de que o braço precisaria ser amputado. Ele se submeteu e, depois de muito sofrer, se recuperou, grato por estar vivo, embora não pudesse mais combater. O outro se rebelou, não aceitou os conselhos e, por demorar demais a decidir, sofreu uma morte longa, arrependendo-se amargamente de sua insensatez, quando já era tarde demais.

– Agora, como todas as histórias devem ter uma moral, deixem-me contar qual é a da minha – acrescentou a senhora com um sorriso, observando a fila de jovens à sua frente e perguntando-se com tristeza o que os teria levado para lá. – Aqui é um hospital para soldados feridos no combate da vida; aqui existem almas doentes, vontades fracas, paixões insanas, consciências cegas, todas as doenças que decorrem do desrespeito às leis e trazem consigo as dores e os castigos inevitáveis. Existem esperança e ajuda para cada um, pois a misericórdia de Deus é infinita e a bondade dos homens é grande, mas a penitência e a submissão devem vir antes que a cura seja possível. Paguem o malfeito com hombridade, pois é justo; porém, do sofrimento e da vergonha, tirem uma força renovada para levar uma vida mais nobre. A cicatriz vai permanecer, mas é melhor para o homem perder os dois braços do que sua alma, e estes anos difíceis, em vez de serem perdidos, podem ser transformados nos mais preciosos de suas vidas, se conseguirem lhes ensinar o autocontrole. Ah, meus amigos, tentem superar o passado amargo, lavar seus pecados e começar de novo. Se não por si mesmos, que seja por suas amadas mães, esposas e queridos filhos, que os esperam com tanta paciência. Pensem neles e não permitam que amem e esperem em vão. E caso haja aqui alguém tão abandonado que não tenha nenhum amigo que se importe, não se esqueça do Pai cujos braços estão sempre abertos para acolher, perdoar e consolar Seus filhos pródigos, ainda que na penúltima hora.

Nesse ponto, o pequeno sermão chegou ao fim, e a pregadora sentiu que suas palavras, ditas de todo o coração, não haviam sido proferidas inutilmente, pois um dos rapazes estava com a cabeça baixa e diversos rostos exibiam a aparência suave que indica que uma recordação querida foi despertada. Dan se viu obrigado a cerrar os lábios para mantê-los firmes e a baixar os olhos para esconder uma gota repentina que os anuviou enquanto esperava, torcendo, que amigos fossem mencionados. Ele ficou aliviado quando se viu sozinho na cela de novo e se sentou refletindo profundamente, em vez de tentar esquecer a si mesmo no sono. Era como se aquelas palavras fossem bem do que ele precisava, para entender onde estava e como os dias seguintes seriam decisivos para seu futuro. Será que ele deveria se juntar à "banda podre" e talvez acrescentar outro crime àquele já cometido, prolongar a sentença já tão difícil de aguentar, dar as costas de propósito a tudo que era bom e desgraçar o futuro que ainda podia ser redimido? Ou deveria, como o homem mais sábio da historinha, se submeter, suportar a punição justa, tentar ser melhor em decorrência dela e usar a permanência da cicatriz como lembrete de uma batalha não de todo perdida, uma vez que ele teria salvo sua alma, apesar de ter perdido a inocência? Dessa forma, ele talvez ousasse ir para casa, quem sabe, confessar e encontrar novas forças na piedade e no consolo daqueles que nunca haviam desistido dele.

O bem e o mal brigaram por Dan naquela noite como o anjo e o diabo disputaram Sintram[59], e era difícil dizer se o vencedor seria a natureza desregrada ou o coração amoroso. Remorso e ressentimento, vergonha e tristeza, orgulho e paixão fizeram da cela estreita um campo de batalha, e o coitado sentiu como se tivesse que enfrentar agora inimigos mais ferozes do que qualquer um que já houvesse encontrado em suas andanças. Uma coisa pequena pesou na balança, como com frequência acontece nestes nossos corações misteriosos, e um toque de simpatia ajudou Dan a decidir o curso que iria abençoar ou amaldiçoar sua vida.

---

[59] Protagonista de *Sintram e seus companheiros*, romance do alemão Friedrich Heinrich Karl de La Motte (1777-1843). Filho de um cavaleiro violento e de uma mulher dócil, o personagem passa a vida dividido entre as duas influências. (N.T.)

Na hora mais escura que antecede o amanhecer, enquanto estava deitado desperto na cama, um raio de luz brilhou através das grades, a fechadura girou suavemente e um homem entrou. Era o bondoso capelão, conduzido até ali pelo mesmo instinto que leva uma mãe à cabeceira do filho doente, pois a longa experiência no cuidado das almas havia lhe ensinado a enxergar os sinais de esperança nos rostos endurecidos ao seu redor e a reconhecer quando era chegado o momento de dizer uma palavra de ajuda ou demonstrar a cordialidade da oração sincera que tanto conforto e cura proporcionam aos corações aflitos. Ele estivera com Dan antes em momentos inesperados, mas o encontrara sempre taciturno, indiferente ou revoltado, e preferiu, com toda a paciência, dar tempo ao tempo. Agora era a hora; havia um olhar de alívio no rosto do prisioneiro quando a luz o iluminou. O som de uma voz humana era estranhamente reconfortante para ele, depois de, por tantas horas, ter ouvido em sua cela os sussurros de paixões, dúvidas e medos que o haviam assombrado e desanimado por causa de sua força, provando a Dan quanto ele precisava de ajuda para combater seu bom combate, uma vez que não dispunha de armadura própria.

– Kent, o pobre Mason se foi. Ele deixou um recado para você, e eu me senti compelido a vir lhe entregar agora, porque acho que você foi tocado pelo que escutamos hoje e que está necessitado da ajuda que o Mason tentou lhe dar – disse o capelão, ocupando a única cadeira e fixando o olhar sobre a figura melancólica na cama.

– Obrigado, senhor, gostaria de ouvir – foi só o que Dan respondeu, mas ele se esqueceu de si mesmo ao se apiedar do coitado do rapaz morto na prisão, sem um último olhar para a esposa nem o filho.

– Ele partiu de repente, mas se lembrou de você e me pediu que lhe dissesse estas palavras: "Diga a ele para não fazer aquilo, para se segurar e fazer o melhor que puder, e daí, quando a pena terminar, para ele ir direto procurar a Mary, que por mim vai recebê-lo muito bem. Ele não tem amigos nessa região e vai se sentir sozinho, mas uma mulher é sempre uma segurança e um conforto quando um camarada está numa maré de azar. Mande todo meu carinho para ele e o meu adeus, porque ele foi bacana comigo e Deus o abençoe por isso". Em seguida, ele morreu tranquilamente, e amanhã irá para casa com o perdão de Deus, já que o dos homens chegou tarde demais.

Dan nada respondeu, apenas ficou deitado com o braço sobre o rosto, imóvel. Vendo que a pequena mensagem dramática havia feito seu trabalho melhor do que ele esperava, o capelão prosseguiu, sem saber como sua voz paternal era reconfortante para o pobre prisioneiro que tanto ansiava por "ir para casa", mas sentia que havia perdido esse direito.

– Espero que não desaponte esse humilde amigo, que dirigiu a você os últimos pensamentos que teve. Sei que há confusão sendo fermentada e receio que você se sinta tentado a dar uma mãozinha ao lado errado. Não faça isso. O motim não vai dar certo, nunca dá, e seria uma lástima manchar seu histórico, limpo até agora. Mantenha a coragem, meu filho, e, no fim do ano, saia daqui melhor, não pior, graças a esta experiência difícil. Lembre-se de que existe uma mulher grata que o aguarda, que vai acolhê-lo e lhe agradecer, caso você não tenha amigos próprios. E, se você tiver, dê seu melhor em nome deles; vamos pedir a Deus que o ajude como só Ele pode.

Então, sem esperar resposta, o bondoso homem rezou de todo o coração, e Dan escutou como nunca havia escutado antes, porque o momento solitário, a mensagem do moribundo e o súbito ressurgimento da melhor parte de si mesmo fizeram parecer como se algum tipo de anjo tivesse ido salvá-lo e ampará-lo. Depois daquela noite, houve uma mudança em Dan, mas ninguém sabia, a não ser o capelão; para todos os demais, ele continuava sendo o mesmo sujeito calado, sério e antissocial de antes, que dava as costas igualmente aos maus e aos bons e que extraía seu único prazer dos livros que o amigo lhe levava. Devagar e sempre, tal como a água constante desbasta a rocha, a gentileza paciente daquele homem conquistou a confiança de Dan, que, liderado por ele, começou a escalada para fora do Vale da Humilhação em direção às montanhas a partir das quais, através das nuvens, é possível captar vislumbres da Cidade Celestial para onde, cedo ou tarde, vão todos os peregrinos, com seus olhos melancólicos e pernas bambas. Ocorreram vários escorregões e recuos, houve muitas lutas contra o Gigante Desespero e o feroz Apollyon, diversas horas duríssimas, quando a vida parecia não valer a pena e uma escapada como a de Mason aparentava ser a única esperança. No entanto, ao longo de tudo isso, o toque de uma mão amiga, o som da voz de um irmão, o desejo inabalável de compensar o passado com um futuro melhor e o direito de voltar para casa mantiveram o sofrido Dan nos trilhos, enquanto o ano velho chegava ao fim e o novo esperava para virar mais uma página no livro cuja lição mais difícil ele estava aprendendo agora.

No Natal, ele ansiava por Plumfield com tamanha saudade que criou um modo de mandar uma mensagem para alegrar os corações ansiosos deles e confortar o próprio. Ele escreveu para Mary Mason, que morava em outro Estado, pedindo a ela que enviasse a carta que ele mandava anexa. Nessa carta, ele apenas dizia que estava bem e ocupado, que desistira da fazenda e tinha outros planos, que contaria mais tarde; que provavelmente não iria para casa antes do outono nem escreveria muito, mas que estava tudo bem, desejava um feliz Natal a todos e lhes mandava todo o seu amor.

Depois ele retomou sua vida solitária e tentou pagar por seu erro com hombridade.

O Ano-Novo de Nat

— Eu não espero receber notícias de Emil tão cedo e Nat escreve regularmente, mas por onde andará o Dan? Só mandou dois ou três postais desde que foi embora. Um rapaz tão cheio de energia como ele poderia já ter comprado todas as fazendas do Kansas a esta altura – disse a senhora Jo certa manhã, quando o correio chegou e nenhum cartão nem envelope trazia a escrita impetuosa de Dan.

— Ele nunca escreve com muita frequência, você sabe, e sim executa o trabalho e depois vem para casa. Meses e anos significam pouco para o Dan; ele provavelmente está explorando regiões selvagens e se esqueceu do tempo – respondeu o senhor Bhaer, absorto em uma das longas cartas que Nat mandava de Leipzig.

— Mas ele prometeu me contar como estava se saindo, e Dan cumpre a palavra, se nada o impede. Temo que tenha acontecido alguma coisa com ele – e a senhora Jo se consolou afagando a cabeça de Don, que tinha se aproximado ao ouvir o nome de seu dono e a olhava com olhos de uma inteligência tão viva que eram quase humanos.

– Não se preocupe, mamãe querida, nada nunca acontece com o velho Dan. Ele vai se sair bem, e qualquer dia desses vai chegar trazendo uma mina de ouro em um bolso e montes de terras no outro, feliz como uma cigarra – disse Ted, que não tinha pressa nenhuma de devolver Octoo ao proprietário de fato.

– Talvez ele tenha ido para Montana e desistido dos planos da fazenda. Ele parecia gostar mais dos índios, eu achei – e Rob foi ajudar a mãe com a pilha de cartas e suas sugestões animadas.

– Espero bem que sim, pois combinaria mais com ele. Mas tenho certeza de que ele teria nos contado, se tivesse mudado os planos, e também requisitado um pouco de dinheiro para começar. Não, eu sinto nos meus ossos proféticos que tem alguma coisa errada – disse a senhora Jo, solene como o destino, em sua touca de café da manhã.

– Então logo saberemos, notícias ruins viajam depressa. Não se preocupe, Jo. Ouça como o Nat está progredindo. Eu não imaginava que o menino teria algum interesse além da música. Meu bom amigo Baumgarten o encaminhou muito bem, tomara que ele não perca a cabeça. É um bom rapaz, mas muito inexperiente, e Leipzig está cheia de armadilhas para os incautos. Que *Gott* o acompanhe!

O Professor leu o relato entusiasmado de Nat sobre certas festas literárias e musicais às quais havia comparecido, os esplendores da ópera, a gentileza dos novos amigos, o deleite de estudar com um professor como Bergmann, suas esperanças de em breve fazer dinheiro e a enorme gratidão que sentia por todos que haviam aberto para ele as portas daquele mundo encantado.

– Ah, agora sim, isto é uma satisfação e um consolo. Eu senti que o Nat tinha uma força insuspeita dentro de si, antes da partida, pois estava tão viril e cheio de planos excelentes – disse a senhora Jo com voz contente.

– Veremos. Ele sem dúvida receberá sua lição e será melhor por causa dela. Isso acontece a todos nós, na juventude. Só espero que não seja uma lição dura demais para o nosso querido *Jungling*[60] – respondeu o Professor com um sorriso sábio, recordando-se da própria vida de estudante na Alemanha.

Ele tinha razão, e Nat já estava tendo lições de vida, e com uma rapidez que teria espantado seus amigos em casa. A masculinidade que tanto alegrava a senhora Jo estava se desenvolvendo de modos inesperados, e o tranquilo Nat mergulhara nas mais inofensivas dissipações da cidade vibrante com o ardor de um jovem ingênuo sorvendo o prazer pela primeira vez. A liberdade plena e a sensação de independência eram deliciosas, pois os muitos benefícios começaram a sobrecarregá-lo, e ele ansiava por se firmar nas próprias pernas e abrir o próprio caminho. Ali, ninguém conhecia seu passado, e com um guarda-roupa bem abastecido, uma bela soma no banco e o melhor professor em Leipzig, ele fez sua estreia como um jovem cavalheiro músico, apresentado pelo muito respeitado professor Bhaer e pelo rico senhor Laurence, que tinha vários amigos dispostos a escancarar seus lares para o protegido dele. Graças a essas apresentações, a seu alemão fluente, modos humildes e talento inegável, o estranho foi recebido com toda a cordialidade e lançado em um círculo que muitos jovens ambiciosos lutavam em vão para penetrar.

Tudo isso virou a cabeça de Nat e, sentado no maravilhoso salão de ópera, conversando com as senhoras em alguma festa exclusiva ou flertando com a adorável filha de algum professor eminente, tentando imaginar que ela era Daisy, ele com frequência perguntava a si mesmo se aquele sujeito alegre podia ser o mesmo menino pobre, músico de rua, que certo dia havia aguardado sob chuva ser recebido em Plumfield. O coração era sincero; os impulsos, bons; as ambições, altas; mas o lado fraco de seu temperamento ganhou força, ali; a vaidade o desencaminhou,

---

[60] "Rapazinho", em alemão no original. (N.T.)

o prazer o intoxicou e, por um período, ele abandonou tudo que não fossem as delícias de sua vida nova e cheia de charme. Sem a intenção de enganar ninguém, ele permitiu que as pessoas o imaginassem como um jovem de boa família e boas perspectivas; ele inflou um pouco a riqueza e a influência do senhor Laurie, a eminência do professor Bhaer e a prosperidade do colégio em que havia sido educado. A senhora Jo foi descrita para as *Frauleins*[61] sentimentais que liam os livros dela, e os encantos e virtudes de sua amada *Mädchen*, confidenciados a senhoras simpáticas. Toda essa bazófia juvenil e vaidades inocentes circularam amplamente na forma de fofocas, o que fez crescer sua importância, para sua surpresa, gratificação e também certa vergonha.

Mas elas geraram frutos que se revelaram amargos no fim, pois, descobrindo que era considerado de classe alta, ele logo achou impossível continuar vivendo na região humilde que havia escolhido ou levar a vida estudiosa e tranquila que tinha planejado para si. Ele saía com outros estudantes, jovens oficiais e sujeitos festivos de todos os tipos, e se sentiu envaidecido ao ser bem acolhido por eles, embora aquele fosse um prazer caro que, com frequência, deixava uma agulhada de arrependimento a atormentar sua consciência honesta. Ele caiu na tentação de alugar acomodações melhores em uma rua mais elegante; deixou a bondosa *Frau* Tetzel lamentando perdê-lo e sua vizinha artista, a senhorita Vogelstein, sacudindo os cachinhos grisalhos e prevendo seu retorno como um homem mais triste e mais maduro.

A soma posta ao seu dispor para as despesas e os prazeres simples que uma vida ocupada exigiriam tinham parecido a Nat uma fortuna, embora fosse menor do que a generosa proposta inicial do senhor Laurie. O professor Bhaer tinha sabiamente recomendado prudência, uma vez que Nat não estava habituado a lidar com dinheiro, e o sensato homem

---

[61] "Senhoritas", em alemão no original. (N.T.)

bem conhecia as tentações que um bolso recheado torna possível para aquela idade amante dos prazeres. Assim, Nat desfrutava imensamente de seu belo e pequeno apartamento e, sem nenhuma sensatez, permitiu que luxos incomuns se imiscuíssem. Ele amava a música e jamais perdia uma aula, mas as horas que deveria dedicar ao estudo sério eram, com muita frequência, passadas em teatros, bailes, encontros em cervejarias ou clubes, não provocando danos maiores do que o desperdício de tempo precioso e de dinheiro que não lhe pertencia, pois ele não tinha vícios e usufruía das diversões como um cavalheiro, por enquanto. Mas lentamente uma mudança para pior começou a se mostrar, e ele a sentiu. Aqueles primeiros passos no caminho florido eram para baixo, e não para cima, e a sensação constante de deslealdade que logo começou a persegui-lo levou Nat a sentir, nas poucas horas que dedicava a si próprio, que não estava tudo bem com ele, apesar do redemoinho de felicidade em que vivia.

– Só mais um mês e depois eu pego firme – Nat disse mais de uma vez, tentando desculpar a demora pelo fato de que tudo era novo, que seus amigos em casa desejavam vê-lo feliz e que aquelas companhias estavam lhe proporcionando o polimento de que precisava.

Contudo, a cada mês que passava, mais difícil ficava escapar; ele acabou sendo inevitavelmente tragado e era tão gostoso deixar-se levar pela maré que o malfadado dia da mudança foi adiado tanto quanto possível. As festividades de inverno se seguiram aos prazeres mais saudáveis do verão, e Nat descobriu que custavam mais, pois as hospitaleiras damas esperavam algum tipo de retribuição do estrangeiro, e carruagens, buquês, entradas de teatro e todos os demais gastos dos quais um jovem não consegue escapar nessas ocasiões impactaram pesadamente a bolsa que, no início, tinha parecido sem fundo. Tomando o senhor Laurie por modelo, Nat se tornou um galanteador e era universalmente adorado, porque, apesar dos novos ares e maneiras recém-adquiridos, a honestidade e a simplicidade genuínas de seu caráter transpareciam claramente, conquistando a confiança e o afeto de todos que o conheciam. Entre esses estava certa agradável senhora com uma filha música: bem-nascida, porém pobre, e muito ansiosa para casar a referida filha com algum homem rico. As pequenas ficções de Nat acerca de suas perspectivas e seus amigos encantaram a piedosa senhora tanto quanto sua música e suas maneiras dedicadas encantaram a sentimental Minna. A casa tranquila delas parecia um repousante lar para Nat, quando ele se cansava de ambientes mais agitados, e o interesse maternal da senhora mais velha era doce e reconfortante para ele, enquanto os ternos olhos azuis da moça bonita ficavam tão cheios de acolhimento quando ele chegava, de pesar quando ele partia e de admiração quando ele tocava que ele achou impossível se afastar daquele lugar tão atraente. Ele não tinha intenção de ferir ninguém e informara à *Frau* Mamma que era comprometido, de modo que continuou com as visitas sem desconfiar das ambiciosas esperanças que a senhora nutria nem do perigo que havia no fato de aceitar a adoração de uma alemãzinha romântica, até que era tarde demais para poupá-la do sofrimento e a si mesmo de um arrependimento enorme.

É claro que respingos dessas experiências novas e agradáveis acabaram nas volumosas cartas que ele nunca estava alegre demais, ocupado demais ou cansado demais para escrever a cada semana; e se, de um lado, Daisy se alegrava pela felicidade e pelo sucesso dele, e os meninos riam da ideia de o "velho Gorjeador" se revelar agora um "homem da sociedade", os mais velhos mantinham a sobriedade e comentavam entre si:

– Ele está indo rápido demais; precisa receber uma palavra de alerta, ou haverá problemas.

Mas o senhor Laurie disse:

– Ora, deixem que aproveite um pouco, ele já foi dependente e reprimido por tempo suficiente. Ele não poderá ir longe demais com o dinheiro que tem, e não tenho medo de que contraia dívidas, pois é muito tímido e muito honesto para ser descuidado. É o primeiro gostinho de liberdade que ele tem; que desfrute. Com o tempo, ele vai amadurecer, eu sei, e tenho certeza de que estou certo.

Desse modo, os alertas foram bem sutis, e as pessoas bondosas aguardaram ansiosamente para ouvir mais sobre "estudos com afinco" e menos sobre "momentos muito divertidos". Daisy às vezes se perguntava, com uma agulhada em seu coração leal, se alguma das charmosas Minnas, Hildegardes e Lottchens mencionadas não estaria afastando seu Nat dela; mas não perguntava, escrevia sempre com tranquilidade e alegria e procurava em vão por qualquer sinal de mudança nas cartas, que ficavam gastas de tantas releituras.

Os meses escoaram e chegaram as festas de fim de ano com seus presentes, bons votos e celebrações cheias de luzes. Nat esperava se divertir bastante e assim foi, de fato, no início, pois um Natal alemão é um espetáculo que vale a pena ver. Mas ele pagou caro pela despreocupação com a qual se jogou nas alegrias daquela semana memorável e, no dia de Ano-Novo, veio o acerto de contas. Foi como se uma fada do mal tivesse preparado as surpresas que chegaram, tão indesejáveis eram e tão inexplicável a mudança que trouxeram, fazendo do mundo feliz de Nat um cenário de desolação e desespero tão subitamente quanto uma guinada na pantomima.

A primeira veio na manhã em que ele, devidamente armado com buquês e bombons caros, foi agradecer a Minna e à mãe pelos suspensórios bordados com miosótis e pelas meias de seda feitas pelos dedos ágeis da senhora, que ele encontrara sobre a mesa naquele dia. *Frau* Mamma o recebeu graciosamente; quando, porém, ele perguntou pela filha, a boa senhora o inquiriu abertamente sobre suas intenções, acrescentando que haviam chegado a seus ouvidos certas fofocas que tornavam necessário que ele ou se declarasse ou a deixasse de visitar, pois a paz de Minna não deveria ser comprometida.

Raras vezes se viu um jovem mais atônito pelo pânico do que Nat ao receber aquela inesperada exigência. Ele percebeu tarde demais que o estilo americano de sua galanteria havia iludido a moça ingênua, e poderia ser usado com efeitos desastrosos pela mãe astuta, se ela assim quisesse. Nada além da verdade poderia salvá-lo, e ele teve a dignidade e a honestidade de contar tudo fielmente. Uma cena triste se seguiu, pois Nat foi obrigado a se despir de suas ficções de esplendor, confessar-se um pobre estudante e humildemente pedir perdão pela liberdade inconsequente com a qual desfrutara da hospitalidade sem reservas delas. Se ele tinha alguma dúvida sobre a motivação e os desejos da *Frau* Schomburg, esclareceu-a rapidamente pela franqueza com que a senhora demonstrou seu desapontamento, o vigor com que o repreendeu e o desprezo com que o mandou embora ao ver ruir o seu castelo de cartas.

A sinceridade do arrependimento de Nat a acalmou um pouco, e ela concordou que ele se despedisse de Minna, que havia escutado tudo pelo buraco da fechadura e estava se dissolvendo em lágrimas ao se debruçar no peito de Nat, soluçando:

– Ah, tu, que me és tão caro; jamais poderei esquecer-te, embora meu coração esteja partido!

Aquilo foi pior do que a bronca, pois a senhora altiva estava chorando também, e foi só depois de muitas palavras e confusão que ele conseguiu escapar, sentindo-se um novo Werther, enquanto a desiludida Lotte[62] se consolava com os bombons, e a mãe com os presentes mais valiosos.

A segunda surpresa chegou enquanto ele almoçava com o professor Baumgarten. O apetite já tinha ido embora com a cena ocorrida pela manhã, e seu espírito recebeu um novo golpe quando um colega informou festivamente que, em breve, iria para a América, e cumpriria o

---

[62] Personagem de *Os sofrimentos do jovem Werther*, romance do alemão Johann Wolfgang von Goethe publicado em 1774. (N.T.)

agradável dever de visitar o "*lieber*[63] *Herr* Professor Bhaer" para contar com que alegria seu protegido vinha se divertindo em Leipzig. O coração de Nat afundou no peito quando ele imaginou o efeito que os relatos entusiasmados provocariam em Plumfield. Não é que ele os tivesse enganado de propósito, mas, em suas cartas, muitas coisas deixaram de ser mencionadas, e quando Carlsen acrescentou, com uma piscadela amigável, que ele se limitaria a dar uma leve dica sobre o noivado que se aproximava, entre a bela Minna e seu "amigão", Nat se viu torcendo com todas as forças para que aquele amigão inconveniente chegasse ao fundo do mar antes de chegar a Plumfield e estragasse todos os seus planos com relatos sobre o inverno desperdiçado. Retomando o controle dos nervos, ele orientou Carlsen com o que imaginou ser uma astúcia digna de Mefistófeles, e deu-lhe instruções tão confusas que só por milagre ele conseguiria encontrar o professor Bhaer. Mas o almoço estava perdido para Nat; ele foi embora assim que possível e perambulou desconsolado pelas ruas, sem ânimo para o teatro nem para o jantar que deveria compartilhar com alguns amigos na sequência. Ele se consolou um pouco dando esmola para vários mendigos, fazendo duas crianças felizes com biscoitos de gengibre e tomando uma solitária caneca de cerveja, brindando à saúde de Daisy e desejando a si mesmo um ano melhor do que o último tinha sido.

Quando afinal foi para casa, descobriu uma terceira surpresa à espera, na forma de uma cascata de contas que caíram sobre ele como uma tempestade de neve, soterrando-o numa avalanche de arrependimento, desespero e autorreprovação. As contas eram tão numerosas e tão altas que ele ficou surpreso e desanimado, pois, conforme o senhor Bhaer havia sabiamente previsto, ele pouco sabia sobre o valor do dinheiro. Cada dólar no banco seria necessário para quitar todas de uma vez, e isso o

---

[63] "Querido", em alemão no original. (N.T.)

deixaria sem um centavo para viver os seis meses seguintes, a menos que ele escrevesse para casa pedindo mais. Mas ele preferia morrer de fome a fazer isso, e o primeiro impulso que teve foi de procurar ajuda na mesa de jogo, com a qual os novos amigos tantas vezes o tinham tentado. Mas ele havia prometido ao senhor Bhaer que resistiria ao que, na ocasião, tinha parecido uma tentação impossível, e não iria, agora, acrescentar mais um erro a uma lista já tão longa. Ele não iria tomar emprestado nem mendigar. O que poderia fazer? Porque aquelas contas assombrosas precisavam ser pagas e as aulas precisavam continuar, do contrário, toda a jornada seria uma falha ignominiosa. Mas, nesse meio-tempo, ele precisava continuar vivendo. Como? Abatido de remorso pelos meses de folia, ele percebeu tarde demais em que direção estava indo e passou horas percorrendo para cima e para baixo os belos cômodos, chafurdando no pântano do desespero sem dispor de uma mão auxiliadora que o puxasse para fora. Ou ao menos assim ele pensava, até que a correspondência foi entregue e, entre novas contas, chegou uma carta em um envelope muito gasto, com um selo americano no canto.

Ah, como aquela carta foi bem-vinda! Com que avidez ele leu as longas páginas cheias de votos afetuosos de todos em casa! Cada um havia escrito umas linhas e, conforme surgiam os nomes conhecidos, seus olhos ficavam mais e mais toldados até que, ao ler a última mensagem ("Deus abençoe o meu menino! Mamãe Bhaer"), ele desabou e, apoiando a cabeça nos braços, manchou o papel com uma chuva de lágrimas que apaziguou seu coração e lavou os pecados juvenis que agora tanto pesavam em sua consciência.

– Que pessoas queridas, como me amam e confiam em mim! E que amarga decepção eles teriam se soubessem como tenho sido tolo! Voltarei a tocar nas ruas antes de pedir a ajuda deles! – gritou Nat, secando as lágrimas, das quais sentia vergonha, apesar de reconhecer o bem que lhe haviam feito.

Agora ele parecia enxergar com mais clareza o que fazer, pois a mão auxiliadora havia sido estendida através do oceano, e o Amor, precioso evangelista, tinha suspendido Nat para fora do pântano e lhe mostrado a passagem estreita além da qual estava a libertação. Depois que a carta foi relida, e o canto onde havia o desenho de uma margarida[64] apaixonadamente beijado, Nat se sentiu forte o bastante para encarar o pior e superá-lo. Cada conta seria paga; cada posse vendável seria vendida; aquele apartamento caro, devolvido; então, uma vez de volta à econômica *Frau* Tetzel, encontraria trabalho de algum tipo e iria se sustentar como faziam tantos outros estudantes. Ele precisava abrir mão dos novos amigos, dar as costas à vida sem juízo, parar de ser uma borboleta e assumir seu lugar entre as lagartas. Era a única coisa honesta a fazer, mas que dificuldade para o infeliz sujeito esmagar suas pequenas vaidades, renunciar às delícias tão caras aos jovens, reconhecer sua tolice, descer do pedestal, tornar-se alvo de piedade e riso e, então, ser esquecido.

Todo o orgulho e toda a coragem de Nat foram necessários para que fizesse isso, pois sua natureza era do tipo sensível: a estima era muito preciosa para ele, o fracasso, muito amargo, e nada além de seu desprezo inato pela baixeza e pela trapaça o impediu de pedir ajuda ou de tentar esconder sua necessidade por meio de algum artifício desonesto. Enquanto estava sentado sozinho naquela noite, as palavras do senhor Bhaer lhe voltaram com clareza incomum, e ele viu a si mesmo como um menino de novo, em Plumfield, castigando o professor como uma lição a si próprio, na ocasião em que, por timidez, havia contado uma mentira.

– Ele não há de sofrer por minha causa de novo. Não serei vil, ainda que seja tolo. Vou procurar o professor Baumgarten, contar tudo e pedir seu conselho. Eu preferiria enfrentar um canhão carregado, mas

---

[64] Margarida, em inglês, é *daisy*, como o nome da personagem. (N.T.)

isso precisa ser feito. Depois vou vender tudo, pagar meus débitos e voltar para o lugar ao qual pertenço. É melhor ser um pobre honesto do que uma garça entre pavões[65] – e Nat sorriu em meio a seus problemas, relembrando as próprias raízes enquanto observava as pequenas elegâncias ao redor.

Ele cumpriu suas palavras com toda a valentia e se sentiu muito confortado ao descobrir que sua experiência era uma história velha para o professor, que aprovou o plano e avaliou sabiamente que a disciplina faria bem ao aluno; ele foi bastante gentil ao oferecer ajuda e prometer guardar segredo daquele desatino perante o amigo Bhaer, até que Nat tivesse se redimido.

A primeira semana no novo ano foi gasta por nosso pródigo rapaz na execução penitente e expedita dos planos, e seu aniversário o encontrou sozinho no pequeno quarto na água-furtada da senhora Tetzel, sem nada dos antigos esplendores, mas apenas uma porção de lembrancinhas das senhoritas roliças que tanto lamentavam a ausência dele. Os amigos do sexo masculino o haviam ridicularizado, depois se apiedado e, por fim, o deixado em paz, com uma ou duas exceções, que generosamente lhe ofereceram seus recursos e prometeram ficar ao seu lado. Ele estava sozinho e com o coração triste, sentado meditando em frente à pequena lareira sobre o Ano-Novo anterior, em Plumfield, quando, àquela hora, estivera dançando com sua Daisy.

Uma batida na porta o trouxe de volta à realidade e, com um cauteloso *herein*[66], ele esperou para ver quem teria subido tantas escadas por causa dele. Era a boa *Frau*, carregando orgulhosamente uma bandeja em que havia uma garrafa de vinho e um espantoso bolo recoberto de ameixas, em glacê de todas as cores e coroado por velas. A *Fraulein* Vogelstein estava atrás abraçando uma roseira, acima da qual seus

---

[65] Referência a *O pavão e a garça*, fábula de Esopo. (N.T.)
[66] "Entre", em alemão no original. (N.T.)

cachinhos grisalhos ondulavam e seu rosto amigável brilhava com alegria, quando ela falou:

— Caro *Herr* Blak, nós lhe trazemos cumprimentos e um ou dois pequenos presentes em honra deste a-ser-para-sempre-lembrado dia. Felicitações! E que possa o novo ano florescer para o senhor tão belamente quanto nós, suas de-todo-o-coração amigas, desejamos.

— Sim, sim, é o que de verdade desejamos, caro *Herr* — acrescentou *Frau* Tetzel. — Coma este com-alegria-feito *Kuchen*[67], e beba o bom vinho à saúde dos amados distantes.

Achando graça, mas também tocado pela gentileza daquelas boas almas, Nat agradeceu e fez com que ficassem para desfrutar do modesto banquete com ele. Elas aceitaram de muito boa vontade, sendo mulheres maternais, cheias de pena daquele rapaz querido, cujos apuros conheciam, e que tinham para oferecer tanto uma ajuda substancial quanto palavras doces e agradinhos materiais.

Frau Tetzel, com alguma hesitação, mencionou um amigo que, forçado pela doença a abandonar o posto na orquestra de um teatro de segunda categoria, estaria disposto a oferecê-lo a Nat, caso ele aceitasse uma posição tão humilde. Corando e brincando com as rosas como uma menininha encabulada, a querida senhora Vogelstein perguntou se, em seus momentos de lazer, ele poderia dar aulas de inglês na escola de moças onde ela lecionava pintura, acrescentando que ele receberia um salário pequeno, porém, certo.

Com muita gratidão, Nat aceitou as duas propostas, achando menos humilhante ser ajudado por mulheres do que pelos amigos do mesmo sexo. Aquele trabalho iria sustentá-lo de um modo frugal, ao passo que certa labuta musical prometida pelo professor garantiria o próprio ensino. Encantadas pelo sucesso de seu pequeno complô, as vizinhas

---

[67] "Bolo", em alemão no original. (N.T.)

amigáveis se despediram com palavras de incentivo, calorosos apertos de mão e rostos resplandecentes de satisfação feminina pelo beijo carinhoso que Nat deu em cada bochecha murcha, sendo essa a única retribuição que ele podia oferecer por toda a útil gentileza delas.

Foi estranho como o mundo pareceu mais brilhante depois daquilo. A esperança é um tônico melhor do que o vinho, e as decisões acertadas de Nat floresceram com o mesmo frescor da pequena roseira que enchia o quarto com sua fragrância, quando ele resgatou suas queridas velhas canções e encontrou seu maior aconchego, então como sempre, na música, a quem jurou ser, dali em diante, um súdito mais leal.

Teatro em Plumfield

Como é tão impossível à humilde historiadora da família March escrever uma história sem teatro quanto é, para a nossa querida senhorita Yonge[68], ter menos de doze ou catorze crianças em seus interessantes contos, vamos aceitar de uma vez este fato e nos alegrar de novo, após os recentes eventos aflitivos, abordando as peças de Natal em Plumfield, pois elas influenciaram o destino de vários dos nossos personagens e não poderiam ser ignoradas.

Quando o colégio foi construído, o senhor Laurie acrescentou um pequeno teatro encantador, que se prestava não apenas a peças mas também a declamações, palestras e concertos. A cortina suspensa exibia Apolo com as Musas ao redor e, como cumprimento ao doador do salão, o artista havia dado ao deus uma clara semelhança com nosso amigo, e isso era considerado por todos os demais uma piada irresistível. O talento doméstico tinha fornecido as estrelas e os figurantes,

---
[68] Charlotte Mary Yonge (1823-1901), autora inglesa de livros infantis. (N.T.)

membros da orquestra e pintores de cenário, e apresentações deslumbrantes eram feitas no bonito palquinho.

A senhora Jo vinha tentando há algum tempo encenar uma peça que fosse uma evolução das adaptações dos franceses então em voga: curiosas misturas de trajes elegantes, sentimentos falsos e vontades fracas, sem nenhum toque de natureza que as redimisse. Era sempre fácil planejar peças cheias de discursos nobres e situações eletrizantes, mas muito difícil escrevê-las; então, ela se contentava com umas poucas cenas da vida humilde em que o cômico e o patético se entrelaçassem, e como ela adequava os personagens aos atores de que dispunha, esperava que a pequena empreitada comprovasse que a veracidade e a simplicidade não haviam perdido inteiramente sua capacidade de encantar. O senhor Laurie a ajudava e eles se autodenominavam Beaumont e Fletcher[69], divertindo-se muitíssimo com a parceria, pois o conhecimento das artes dramáticas de Beaumont era muito útil para refrear a caneta por demais ambiciosa de Fletcher, e eles se gabavam de ter produzido, como experimento, um pequeno trabalho caprichado e eficaz.

Tudo estava pronto, agora, e o dia de Natal foi muito avivado pelos últimos ensaios, pelo pânico dos atores tímidos, pela competição renhida por pertences de cena esquecidos e pela decoração do teatro. Sempre-vivas e azevinho do bosque, flores desabrochadas da estufa de Parnaso e bandeiras de diversos países alegraram bastante aquela noite, em homenagem aos convidados que compareceriam, entre os quais a senhorita Cameron, que cumpriu fielmente a palavra. A orquestra afinou os instrumentos com um zelo raro, os cenógrafos montaram o palco com elegância luxuosa, o ponto, responsável por cochichar algum trecho esquecido, assumiu heroicamente seu lugar no nicho abafado que lhe fora providenciado e os atores se vestiram com mãos trêmulas, que derrubavam alfinetes, e sobrancelhas que transpiravam, impedindo

---

[69] Francis Beaumont e John Fletcher, dramaturgos ingleses que trabalharam juntos de 1603 a 1625. (N.T.)

a fixação da maquiagem. Beaumont e Fletcher se dividiam para estar em todos os lugares, sentindo que sua reputação literária estava em risco, uma vez que uns poucos críticos amigos tinham sido convidados, e repórteres, assim como mosquitos, não podem ser excluídos de nenhum lugar da Terra, seja o leito de morte de um homem famoso, seja um museu de moedas de dez centavos.

"Ela veio?" era a pergunta feita por todas as línguas atrás das cortinas, e quando Tom, que interpretava um velho, arriscou as respeitáveis pernas entre as luzes da boca de cena para dar uma espiada e anunciou que estava vendo a bela cabeça da senhorita Cameron no lugar de honra, um calafrio percorreu toda a companhia, e Josie declarou com um engasgo de excitação que teria um ataque de pânico de palco pela primeira vez na vida.

– Eu vou chacoalhar você, se você tiver mesmo – disse a senhora Jo, que estava tão atarantada pelos diversos afazeres que poderia ter interpretado Madge Wildfire[70] sem que fosse necessário nenhum acréscimo de roupas esfarrapadas nem mais nós feitos por elfos em seus cabelos.

– Você vai ter tempo de se acalmar enquanto nós apresentamos a nossa parte. Somos atores experientes e tranquilos como relógios – respondeu Demi, com um aceno para Alice, pronta em seu lindo vestido e com todos os objetos de cena ao alcance.

Mas os dois relógios estavam indo mais depressa do que o normal, conforme o rubor acentuado, os olhos brilhantes e certa vibração sob as rendas e casacos de veludo denunciavam. Eles deveriam abrir a noite com uma pequena peça cômica que já haviam encenado antes e interpretado notavelmente bem. Alice era uma moça alta, de olhos e cabelos escuros e um rosto que a inteligência, a saúde e o coração feliz tornavam bonito. Estava em sua melhor forma agora, pois os brocados, as plumas e a maquiagem de marquesa a haviam tornado uma figura imponente;

---

[70] Jovem louca, personagem do romance *The heart of Midlothian*, de *Sir* Walter Scott (1771-1832). (N.T.)

e Demi, com seu fraque, espada, chapéu de três pontas e peruca branca, era um barão tão galante quanto se poderia desejar. Josie fazia a criada e deu vida ao papel, tão bonita, atrevida e inquisitiva quanto qualquer *soubrette*[71] francesa. Esses três eram os únicos personagens, e o sucesso da peça dependia do espírito e da habilidade com que fossem interpretados os humores bastante instáveis dos amantes briguentos, com suas falas espirituosas escritas para revelar e parodiar o período cortês em que a cena se ambientava.

Poucos teriam reconhecido o contido John e a estudiosa Alice no cavalheiro impetuoso e na dama coquete, que mantiveram a plateia rindo de suas picuinhas e admirando as fantasias brilhantes, a graça e a leveza dos jovens atores. Josie era uma figura de destaque na trama, pois escutava pelo buraco da fechadura, espiava anotações e entrava e saía nos momentos mais inoportunos, com o nariz empinado, as mãos nos bolsos do avental e a curiosidade perpassando sua pequena figura desde o topo curvado de sua touquinha até os saltos vermelhos dos sapatos.

Tudo corria com suavidade; a marquesa caprichosa, depois de espicaçar à vontade o devotado barão, reconheceu a derrota na batalha de ironias e estava justamente estendendo a mão, que ele havia merecido conquistar, quando um estrondo os assustou: um painel cenográfico muito pesado tombou para a frente, pronto para cair sobre Alice. Demi viu e pulou na frente dela, agarrou-o e o ergueu, de pé como um Sansão moderno sustentando a parede de uma casa nas costas. O perigo passou em um instante e ele estava prestes a dizer sua última fala quando o agitado jovem cenógrafo, que tinha subido correndo uma escada para desfazer o dano, curvou-se sobre ele para cochichar "Tudo bem" e libertar Demi daquela pose de águia; quando ele fez isso, um martelo escorregou de seu bolso e caiu no rosto virado para cima que se encontrava abaixo, infligindo um belo golpe e literalmente nocauteando o barão.

---

[71] "Empregada", em francês no original. (N.T.)

Um "pano rápido" privou a plateia de uma bela cena não incluída no roteiro, pois a marquesa voou para estancar o sangue com um grito de alarme:

– Oh, John, você está ferido! Apoie-se em mim – o que ele fez de muito bom grado, uma vez que estava um tanto zonzo, mas ainda assim bastante apto a desfrutar do toque terno das mãos ocupadas com ele e da ansiedade no rosto tão perto do seu, pois ambos lhe revelavam algo que ele teria considerado barato mesmo diante de uma chuva de martelos e da queda do colégio inteiro sobre sua cabeça.

Nan estava no local em um segundo, munida do estojo que nunca saía de seu bolso, e a ferida já tinha recebido um curativo cuidadoso quando a senhora Jo chegou, perguntando, trágica:

– Ele está machucado demais para voltar e prosseguir? Se estiver, minha peça estará arruinada!

– Estou ainda mais preparado para ela, tia, pois o machucado é verdadeiro e não maquiado. Estarei pronto, não se preocupe comigo.

Recolhendo a peruca, Demi saiu de cena, lançando um único e muito significativo olhar de agradecimento à marquesa, que havia estragado as luvas por causa dele, mas não parecia se importar nem um pouco com isso, embora elas lhe chegassem até acima dos cotovelos e fossem bem caras.

– Como estão seus nervos, Fletcher? – perguntou o senhor Laurie, quando os dois estavam à espera, durante o minuto ansioso que antecedia o toque do último sinal.

– Mais ou menos tão calmos quanto os seus, Beaumont – respondeu a senhora Jo, gesticulando loucamente em direção à senhora Meg, para que ela endireitasse a touca.

– Aguenta firme, parceira! Estarei ao seu lado para o que der e vier!

– Seria justo que desse certo, porque, mesmo sendo só uma coisinha à toa, consumiu muito trabalho duro e honesto. A Meg não está perfeita como uma camponesa idosa?

Ela certamente estava, sentada na cozinha de uma casa rural ao lado de uma fogueira alegre, balançando um berço e cerzindo meias como se nunca tivesse feito outra coisa na vida. Cabelo grisalho, rugas habilmente pintadas na testa e uma roupa muito básica, com touca, xale e avental xadrez, transformaram-na em uma criatura maternal e acolhedora, que foi recebida com calorosa aprovação quando a cortina foi erguida e ela foi vista embalando, cerzindo e murmurando uma melodia antiga. Em um breve solilóquio sobre Sam, seu filho que desejava se alistar, Dolly, a filha jovem e contrariada que ansiava pela cidade, seus prazeres e facilidades, e a pobre "Ilisa", que havia se casado mal e voltado para casa para morrer, entregando seu bebê à mãe, não fosse o pai perverso querê-lo de volta, a pequena história começou de um modo simples e convincente pela chaleira que fervia de verdade no suporte, o tique-taque de um relógio alto e a exibição de um par de sapatos azuis muito gastos, que balançavam no ar acompanhando o suave balbucio de uma voz de bebê. Os sapatinhos disformes conquistaram o primeiro aplauso, e o senhor Laurie, esquecendo-se da elegância em meio à satisfação, cochichou para a coautora:

– Eu pensei que o bebê iria jogá-los longe!

– Se a amada criaturinha não começar a berrar na hora errada, estamos salvos. Mas é arriscado. Esteja preparado para intervir, caso os afagos da Meg não bastem – respondeu a senhora Jo, e acrescentou, apertando o braço do senhor Laurie quando um rosto encovado apareceu na janela· – Aí vem o Demi! Espero que ninguém o reconheça quando ele reaparecer mais tarde como o filho. Nunca vou perdoar você por não interpretar o vilão.

– Não posso dirigir e também atuar. Ele está lindamente caracterizado e adora um pouco de melodrama.

– Esta cena deveria ocorrer mais tarde, mas eu queria mostrar o mais cedo possível que a mãe é a heroína. Estou farta de mocinhas doentes de amor e de esposas fujonas. Nós vamos provar que pode haver ficção com mulheres velhas também. Agora ele vai entrar!

E para dentro se arrastou um homem de aparência degradada, em farrapos, com a barba crescida e olhar malévolo, tentando adotar uma postura de comando ao perturbar a idosa tranquila exigindo que lhe entregasse seu filho. Uma cena poderosa se seguiu, e a senhora Meg surpreendeu até mesmo os que a conheciam melhor, pela dignidade rústica com que, primeiro, enfrentou o homem que temia; depois, conforme ele insistia na reivindicação e a pressionava brutalmente, ela implorou com voz e mãos trêmulas para ficar com a criança da qual prometera à mãe moribunda cuidar; e, quando ele girou para pegar a criança à força, um arrepio percorreu a plateia, pois a velha correu para tirá-la do berço e, segurando-a apertada contra o peito, desafiou-o em nome de Deus a arrancar o bebê daquele refúgio sagrado. Foi realmente muito bom, e a rodada de aplausos dedicados à velha indignada, ao bebê rosado que piscava agarrado ao pescoço dela e ao homem assustado que não ousou executar seu plano maligno, diante de tal defensora da inocência desprotegida, informaram aos excitados autores que sua primeira cena tinha sido um sucesso.

A segunda foi mais calma, e mostrou Josie como uma camponesinha bonita e bem mal-humorada pondo a mesa. O modo rabugento como bateu os pratos, empurrou as xícaras e cortou o grande pão, enquanto relatava suas provações e ambições juvenis, foi maravilhoso. A senhora Jo ficou de olho na senhorita Cameron e muitas vezes viu seus acenos de aprovação diante de uma modulação de voz ou de um gesto natural, de um improviso ou de uma rápida mudança de expressão no rosto jovem, que era tão oscilante quanto um dia de abril. A batalha dela com o garfo longo provocou risos, assim como seu desprezo pelo açúcar mascavo e o deleite com que adoçava seus amargos deveres comendo-o; e quando ela se sentou perto do fogo, como uma gata borralheira, observando por entre lágrimas as labaredas que dançavam no cômodo rústico, uma voz feminina se fez ouvir exclamando, impulsivamente:

– Ah, coitadinha! Ela deveria ter um pouco de diversão!

A idosa entra; e mãe e filha fazem uma boa cena, na qual a mais jovem bajula, ameaça, beija e chora, até obter da mais velha uma autorização relutante para visitar um parente rico na cidade, e a nuvenzinha carregada de Dolly vira alegria e bondade assim que seu desejo é atendido.

A pobre alma idosa mal havia se recuperado daquela provação quando entra em cena o filho, vestido de azul-marinho e contando que havia se alistado e precisava partir. É um golpe duro, mas a mãe patriótica o suporta bem, e só quando os dois jovens inconsequentes vão embora espalhar suas boas novas é que ela desmorona. Então, a cozinha da casa rural se torna patética, com a mãe sentada sozinha lamentando por seus filhos, até que a cabeça grisalha é escondida entre as mãos quando ela se ajoelha ao lado do berço para chorar e rezar, tendo apenas o bebê para confortar seu coração amoroso e sincero.

Fungadas foram ouvidas espalhadas por todo o teatro na última parte daquela cena e, quando a cortina caiu, as pessoas estavam tão ocupadas enxugando as lágrimas que, por um momento, se esqueceram de aplaudir. Esse silêncio foi mais envaidecedor do que o barulho teria sido, e quando a senhora Jo enxugou as lágrimas verdadeiras do rosto da irmã ela disse, com tanta solenidade quanto a mancha de *ruge* no nariz dela permitia:

– Meg, você salvou minha peça! Ah, você não é mesmo uma atriz de verdade e eu uma dramaturga de verdade?

– Nada de tagarelar agora, querida, preciso de ajuda para vestir a Josie, que está tremendo tanto de excitação que não consigo controlá-la, e esta é a melhor cena dela, você sabe.

E era mesmo, pois a tia a havia criado especialmente para ela, e a pequena Jo estava muito feliz em um vestido deslumbrante, com uma cauda longa o suficiente para satisfazer até seus sonhos mais loucos. A sala de visitas do parente rico estava decorada para festa; a prima do interior entra, olhando para trás para admirar a cauda esvoaçante com um arrebatamento tão natural que ninguém teve coragem de rir daquela caipira enfeitada de plumas emprestadas. Ela confabula com si mesma diante de um espelho; fica evidente que ela percebeu que nem tudo que reluz é ouro, e que encontrou tentações maiores do que lhe provocava, antes, o apreço pelo prazer, pelo luxo e pelas adulações. Ela é perseguida por um galanteador rico, mas seu coração puro resiste às seduções dele e, em sua perplexidade inocente, ela deseja que a mãe estivesse lá para aconselhá-la e protegê-la.

Uma dança alegre, da qual participaram Dora, Nan, Bess e vários dos meninos, formou um bom fundo para a figura humilde da velha senhora em sua touca de viúva, xale rústico, sombrinha grande e cesto. O espanto ingênuo dela, enquanto observa o baile, alisa as cortinas e ajeita as velhas luvas, enquanto ainda não tinha sido vista, foi muito bom; mas o susto genuíno de Josie quando a vê, e seu grito "Ora, aí está minha mãe!", foi uma representação tão fiel da realidade que nem precisava do tropeço na cauda do vestido na corrida que ela deu rumo aos braços que lhe pareciam, agora, o refúgio mais próximo.

O galanteador faz sua parte, e surtos de riso na plateia acolhem as perguntas afiadas e as respostas incisivas da velha senhora, durante a conversa que revela como o amor dele é raso e como a filha chegou perto de destruir sua vida tão amargamente quanto a pobre "Ilisa" destruiu a dela. Josie dá sua recusa francamente, e quando as duas ficam sozinhas ela, envergonhada, olha para o vestido humilde, para as mãos calosas e o rosto terno da mãe, chora arrependida e a beija, dizendo: "Me leva embora, mãe, e cuida de mim. Chega disso aqui".

– Que isso lhe sirva de lição, Maria; não se esqueça – disse uma senhora do público para a filha, quando as cortinas baixaram.

E Maria respondeu:

– Bem, eu não entendo por que é tão comovente, mas é! – e estendeu no colo o lenço de seda, para que secasse.

Tom e Nan interpretaram com eficácia a cena seguinte, que se passava na enfermaria de um hospital militar, e cirurgião e enfermeira iam de cama em cama sentindo pulsações, ministrando remédios e ouvindo queixas com tal energia e tal gravidade que abalaram o público. O elemento trágico, nunca muito distante do cômico em tais épocas e lugares, teve início quando, enquanto eles enfaixavam um braço, o médico contou à enfermeira sobre uma mulher idosa que estava vasculhando o hospital em busca do filho, depois de procurar dias e noites no campo de batalha e em ambulâncias, entre cenas que teriam matado a maioria das mulheres.

– Daqui a pouco ela estará aqui, e sua vinda me apavora, pois temo que o pobre coitado que acabou de falecer seja o filho dela. Eu preferiria enfrentar um canhão em lugar destas mulheres corajosas, cheias de esperança, bravura e enorme sofrimento – diz o doutor.

– Ah, estas pobres mães são mesmo de partir o coração – acrescenta a enfermeira, enxugando os olhos no grande avental; e, com essas palavras, a senhora Meg entra em cena.

Lá estavam o mesmo vestido básico, o cesto, a sombrinha e os modos simples; mas tudo tornado patético pela experiência terrível que havia transformado a idosa tranquila naquela figura cadavérica, de olhos selvagens, pés empoeirados, mãos trêmulas e uma expressão mista de angústia, decisão e desespero, que deu à figura rústica uma dignidade e uma força trágicas que comoveram todos os corações. Um punhado de palavras entrecortadas contou a história de sua busca infrutífera, e, então, a triste procura recomeçou. A plateia prendeu a respiração enquanto, conduzida pela enfermeira, ela ia de cama em cama mostrando no rosto expressões alternadas de esperança, pavor e amarga decepção, conforme ia passando por cada uma. Em uma cama estreita estava deitada uma figura alta coberta por um lençol, e ali a senhora parou, pôs uma mão no coração e outra sobre os olhos, como se para reunir coragem para olhar para aquele morto sem nome. Em seguida, ela afastou o lençol, soltou um longo suspiro trêmulo de alívio e disse, suavemente:

– Não é o meu filho, graças a Deus! Mas é o menino de alguma mãe – e, curvando-se, beijou com ternura a testa fria.

Nesse ponto, alguém soluçou, e a senhorita Cameron afastou duas lágrimas, ansiosa para não perder nenhuma expressão e nenhum gesto enquanto a pobre alma, quase exaurida pelo sofrimento prolongado, seguia sua dolorosa peregrinação pelas camas. Mas sua busca teve um final feliz, pois, como se a voz dela o tivesse arrancado de um sono febril, um homem esquelético de olhar selvagem se sentou na cama e, esticando os braços na direção dela, gritou, em uma voz que ecoou por todo o ambiente:

– Mãe! Mãe! Eu sabia que você vinha me ver!

Ela foi até ele com um grito de amor e alegria que emocionou todos os espectadores, quando ela o envolveu nos braços em meio a lágrimas e orações e bênçãos como só uma velha mãe amorosa seria capaz.

A cena final foi um animado contraste, com a cozinha rústica iluminada pela alegria do Natal; o herói ferido, com tapa-olho preto e muletas bem visíveis, estava sentado em frente à lareira na antiga e conhecida cadeira de balanço cujo ranger tanto o acalmava; a bela Dolly se agitava forrando alegremente, com visco e azevinho, o aparador, a longa coluna da chaminé e o velho berço, enquanto a mãe repousava ao lado do filho tendo o abençoado bebê ao colo. Revigorado depois de mamar e tirar uma soneca, esse ator-mirim cobria-se de glórias com movimentos de êxtase, falas incompreensíveis para a plateia e tentativas vãs de tocar as luzes na boca de cena, piscando aprovadoramente para aqueles brinquedos brilhantes. Foi reconfortante ver a senhora Meg afagando suas costas, fazendo carinho em suas pernas gorduchas fora da vista do público e acalmando seus anseios com um torrão de açúcar, até que o bebê a abraçou com um ardor grato que rendeu aplausos exclusivamente dirigidos à sua atuação.

O som de uma cantoria vinda de fora surpreende a família feliz e, depois de uma canção entoada à luz prateada do luar refletido na neve, um grupo de vizinhos entra, trazendo cumprimentos e presentes de Natal. As várias ações em segundo plano acrescentaram vida à cena, pois a amada de Sam circulava com ele numa ternura que a marquesa não havia demonstrado pelo barão; e Dolly teve uma conversa afetuosa debaixo do visco com seu enamorado rústico, que se parecia tanto com Ham Peggotty[72] em suas botas de couro, casaco grosseiro, barba e peruca escuras, que ninguém teria reconhecido Ted, se não fosse pelas pernas compridas que nenhuma quantidade de couro era capaz de disfarçar. A cena chega ao fim com um banquete caseiro trazido pelos convidados; enquanto estão sentados à mesa repleta de biscoitos, queijos, torta de abóbora e outras iguarias, Sam se ergue nas muletas para propor o primeiro brinde e, levantando a caneca de cidra, diz, com um cumprimento e um engasgo na voz:

– Mãe, que Deus a abençoe!

Todos bebem de pé, Dolly com o braço sobre os ombros da idosa que, por sua vez, esconde as lágrimas de alegria no peito da filha, enquanto o irrepreensível bebê bate desbragadamente na mesa com uma colher, e canta alto enquanto a cortina baixa.

Dali a um instante, a cortina sobe mais uma vez, para proporcionar ao público uma última espiada no grupo reunido em volta da figura central, que recebeu uma chuva de flores, para imensa diversão do bebê Roscius, até que um botão de rosa fatal o atinge no nariz, provocando o tão temido choro, o qual, por sorte, apenas acrescentou comicidade ao momento.

– Ora, isso foi muito bom para um início – disse Beaumont com um suspiro de alívio, enquanto a cortina baixava pela última vez e os atores se dispersavam para se vestir para a apresentação de encerramento.

– Como experimento, foi um sucesso. Agora, podemos nos arriscar a começar nosso grande drama americano – respondeu a senhora Jo,

---

[72] Personagem de *David Copperfield*. (N.T.)

muitíssimo satisfeita e cheia de ideias grandiosas para a famosa peça que, podemos acrescentar, ela não escreveu naquele ano, devido a eventos dramáticos ocorridos em sua família.

A representação das Estátuas de Owlsdark encerrou a noite e, sendo uma novidade, provou-se agradável para aquela plateia muito indulgente. Os deuses e as deusas de Parnaso foram retratados em plena assembleia e, graças à habilidade da senhora Amy para posicionar e drapear, as perucas brancas e as túnicas de flanela estavam graciosas e corretas do ponto de vista da arte clássica, apesar de vários acréscimos modernos comprometerem um pouco o resultado, embora, por outro lado, enriquecessem os comentários eruditos. O senhor Laurie interpretou o professor Owlsdark, de touca e manto; depois de uma introdução de alto nível, ele passou a exibir e explicar suas esculturas.

A primeira era uma Minerva majestosa, mas um olhar mais atento provocou risos, porque seu escudo estava decorado com as palavras "Direitos das Mulheres", um pergaminho com o lema "Vote cedo e sempre" pendia do bico da coruja empoleirada em sua lança e um pequeno conjunto de almofariz e pilão enfeitava seu capacete. As atenções se voltaram para a boca firme, o olhar penetrante e a sobrancelha inspiradora da mulher de mente forte da Antiguidade, e para algumas observações mordazes feitas sobre a degeneração de suas irmãs modernas, que fracassavam no cumprimento de seu dever. Depois veio Mercúrio, muito impressionante em sua postura aérea, embora as pernas aladas tremessem como se fosse difícil manter o agitado deus em seu lugar. Sua natureza inquieta foi alvo de uma fala longa; suas travessuras loucas, referidas; e um caráter muito travesso, atribuído ao imortal mensageiro; tudo isso encantou os amigos dele e fizeram com que o nariz de mármore da vítima se curvasse visivelmente com desprezo, quando o aplauso derrisório atingiu um nível particularmente alto. A figura seguinte foi uma pequena Hebe muito charmosa, que despejava néctar de um bule de prata em uma xícara de chá de porcelana azul. Ela também fez referência a uma moral, pois, conforme explicou o professor Owlsdark, o néctar dos antigos era a bebida que alegra sem embriagar; ele lamentou que a devoção exagerada das mulheres americanas a essa fermentação clássica se provasse tão prejudicial, por culpa do grande desenvolvimento do cérebro que a cultura delas produzia. Um traço de criadagem moderna, em contraste com aquela refinada moça antiga, fez ruborizar as bochechas da estátua debaixo da maquiagem, diante dos aplausos calorosos que irromperam quando a plateia reconheceu Dolly e a esperta *soubrette*.

Júpiter veio na sequência em toda a sua majestade, e ele e a esposa ocuparam os pedestais do centro no semicírculo de imortais. E era um Júpiter esplêndido, com o cabelo bem arrumado e afastado das sobrancelhas, barba ambrosial[73], raios prateados em uma mão e uma férula bem gasta na outra. Uma grande águia empalhada, saída do museu de Plumfield, estava aos seus pés, e a expressão benigna de seu semblante augusto mostrava que ele estava de bom humor; e com razão, pois recebera do professor Owlsdark belos cumprimentos por sua liderança sábia, pela paz que predominava no reino e pelas ninhadas de bem-sucedidas Palas que todos os anos brotavam de seu cérebro poderoso. Essas e outras palavras agradáveis foram recebidas com vivas e levaram o deus dos raios a se curvar em agradecimento, pois adulação e acenos de cabeça de Júpiter, como se sabe, conquistam o coração de deuses e homens.

A esposa de Júpiter, Juno, com sua exibição orgulhosa de agulhas de cerzir, caneta e talheres de cozinhar, não escapou com tanta facilidade: Owlsdark a repreendeu de todos os modos com provocações, críticas, acusações e até insultos. Ele fez menção à infelicidade doméstica dela, a sua disposição intrometida, à língua afiada, ao mau gênio e ciúme, encerrando, porém, com uma homenagem à habilidade dela no cuidado

---

[73] Na mitologia, ambrosia era o alimento dos deuses gregos; proporcionava e mantinha a imortalidade. (N.T.)

de ferimentos e no apaziguamento dos heróis beligerantes, assim como por seu amor pelos jovens do Olimpo e da Terra. Explosões de riso responderam a essa cena, alternadas por vaias de meninos indignados, que nem por brincadeira aceitavam algum tipo de desrespeito à amada mamãe Bhaer, que, por sua vez, estava se divertindo imensamente com tudo aquilo, conforme delatavam o brilho em seus olhos e o irreprimível franzir de seus lábios.

Um Baco jovial aboletado sobre seu barril tomou o lugar de Vulcano e surgiu muito à vontade com uma caneca de cerveja em uma mão, uma garrafa de champanhe na outra e uma coroa de uvas sobre o cabelo cacheado. Ele fez um discurso curto sobre moderação, dirigido especificamente a uma fileira de jovens cavalheiros encostados às paredes do teatro. George Cole foi visto se escondendo atrás de um pilar a certa altura do texto, Dolly cutucou o vizinho em outro momento e houve risos generalizados ao longo da fala inteira, enquanto o professor os encarava através dos grandes óculos e jogava luz sobre suas bacanais, mantendo-os no centro da zombaria.

Percebendo a chacota que havia promovido, o culto homem se voltou para a adorável Diana, que estava de pé, branca e imóvel como o cervo de gesso ao seu lado, com sandálias, arco e a lua crescente; muito perfeita e, no geral, a melhor estátua de toda a apresentação. Foi tratada com muito carinho pelo crítico paternal que, apenas mencionando a solteirice dela, sua paixão por esportes de atletismo e poderes de adivinhação, fez uma pequena exposição graciosa sobre a verdadeira arte e passou para a última figura.

Era Apolo, em grande forma, os cabelos cacheados arrumados de forma a esconder um curativo bem branqueado sobre o olho, as belas pernas corretamente posicionadas e os dedos talentosos prestes a extrair música dos deuses da grelha prateada que fazia as vezes de lira. Seus atributos divinos foram descritos, assim como suas pequenas folias e falhas, entre as quais estavam seu fraco por fotografias e flauta, sua tentativa de administrar um jornal e a admiração que tinha pela sociedade das Musas, cuja menção provocou risinhos e rubores entre as colegas de faculdade e diversão entre os jovens atingidos, pois a miséria adora companhia; depois disso, eles começaram a se reunir.

Então, em uma conclusão hilária, o professor se curvou em agradecimento e, após várias chamadas de volta, a cortina afinal baixou, mas não rápido o bastante para esconder Mercúrio agitando freneticamente as pernas afinal livres, Hebe derrubando o bule, Baco brincando de girar no barril e a senhora Juno acertando o impertinente Owlsdark na cabeça com a férula de Júpiter.

Enquanto o público saía rumo ao salão para o jantar, o palco era cenário de uma confusão danada de deuses e deusas, camponesas e barões, criadas e carpinteiros, que se congratulavam mutuamente por mais um sucesso de seus esforços. Trajando diversas fantasias, os atores e as atrizes logo se juntaram aos convidados para saborear generosos elogios junto com o café e esfriar seus rubores de modéstia com sorvete. A senhora Meg era uma mulher orgulhosa e feliz quando a senhorita Cameron se aproximou, enquanto ela estava sentada ao lado de Josie, com Demi servindo ambas, dizendo com tanta cordialidade que era impossível duvidar das suas palavras de receptividade:

– Senhora Brooke, eu já não me pergunto mais de onde vem o talento de seus filhos. Deixo aqui meus cumprimentos ao barão e, no próximo verão, a senhora precisa me autorizar a ter a "pequena Dolly" como pupila quando estivermos na praia.

Pode-se facilmente imaginar como essa proposta foi recebida, bem como o elogio amigável dedicado pela mesma crítica gentil ao trabalho de Beaumont e Fletcher, que se apressaram em esclarecer que aquela pequena bobagem era apenas uma tentativa de fazer com que a natureza e a arte caminhassem juntas, com uma ajudinha de um texto honesto e um cenário caprichado. Todos estavam de excelente humor, em especial a "pequena Dolly", que dançou feito louca com Mercúrio pé de valsa, e Apolo, que desfilava levando pelo braço a marquesa, que parecia ter abandonado sua afetação no camarim, junto com o *ruge*.

Quando tudo estava terminado, a senhora Juno disse a Júpiter, cujo braço afagava enquanto eles voltavam para casa pelos caminhos cobertos de neve:

– Fritz, querido, o Natal é uma boa época para novas resoluções, e eu tomei uma de nunca mais ser impaciente nem me irritar com o meu amado marido. Sei que eu sou assim, embora você não admita, mas a gozação do Laurie tem um fundo de verdade e me tocou. Daqui em diante, serei uma esposa modelo, do contrário não mereço o melhor e mais querido homem que já nasceu – e, imbuída de espírito teatral, a senhora Juno carinhosamente abraçou seu adorado Júpiter ao luar, para grande diversão das várias pessoas que caminhavam atrás deles.

Assim, as três peças foram consideradas um sucesso, e aquela feliz noite de Natal tornou-se memorável para a família March; pois Demi conseguiu uma resposta para a pergunta não verbalizada, o maior desejo de Josie foi atendido e, graças à brincadeira do professor Owlsdark, a senhora Jo transformou a agitada vida do professor Bhaer em um mar de rosas, ao cumprir sua resolução. Alguns dias mais tarde, seu surto de virtude foi recompensado pela chegada da carta de Dan, que acalmou seus temores e a fez muito feliz, embora ela não tivesse como dizer isso a ele, porque ele não havia informado nenhum endereço.

Espera

— Esposa, tenho más notícias para você — disse o professor Bhaer, entrando certo dia no início de janeiro.

— Por favor, conte logo. Não aguento esperar, Fritz — exclamou a senhora Jo, abandonando o trabalho e se levantando como se para receber um tiro com bravura.

— Mas devemos aguardar e ter esperança, minha mais amada. Venha cá e vamos suportá-la juntos. O navio de Emil está desaparecido e ainda não temos notícias do rapaz.

Foi bom que o senhor Bhaer tenha envolvido a esposa com seus braços fortes, porque ela pareceu prestes a desmaiar, mas se recompôs após um momento e, sentando-se ao lado do bondoso marido, ouviu tudo que havia a ser contado. A notícia foi mandada aos proprietários da embarcação em Hamburgo e imediatamente telegrafada por Franz para o tio. Como um bote estava salvo, havia esperança de que outros também tivessem conseguido escapar, embora o vendaval tivesse mandado dois para o fundo. Um barco a vela havia trazido as parcas notícias, e outras mais felizes poderiam chegar a qualquer momento; mas o delicado Franz não acrescentou o relato dos marinheiros, segundo o qual o bote do capitão tinha sem dúvida nenhuma sido destruído pelo mastro tombado, já que a fumaça encobriu a fuga e o vendaval logo os mandou para longe. Mas esse rumor triste chegou a Plumfield no devido tempo, e profundo foi o lamento pelo alegre Commodore, que jamais voltaria cantando para casa. A senhora Jo se recusou a acreditar, insistindo categoricamente que Emil sobreviveria a qualquer tempestade e ainda surgiria salvo e contente. Foi bom que ela tenha se agarrado a essa possibilidade esperançosa, pois o pobre senhor Bhaer estava aflitíssimo com a perda de seu menino, porque já fazia tanto tempo que os filhos da irmã eram seus que ele mal distinguia o amor que tinha por eles daquele que dedicava aos próprios filhos. Agora era a chance da senhora Juno de manter a palavra; e ela manteve, falando com alegria de Emil mesmo quando a esperança minguava e seu coração ficava pesado. Se alguma coisa era capaz de confortar os Bhaers pela perda de um menino era o afeto e a tristeza demonstrados por todos os demais. Franz não dava descanso ao telégrafo com variadas mensagens, Nat mandava cartas amorosas de Leipzig e Tom pressionava os agentes de carga por notícias. Até o ocupado Jack lhes escrevia com carinho incomum; Dolly e George vinham visitar com frequência, trazendo as flores mais adoráveis e os bombons mais finos para alegrar a senhora Bhaer e adoçar a dor de Josie, ao passo que o bondoso Ned fez a longa viagem desde Chicago para lhes apertar as mãos e dizer, com olhos marejados:

— Estou tão ansioso para saber do meu velho amigo que não pude ficar longe.

— Isso é um consolo enorme e demonstra que, se não ensinei mais nada aos meus meninos, ao menos alimentei neles o amor fraternal que vai mantê-los unidos pela vida toda — disse a senhora Jo, quando ele havia partido.

Rob respondia a resmas de cartas solidárias, o que mostrava quantos amigos eles tinham; e os elogios gentis feitos ao homem desaparecido teriam transformado Emil em um herói e santo, se todos fossem verdadeiros. Os mais velhos suportavam a situação com calma, pois haviam aprendido a submissão na dura escola da vida, mas os mais jovens se rebelavam; alguns nutriam esperanças contra todos os prognósticos e se mantinham firmes, outros logo se desesperaram, e a pequena Josie, prima queridinha e companheira de brincadeiras de Emil, estava tão infeliz que nada lhe servia de consolo. Nan fazia prescrições em vão, as palavras animadas de Daisy passavam como o vento e os artifícios de Bess para diverti-la falharam totalmente. Chorar nos braços da mãe e falar sobre o naufrágio, que a assombrava até no sono, era só o que ela fazia, e a senhora Meg já estava ficando apreensiva, quando a senhorita Cameron mandou para Josie um bilhete gentil incentivando-a a absorver com coragem sua primeira lição de tragédia real e a ser como as heroínas abnegadas que ela tanto gostava de interpretar. Aquilo fez bem à mocinha, e ela realizou um esforço para o qual Teddy e Octoo muito contribuíram, pois o menino ficou profundamente impressionado pelo súbito eclipse do vaga-lume, cuja luz e vida tanta falta fizeram quando se foram, e a atraía para fora todos os dias, para dar longos passeios na garupa da égua preta, que balançava os sinos prateados até que eles produziam uma música tão alegre que Josie não conseguia evitar apreciar, carregava-a pelos caminhos nevados em um ritmo que fazia o sangue dançar nas veias de Josie e a devolvia em casa fortalecida e consolada pelo sol, pelo ar fresco e pela companhia agradável, três ajudas a que jovens sofredores raramente conseguem resistir.

Como Emil estava são e salvo, ajudando a cuidar do capitão Hardy a bordo do navio, todo esse sofrimento poderia parecer um desperdício, mas não era, pois aproximou vários corações pela dor compartilhada, a alguns ensinou paciência, a alguns ensinou solidariedade, a outros, o arrependimento que pesa na consciência quando aquele contra quem pecamos se foi, e a todos eles ensinou a lição solene de estar pronto quando o chamado chegar. Silêncio pairou sobre Plumfield ao longo de semanas, e os rostos estudiosos na colina espelhavam a tristeza daqueles no vale. Música sacra soava em Parnaso para confortar todos que escutavam; o chalé marrom estava repleto de presentes para os pequenos lamentosos e a bandeira de Emil pendia a meio mastro no telhado onde, antes de partir, ele se sentara com a senhora Jo.

Assim as semanas se arrastaram custosamente, até que de súbito, como um trovão ribombando no céu claro, chegou a notícia: "Todos salvos, cartas a caminho". Então, para cima foi a bandeira, alto tocaram os sinos do colégio, estrondosamente disparou o canhão de Teddy, havia muito não usado, e um coro de vozes felizes gritou "graças a Deus", enquanto as pessoas circulavam rindo, chorando e se abraçando em delicioso arrebatamento. Aos poucos, chegaram as tão aguardadas cartas, e toda a história do naufrágio foi contada: com brevidade por Emil, com eloquência pela senhora Hardy e com gratidão pelo capitão, enquanto Mary acrescentou algumas palavras meigas que foram direto para o coração deles e pareceram as mais doces de todas. Nunca houve cartas tão lidas, passadas de mão em mão, admiradas e respingadas de lágrimas como aquelas, pois a senhora Jo as levava no bolso quando o senhor Bhaer não as punha no seu, e ambos olhavam para elas quando faziam suas orações à noite. Agora, quando o Professor ia dar aula, era ouvido murmurando de novo como uma grande abelha, e as rugas sumiram da testa da mamãe Bhaer, que pôs de lado seus livros e escreveu aos amigos contando esta história real. Agora, mensagens de cumprimentos chegavam aos borbotões e rostos iluminados apareciam em todos os cantos. Rob surpreendeu os pais ao redigir um poema que era admiravelmente bom para alguém de sua idade, e Demi criou para ele uma melodia que pudesse ser cantada quando o rapaz marinheiro voltasse. Teddy estava literalmente de ponta-cabeça e cavalgou pela vizinhança em Octoo a grande velocidade, como um novo Paul Revere[74], com a diferença de que suas notícias eram boas. Mas o melhor de tudo foi que a pequena

---

[74] Paul Revere (1735-1818) era membro da rede de inteligência de Boston durante a Guerra de Independência dos Estados Unidos. Ficou famoso como o mensageiro que, em uma cavalgada noturna, alertou os colonos sobre um iminente ataque britânico. (N.T.)

Josie ergueu a cabeça como os flocos de neve suspendiam a queda, e começou a desabrochar de novo, crescendo alta e tranquila, com a sombra do sofrimento anterior suavizando a antiga vivacidade e mostrando que ela havia aprendido a lição, ao tentar desempenhar bem o seu papel no verdadeiro palco, no qual todos precisam tomar parte no grande drama da vida.

Agora tinha início um novo tipo de espera, porque os viajantes estavam a caminho de Hamburgo e ali ficariam por algum tempo antes de voltarem para casa, uma vez que o tio Hermann era o proprietário do *Brenda* e o capitão devia reportar-se a ele. Emil precisava ficar para o casamento de Franz, adiado por causa do período de luto, tão alegremente encerrado. Esses planos eram duplamente bem-vindos e agradáveis, depois da época difícil passada antes, e nunca uma primavera pareceu tão linda quanto aquela, pois, como disse Teddy: "Agora é o fim do sofrimento invernoso, que os filhos dos Bhaer tornaram glorioso!", sendo Franz e Emil considerados os irmãos mais velhos pelos verdadeiros "filhos dos Bhaer".

Houve muita escovação e espanação entre as matriarcas, enquanto elas arrumavam suas casas não só para o início do ano letivo mas também para receber a noiva e o noivo, que chegariam em viagem de lua de mel. Grandes planos foram feitos, presentes foram providenciados e muita alegria foi sentida ante a perspectiva de verem Franz de novo, embora Emil, que deveria acompanhá-los, fosse o grande herói. Mal sabiam aquelas pessoas queridas a surpresa que estava sendo preparada para elas, enquanto inocentemente traçavam seus planos e desejavam que todos os rapazes pudessem estar reunidos para dar as boas-vindas aos mais velhos em seu ninho doméstico.

Enquanto elas aguardam e trabalham com alegria, vamos ver como os nossos outros rapazes ausentes estão se saindo, pois também eles aguardam e trabalham e torcem por dias melhores. Nat se mantinha firme no caminho que havia sabiamente escolhido, apesar de não ser de forma nenhuma um mar de rosas; de fato, era bastante espinhoso e árduo, em especial depois do lazer e do prazer que ele tinha experimentado ao provar o fruto proibido. Mas sua safra de trigo era leve e ele colheu resolutamente o que havia plantado, encontrando bons grãos em meio ao joio. Durante o dia, ele dava aulas; à noite, tocava no teatrinho acanhado; e estudava com tanta diligência que o professor ficou satisfeito e o mantinha em mente como alguém a recomendar, caso uma oportunidade surgisse. Os amigos de farra se esqueceram dele, mas os antigos não o abandonaram e tentavam animá-lo quando a *Heimweh* e o cansaço o abatiam. Quando a primavera chegou, as coisas se acertaram: as despesas diminuíram, o trabalho se tornou mais prazeroso, e a vida mais suportável do que quando as tempestades de inverno açoitavam suas costas mal protegidas e o gelo agulhava os pés que pacientemente caminhavam em velhas botas. Nenhuma dívida o perturbava; o ano de ausência estava quase terminado; e, caso ele decidisse ficar, *Herr* Bergmann tinha promessas para ele que proporcionariam independência ao menos por algum tempo. Assim, era de coração leve que ele passeava sob as tílias e, nas noites de maio, circulava pela cidade com um punhado de outros estudantes e tocava em frente às casas onde antes era recebido como convidado. Ninguém o reconhecia na escuridão, embora os velhos amigos com frequência apreciassem a banda; certa vez, Minna atirou-lhe umas moedas, que ele recebeu humildemente como parte de sua penitência, pois tinha uma fixação doentia em relação a seus pecados.

 A recompensa chegou mais cedo do que esperava e foi maior do que merecia, era o que achava, embora seu coração tenha pulado de alegria quando o professor certo dia lhe disse que ele havia sido escolhido, em meio a vários outros de seus mais promissores alunos, para se juntar ao grupo de músicos que participaria de um grande festival em Londres no mês de julho seguinte. Ali havia não só honra para o violinista mas também felicidade para o homem, pois aquilo o levava mais para perto de casa e abria uma oportunidade para futuras promoções e rendimentos na profissão escolhida.

– Torna-te útil a Bachmeister em Londres com teu inglês e, se tudo correr bem, ele muito há de se alegrar por levar-te à América, para onde ele irá, no início do outono, para os concertos de inverno. Tu te saíste muito bem nos últimos meses e deposito grandes esperanças em ti.

Como o grande Bergmann raramente elogiava seus pupilos, aquelas palavras encheram a alma de Nat de orgulho e alegria, e ele trabalhou com ainda mais dedicação do que antes para cumprir a profecia do mestre. Ele pensou que a viagem à Inglaterra fosse a felicidade absoluta, mas descobriu espaço para mais, quando, no início de junho, Franz e Emil fizeram uma visita curtíssima e levaram todo tipo de notícia boa, voto gentil e presente reconfortante para o solitário camarada, que por pouco não os abraçou e chorou como uma menina quando reviu os velhos companheiros. Como ele ficou grato ao ser encontrado em seu quartinho modesto, ocupado com o trabalho devido, e não vivendo como um cavalheiro preguiçoso à custa de dinheiro emprestado! Como ficou orgulhoso ao contar seus planos, garantir aos amigos que não tinha dívidas e receber elogios por seu progresso na música e respeito por sua frugalidade e perseverança no caminho certo! Como ficou aliviado quando, após confessar suas falhas, eles apenas riram e admitiram ter passado por experiências parecidas, e se tornado mais sábios por causa delas. Ele deveria comparecer ao casamento no fim de junho e juntar-se aos companheiros em Londres. Sendo o padrinho, não pôde recusar o terno novo que Franz insistiu em encomendar para ele; e um cheque de casa, recebido mais ou menos na mesma época, o fez sentir-se como um milionário; e um milionário feliz, pois chegou acompanhado de cartas tão amorosas e encantadas com o seu sucesso que ele sentiu que havia conquistado aquele cheque e esperou pelas férias felizes com a impaciência de um menino.

Dan, nesse meio-tempo, também estava contando as semanas que faltavam para agosto, quando seria libertado. No entanto, nem sinos de casamento nem festival de música esperavam por ele; nenhum amigo o cumprimentaria na saída da prisão, nenhuma perspectiva otimista se estendia à sua frente, nenhuma volta feliz para casa o aguardava. Ainda assim, o sucesso dele era maior do que o de Nat, embora apenas Deus e um bom homem soubessem. Tinha sido uma batalha arduamente vencida, mas ele nunca mais enfrentaria uma tão terrível de novo, porque, apesar de ainda o rondarem inimigos internos e externos, ele tinha descoberto o pequeno livro de orientações que os cristãos levam no peito, e a Compaixão, a Penitência e a Oração, as três doces irmãs, haviam lhe dotado de uma armadura que o manteria seguro. Ele ainda não aprendera a vesti-la e se irritava com ela, apesar de reconhecer seu valor, graças ao amigo fiel que se mantivera firme ao seu lado durante todo aquele ano amargo.

Logo ele estaria livre de novo, combalido e marcado pela luta, mas outra vez entre os homens, sob o sol glorioso e ao vento abençoado. Quando pensava nisso, Dan sentia que não aguentaria esperar, que precisava destruir aquela cela estreita e fugir, como os tricópteros que ele costumava observar na margem do riacho, que rompiam o caixão rochoso, escalavam a vegetação e se alçavam aos céus. Noite após noite, ele adormecia planejando um modo, e quando tivesse visitado Mary Mason, conforme prometera, seguiria diretamente para os velhos amigos, os indígenas, e, na vastidão selvagem, esconderia sua desgraça e curaria suas feridas. Ao trabalhar para salvar muitos, ele aliviaria o pecado de haver assassinado um, ele refletia, e a antiga vida de liberdade iria mantê-lo a salvo das tentações que o assediavam nas cidades.

– Depois, quando eu estiver bem de novo e tiver para contar algo que não me envergonhe, irei para casa – ele disse, com uma aceleração no batimento do coração impetuoso, que tanto ansiava por estar lá que Dan o achava tão difícil de controlar quanto um de seus infatigáveis cavalos nas pradarias. – Mas ainda não. Primeiro, preciso superar isto. Eles iriam ver e farejar e sentir a mancha do cárcere em mim, se eu fosse agora, e eu não conseguiria olhar nos olhos deles e esconder a verdade. Eu não posso perder o amor do Ted, a confiança da mamãe Bhaer nem o respeito das moças, pois elas, seja como for, admiravam a minha força; agora, porém, não encostariam um dedo em mim – e o pobre Dan olhou com um arrepio para o punho moreno que fechara sem perceber, ao recordar o que aquele mesmo punho havia feito, desde que uma certa mãozinha branca havia repousado nele cheia de confiança. – Eu ainda vou torná-los orgulhosos de mim e ninguém jamais saberá sobre este ano terrível. Eu posso apagá-lo e vou, com a ajuda de Deus! – e a mão fechada foi erguida como se para fazer um juramento solene de tornar positivo aquele ano perdido, se a determinação e o arrependimento conseguissem operar o milagre.

Na quadra de tênis

O atletismo era muito incentivado em Plumfield e o rio, onde a velha canoa costumava balançar com sua carga de meninos ou ecoar os gritos estridentes das menininhas enquanto colhiam lírios, vivia agora cheio de barcos de todos os tipos, desde o estreito, com a vela alta e o mastro bem avançado na proa, até o modelo familiar a vela, decorado com almofadas coloridas, toldos e flâmulas. Todos remavam e as meninas, tal como os rapazes, disputavam corridas e desenvolviam os músculos da maneira mais científica. O terreno grande e plano perto do velho salgueiro era agora a área de lazer do colégio, e ali ocorriam batalhas encarniçadas de beisebol alternadas com futebol, saltos e esportes afins, adequados para trincar os dedos, partir as costelas e distender as costas dos participantes ambiciosos demais. Os passatempos mais delicados das donzelas estavam a uma distância segura daquele Champ de Mars[75];

---

[75] Local histórico de Paris onde, em 1791, ocorreram confrontos violentos entre grupos monarquistas e forças republicanas. (N.T.)

tacos de *croquet* se entrechocavam sob os olmos que margeavam o campo, raquetes subiam e desciam energeticamente em diversas quadras de tênis e portões de variadas alturas eram úteis para a prática dos saltos graciosos com os quais todas as meninas esperavam salvar a própria vida um dia, quando o touro louco, que estava sempre vindo, mas nunca parecia chegar, estivesse resfolegando em seus calcanhares.

Uma dessas quadras de tênis se chamava Jo's Court[76], e nela a pequena dama governava como uma rainha, pois era fã do jogo e, estando determinada a desenvolver sua pequena figura até o mais alto grau da perfeição, podia ser encontrada ali em qualquer momento de lazer, trabalhando duro em companhia de uma vítima. Em certa agradável tarde de sábado, ela estava jogando com Bess e ganhando, porque, embora fosse mais graciosa, a Princesa era menos ativa do que a prima, e cultivava seus dons usando métodos mais tranquilos.

– Ah, puxa vida, você já está cansada e todos os meninos estão naquele jogo besta de beisebol. O que eu vou fazer? – suspirou Josie, puxando para trás o grande chapéu vermelho e, aborrecida, observando o entorno em busca de mais mundos a conquistar.

– Eu jogarei de novo daqui a pouco, quando estiver refrescada. Mas é uma atividade monótona para mim, pois nunca venço – respondeu Bess, abanando-se com uma grande folha.

Josie estava prestes a se sentar ao lado de Bess no assento rústico e esperar quando seu olhar atento identificou ao longe duas silhuetas masculinas vestindo algodão branco; suas pernas azuis pareciam conduzi-los em direção à batalha que se desenrolava a distância, mas eles não chegaram a ela, pois, com um grito de alegria, Jo correu ao encontro deles, decidida a garantir aquele reforço enviado pelos céus. Ambos estancaram enquanto ela se aproximava voando e ambos tiraram os chapéus; mas, ah, a diferença entre as duas saudações! O jovem

---

[76] *Court*: quadra, mas também palácio de um soberano. (N.T.)

mais robusto ergueu o chapéu com indolência e logo o pousou de volta, como que aliviado por se desincumbir da obrigação; o rapaz mais esguio, com gravata carmesim, ergueu o seu fazendo uma mesura graciosa, e o manteve suspenso quanto abordava a senhorita corada e sem fôlego, permitindo assim que ela visse seus cachos pretos suavemente repartidos, com um, miúdo, caído por cima da sobrancelha. Dolly se orgulhava daquela mesura e a praticava em frente ao espelho, mas não a concedia indistintamente a qualquer pessoa, pois a considerava um trabalho de arte, adequado apenas às admiradoras mais bonitas; porque ele era um rapaz bonito e se imaginava um Adônis.

A ansiosa Josie claramente não deu valor à honra que ele lhe fizera e, com um aceno, pediu a ambos que a acompanhassem "para jogar tênis, em lugar de irem ficar sujos e acalorados com os meninos". Aqueles dois adjetivos levaram a melhor, pois Rechonchudo já se sentia mais quente do que gostava, e Dolly usava um terno novo que desejava manter imaculado pelo maior período possível, ciente de que ele era muito adequado.

– Encantado por aceitar – respondeu o educado, curvando-se de novo.

– Vocês jogam, eu vou descansar – acrescentou o gorducho, ansiando por repousar e conversar amenidades com a Princesa na sombra fresca.

– Bem, você pode consolar a Bess, porque eu a fiz em pedaços e ela bem que precisa de alguma diversão. Sei que você tem alguma coisa gostosa no bolso, George; ofereça um pouco, e o Dolphus pode ficar com a raquete dela. Bom, então, agora vamos – e, conduzindo sua presa à frente, Josie voltou triunfante para a quadra.

Jogando-se pesadamente sobre o banco, que rangeu sob seu peso, Rechonchudo (como continuaremos a chamá-lo, embora ninguém mais ousasse usar o velho apelido agora) prontamente exibiu uma caixa de doces, sem a qual nunca viajava muito longe, e regalou Bess com florzinhas cristalizadas e outras guloseimas, enquanto Dolly se empenhava em se defender de uma adversária muito habilidosa. Ele a teria vencido, se um tropeço infeliz, que provocou uma mancha quase invisível no joelho do calção novo, não o tivesse distraído e tornado descuidado. Muito exaltada com sua vitória, Josie permitiu que ele descansasse e ofereceu muitos consolos irônicos pelo infortúnio que evidentemente pesava na mente dele.

– Não seja um maníaco do asseio, dá para limpar. Você deve ter sido um gato em alguma encarnação anterior, de tanto que se incomoda com sujeira; ou um alfaiate que vivia para as roupas.

– Ora, pare com isso, não se bate em um sujeito quando ele está caído – respondeu Dolly, do gramado onde ele e Rechonchudo estavam recostados agora, cedendo o espaço no banco para ambas as meninas. Um lenço estava estendido debaixo dele, seu cotovelo se apoiava em um segundo e seus olhos estavam tristemente fixos na mancha verde e marrom que o afligia. – Eu gosto de estar arrumado, não acho civilizado circular com sapatos velhos e camisas cinza de algodão na frente das damas. Nossos colegas são cavalheiros e se vestem como tal – ele acrescentou, capturado pela palavra "alfaiate", pois devia a uma dessas pessoas demasiado atraentes uma conta incomodamente grande.

– Os nossos também são, mas roupas boas, sozinhas, não bastam para formar um cavalheiro, aqui. Nós exigimos bem mais – disparou Josie, armando-se na mesma hora para defender seu colégio. – Você ainda vai ouvir falar de alguns dos homens "botas velhas e algodão cinza", quando você e seus elegantes cavalheiros estiverem dando o nó em suas gravatas e perfumando os cabelos na obscuridade. Eu aprecio e uso sapatos velhos, e detesto os almofadinhas; você não, Bess?

– Não quando eles são gentis comigo e pertencem ao nosso antigo grupo – respondeu Bess, com um aceno de agradecimento a Dolly, que estava cuidadosamente removendo uma lagarta curiosa de um dos sapatinhos amarronzados dela.

– Eu gosto de damas que são sempre educadas e que não arrancam fora a cabeça de um sujeito se ele tem opiniões próprias; você não, George? – perguntou Dolly, dando seu melhor sorriso para Bess e um olhar harvardiano de reprovação para Josie.

Um resmungo tranquilo foi a única resposta de Rechonchudo, e uma risada geral restabeleceu a paz por um período. Mas Josie adorava provocar os membros da elite que se gabavam demais, mas refreou outro ataque até garantir uma nova partida. Ela conseguiu mais um jogo, pois Dolly era um cavaleiro leal às damas e obedeceu ao chamado dela, enquanto Bess se entreteve desenhando George, que estava deitado de costas, com as pernas volumosas cruzadas e o rosto corado e redondo parcialmente encoberto pelo chapéu. Josie foi vencida dessa vez e voltou bastante mal-humorada, então despertou o pacífico dorminhoco fazendo-lhe cócegas no nariz com um pedaço de palha, até que ele precisou elevar o tronco para espirrar e procurar, irritadíssimo, por "aquela mosca abusada".

– Vamos, sente-se e vamos ter uma conversa culta; vocês, "poços de sabedoria", precisam aprimorar nosso conhecimento e nossos modos, pois somos apenas "pobres caipiras em trajes e chapéus simplórios" – começou a mosquinha impertinente, com uma citação astuta de um dos infelizes discursos que Dolly fizera sobre certas senhoritas estudiosas que se importavam mais com os livros do que com a elegância.

– Eu não estava me referindo a vocês! Suas roupas estão adequadas e esses chapéus são a última moda – começou o pobre Dolphus, condenando a si mesmo com a exclamação descuidada.

– Agora eu peguei você; eu pensei que fossem todos cavalheiros, civilizados e agradáveis. Mas vocês estão sempre desprezando as meninas que não se vestem bem e isso é uma coisa muito desumana, foi minha mãe que falou – e Josie sentiu que tinha desferido um golpe perspicaz no jovem requintado capaz de ser curvar diante de todos os santuários, desde que fossem bem decorados.

– Você está encurralado desta vez, amigão, ela está certa. Você nunca me ouve comentar sobre roupas e tolices assim – disse Rechonchudo, reprimindo um bocejo e desejando mais um bombom com o qual pudesse se animar.

– Você fala sobre comer e isso é ainda pior em um homem. Você acabará se casando com uma cozinheira e abrindo um restaurante algum dia – riu Josie, acabando com ele de uma vez.

Essa previsão temerária o manteve em silêncio por vários minutos, mas Dolly reagiu e, sabiamente mudando de assunto, levou a guerra para o campo de batalha inimigo.

– Como vocês nos disseram para aprimorar seus modos, permitam que eu diga que as jovens damas da sociedade não fazem comentários pessoais nem dão sermões. Menininhas que ainda não chegaram lá é que agem assim e pensam que isso é muito sagaz, mas eu lhes asseguro que não é nem um pouco apropriado.

Josie parou por um momento para se recuperar do choque de ser chamada de "menininha", quando todas as honras recebidas por seu décimo quarto aniversário ainda estavam frescas em sua memória; e Bess disse, no tom elevado que era infinitamente mais destruidor do que a impertinência de Jo:

– Isso é verdade, mas nós passamos a vida toda entre pessoas refinadas, então não temos conversas amenas como as suas jovens damas da sociedade. Nós estamos tão acostumadas ao diálogo sensato e a nos ajudar mutuamente apontando nossas falhas que nao temos banalidades a lhes oferecer.

Quando a Princesa reprovava, os meninos raramente se ressentiam, então Dolly se conteve e Josie explodiu, seguindo a deixa da prima, que ela considerou muito acertada:

– Nossos meninos gostam quando conversamos com eles e aceitam com gentileza qualquer dica que lhes damos. Eles não pensam que sabem tudo ou que são perfeitinhos aos 18 anos, como vemos certos homens de Harvard fazerem, em especial os mais jovens.

Josie extraiu imensa satisfação do contra-ataque e Dolly mostrou que tinha sido atingido, pelo tom crispado com que respondeu, com um olhar de superioridade para o grupo acalorado, poeirento e ruidoso no campo de beisebol:

– Os tipos de sujeitos que vocês têm aqui precisam de todo o polimento e toda a cultura que vocês puderem proporcionar, e fico satisfeito que eles os recebam. Os nossos rapazes são na maioria oriundos das melhores famílias de todos os cantos do país, então não precisamos de meninas para nos ensinar nada.

– Pois é uma pena que vocês não tenham mais desses "sujeitos" como os nossos. Eles valorizam e usam muito bem o que o colégio oferece a eles, e não se satisfazem em apenas passar de ano, obter toda a diversão possível e se esquivar do trabalho. Ah, eu ouvi vocês "homens" conversando, e escutei seus pais dizendo que desejavam não ter desperdiçado tempo e dinheiro só para que vocês pudessem dizer que fizeram faculdade. Quanto às meninas, vocês só terão a ganhar em todos os sentidos quando elas puderem estudar em Harvard e mantiverem na linha criaturas preguiçosas como vocês, como fazemos aqui.

– Se você tem uma opinião tão negativa a nosso respeito, por que usa a nossa cor? – perguntou Dolly, dolorosamente consciente de não estar realçando as vantagens que sua *Alma Mater* lhe oferecia, mas determinado a defendê-la.

– Não estou usando; meu chapéu é escarlate, não carmesim. Você sabe mesmo tudo de cores – zombou Josie.

– O que eu sei é que um touro bravo poria você pra correr em um instante, se você agitasse essa peça vermelha na frente dele – retorquiu Dolly.

– Estou pronta para ele. Será que as suas jovens damas conseguem fazer isto? Ou mesmo você? – e ardendo de vontade de exibir a mais recente conquista, Josie correu para o portão mais próximo, pôs uma das mãos no gradil superior e volteou por cima com a leveza de um pássaro.

Bess abanou a cabeça e Rechonchudo aplaudiu languidamente, mas Dolly, desdenhando o desafio proposto por uma menina, saltou mais alto e aterrissou de pé ao lado de Josie, perguntando, com toda a calma:

– Você consegue fazer isso?

– Ainda não; mas vou conseguir, com o tempo.

Como sua adversária parecia um pouco abatida, Dolly cedeu e amigavelmente adicionou outros feitos da mesma natureza, sem perceber que havia caído em uma armadilha terrível, pois a tinta vermelha do portão, não habituada a um contato tão vigoroso, se desprendeu e caiu formando faixas em seus ombros, quando ele deu um giro de costas e voltou sorrindo, apenas para ser recebido por uma observação insuportável:

– Se você quer saber o que é carmesim, olhe suas costas; está lindamente estampada, e acho que não vai sair na lavagem.

– Oh, não! – gritou Dolly, tentando obter uma visão impossível e afinal desistindo, muitíssimo contrariado.

– Acho melhor irmos embora, Dolf – disse o pacífico Rechonchudo, sentindo que seria mais sábio bater em retirada antes que outra contenda ocorresse, já que seu lado parecia estar levando a pior.

– Não se apressem, eu peço; fiquem e descansem. Vocês estão precisando, depois do tremendo esforço mental que fizeram durante a semana. Está na hora da nossa aula de grego. Vamos, Bess. Boa tarde, cavalheiros – e, com uma mesura profunda, Josie foi na frente, com o chapéu provocativamente empinado e a raquete apoiada no ombro como um estandarte triunfal, pois, tendo dado a última palavra, ela sentia que podia se retirar com todas as honras de guerra.

Dolly fez para Bess sua melhor mesura; e Rechonchudo reclinou languidamente, com as pernas no ar, murmurando com um ar sonhador:

— A Josie está zangada como uma vespa, hoje. Vou cochilar mais um pouco, está quente demais para jogar qualquer coisa.

— Está mesmo. Será que a dona Irritadinha estava certa sobre estas manchas infernais? – e Dolly sentou e tentou fazer uma limpeza a seco com um de seus lenços. – Dormindo? – ele perguntou depois de alguns momentos de sua alegre atividade, receando que o amigo estivesse tranquilo demais enquanto ele próprio estava com tanta raiva.

— Não. Eu estava pensando que a Jo não estava tão errada sobre nos esquivarmos do trabalho. É uma vergonha fazermos tão pouco, quando deveríamos estar trabalhando duro como o Morton, o Torry e os outros. Eu nunca quis ir para a faculdade, mas o chefão mandou. Que grande diferença vai fazer na nossa vida! – respondeu Rechonchudo, com um gemido, pois detestava trabalhar e via mais dois longos anos ainda à frente.

— Confere prestígio a um homem, você sabe. Não precisa ir muito fundo. Quero ter uma juventude alegre e ser um "poço de sabedoria", se assim decidir. Agora, cá entre nós: seria um prazer infinito ter as meninas por perto. Às favas com o estudo! Mas, já que temos de passar por isso, seria uma delícia ter as pequenas para dar uma mãozinha. Não seria?

— Neste exato minuto, eu gostaria de ter três: uma para me abanar, uma para me beijar e uma para me servir limonada gelada! – suspirou Rechonchudo, lançando um olhar de expectativa em direção à casa, de onde não surgiu nenhum socorro.

— Vocês aceitariam uma cerveja? – perguntou uma voz atrás deles, fazendo Dolly levantar-se de um salto e Rechonchudo rolar como um golfinho.

Sentada nos degraus junto ao muro estava a senhora Jo, com dois jarros pendurados sobre o ombro com uma correia, diversas canecas de lata na mão e uma touca diurna fora de moda na cabeça.

— Eu sabia que os meninos estariam se matando com água gelada, então desci com um pouco da minha boa e velha cerveja sem álcool.

Eles beberam como peixes. Mas o Silas estava comigo, então minha moringa ainda está cheia. Aceitam?

– Sim, muito, obrigado. Vamos servir – e Dolly segurou a caneca enquanto Rechonchudo alegremente a enchia, ambos muito gratos, mas um tanto temerosos de que ela tivesse ouvido o que conversavam antes de ter seu desejo realizado.

E a senhora Jo provou que de fato ouvira, ao dizer, enquanto eles brindavam de pé à saúde dela e ela permanecia sentada entre eles, parecendo uma vendedora ambulante com suas jarras e canecas:

– Fiquei contente ao escutá-los dizer que gostariam de ter moças na faculdade, mas espero que aprendam a falar com mais respeito antes que elas cheguem, pois essa será a primeira lição que elas vão ensinar a vocês.

– Sinceramente, senhora, eu só estava brincando – disse Rechonchudo, engolindo a cerveja às pressas.

– Eu também. Tenho certeza de que sou, bem, eu sou devotado a elas – gaguejou Dolly, em pânico, pois percebeu que estava à beira de receber algum tipo de sermão.

– Não do modo correto. Moças frívolas podem gostar de ser chamadas de "pequenas" e coisas do tipo, mas as que amam estudar esperam ser tratadas como criaturas razoáveis, e não bonecas com quem se flerta. Sim, eu vou fazer um sermão, esta é a minha missão, portanto, mantenham-se de pé e aguentem como homens.

A senhora Jo deu risada, mas estava falando sério, pois, por meio de várias pistas e sinais durante o inverno anterior, ela notou que os meninos estavam começando a "ver a vida" da forma que ela desaprovava em especial. Ambos estavam longe de casa, tinham dinheiro para gastar e eram tão inexperientes, curiosos e crédulos como a maioria dos rapazes daquela idade. Não muito fãs de livros e, portanto, sem a proteção que mantém muitos jovens estudiosos longe do perigo; um autoindulgente, preguiçoso e tão habituado ao luxo que estragar os sentidos por excesso de mimos era uma coisa fácil; o outro convencido, como os meninos bonitos geralmente são, cheio de vaidade e tão sequioso pelos olhares de aprovação dos camaradas que estava pronto a fazer qualquer coisa que os garantisse. Esses traços e pontos fracos tornavam os dois particularmente vulneráveis às tentações que assaltam os meninos amantes do prazer e fracos da vontade. A senhora Jo os conhecia bem e havia dito muitas palavras de alerta desde que tinham partido para a faculdade, mas até recentemente eles pareciam não entender as dicas amigáveis que ela dava; agora, ela estava segura de que entenderiam e pretendia dizê-las abertamente, pois a longa experiência com meninos lhe dera a coragem e a habilidade de lidar com alguns dos riscos que em geral são abafados até ser tarde demais para fazer qualquer coisa além de lamentar e repreender.

– Vou falar como mãe porque as de vocês estão longe, e há coisas que as mães conseguem administrar melhor se cumprem seu dever – ela começou, das profundezas de sua touca.

– Minha nossa, agora vai! – pensou Dolly, ocultando o desânimo, ao passo que Rechonchudo recebeu o primeiro golpe tentando manter-se firme com outra caneca de cerveja.

– Esta não vai lhe fazer mal, mas devo alertá-lo quanto a beber outras coisas, George. Comer em excesso já é história antiga, e mais alguns surtos de mal-estar vão ensiná-lo a ter moderação. Mas beber é uma coisa mais séria, que conduz a danos mais graves do que qualquer outra coisa sozinha pode infligir ao seu corpo. Eu o ouço falar sobre vinhos como se você os conhecesse e valorizasse mais do que um rapaz deveria, e diversas vezes ouvi piadas de sentido malicioso. Pelo amor de Deus, não comece a brincar com esse gosto perigoso "pela diversão", como você diz, ou porque está na moda e os outros rapazes brincam. Pare de uma vez e aprenda que a temperança em todas as coisas é a única regra segura.

– Juro pela minha honra que só consumo vinho e ferro. Preciso de um tônico, a minha mãe diz, para compensar o gasto de tecido cerebral enquanto estudo – protestou Rechonchudo, baixando a caneca como se ela lhe queimasse os dedos.

– Carne de qualidade e farinha de aveia vão restaurar seus tecidos muito melhor do que qualquer tônico desse tipo. Você precisa é de atividade e refeição saudável. Eu gostaria de tê-lo aqui por alguns meses, fora de perigo. Eu o poria em uma dieta que o tornaria capaz de correr sem ofegar, e você viveria bem, sem quatro ou cinco refeições por dia. Que absurdo uma mão destas em um homem, você deveria ter vergonha! – e a senhora Jo tomou a mão gorducha, com covinhas em cada articulação, que remexia inquieta na fivela do cinto, que envolvia uma cintura grande demais para um jovem daquela idade.

– Não posso evitar, todos nós engordamos, é de família – disse Rechonchudo em sua defesa.

– Mais uma razão para que você tenha cuidado. Você quer morrer cedo ou ficar inválido para o resto da vida?

– Não, senhora!

Rechonchudo parecia tão assustado que a senhora Jo não conseguiu ser muito severa com seus pecados crescentes, pois em grande medida eles tinham raízes no excesso de indulgência da mãe dele; então, ela suavizou o tom de voz e acrescentou, com um tapinha leve na mão obesa, tal como fazia quando ela era pequena o bastante para furtar torrões do açucareiro:

– Então, tome juízo, pois um homem inscreve o próprio caráter no rosto, e você não quer gulodice e exagero no seu, eu sei.

– Certamente não! Por favor, recomende uma dieta equilibrada e eu vou me ater a ela, se puder. Estou ganhando peso e não gosto disso; meu fígado está ficando preguiçoso, tenho palpitações e dores de cabeça. Excesso de trabalho, diz minha mãe, mas talvez seja excesso de comida – e Rechonchudo deu um suspiro que misturava arrependimento pelas coisas gostosas de que iria abrir mão e de alívio por finalmente acabar de afrouxar o cinto assim que sua mão foi solta.

– Vou recomendar; cumpra, e em um ano você será um homem e não um saco de cereais. Agora, Dolly – e a senhora Jo virou-se para o outro culpado, que tremeu dentro dos sapatos e desejou não ter ido. – Você está estudando francês com a mesma dedicação do ano passado?

– Não, senhora. Eu não ligo pro francês, bem, quero dizer, estou muito ocupado com o grego, no momento – respondeu Dolly, começando com bravura, às escuras quanto ao significado da estranha pergunta, até que uma lembrança súbita o fez gaguejar e passar a observar os sapatos com grande interesse.

– Ah, ele não estuda francês, ele só lê romances franceses e vai ao teatro quando a ópera-bufa se apresenta – disse Rechonchudo, inocentemente confirmando as suspeitas da senhora Jo.

– Foi o que imaginei e é sobre isso que quero falar. Com base em algo que você falou, o Ted teve um desejo súbito de aprender francês dessa forma, Dolly; então eu mesma fui, e fiquei convencida de que não era lugar para um rapaz decente. Seus colegas estavam lá em peso, e fiquei satisfeita ao ver que alguns dos mais jovens pareciam tão constrangidos quanto eu. Os mais velhos se divertiram e, quando saímos do teatro, eles estavam esperando para levar aquelas moças pintadas para jantar. Você alguma vez saiu com elas?

– Uma.

– E gostou?

– Não, senhora. Eu, eu, fui embora cedo – gaguejou Dolly, o rosto vermelho como a esplêndida gravata.

– Que bom que você não perdeu o dom de corar, ainda; mas vai, em breve, se manter este estilo de estudo e se esquecer de ter vergonha. A companhia de tais mulheres vai torná-lo inadequado para estar com as boas, além de conduzi-lo a problemas, pecado e vergonha. Ah, por que os pais na cidade não impedem essa coisa perniciosa, quando sabem muito bem o mal que ela faz? O meu coração até doeu, quando vi aqueles meninos, que deveriam estar em casa, nas respectivas camas, saindo para uma noite de farra que ajudaria a arruinar alguns deles para sempre. Os jovens pareceram assustados diante da ênfase do protesto dela contra um dos prazeres mais em voga naqueles dias e aguardaram em apreensivo silêncio: Rechonchudo aliviado por nunca ter ido a um daqueles jantares animados e Dolly profundamente grato por ter "ido embora cedo". Com uma mão em cada ombro e todas as preocupações afastadas de suas sobrancelhas, a senhora Jo prosseguiu em seu tom mais maternal, ansiosa por fazer em favor deles o que nenhuma outra mulher poderia, e fazê-lo com delicadeza:

– Meus queridos meninos, se eu não os amasse, não diria essas coisas. Sei que não é agradável ouvi-las, mas minha consciência não me deixaria em paz, quando basta uma palavra para afastá-los dos dois maiores pecados que amaldiçoam o mundo e lançam tantos jovens na ruína. Vocês estão só começando a se sentir atraídos, mas logo será difícil dar as costas a eles. Deixem disso agora, eu lhes imploro, e salvem não apenas a si mesmos como também a outros, dando um exemplo de bravura. Procurem-me, se algo os preocupar; não tenham medo nem vergonha, pois já ouvi várias confissões mais tristes do que provavelmente qualquer um de vocês poderia me trazer, e fui capaz de consolar diversos pobres rapazes que se desencaminharam pela falta de uma palavrinha a tempo. Façam isso, e poderão beijar suas mães com lábios puros e, aos poucos, ter o direito de esperar que moças inocentes os amem.

– Sim, senhora. Obrigado. Creio que a senhora esteja certa; mas é bem difícil manter-se na linha quando as damas lhe oferecem vinho e os cavalheiros levam as filhas para assistir a *Aimee* – disse Dolly, prevendo problemas à frente, embora soubesse que estava na hora de "deixar disso".

– Assim é, mas tanto maior será a honra para aqueles que forem corajosos e sábios o suficiente para resistir à opinião pública e à moral fácil de homens e mulheres maus ou negligentes. Pensem nas pessoas por quem têm mais respeito e, ao imitá-las, vocês vão garantir o respeito daqueles que os tomam como modelo. Prefiro que meus meninos sejam alvo de zombaria e indiferença por parte de sujeitos tolos a que percam aquilo que, uma vez perdido, não pode ser conquistado de volta por nenhum poder: inocência e autorrespeito. Não me surpreende que vocês achem difícil se manter na linha, quando livros, pinturas, bailes, teatros e as ruas oferecem tentações; ainda assim, vocês conseguirão resistir, se tentarem. No inverno passado, a senhora Brooke estava preocupada com o fato de John ficar na rua até tarde fazendo reportagens; mas quando ela falou com ele sobre as coisas que ele certamente via e ouvia em suas andanças noturnas, ele respondeu, daquele jeito sóbrio, "Sei a que você se refere, mãe, mas ninguém precisa agir mal a menos que queira".

– Essa resposta é bem a cara do Pároco! – exclamou Rechonchudo, com um sorriso de aprovação no rosto gordo.

– Fico feliz que tenha me contado isso. Está certo, e é por ele não querer agir mal que todos nós o respeitamos tanto – acrescentou Dolly, levantando os olhos com uma expressão que garantiu à sua Mentora que a corda certa tinha sido tocada, e um espírito de imitação veio à tona, mais útil, talvez, do que quaisquer palavras dela.

Vendo isso, ela se deu por satisfeita e falou, enquanto se preparava para abandonar a corte em que seus culpados haviam sido julgados e considerados culpados, mas que havia recomendado misericórdia:

– Então sejam para os outros o que o John é para vocês: um exemplo positivo. Perdoem-me por aborrecê-los, meus rapazotes queridos, e tenham em mente meu pequeno sermão. Acho que vai lhes fazer bem, embora eu talvez nunca venha a saber. Palavras ditas casualmente e com carinho às vezes são de ajuda inestimável, e é para isso que nós, os mais velhos, estamos aqui; do contrário, toda a experiência de vida seria de pouca utilidade. Agora venham, vamos ao encontro dos mais jovens. Espero jamais precisar fechar os portões de Plumfield diante de vocês, como já fechei para alguns de seus "cavalheiros". Pretendo manter meus meninos e minhas meninas seguros, se eu puder, e este é um lugar saudável onde as boas e velhas virtudes são praticadas e ensinadas.

Muito impressionados por aquela ameaça frontal, Dolly, com profundo respeito, a ajudou a se levantar e Rechonchudo a aliviou do peso dos jarros vazios, solenemente jurando abster-se de todas as bebidas fermentadas com exceção daquela, sem álcool, pelo máximo período que sua carne fraca conseguisse. É claro que eles caçoaram um pouco "do sermão da mamãe Bhaer" quando se viram sozinhos, mas isso era o esperado de "homens do seu tipo"; em seu íntimo, porém, eles agradeceram a ela por dar uma sacudida em suas consciências juvenis, e mais de uma vez, no futuro, tiveram oportunidade de recordar com gratidão aquela meia hora passada na quadra de tênis.

Entre as donzelas

    Embora esta história seja sobre os meninos de Jo, as meninas não podem ser negligenciadas, pois ocupavam uma posição de destaque na pequena república, e tomava-se um cuidado especial para torná-las aptas a desempenhar seus papéis adequadamente na grande república, que lhes ofereceria oportunidades mais amplas e obrigações mais sérias.
    Para muitas, a influência social era a melhor parte do treinamento que recebiam, uma vez que a educação não se limita aos livros e com frequência o caráter mais primoroso não havia se formado, mas sim fizera da experiência sua professora, e da vida seu livro. Outras se importavam apenas com a cultura mental e corriam o risco do estudo excessivo, na ilusão que perpassa a Nova Inglaterra segundo a qual o aprendizado precisa ocorrer a qualquer custo, ignorando que a saúde e a verdadeira sabedoria são superiores. Uma terceira categoria de meninas ambiciosas mal sabia o que desejava, mas era ávida por qualquer coisa que pudesse torná-las aptas a encarar o mundo e sobreviver,

motivadas pela necessidade, pela urgência de algum talento semiconsciente ou pela inquietação que as naturezas jovens e vigorosas têm de se afastar da vidinha estreita que já não traz satisfação.

Em Plumfield, todas encontravam algo que as ajudava, pois a próspera instituição não havia tornado suas regras tão imutáveis quanto as leis dos medos e dos persas[77], e acreditava tão profundamente no direito de todos os sexos, cores, credos e classes sociais à educação que sempre tinha lugar para quem batia à porta e acolhia as jovens pobres do Norte, as mocinhas energéticas do Oeste, os estranhos libertos ou mulheres do Sul, e os alunos bem-nascidos cuja pobreza fazia desse colégio uma possibilidade, quando todas as outras portas eram fechadas. Ainda existiam preconceito, zombaria e negligência nas altas camadas, e era preciso combater as profecias de que falhariam; mas a faculdade era composta de homens e mulheres alegres e esperançosos, que testemunharam grandes transformações brotarem de pequenas raízes e, após as estações chuvosas, florescerem lindamente, acrescentando prosperidade e honra à nação. Assim, eles trabalhavam duro e davam tempo ao tempo com crescente confiança, conforme, ano após ano, seus números cresciam, seus planos triunfavam e o senso de propósito da mais vital de todas as profissões os abençoava com doces recompensas.

Entre vários costumes que apareceram com a maior naturalidade, estava um especialmente útil e interessante para "as meninas", como as jovens gostavam de ser chamadas. Tudo começou com a velha hora dedicada à costura, mantida pelas três irmãs por muito tempo depois que as pequenas caixas de trabalho haviam se transformado em grandes cestos repletos de itens domésticos a serem consertados. Elas eram mulheres muito ocupadas, mas, apesar disso, nas tardes de sábado tentavam se encontrar em uma das três saletas de costura, já que até a clássica Parnaso dispunha de um cantinho, onde a senhora Amy

---

[77] Medos e persas eram dois povos que, antes de Cristo, ocupavam a região hoje equivalente ao Irã. (N.T.)

com frequência se sentava entre as criadas e lhes ensinava a costurar e remendar e, com isso, incutia-lhes respeito pelo dinheiro, uma vez que, mesmo sendo uma dama rica, não se envergonhava de cerzir suas meias nem de pregar botões. Nesses recantos domésticos, entre livros e trabalhos manuais, e com as filhas ao redor, elas liam e costuravam e conversavam na doce privacidade que as mulheres caseiras tanto amam, e que podem tornar tão útil pela mistura sábia de costura e química, toalhas de mesa e teologia, deveres prosaicos e poesia de qualidade.

A senhora Meg foi a primeira a propor a ampliação daquele pequeno círculo, pois, ao fazer suas rondas maternais por entre as jovens mulheres, descobriu uma triste falta de ordem, habilidade e diligência naquele ramo da educação. Latim, grego, matemática avançada e todos os tipos de ciência progrediam bem, mas o pó se acumulava no cesto de costura, os cotovelos esgarçados não recebiam atenção e algumas das meias azuis precisavam urgentemente ser remendadas. Nervosa, não fosse o habitual desdém das mulheres instruídas ser dirigido às "nossas meninas", ela gentilmente atraiu duas ou três das mais desalinhadas para sua casa, e tornou aquele momento tão agradável e a lição tão gentil que as moças entenderam a dica, sentiram-se gratas pelo favor e quiseram voltar mais vezes. Outras logo pediram para se juntar ao grupo e assim tornar mais leve a detestada obrigação semanal; dentro em pouco, aquele era um privilégio tão desejado que o velho museu foi adaptado: recebeu máquinas de costura, mesas, cadeiras de balanço e uma alegre lareira, de modo que, com sol ou chuva, as agulhas pudessem trabalhar sem ser incomodadas.

Ali, a senhora Meg estava gloriosamente em seu ambiente e manejava suas grandes tesouras como uma rainha, cortando trabalhos brancos[78], ajustando vestidos e orientando Daisy, sua assistente especial, acerca

---

[78] Em costura, trabalho branco é o bordado que se faz com linha branca em um tecido também branco. (N.T.)

da montagem de chapéus e da inclusão de detalhes de renda ou fita que acrescentam graça ao mais simples traje e poupam às meninas pobres ou ocupadas tanto tempo e dinheiro. A senhora Amy contribuía com seu bom gosto e decidia as grandes dúvidas sobre cores e combinações, pois poucas mulheres, mesmo entre as mais instruídas, não desejam ter a boa aparência que faz um rosto comum parecer atraente, da mesma forma como um rosto bonito pode parecer feio por causa da falta de habilidade ou de conhecimento sobre a adequação das coisas. Ela também se encarregava de providenciar livros para as leituras, e como seu ponto forte era a arte, ela lhes dava seleções de Ruskin, Hamerton e da senhora Jameson[79], que nunca está ultrapassada. Bess dava sua contribuição fazendo essas leituras em voz alta e Josie assumia quando se tratava de romance, poesia e peças que os tios recomendavam. A senhora Jo dava pequenas palestras sobre saúde, religião, política e os diversos temas em que todas deveriam ter interesse, com citações abundantes retiradas de *Os deveres das mulheres*, da senhorita Cobbe; *A educação das meninas americanas*, da senhorita Brackett; *Educação independentemente do sexo, ou: oportunidades iguais para meninos e meninas*, da senhora Duffe; *Reforma de vestidos*, da senhora Woolson e muitos outros livros excelentes que mulheres sábias escrevem para as outras mulheres, suas irmãs, agora que elas estão despertando e questionando: "O que havemos de fazer?".

Foi curioso observar como os preconceitos derreteram quando a ignorância foi iluminada, como a indiferença virou interesse e cabeças inteligentes se puseram a refletir, enquanto opiniões ágeis e línguas afiadas adicionavam tempero aos debates que inevitavelmente se seguiam. Assim, os pés que calçavam meias costuradas com todo o capricho carregavam mentes mais sábias do que antes, os belos vestidos cobriam

---

[79] John Ruskin (1819-1900) e Philip Gilbert Hamerton (1834-1894) foram artistas e críticos de arte ingleses; a irlandesa Anna Brownell Jameson (1794-1860) foi a primeira historiadora de arte. (N.T.)

corações aquecidos por propósitos mais elevados e as mãos que soltavam os dedais e empunhavam canetas, dicionários e globos terrestres estavam mais aptas para o trabalho da vida, fosse ele balançar berços, cuidar de enfermos ou ajudar na grande tarefa do mundo.

Um dia, surgiu uma conversa acalorada sobre carreiras para mulheres. A senhora Jo havia lido algo a respeito do assunto e perguntou a cada uma das doze meninas sentadas na saleta o que ela pretendia fazer ao sair do colégio. As respostas foram as de sempre: "Vou dar aula, ajudar a minha mãe, estudar medicina, arte", etc., mas quase todas terminavam com "até eu me casar".

– Mas e se vocês não se casarem, como vai ser? – perguntou a senhora Jo, sentindo-se uma menina de novo, enquanto ouvia as respostas e observava os rostos pensativos, alegres ou ansiosos.

– Seremos solteironas, eu acho. É horrível, mas inevitável, já que há muitas mulheres supérfluas – respondeu uma mocinha animada, bonita demais para recear a bem-aventurança da solteirice, a menos que assim escolhesse.

– É bom que vocês levem esse fato em consideração e se preparem para ser mulheres úteis e não supérfluas. Essa categoria, aliás, é amplamente formada por viúvas, acho, então não considerem isso um insulto às que nunca se casaram.

– Isto é um consolo! Velhas solteironas não são mais desprezadas como antes, já que muitas se tornaram famosas e provaram que uma mulher não é metade de uma pessoa e sim um ser humano completo, que pode se manter sozinha.

– Mesmo assim, eu não gosto da ideia. Não podemos ser todas como a senhorita Nightingale[80], a senhorita Phelps[81] e outras.

---

[80] A italiana Florence Nightingale (1820-1910) fundou a enfermagem moderna e foi pioneira no tratamento de feridos em batalhas. (N.T.)
[81] Referência incerta. Pode se referir a Almira Hart Lincoln Phelps (1793-1884), educadora e escritora, ou a Aurora Phelps (1839-1876), líder trabalhista, defensora da reforma agrária e dos direitos das mulheres, ambas americanas. (N.T.)

– Então, o que podemos fazer, além de sentar em um cantinho e observar como espectadoras? – perguntou uma moça simples, com expressão de desgosto.

– Cultivar a alegria e o conteúdo, pelo menos. Mas há tantos servicinhos pouco convencionais esperando para ser realizados que ninguém precisa ficar "sentada inativa, esperando a vida passar", a menos que queira – disse a senhora Meg com um sorriso, pousando na cabeça da moça o chapéu que tinha acabado de fazer.

– Muito obrigada. Sim, senhora Brooke, eu entendo; é uma obra pequena, mas me faz arrumada e feliz; e grata, também – ela acrescentou, levantando os olhos brilhantes enquanto aceitava o trabalho de amor e a lição com a mesma doçura com que foram oferecidos.

– Uma das melhores e mais amadas mulheres que eu conheço realiza há muitos anos trabalhos estranhos para o Senhor, e continuará até que suas mãos estejam entrelaçadas no caixão. Ela faz todo tipo de coisa: resgata crianças abandonadas e as põe em lares seguros, salva moças perdidas, cuida de mulheres pobres em dificuldades, costura roupas, faz tricô, pede esmola, trabalha pelos pobres dia após dia sem nenhuma recompensa além do agradecimento dos necessitados, do amor e da honra dos ricos que têm Santa Matilde como inspiração. Esta é uma vida que vale a pena; eu acho que aquela mulher baixinha e silenciosa ocupará no céu um lugar mais alto do que muitos daqueles de quem todo o mundo ouviu falar.

– Entendo que é muito nobre, senhora Bhaer, mas para nós, jovens, é maçante. Queremos um pouco de diversão, antes de nos amarrar – disse uma moça do Oeste com um rosto muito jovial.

– Pois divirta-se, minha querida. Porém, se você precisar ganhar o próprio pão, tente ganhá-lo com leveza e alegria, e não com amargura pelo lamento diário de não ser bolo. Eu costumava pensar que o meu destino era bem difícil, porque tinha de entreter uma senhora bastante ranheta; mas os livros que eu li naquela biblioteca solitária foram imensamente úteis desde então, e a querida senhora me deixou Plumfield de herança por meus "serviços entusiasmados e cuidados carinhosos". Eu não mereci a herança, embora tentasse ser alegre e gentil e fazer tanto dinheiro quanto possível com o trabalho, graças à ajuda e aos conselhos da minha amada mãe.

– Minha nossa! Seu eu possuísse um lugar como este, cantaria o dia inteiro e seria um anjo; mas acho que a pessoa precisa se arriscar, e talvez não ganhar nada por seus sofrimentos. Eu nunca ganho – disse a menina do Oeste, que enfrentava dificuldades por ter poucos recursos e grandes aspirações.

– Não faça pela recompensa, mas tenha certeza de que ela virá, embora talvez não sob a forma que você espera. Certo inverno, eu trabalhei muito duro por fama e dinheiro, mas não consegui nenhum e fiquei muito decepcionada. Um ano mais tarde, descobri que tinha recebido dois prêmios: habilidade na escrita e o professor Bhaer.

A risada da senhora Jo foi ecoada alegremente pelas mocinhas, que gostavam quando aquelas conversas eram animadas por exemplos tirados da vida.

– A senhora é uma mulher de muita sorte – começou a senhorita descontente, cuja alma se elevava para além de chapéus novos, ainda que eles fossem muito bem-vindos, mas não sabia direito para onde se virar.

– E mesmo assim o apelido dela era Jo Azarada, e ela nunca tinha o que queria, até que desistia de querer – disse a senhora Meg.

– Então vou desistir de esperar agora mesmo, e ver se meus desejos se realizam. Eu só quero ajudar a minha família e conseguir me formar.

– Adote este lema como seu guia: "Apronte a roca, e Deus providenciará o linho" – respondeu a senhora Jo.

– Será melhor fazermos tudo isso, então, se vamos acabar solteironas – disse a menina bonita, acrescentando, animada: – Eu acho que vou gostar, de modo geral; elas são tão independentes. A minha tia Jenny faz o que quer e não pede permissão a ninguém, mas a mamãe precisa consultar o papai sobre tudo. Sim, eu vou correr o risco, Sally, e ser uma *supérfula*, como diz o senhor Plock.

– Você será uma das primeiras a se prender, espere e veja. Mas eu agradeço, de toda forma.

– Bem, eu vou preparar a minha roca e aceitar qualquer linho que o Destino enviar, simples ou duplo, como a fortuna quiser.

– Este é o espírito certo, Nelly. Atenha-se a ele e veja como a vida é mais feliz com um coração corajoso, uma mão bem-disposta e muito a fazer.

– Ninguém se opõe ao trabalho doméstico pesado ou aos prazeres da moda, eu acho, mas no minuto em que começamos a estudar, as pessoas nos dizem que não vamos conseguir e nos alertam para ter muito cuidado. Eu já tentei outras coisas, mas fiquei tão cansada que vim para o colégio, apesar de minha família prever que terei exaustão nervosa e uma morte precoce. A senhora acha que existe algum perigo? – perguntou uma moça altiva, lançando um olhar ansioso para o rosto que desabrochava, refletido no espelho em frente.

– Você está mais forte ou mais fraca do que quando chegou, dois anos atrás, senhorita Winthrop?

– Mais forte fisicamente e muito mais feliz mentalmente. Acho que eu estava morrendo de tédio, mas os médicos chamaram de fragilidade constitutiva herdada. Foi por isso que a minha mãe ficou tão nervosa e eu não quis ir rápido demais.

– Não se preocupe, minha querida. Esse seu cérebro ativo estava faminto por comida boa; agora ele recebe bastante, e a vida simples é mais adequada a você do que luxo e dissipação. É um disparate que meninas não sejam tão capazes de aprender quanto meninos. Nenhum dos dois aguenta uma sobrecarga de estudo, mas, com o devido cuidado, ambos se tornam melhores por ele. Então, desfrute da vida para a qual seu instinto a levou, e nós provaremos que o trabalho mental bem dosado é uma cura melhor para esse tipo de fragilidade do que os tônicos e as histórias lidas no sofá, onde um excesso das nossas meninas encalham hoje em dia. Elas se mantêm ocupadíssimas o dia inteiro e, quando se exaurem, culpam os livros, e não os bailes.

– A doutora Nan me contou sobre uma paciente dela que pensava sofrer do coração, até que a Nan a fez abandonar os corpetes, deixar de beber café e parar de dançar a noite inteira, e a fez comer, dormir, caminhar e levar uma vida regrada por um período, e agora ela está maravilhosamente curada. Bom senso *versus* hábito, a Nan falou.

– Eu não tive mais dores de cabeça desde que vim para cá, e posso estudar duas vezes mais do que em casa. É o ar, eu acho, e a diversão de passar adiante dos meninos – disse outra menina, batendo na grande testa com o dedal, como se o cérebro vívido lá dentro estivesse em excelente funcionamento e apreciasse a ginástica diária que ela lhe proporcionava.

– É a qualidade, e não a quantidade, que ganha o dia, vocês sabem. Nossos cérebros podem ser menores, mas não me parece que fiquem abaixo do que é exigido deles e, se não me engano, o rapaz mais cabeçudo da nossa classe é também o mais bobo – disse Nelly, com um ar solene que produziu muitos risos, pois todas sabiam que o jovem Golias a quem ela se referia tinha sido metaforicamente morto por aquela pequena Davi de raciocínio ágil em diversos campos de batalha, para enorme desgosto dele mesmo e de seus companheiros.

– Senhora Brooke, eu devo tirar as medidas do lado certo ou do avesso? – perguntou a melhor aluna de grego da turma, analisando um avental de seda preta com uma expressão perdida.

– Pelo certo, senhorita Pierson. E deixe um intervalo entre as dobras, dá um efeito mais bonito.

– Eu nunca mais vou fazer outro, mas este vai proteger meu vestido das manchas de tinta, então estou contente por tê-lo feito – e a erudita senhorita Pierson continuou labutando, achando aquela tarefa mais difícil do que qualquer radical grego que já tivesse precisado descobrir.

– Nós, manchadoras de papel, precisamos aprender a produzir escudos, ou estamos perdidas. Vou lhe ensinar um modelo de avental que eu costumava usar nos meus dias de extravagância e imprudência – disse a senhora Jo, tentando se lembrar do que tinha sido feito do aquecedor que, na juventude, ela usava para guardar seus trabalhos.

– Por falar em escritores, minha maior ambição é ser uma George Eliot[82] e eletrizar o mundo! Deve ser tão esplêndido saber que se tem tal poder e ouvir as pessoas reconhecerem que se tem um "intelecto masculino"! Eu não gosto da maioria dos romances escritos por mulheres, mas os dela são maravilhosos; não acha, senhora Bhaer? – perguntou a menina da testa grande e arrebentou as franjas da saia.

– Acho, mas eles não me tocam como os livros da pequena Charlotte Brontë[83]. O cérebro está lá, mas os corações parecem ter sido deixados de fora. Eu admiro mas não amo George Eliot, e a vida dela é muito mais triste, para mim, do que a da senhorita Brontë, porque, apesar da genialidade, do amor e da fama, ela ignorou a luz sem a qual nenhuma alma é verdadeiramente grande ou boa ou feliz.

– Sim, senhora, eu sei; mas ainda assim é tão romântico e meio que inédito e misterioso, e ela foi grande em um sentido. Os nervos dela e a dispepsia estragam um pouco a ilusão, mas eu amo gente famosa e pretendo ir a Londres e encontrar todas que eu puder, algum dia.

– Você vai encontrar algumas das melhores entre elas ocupadas exatamente com o tipo de trabalho que lhes recomendei. E, se quer mesmo

---

[82] Pseudônimo masculino usado pela romancista, poetisa, jornalista e tradutora inglesa Mary Ann Evans (1819-1880). (N.T.)
[83] Charlotte Brontë (1816-1855), autora inglesa de romances e poemas. (N.T.)

conhecer uma grande dama, devo lhe dizer que a senhora Laurence pretende trazer uma aqui hoje mesmo. Lady Abercrombie está almoçando com ela e, depois de visitar o colégio, virá nos visitar. Ela quis conhecer especificamente a nossa escola de costura e está interessada em coisas desse tipo e em reproduzi-las em casa.

– Ora essa! Eu sempre imaginei que os nobres não faziam nada além de passear em carruagens puxadas por seis cavalos, frequentar bailes e ser apresentados à rainha usando chapéus altos, tiaras e penas – exclamou uma jovem simplória das lonjuras do Maine, onde um jornal ilustrado circulava ocasionalmente.

– De forma nenhuma; lorde Abercrombie está aqui para estudar o sistema prisional americano e lady está ocupada conhecendo instituições de ensino. São ambos muitíssimo bem-nascidos, porém as pessoas mais simples e sensatas que eu já conheci em todo este tempo. Nenhum dos dois é jovem nem bonito, e ambos se vestem de um jeito básico, então não espere nada de muito exuberante. O senhor Laurence estava me contando ontem à noite sobre um amigo dele que encontrou o lorde no corredor e, por causa do casaco grosseiro e do rosto avermelhado, tomou-o por um cocheiro e perguntou: "Então, meu caro, o que é que você quer aqui?". Lorde Abercrombie, com toda a singeleza, informou quem era e que tinha sido convidado para jantar. O coitado do anfitrião ficou muito aflito e mais tarde desabafou: "Por que ele não estava usando suas estrelas e divisas? Assim um sujeito reconhece que ele é um lorde!".

As meninas riram de novo e um farfalhar generalizado revelou que estavam todas se endireitando um pouco antes da chegada da convidada com título de nobreza. Mesmo a senhora Jo ajeitou o colarinho e a senhora Meg tateou para se certificar de que a touca estava na posição certa, enquanto Bess arrumou os cabelos cacheados e Josie consultou abertamente o espelho; pois eram mulheres, a despeito de qualquer filosofia ou filantropia.

— Devemos nos levantar? — perguntou uma menina muito impressionada pela honra iminente.

— Seria cortês.

— Devemos trocar apertos de mão?

— Não, eu vou apresentar vocês em grupo e seus rostinhos agradáveis serão apresentação suficiente.

— Eu queria ter posto meu melhor vestido. Deveria ter nos avisado — cochichou Sally.

— Meus pais não vão ficar surpresos quando eu contar que nós recebemos a visita de uma dama de verdade? — comentou outra.

— Não aja como se nunca tivesse visto uma nobre antes, Milly. Não somos recém-chegadas da natureza selvagem — acrescentou a moça altiva que, por ter antepassados que chegaram no *Mayflower*[84], sentia-se equiparada a todas as cabeças coroadas da Europa.

— Psss, ela está chegando! Ah, meu Deus, olha aquela touca! — exclamou a mocinha animada em um falso sussurro, e todos os olhos estavam modestamente fixados nas mãos trabalhadoras, quando a porta se abriu para dar passagem à senhora Laurence e à convidada.

Foi um considerável choque constatar, depois que as apresentações tinham terminado, que aquela filha de uma centena de condes era uma senhora robusta com um vestido simples e uma touca bastante desgastada, com uma sacola de papéis em uma mão e um caderno na outra. Mas o rosto era cheio de benevolência; a voz poderosa, bastante gentil; os modos cordiais, muito atraentes; e ao redor da pessoa como um todo pairava um ar indescritível de refinamento que tornava a beleza desimportante; a roupa, logo esquecida; e o momento, memorável para as meninas, de cujos olhos argutos nada escapava.

Uma breve conversa sobre a origem, o crescimento e o sucesso daquela aula em particular, e logo a senhora Jo conduziu o tema para a

---

[84] Um dos navios que, no século XVII, levaram colonos ingleses para os Estados Unidos. (N.T.)

atividade da dama inglesa, ansiosa por mostrar às alunas como o trabalho dignifica a posição social e a caridade abençoa a riqueza.

Fez bem às meninas ouvir sobre as escolas noturnas em que as aulas eram ministradas por mulheres que elas conheciam e estimavam; sobre o protesto eloquente da senhorita Cobbe ter conquistado a proteção da lei em favor de esposas abusadas; sobre a senhora Butler salvar os perdidos; sobre a senhora Taylor, que havia transformando um quarto de sua casa histórica em biblioteca para a criadagem; sobre lorde Shaftesbury, ocupado com as novas habitações populares nos bairros periféricos de Londres; sobre a reforma das prisões e todo o trabalho corajoso sendo realizado pelos ricos e grandes, em nome de Deus, em favor dos humildes e pobres. Aquilo as impressionou mais do que várias palestras em casa teriam conseguido, e despertou nelas o desejo de ajudar quando o momento chegasse, bem cientes de que, mesmo na gloriosa América, ainda havia muito a ser feito antes que ela se tornasse o que deveria ser: verdadeiramente justa, livre e grande.

Elas também foram rápidas em perceber que lady Abercrombie tratava todos ali como seus iguais, desde a majestosa senhora Laurence até a pequena Josie, que tomou nota de tudo e em seu íntimo resolveu ter botas inglesas de solado grosso o mais rápido possível. Pelo modo como ela falou de Parnaso com admiração, de Plumfield como um "antigo e amado lar" e do colégio como uma honra a todos os envolvidos com ele, ninguém imaginaria que lady Abercrombie possuía uma casa enorme em Londres, um castelo no País de Gales e uma grande fazenda na Escócia. E é claro que todas as cabeças se elevaram um pouco quando a dama partiu e todas as mãos se estenderam, prontas para o caloroso cumprimento que a nobre inglesa lhes deu, dizendo palavras que seriam recordadas por muito tempo:

— Estou muito contente por ver este ramo tão abandonado da educação feminina ser tão bem conduzido aqui, e preciso agradecer à minha amiga senhora Laurence por uma das cenas mais encantadoras que vi na América: Penélope[85] entre suas donzelas.

Um grupo de rostos sorridentes observou as botas robustas se afastarem, olhares respeitosos acompanharam a touca gasta até perdê-la de vista, e as meninas sentiram mais respeito pela nobre convidada do que se ela tivesse chegado em uma carruagem de seis cavalos e usando todos os seus diamantes.

– Agora, eu me sinto melhor em relação aos "servicinhos pouco convencionais". Só gostaria de conseguir fazê-los como lady Abercrombie faz – disse uma.

– Eu fiquei aliviada por minhas casas de botão estarem boas, porque ela olhou e falou: "Muito bem executadas, dou-lhe minha palavra" – acrescentou outra, sentindo que seu vestidinho de algodão grosseiro tinha atingido o cume da honra.

– Os modos dela foram tão delicados e gentis quanto os da senhora Brooke. Nem um pouco empertigada nem condescendente, como eu esperava. Eu entendo agora o que quis dizer, senhora Bhaer, quando mencionou certa vez que pessoas bem educadas são iguais em qualquer lugar do mundo.

A senhora Meg se curvou em agradecimento ao elogio e a senhora Bhaer disse:

– Eu as reconheço quando as vejo, mas nunca serei pessoalmente um modelo de comportamento. Fico contente que tenham gostado da visitinha. Agora, se vocês, jovens mulheres, não querem que a Inglaterra passe à nossa frente de diversas formas, precisam se manter motivadas e atualizadas, pois nossas irmãs são sérias, vocês perceberam, e não gastam o tempo se preocupando com suas esferas de atuação, e sim agem onde o dever as chama.

---

[85] Na mitologia grega, Penélope tece um sudário cercada por damas de companhia, enquanto espera que o marido, Ulisses, volte da guerra. (N.T.)

– Nós faremos o melhor que pudermos, senhora – responderam as meninas de todo o coração, e saíram marchando com seus cestos de costura sentindo que, embora talvez nunca chegassem a ser uma Harriet Martineau[86], Elizabeth Browning[87] ou George Eliot, elas poderiam se tornar mulheres nobres, úteis e independentes, e conquistar para si mesmas algum título gentil dos lábios gratos dos pobres, melhor do que um concedido por qualquer rainha.

---

[86] Harriet Martineau (1802-1876) foi uma jornalista, escritora e ativista inglesa. (N.T.)
[87] Elizabeth Barrett Browning (1806-1861) foi uma poetisa inglesa. (N.T.)

Fim das aulas

O responsável pelo clima claramente gosta de pessoas jovens e manda sol para os dias de aula com a maior frequência que consegue. Um especialmente adorável brilhou sobre Plumfield naquele aniversário, trazendo por companhia os habituais morangos, rosas, meninas vestidas de branco, rapazes radiantes, amigos orgulhosos e dignitários imponentes cheios de satisfação justificada pela colheita do ano. Como o Laurence College era misto, a presença de moças como alunas dava à ocasião a graça e a alegria totalmente ausentes dos lugares onde a metade formosa da Criação aparece como mera espectadora. As mãos que viravam as páginas dos livros sérios também tinham a habilidade de decorar o salão com flores; olhos cansados do estudo cintilavam com hospitalidade calorosa sobre os convidados reunidos; e sob a musselina branca batiam corações tão cheios de ambição, esperança e coragem quanto os que agitavam as roupas do sexo dominante.

College Hill, Parnaso e a velha Plum fervilhavam de rostos alegres, enquanto convidados, alunos e professores corriam de um lado a outro na agradável agitação de chegar e receber. Todos eram recebidos cordialmente, tivessem vindo deslizando em uma carruagem elegante ou trotando a pé para ver o bom filho ou a boa filha atingir a honra, naquele dia feliz que recompensou muitos sacrifícios mútuos. O senhor Laurie e a esposa pertenciam ao comitê de recepção e sua adorável casa estava transbordando. A senhora Meg, com Daisy e Jo como assistentes, era solicitada pelas meninas e ajudava com a toalete atrasada, ao mesmo tempo que analisava o ambiente e orientava a decoração. A senhora Jo estava ocupadíssima como esposa do presidente e mãe de Ted; todo o poder e toda a habilidade daquela mulher cheia de energia foram necessários para deixar o filho adequadamente vestido para o domingo.

Não que ele se recusasse a estar arrumado, longe disso; ele adorava roupas boas e, graças à sua altura, já estava desfrutando de um terno, herdado de um amigo dândi: O efeito era cômico, mas ele envergava o traje apesar da zombaria dos amigos, e suspirava em vão por uma cartola, pois ali a mãe severa tinha traçado o limite. Ele alegou que meninos ingleses de 10 anos usam e são de um "refinamento infinito", mas a mãe apenas respondeu, com um afago consolador na crina loira:

– Meu filho, isto já está um desatino do jeito que está; se eu o deixasse usar um chapéu alto, Plumfield não conseguiria nos conter, de tão grandes que seriam o desprezo e o escárnio de todos que olhassem para você. Contente-se em parecer o fantasma de um garçom e não peça para usar o artefato de cabeça mais ridículo do mundo.

Depois de lhe ser negado o nobre distintivo de masculinidade, Ted apaziguou sua alma ferida surgindo com um colarinho de altura e rigidez espantosas, e laços que encheram todos os olhos femininos. Aquele disparate era uma espécie de vingança contra o coração duro da mãe, pois os colarinhos levaram a lavadeira ao desespero, nunca estando bons o suficiente, e prender os laços demandou tal capacidade artística que três mulheres muito se esforçaram antes que, como Beau Brummel[88], ele afinal emergisse de uma sequência de "fracassos" com as calorosas palavras "Assim está bom". Rob era muito dedicado naquelas ocasiões desafiadoras, e sua roupa só se distinguia por ser rápida de vestir, simples e limpa. Já Ted ficava frenético até estar pronto, e rugidos, assovios, ordens e gemidos eram ouvidos na toca onde o Leão protestava e o Cordeiro labutava com total paciência. A senhora Jo suportou tudo, até que botas passaram a ser lançadas e escovas de cabelo começaram a chover; então, temendo pela segurança do primogênito, ela partiu em seu socorro e, misturando com sabedoria humor e autoridade, afinal conseguiu persuadir Ted de que ele estava "uma coisa de lindo" se não "uma alegria eterna para os olhos". Por fim, ele avançou majestosamente, preso em colarinhos que faziam os do aflito Biler[89] de Dickens parecerem insignificantes. O casaco estava um pouco largo nos ombros, mas permitia que se enxergasse uma nobre extensão do peito brilhante e, com um lencinho pendendo distraidamente no ângulo apropriado, causava de fato um ótimo efeito. Botas que reluziam e machucavam despontavam em uma extremidade do "prendedor de roupa preto e comprido", como Josie o chamava, e um rosto jovial, porém solene, na extremidade oposta, mantido em um ângulo que, se durasse demais, provocaria uma curvatura na coluna vertebral. Luvas claras, uma bengala e (oh, gota de amargura na xícara da doçura!) um ignominioso chapéu de palha, para não mencionar uma flor na casa do botão e um cordão festivo prendendo o relógio de bolso, davam o acabamento ao impressionante menino.

– Que tal o meu estilo? – ele perguntou, surgindo diante da mãe e das primas a quem iria acompanhar ao salão naquela ocasião em particular.

---

[88] Pseudônimo do inglês George Bryan Brummel (1778-1840), que, em sua época, determinava o que era elegância masculina e se eternizou como o primeiro dândi. (N.T.)
[89] Personagem de *Dombey & filho* romance de Charles Dickens (1812-1870) publicado em 1848. (N.T.)

Gritos e risos o receberam, seguidos por exclamações de horror, pois ele havia artisticamente acrescentado o pequeno bigode loiro que muitas vezes usava ao interpretar. Ele o achava muito adequado, além de parecer o único bálsamo capaz de curar a ferida provocada pela ausência da amada cartola.

– Tire isso imediatamente, menino abusado! O que o seu pai diria ao ver uma travessura destas justo hoje, quando todos nós devemos nos comportar o melhor possível? – disse a senhora Jo tentando franzir o cenho, mas, no íntimo, pensando que, entre todos os jovens ao redor, nenhum era tão bonito e original quanto seu filho comprido.

– Deixe estar, tia, é tão apropriado. Ninguém vai imaginar que ele não tenha no mínimo 18 anos – disse Josie, para quem disfarces de qualquer tipo eram sempre encantadores.

– O papai não vai notar, ele vai estar ocupado com os figurões e com as meninas. E se perceber, não faz mal; ele vai se divertir com a piada e me apresentar como o filho mais velho. O Rob não tem a menor chance, quando eu estou assim em grande estilo – e Ted avançou para o palco com passadas trágicas, como um Hamlet em casaca e gola dura.

– Filho, obedeça! – e quando a senhora Jo falava naquele tom, sua palavra era lei. Mais tarde, porém, o bigode reapareceu, e muitos convidados acreditaram com toda a convicção que havia três jovens Bhaer e, assim, Ted encontrou uma forma de diversão para amainar sua melancolia.

O senhor Bhaer era um homem orgulhoso e feliz quando, na hora marcada, olhou para baixo, para o jardim de rostos jovens à sua frente, pensando nos "pequenos canteiros" que ele havia semeado com tanta esperança e fé, anos antes, e dos quais aquela bela colheita parecia ter brotado. O belo e envelhecido rosto do senhor March resplandecia na mais serena satisfação, pois aquele era o sonho de sua vida realizado após paciente espera, e o amor e a reverência nos semblantes dos rapazes e moças ansiosos, olhando para cima em sua direção, demonstravam com clareza que a recompensa que ele desejara pertencia-lhe plenamente. Laurie, em ocasiões assim, omitia-se tanto quanto a educação permitia, pois todos mencionavam com gratidão, por meio de odes, poemas e discursos, sobre o fundador do colégio e a nobreza de sua doação benemérita. As três irmãs estavam radiantes de orgulho, sentadas entre as demais senhoras e apreciando, como só as mulheres sabem, a honra feita aos homens que elas amavam, enquanto "os Plums originais", como os mais jovens chamavam a si mesmos, observavam a cena toda como se fosse trabalho deles, recebendo os olhares curiosos, admirados ou invejosos dos convidados com um misto de dignidade e deleite que era, na verdade, bastante engraçado de ver.

A música foi excelente e não era para menos, e Apolo era quem empunhava a batuta. Os poemas foram, como costumam ser em tais ocasiões, de excelências variadas, os jovens oradores tentando expressar velhas verdades por novas palavras e tornando-as mais intensas pelo entusiasmo dos rostos sérios e das vozes límpidas. Foi lindo ver o interesse genuíno com que as meninas escutaram alguns de seus brilhantes alunos-irmãos, e os aplaudiram em meio a um farfalhar como o do vento soprando em um canteiro de flores. Ainda mais significativo e agradável foi observar os rostos contentes dos rapazes quando uma figura esguia e branca se destacou contra o fundo preto das roupas dos dignitários e, com bochechas que alternavam rubor e palidez, e lábios que tremeram até que a seriedade do momento venceu o medo juvenil, falou a eles direto de seu coração e cérebro femininos sobre esperanças e dúvidas, aspirações e recompensas que todos deveriam conhecer, almejar e trabalhar para conseguir. Essa voz clara e doce pareceu atingir e despertar tudo de mais nobre que havia na alma daqueles jovens, e colocar sobre os muitos anos de companheirismo um selo que os tornava sagrados e memoráveis para sempre.

O discurso de Alice Heath foi considerado unanimemente o maior sucesso do dia, pois, sem ser floreado nem sentimental, como quase sempre é o caso nos primeiros esforços de oradores jovens, foi sério, sensato e tão inspirador que ela deixou o palco sob uma chuva de aplausos, os bons companheiros se sentindo tão inflamados pelo comovente apelo para que "marchassem lado a lado" como se ela tivesse entoado a *Marselhesa* em determinados trechos. Um rapaz ficou tão entusiasmado que quase se precipitou de seu assento para ir recebê-la, quando ela apressadamente foi se esconder entre colegas, que a receberam com rostos cheios de terno orgulho e olhos marejados. Uma irmã prudente, porém, deteve-o e, em um instante, ele foi capaz de escutar, com toda a compostura, as observações do Presidente.

E elas bem mereceram ser escutadas, pois o senhor Bhaer falou como um pai se dirige aos filhos que partem para a batalha da vida. Suas palavras carinhosas, sábias e úteis restaram em seus corações muito tempo depois que o elogio foi esquecido. Na sequência, vieram outras atividades características de Plumfield e o encerramento. Por que o telhado não saiu voando quando os potentes pulmões dos agitados jovens cantaram o hino de conclusão será para sempre um mistério; mas ele permaneceu firme, e só as guirlandas pálidas vibraram ao som das ondas musicais que se elevaram e então desvaneceram, deixando ecos doces para assombrar o lugar por mais um ano.

Lanches e a paisagem consumiram a tarde e, ao pôr do sol, uma ligeira pausa atraiu todos que buscavam um pouco de repouso antes que as comemorações da noite tivessem início. A recepção do Presidente era uma das atrações à espera, e também a dança em Parnaso, assim como caminhadas, cantorias e flerte, tanto quanto tudo aquilo pudesse ser comprimido em poucas horas por rapazes e moças recém-saídos da escola.

Carruagens passavam e grupos alegres nas varandas, alamedas e assentos junto às janelas especulavam ociosamente sobre quem seriam os distintos convidados. O surgimento de um veículo muito empoeirado e carregado de troncos diante da porta hospitaleira do senhor Bhaer provocou diversos comentários de curiosidade entre os visitantes, em especial quando dois cavalheiros de aparência estrangeira saltaram, seguidos por duas jovens senhoras, todos os quatro recebidos com gritos de alegria e muitos abraços pelos Bhaers. Então, todos desapareceram dentro da casa, a bagagem entrou em seguida e os observadores foram deixados indagando quem seriam os forasteiros, até que uma colegial loira declarou que deveriam ser os sobrinhos do professor, um dos quais era esperado ali em sua viagem de lua de mel.

Ela estava certa: Franz orgulhosamente apresentou sua noiva linda e loira, e ela mal tinha sido beijada e abençoada quando Emil conduziu sua formosa inglesa Mary e anunciou, extasiado:

– Tio, tia Jo, eis mais uma filha; vocês têm lugar para a minha esposa também?

Não havia a menor dúvida quanto àquilo, e Mary só com grande dificuldade foi resgatada dos abraços carinhosos de seus novos parentes, que, recordando tudo que o jovem casal havia sofrido junto, sentiam que aquele era o final feliz e natural da longa viagem iniciada com tantos perigos.

– Mas por que você não nos contou? Assim, teríamos nos preparado para receber duas noivas, e não só uma – perguntou a senhora Jo, surgindo, como de hábito, um tanto desalinhada, com bobes e grampos para frisar o cabelo, pois desceu às pressas do quarto onde se aprontava para as tarefas da noite.

– Bem, eu me lembrei de como todos consideraram uma boa piada o casamento do tio Laurie e pensei em oferecer mais uma surpresinha – riu Emil. – Estou de folga e achei melhor aproveitar o vento e a maré e vir de comboio com o meninão aqui. Tínhamos esperança de chegar ontem, mas não conseguimos, então cá estamos, a tempo para o fim da festança.

– Ah, meus filhos, é emoção demais ver vocês dois tão felizes e mais uma vez *no velho* casa. Não tenho palavras para expressar minha gratidão, posso apenas pedir ao amado *Gott im Himmel*[90] que os abençoe e proteja – exclamou o professor Bhaer, tentando reunir os quatro entre os braços de uma só vez, enquanto lágrimas desciam por suas bochechas e ele tropeçava no idioma.

Uma chuva de primavera limpou o ar e trouxe leveza aos corações plenos da família feliz. Depois, é claro, todos começaram a conversar: Franz e Ludmilla em alemão com o tio, Emil e Mary com as tias, e, ao redor desse grupo, se reuniram os jovens, exigindo saber tudo sobre o naufrágio, o resgate e a viagem para casa. Era uma história muito diferente da que tinha sido relatada por carta e, enquanto eles ouviam as palavras de Emil, com a voz suave de Mary interrompendo de vez em quando para acrescentar algum fato que realçava a coragem, a paciência e o autossacrifício que ele tão por alto mencionava, tornou-se uma coisa solene e comovente ver e ouvir aquelas criaturas exultantes contarem sobre o grande perigo e o salvamento extraordinário.

– Agora, eu nunca ouço o tamborilar da chuva sem querer rezar; quanto às mulheres, gostaria de tirar meu chapéu para cada uma delas, pois são mais corajosas do que qualquer homem que eu já vi – disse Emil com uma nova gravidade que lhe caía tão bem quanto a nova gentileza com que tratava todo mundo.

– Se as mulheres são corajosas, alguns homens são tão afetuosos e dispostos ao sacrifício quanto elas. Eu conheço um que, no meio da noite, enfiou secretamente sua parte da comida no bolso de uma moça, embora estivesse faminto, e que passou horas sentado, embalando um homem doente nos braços, para que ele pudesse dormir um pouco. Não, amor, eu vou contar e você precisa deixar! – exclamou Mary, segurando com as duas mãos a que ele pousara em seus lábios para fazê-la calar.

– Só cumpri o meu dever. Se aquela tormenta durasse muito mais, eu poderia ter me comportado tão mal quanto o Barry e o contramestre. Não foi terrível, aquela noite? – e Emil teve um calafrio ao relembrar.

---

[90] "Deus no céu", em alemão no original. (N.T.)

– Não pense mais nisso, querido. Conte sobre os dias felizes no *Urania*, quando o papai ficou melhor e todos estávamos em segurança rumando para casa – disse Mary, com o olhar confiante e o afago reconfortante que pareceu banir a escuridão e resgatar o lado bom daquela experiência pavorosa.

Emil logo se animou e, sentado com o braço em volta de sua "menina querida", contou à moda verdadeiramente marinheira o final feliz da história.

– Ah, como nos divertimos em Hamburgo! O tio Hermann fez tudo o que pôde pelo capitão e, enquanto a Mama tomava conta dele, a Mary cuidava de mim. Precisei encostar na doca para reparos; o fogo feriu meus olhos, e observar o horizonte à espera de aparecer uma vela, além da falta de sono, turvaram minha visão como a névoa londrina. Ela foi a comandante e me trouxe são e salvo, vocês veem, eu só não podia me separar, então ela embarcou como primeiro imediato e agora estou no rumo certo da glória.

– *Psss!* Que tolice, querido – cochichou Mary, tentando por sua vez impedi-lo, com o recato inglês quanto a temas afetivos. Mas ele tomou a mão macia nas suas e, orgulhosamente analisando o anel que ela exibia, continuou, com a postura de um almirante em seu navio. – O capitão sugeriu que aguardássemos um pouco, mas eu disse a ele que não era provável encontrarmos pela frente um clima pior do que aquele que havíamos superado juntos e que, se nao nos conhecêssemos depois de passar um ano como este, não iríamos nos conhecer nunca. Eu tinha certeza de que não faria por merecer o meu pagamento sem esta mão no leme, então fiz do meu jeito e minha corajosa mulherzinha embarcou para a longa viagem. Deus a abençoe!

– Você vai mesmo navegar com ele? – perguntou Daisy, admirando a coragem dela, mas retesando-se como um gato por horror à água.

– Eu não tenho medo – respondeu Mary, com um sorriso leal. – Eu conheci meu capitão com tempo bom e com tormenta, e se ele alguma vez sofrer outro naufrágio, prefiro estar junto, a esperar e observar em terra.

– Uma verdadeira mulher, e uma esposa de marinheiro nata! Você é um homem feliz, Emil, e tenho certeza de que esta será uma viagem próspera – exclamou a senhora Jo, encantada com o ar de maresia daquele flerte. – Ah, meu menino querido, eu sempre soube que você voltaria; mesmo quando todos os demais se desesperaram, eu nunca desisti, tinha certeza de que você estaria agarrado ao topo do mastro principal em algum lugar do oceano ameaçador – e a senhora Jo demonstrou sua crença dando-lhe um abraço digno de Pillycoddy[91].

– Mas é claro que eu estava! – respondeu Emil, calorosamente. – E meu "topo do mastro principal", neste caso, foi a lembrança do que você e o tio me disseram. Aquilo me deu forças e, entre os milhões de pensamentos que me ocorreram durante aquelas longas noites, nenhum era tão claro quanto a ideia do fio vermelho, você se lembra, a Marinha inglesa e todo o resto. Eu gostei do conceito e decidi que, se um pedaço das minhas amarras fosse descoberto boiando, o fio vermelho deveria estar nele.

– E estava, meu querido, estava! O capitão Hardy confirma isso e aqui está a sua recompensa – e a senhora Jo deu em Mary um beijo maternal que delatou sua simpatia maior pela rosa inglesa do que pela centáurea alemã de olhos azuis, por mais meiga e modesta que a segunda fosse.

Emil observou o pequeno ritual com complacência, dizendo, enquanto olhava ao redor da sala que ele imaginou que jamais veria de novo:

– É estranho, não é, a nitidez com que miudezas nos voltam à mente em situações de perigo? Enquanto estávamos lá à deriva, desesperados e meio famintos, eu muitas vezes pensei ter ouvido os sinos tocando aqui,

---

[91] Capitão considerado morto que depois ressurge, em uma peça cômica francesa do século XVIII. (N.T.)

Ted descendo as escadas com estrondo e você chamando "Meninos, meninos, hora de acordar!". Eu até senti o cheiro de café que costumávamos tomar e certa noite quase chorei, ao acordar de um sonho com os biscoitos de gengibre da Asia. Juro que foi um dos momentos mais amargos da minha vida, enfrentar a fome com aquele aroma nas narinas. Se por acaso houver algum, podem me dar agora mesmo!

Um murmúrio de pena irrompeu de todas as tias e primas e imediatamente ofereceram a Emil um banquete dos desejados biscoitos, pois em Plum havia sempre um estoque disponível deles. A senhora Jo e sua irmã então se juntaram ao outro grupo, contentes por ouvir o que Franz contava sobre Nat.

– No instante em que vi como ele estava magro e maltrapilho, soube que havia alguma coisa errada, mas ele fez pouco do assunto e ficou tão feliz com a nossa visita e com as novidades que eu o deixei se safar com uma breve confissão, e de lá fui ao professor Baumgarten e ao Bergmann. Deles eu ouvi a história toda, sobre ele ter gastado mais dinheiro do que deveria e tentar compensar isso com trabalho e sacrifícios exagerados. Baumgarten achou que isso faria bem ao Nat e por isso guardou segredo até a minha chegada. E de fato fez bem, porque ele quitou as dívidas e ganhou o sustento com o suor do próprio rosto, como um camarada honesto.

– Eu gosto muito disso no Nat. É, como eu falei, uma lição, e ele aprende bem. Ele prova ser um homem e fez por merecer o lugar que o Bergmann lhe ofereceu – disse o senhor Bhaer, parecendo muito satisfeito enquanto Franz relatava alguns fatos que já mencionamos aqui.

– Eu lhe disse, Meg, que ele tinha valor, e que o amor pela Daisy o manteria na linha. Pobre querido, queria que ele estivesse aqui agora! – choramingou a senhora Jo, encantada, esquecida das dúvidas e aflições que a perturbaram nos meses anteriores.

– Fico contente e suponho que precisarei ceder, como sempre, especialmente agora que esta epidemia do amor avança sobre nós. Você e Emil puseram fermento romântico na cabeça de todos, e a Josie vai querer namorar antes que eu me dê conta – respondeu a senhora Meg em tom de desespero.

Mas a irmã percebeu que ela estava comovida pelas provações de Nat e se apressou em acrescentar os triunfos dele, para que a vitória fosse completa, pois o sucesso é sempre sedutor.

– Esta proposta do *Herr* Bergmann é mesmo muito boa, não é? – ela perguntou, apesar de, a esse respeito, o senhor Laurie já ter satisfeito a senhora Meg no momento em que a carta de Nat trouxe a notícia.

– Muito boa em todos os aspectos. O Nat vai praticar muito na orquestra do Bachmeister, conhecer Londres de um modo delicioso e, se conseguir se adaptar, vir para casa com eles, bem iniciado entre os violinos. Não é uma grande honra, mas uma coisa segura e um degrau acima. Eu o cumprimentei e ele estava muito animado com tudo e disse, como o verdadeiro enamorado que é: "Conte para a Daisy; certifique-se de contar tudo a ela". Deixarei isso a seu encargo, tia Meg, e você pode também discretamente revelar a ela que o meninão deixou crescer uma bela barba loira. Caiu-lhe muito bem, pois esconde a boca tímida e dá um ar nobre àqueles olhos grandes e às sobrancelhas estilo Mendelssohn[92], como uma mocinha tagarela as chamou. A Ludmilla tem uma foto para mostrar.

Aquilo os divertiu e eles ouviram muitas outras novidades que o delicado Franz, mesmo em meio à própria felicidade, não se esqueceu de mencionar em benefício do amigo. Ele falou tão bem e retratou com tanta vivacidade as mudanças pacientes e tocantes de Nat, que a senhora Meg foi em parte derrotada; embora, se tivesse sabido do episódio envolvendo Minna e das serenatas em cervejarias e nas ruas, ela talvez não tivesse abrandado com tanta facilidade. Mas ela armazenou tudo que ouviu e, de um modo tipicamente feminino, prometeu a si mesma

---

[92] Jacob Ludwig Felix Mendelssohn Bartholdy, compositor alemão (1809-1847). (N.T.)

ter uma conversa deliciosa com Daisy, na qual demonstraria um derretimento gradual, quem sabe alterando o duvidoso "Veremos" para um cordial "Ele se saiu bem; seja feliz, minha querida".

Em meio a essa agradabilíssima conversa, o repicar súbito do relógio trouxe a senhora Jo do romance de volta à realidade e ela exclamou, agarrando os grampos:

– Meu povo abençoado, vocês precisam comer e descansar e eu preciso me aprontar, do contrário vou receber os convidados neste estado vergonhoso. Meg, você pode levar Ludmilla e Mary lá para cima e cuidar delas? Franz sabe o caminho para a sala de jantar. Fritz, venha comigo se arrumar, pois, com todo este calor e tantas emoções, nós dois estamos perfeitos destroços.

Rosas brancas

Enquanto os viajantes se refrescavam e a senhora Presidente lutava para entrar em seu melhor vestido, Josie correu para o jardim para colher flores para as noivas. A chegada súbita daqueles seres interessantes havia encantado a menina romântica, e sua cabeça estava cheia de resgates heroicos, admiração terna, situações dramáticas e curiosidade feminina quanto às adoráveis criaturas pretenderem ou não usar véu. Ela estava parada em frente a um grande arbusto de rosas brancas, escolhendo as mais perfeitas para os buquês que planejava amarrar com a fita que levava no braço e depositar nas mesas dos quartos das novas primas como uma cortesia delicada. Um passo a assustou e, ao olhar para cima, ela viu o irmão descendo o caminho de braços cruzados, cabeça baixa e o ar ausente de quem está mergulhado em pensamentos profundos.

– Sophy Wackles – disse a criança arguta, com um sorriso de superioridade, sugando o polegar recém-perfurado por um puxão descuidado dos galhos espinhosos.

– O que está aprontando, Travessura? – perguntou Demi como introdução, sentindo mais do que enxergando uma influência perturbadora sobre seu devaneio.

– Colhendo flores para "as nossas noivas". Você não gostaria de ter uma também? – respondeu Josie, para quem a palavra "travessura" indicava seu passatempo favorito.

– Uma noiva ou uma flor? – perguntou Demi tranquilamente, embora olhasse para o arbusto florido com um interesse incomum e súbito.

– Ambas; você consegue uma e eu lhe dou a outra.

– Gostaria de poder! – disse Demi tocando um pequeno botão com um suspiro que atingiu em cheio o coração de Josie.

– Mas por que não pode? É tão bom ver as pessoas assim felizes. Agora é um bom momento, se você pretende ter uma noiva. Em breve, ela vai partir para sempre.

– Quem? – e Demi colheu um botão semiaberto com um rubor repentino no rosto, cuja expressão confusa deliciou a pequena Jo.

– Ora, não seja hipócrita. Você sabe que estou me referindo à Alice. Agora, meu rapaz, eu sou sua fã e quero ajudar; é tão interessante, todos esses apaixonados e os casamentos e tudo o mais, cada um deveria ter seu quinhão. Então, aceite meu conselho, abra-se como um homem e garanta a Alice antes que ela vá embora.

Demi riu da seriedade do conselho da menininha, mas o apreciou, e demonstrou o acerto das palavras dela ao dizer abertamente, em vez de a esnobar como de costume:

– Você é muito gentil, criança. E já que é tão sábia, poderia me dar uma pista sobre como seria melhor que eu "me abrisse", como você tão elegantemente expressou?

– Ah, bem, há várias formas, você sabe. No teatro, os enamorados se põem de joelhos, mas isso fica estranho quando eles têm pernas compridas. O Ted nunca faz direito o movimento, apesar de eu ensaiar com ele por horas. Você pode dizer "Seja minha, seja minha!", como o velho que atira pepinos por cima do muro para a senhora Nickleby, se quiser um caminho fácil e divertido; ou escrever um texto poético. Você até já tentou, ouso dizer.

— Falando sério, Jo: eu amo a Alice e acho que ela sabe. Quero dizer a ela, mas me atrapalho quando tento, e não me agrada fazer papel de bobo. Pensei que poderia sugerir um modo bonito, já que você lê tanta poesia e é tão romântica.

Demi tentou se expressar com clareza, mas abandonou sua dignidade e a discrição habitual em meio à doce perplexidade do amor e pediu à irmã caçula que lhe ensinasse um modo de verbalizar a pergunta que uma única palavra pode responder. A chegada dos primos felizes havia destroçado seus sábios planos e forçado suas corajosas resoluções a uma espera mais longa. A peça de Natal lhe dera ânimo para nutrir esperanças, e o discurso de algumas horas antes o enchera de orgulho terno, mas a visão daquelas noivas desabrochando e dos noivos radiantes tinha sido demais para ele, e agora Demi estava ansioso por garantir sua Alice sem mais demora. Daisy era sua confidente para todas as coisas, exceto aquela; um sentido de solidariedade fraternal o havia impedido de lhe contar suas esperanças, uma vez que as dela estavam proibidas. A mãe tinha ciúme de qualquer moça que ele admirasse, porém, sabendo que ela gostava de Alice, Demi seguiu firme amando-a, desfrutou do segredo sozinho, pretendendo em breve contar-lhe tudo.

Agora, de repente, Josie e a roseira pareciam indicar um desfecho acelerado para suas ternas perplexidades, e ele aceitou sua ajuda como o leão amarrado aceitou a do rato[93].

— Acho que vou escrever — ele começou a dizer, devagar, depois de uma pausa durante a qual ambos tentaram ter uma nova ideia brilhante.

---

[93] Referência a *O leão e o rato*, fábula de La Fontaine cuja moral é: não despreze a ajuda dos menores. (N.T.)

— Já sei! É perfeitamente adorável, é perfeito para ela e também para você, que é poeta — gritou Josie, com um pulo.

— O que é? Não seja ridícula, por favor — pediu o apaixonado tímido, curioso, mas com medo da língua afiada daquela miniatura de mulher.

— Eu li uma história da senhorita Edgeworth sobre um homem que oferece três rosas para a amada: uma em botão, a segunda um pouco aberta e a última totalmente desabrochada. Não me lembro de qual ela pegou, mas é um modo bonito, e a Alice conhece a história porque ela estava lá quando fizemos a leitura. Aqui tem flores em todos os estágios, você já pegou os dois primeiros; colha a rosa aberta mais linda que encontrar e eu farei um arranjo e deixarei no quarto dela. Ela vem se arrumar com a Daisy, então vou conseguir sem dificuldade.

Demi refletiu por um momento com os olhos no arbusto nupcial e em seu rosto surgiu um sorriso tão diferente de qualquer outro já exibido que Josie ficou comovida e desviou o olhar, como se não tivesse o direito de testemunhar o alvorecer da grande paixão que, enquanto dura, torna um homem tão feliz quanto um deus.

— Faça — foi só o que ele disse, e colheu uma rosa totalmente aberta para completar sua floral mensagem de amor.

Deliciada por ter uma participação daquele episódio romântico, Josie amarrou um gracioso laço de fita nos caules e terminou o último arranjo muito contente, enquanto Demi escrevia o seguinte cartão:

Querida Alice,
Você sabe o que as flores significam. Você usaria uma delas, ou todas, esta noite, e me faria ainda mais orgulhoso, apaixonado e feliz do que já sou?
Inteiramente seu,
John.

Entregando o cartão para a irmã, ele disse, com uma voz que a fez perceber a enorme importância de sua missão:

– Confio em você, Jo. Isto significa tudo para mim. Sem gracinhas, querida, se você me ama.

A resposta de Jo foi um beijo que prometia todas as coisas e, em seguida, ela partiu correndo para executar sua "gentileza espiritual", como Ariel, deixando Demi sonhando entre as rosas como Ferdinand[94].

Mary e Ludmilla ficaram encantadas com seus buquês, e quem os ofereceu teve o deleite de colocar algumas das flores no cabelo escuro e no claro, fazendo as vezes de criada de quarto das "nossas noivas", o que a consolou um pouco pela decepção com a questão dos véus.

Ninguém ajudou Alice a se vestir, pois Daisy estava no quarto ao lado com a mãe, e, assim, nem mesmo os olhos amorosos delas viram a acolhida que as flores receberam, nem as lágrimas e sorrisos e rubores que iam e vinham enquanto Alice lia o bilhete e refletia sobre a resposta que deveria dar. Não havia dúvida sobre a resposta que ela queria dar, mas o senso de dever a impedia, pois em casa esperavam-na uma mãe inválida e um pai idoso. Ela era necessária lá, com toda a ajuda que pudesse atrair agora, pelos conhecimentos adquiridos em quatro anos de estudos dedicados. O amor parecia doce e um lar dela e de John parecia-lhe um pequeno paraíso na terra; mas não ainda. E lentamente a senhorita descartou a rosa totalmente desabrochada e sentou em frente ao espelho, ponderando sobre a grande questão de sua vida.

Seria sábio e delicado pedir a ele para esperar, prendê-lo com alguma promessa, ou mesmo colocar em palavras o amor e a admiração que ela sentia por ele? Não. Seria mais generoso fazer sozinha aquele sacrifício e poupar Demi da dor de uma esperança protelada. Ele era jovem, acabaria esquecendo, e ela talvez cumprisse melhor os próprios deveres se não houvesse um apaixonado impaciente à espera. Com olhos que mal

---

[94] O anjo Ariel e Ferdinand, príncipe de Nápoles, são personagens de *A tempestade*, peça de Shakespeare escrita provavelmente em 1610. (N.T.)

conseguiam enxergar e uma mão que se demorava no caule do qual ele havia removido todos os espinhos, ela pôs a flor meio aberta ao lado da primeira e se perguntou se mesmo o pequeno botão deveria ser usado. Ele parecia muito acanhado e pálido ao lado das outras; ainda assim, como estava naquela disposição para o autossacrifício que o verdadeiro amor traz, Alice sentiu que mesmo uma esperança diminuta era demais para oferecer, já que ela não seria seguida de outras maiores.

Sentada muito triste, observando os símbolos de uma afeição que crescia a cada instante, ela ouviu, um tanto inconsciente, os murmúrios no quarto ao lado. Janelas abertas, paredes finas e o silêncio do crepúsculo de verão tornavam impossível que ela não ouvisse, e depois de mais uns poucos momentos ela não pôde mais se conter, pois falavam de John.

– Foi tão gentil da Ludmilla trazer para todas nós frascos da verdadeira colônia alemã! É exatamente do que precisamos, depois deste dia cansativo! Garanta que o John receba o dele, já que ele gosta tanto.

– Sim, mamãe. Você viu o pulo que ele deu quando a Alice encerrou o discurso? Ele teria ido até ela, se eu não o tivesse segurado. Não me admira que ele estivesse tão contente e orgulhoso. Eu mesma estraguei as luvas de tanto aplaudir e até esqueci meu desagrado por ver mulheres em plataformas elevadas, de tão séria que ela falou, e com tanta naturalidade e doçura, depois do primeiro momento.

– Ele disse alguma coisa para você, querida?

– Não, e eu imagino por quê. Aquele menino tão delicado pensou que me faria infeliz. Não faria. Mas eu conheço o jeito do Demi, então vou esperar e torcer para que tudo corra o melhor possível com ele.

– Tem que correr. Nenhuma moça sensata recusaria o nosso John, embora ele não seja rico e nunca será. Daisy, eu vinha mesmo querendo lhe contar o que ele fez com o dinheiro que tinha, mas ele me contou na noite passada e, de lá para cá, eu não tive oportunidade de contar a você. Ele mandou o jovem Barton para o hospital e o manteve lá até que os olhos do coitado ficaram curados; foi uma coisa muito dispendiosa a fazer. Mas agora o homem pode trabalhar e cuidar dos pais idosos. Ele estava desesperado, doente e pobre, e era orgulhoso demais para pedir; então nosso amado menino descobriu tudo e gastou até o último centavo que tinha, e nunca contou nada nem mesmo para a própria mãe, até que ela o obrigou.

Alice não escutou o que Daisy respondeu, pois estava ocupada lidando com as próprias emoções; felizes agora, a julgar pelo sorriso que brilhava em seus olhos e o gesto decidido com o qual ela acomodou o pequeno botão ao peito, como se dissesse: "Ele merece alguma recompensa por essa boa ação, e vai receber".

A senhora Meg estava falando, ainda sobre John, quando Alice escutou de novo:

– Algumas pessoas achariam isso descuidado e pouco inteligente, já que John possui tão pouco, mas eu considero o primeiro investimento que ele fez muito bom, pois "quem dá aos pobres empresta a Deus", e eu fiquei tão contente e orgulhosa, e não estragaria o gesto oferecendo-lhe nem uma moeda.

– É o fato de não ter nada a oferecer que o mantém em silêncio, eu acho. Ele é tão honesto que não vai pedir, até ter bastante a dar. Mas ele esquece que o amor é tudo e nisso ele é rico, eu sei, eu já vi e já senti, e qualquer mulher deveria ficar grata ao receber.

– Tem razão, querida. Eu senti a mesma coisa quando jovem, e me dispus a trabalhar e a esperar com e pelo meu John.

– Ela também vai se dispor, e espero que eles descubram isso. Mas ela é tão cumpridora de seus deveres e bondosa, tenho medo que não se permita ser feliz. Você gostaria de vê-los juntos, mamãe?

– De todo o coração, pois uma moça melhor e mais nobre não existe. Ela é tudo que quero para o meu filho, e não pretendo deixar que a criaturinha corajosa e querida escape, se eu puder evitar. O coração dela é grande o suficiente para abrigar o amor e o dever, e eles não poderiam ter uma espera mais feliz do que se esperarem juntos; pois vão ter de esperar, é claro.

– Fico tão contente que a escolha dele seja do seu agrado, mãe, porque assim ele será poupado do tipo mais triste de decepção.

A voz de Daisy se interrompeu nesse ponto e um farfalhar repentino, seguido por um murmúrio suave, parecia indicar que ela estava nos braços da mãe, buscando e encontrando consolo.

Alice parou de escutar e fechou a janela com um sentimento de culpa, mas um rosto radiante, pois o provérbio sobre ouvir às escondidas tinha falhado ali, e ela acabava de saber mais do que teria ousado esperar. As coisas pareceram se alterar subitamente: ela sentiu que seu coração era grande o suficiente para o amor e o dever; sabia agora que seria bem recebida pela mãe e pela irmã; e a lembrança do destino menos feliz de Daisy, a penosa provação de Nat, a longa espera e a possível separação para sempre, tudo isso se apresentou a ela com tanta vivacidade que a prudência parecia crueldade; o autossacrifício, bobagem sentimental; e qualquer coisa abaixo da verdade completa, uma deslealdade para com quem a adorava. Enquanto ela refletia, a flor semidesabrochada se juntou ao botão; em seguida, após uma pausa, ela lentamente beijou a rosa perfeita e a adicionou ao grupo mensageiro, dizendo a si mesma com uma espécie de doce solenidade, como se as palavras fossem um juramento:

– Eu vou amar e trabalhar e esperar com e pelo meu John.

Foi bom para ela que Demi estivesse ausente quando ela desceu para se juntar aos convidados, que logo começaram a fluir pela casa em um fluxo constante. O brilho inédito presente em seu rosto, no geral mais tranquilo, podia ser facilmente explicado pelos cumprimentos que ela recebeu como oradora, e houve uma perceptível ligeira agitação, quando um grupo de jovens cavalheiros se aproximou e logo se afastou, nenhum deles reparando nas flores que ela exibia sobre o coração muito feliz. Demi, enquanto isso, estava acompanhando certas figuras veneráveis pelo colégio e ajudando o avô a entretê-los com debates acerca do método de ensino socrático, Pitágoras, Pestalozzi, Froebel e o resto, os quais ele desejava com toda a intensidade que estivessem no fundo do Mar Vermelho, e não é de espantar, pois sua cabeça e seu coração estavam repletos de amor e rosas, esperanças e receios. Ele conduziu os "poderosos, graves e respeitáveis senhores" em segurança até Plumfield, por fim, e os deixou diante do tio e da tia Bhaer, que estavam recebendo em grande estilo, o primeiro cheio de um deleite genuíno por todos os homens e coisas, a segunda suportando com um sorriso o martírio de apertar uma mão após a outra fingindo absoluta inconsciência do triste fato de que o pesadíssimo professor Plock estava estacionado na cauda de seu majestoso e festivo vestido de veludo.

Com um profundo suspiro de alívio, Demi espiou ao redor em busca da menina amada. A maioria das pessoas teria precisado procurar por algum tempo antes que algum anjo em particular pudesse ser descoberto entre o enxame vestido de branco que se espalhava pelos cômodos, corredor e estúdio; mas os olhos dele foram, como a agulha magnética em relação ao Norte, para o canto onde uma cabeça escura e delicada, com sua tiara trançada, elevava-se como a de uma rainha, ele pensou, acima da multidão que a rodeava. Sim, ela trazia uma flor junto ao peito; uma, duas, ah, visão abençoada! Ele viu tudo isso do lado oposto do salão e deu um suspiro de êxtase que levou o cabelo frisado da senhorita Perry a ondular de desgosto súbito. Ele não viu a rosa, pois ela estava oculta por uma dobra da renda; e talvez tenha sido melhor que a felicidade chegasse em prestações, ou ele teria eletrificado todas as pessoas ali reunidas ao voar até sua musa, não havendo Daisy que o segurasse pela ponta do casaco. Uma senhora acima do peso, sedenta por informação, cercou-o naquele momento emocionante, e ele foi obrigado a identificar as celebridades presentes com uma santa paciência que merecia uma recompensa melhor do que de fato recebeu, pois certos episódios de distração mental e incoerência verbal levaram a ingrata viúva a cochichar para a primeira amiga que encontrou depois que ele havia escapado:

– Eu não encontrei vinho em nenhum lugar, mas é evidente que o jovem Brooke tomou demais. Tem modos cavalheirescos, mas está claramente um tiquinho embriagado, minha querida.

Ah, e estava mesmo! Mas com um vinho mais divino do que qualquer um jamais servido no almoço de abertura de um ano letivo, embora muitos colegiais conhecessem o sabor do tipo tradicional, e quando a velha senhora se afastou ele gratamente se virou para encontrar a jovem, determinado a conseguir dizer-lhe uma única palavra. Ele a viu de pé ao lado do piano, agora, distraidamente manuseando partituras enquanto conversava com diversos cavalheiros. Escondendo sua paciência sob um ar de tranquilidade erudita, Demi se aproximou, pronto a avançar quando a ocasião propícia se apresentasse e, enquanto isso, questionando em seu íntimo por que as pessoas mais velhas insistiam em ocupar as jovens, em vez de irem sensatamente sentar nos cantos com gente de sua idade. As pessoas mais velhas em questão afinal se afastaram, mas apenas para serem substituídas por dois jovens impetuosos que pediam à senhorita Heath que os acompanhasse a Parnaso para dançar. Demi queria beber-lhes o sangue, mas foi acalmado ao ouvir George e Dolly dizerem, demorando-se por um instante após a recusa dela:

– Sinceramente, sabe, estou convertido à educação mista e quase desejaria ficar aqui. Dá certa graça ao estudo, uma espécie de satisfação até para o grego, ver moças charmosas na sala de aula – disse Rechonchudo, que julgava o banquete do aprendizado tão insípido que qualquer tipo de molho era bem-vindo, e ele sentia como se tivesse descoberto um novo.

– Sim, por Júpiter! Nós, rapazes, precisamos tomar cuidado ou vocês levarão todas as honras. Você esteve maravilhosa hoje, e prendeu nossa atenção como mágica, apesar do calor que fazia, e acho que não teria aguentado por mais ninguém – acrescentou Dolly, esforçando-se para ser galante e oferecendo, de fato, uma prova comovente de sua devoção, visto que o calor havia derretido seu colarinho, alisado o cabelo cacheado e arruinado suas luvas.

– Há espaço para todos, e se vocês nos deixarem os livros, nós nos renderemos alegremente ao beisebol, à canoagem, à dança e ao flerte, que parecem ser os ramos que vocês preferem – respondeu Alice meigamente.

– Ah, agora você está sendo dura demais conosco. Nós não podemos apenas estudar o tempo todo e vocês, senhoritas, não parecem se importar com um pouco dos dois últimos "ramos" mencionados – devolveu Dolly, lançando a George um olhar que claramente dizia "Agora eu a peguei".

– Sim, algumas de nós, nos primeiros anos. Mas depois deixamos para trás as coisas infantis, entenda. Mas não permitam que eu os mantenha longe de Parnaso – e com um aceno sorridente, dispensou os dois, amargamente conscientes de sua imaturidade.

– Agora você foi pego, Doll. Melhor não tentar enfrentar essas meninas superiores. É garantia de ser derrotado, cavalgado, pisoteado e lançado aos dragões, como diz o provérbio – disse Rechonchudo, um pouco zangado com tanta pretensão.

– Maldito sarcasmo! Não acho que ela seja muito mais velha do que nós. As mulheres amadurecem mais rápido, então ela não precisava se dar ares de importância e falar como uma avó – resmungou Dolly, sentindo que havia sacrificado seus bebês no altar da ingrata Palas.

– Venha, vamos encontrar alguma coisa para comer. Estou exausto de tanto falatório. O velho Plock me encurralou e fez minha cabeça girar de tanto Kant e Hegel e o resto todo.

– Eu prometi para a Dora West que daríamos uma volta. Preciso procurá-la, ela é uma coisinha muito querida e não se importa com nada além de caminhar junto.

E de braços dados, os rapazes se afastaram, deixando Alice a olhar para umas partituras com tanta concentração como se as pessoas ali ao redor de fato não tivessem nenhum atrativo para ela. Quando se curvou para virar uma página, o ansioso jovem atrás do piano viu a rosa, e ficou mudo com o choque do êxtase. Por um momento, ele observou, em seguida se apressou para ocupar o lugar vago, antes que um novo destacamento de chatos chegasse.

– Alice, eu não acredito, você, você entendeu, ah, como poderei agradecer? – murmurou Demi, curvando-se como se também estivesse lendo a canção, embora não enxergasse nenhuma nota nem palavra dela.

– Psss, agora não. Eu entendi. Não mereço, nós somos tão jovens, nós teremos que esperar, mas, mas... Estou muito orgulhosa e feliz, John!

Eu tremo só de pensar no que teria acontecido na sequência daquele sussurro carinhoso se Tom Bangs não tivesse irrompido de súbito e dito alegremente:

– Música? Perfeito. As pessoas estão se dispersando e todos nós queremos um refresco. Minha cabeça está rodando com todas as "ologias" e "ismos" que foram discutidos esta noite. Sim, dê-nos um pouco de música, docinho! Canções escocesas são sempre encantadoras.

Demi ficou vermelho de raiva, mas o menino obtuso não percebeu e Alice, sentindo que tocar seria uma válvula segura para dar vazão às suas várias emoções desgovernadas, sentou-se de imediato e cantou a canção que forneceu uma resposta melhor do que ela teria sido capaz de dar:

Louisa May Alcott

ESPERE UM POUQUINHO
Os meus pais lá em casa, veja bem
Estão frágeis, magros e velhinhos
Sentiriam saudade de mim, meu bem
Se agora eu os deixasse sozinhos
O pó envolve tudo e a hora é penosa
O gado que resta é só três bezerrinhos
Não posso abandoná-los bem agora
É melhor esperarmos um pouquinho
É duro ver como estão enfraquecendo
Pois quando me afasto e sento distante
Eles falam tão sério que estão morrendo
Que agora não posso ser peça faltante
Meu bem, me pressionar não adiantará
Tudo se resolverá num instantinho
O que tem de ser, certamente será
Mas precisamos esperar um pouquinho

A sala estava muito quieta antes que o primeiro verso acabasse e Alice pulou o seguinte temendo não conseguir chegar ao fim, pois os olhos de John estavam sobre ela, mostrando que compreendia que ela cantava para ele, e deixando que a breve canção lamentosa revelasse qual era a resposta. Ele interpretou a música no sentido que Alice pretendia e sorriu com tanta felicidade que o coração dela levou a melhor sobre sua voz, e ela se pôs de pé abruptamente alegando qualquer coisa sobre o calor.

– Sim, você está cansada, é claro; venha para fora descansar, minha querida – e com um ar magistral, Demi a conduziu para a luz das estrelas, deixando Tom a observá-los piscando, confuso como se um foguete tivesse de repente sido lançado bem debaixo de seu nariz.

– Ora essa! Então o Pároco trabalhou a sério no último verão e nem me contou nada. Ah, Dora vai gostar de saber – e Tom saiu às pressas para transmitir e celebrar sua descoberta.

O que foi dito no jardim nunca foi conhecido com exatidão, mas os Brookes ficaram acordados até bem tarde naquela noite, e quaisquer olhos curiosos à janela teriam visto Demi recebendo a homenagem das mulheres da família, quando contou sobre seu pequeno romance. Josie tomou para si um grande crédito sobre a questão, insistindo ter sido ela a unir o par; Daisy estava repleta de doce empatia e de alegria, e a senhora Meg se sentia tão feliz que, quando Jo se retirou para sonhar com véus de noiva e Demi se sentou em seu quarto cantarolando abençoadamente a melodia de *Espere um pouquinho*, ela teve a conversa planejada sobre Nat, encerrando-a com os braços em volta da filha obediente e estas palavras acolhedoras como recompensa:

– Espere até que Nat venha para casa, e então minha boa menina usará rosas brancas também.

Vida por vida

Os dias de verão que se seguiram foram cheios de descanso e prazer para jovens e idosos, que faziam as honras de Plumfield para os felizes convidados. Enquanto Franz e Emil se ocupavam dos assuntos do tio Hermann e do capitão Hardy, Mary e Ludmilla faziam amigos por onde passavam, pois, apesar de muito diferentes, ambas eram moças excelentes e encantadoras. A senhora Meg e Daisy acharam a noiva alemã uma *Hausfrau*[95] ao estilo delas e passaram horas deliciosas aprendendo novas receitas, ouvindo sobre as grandes faxinas semestrais e os esplêndidos quartos de linho de Hamburgo ou conversando sobre todos os aspectos da vida doméstica. Ludmilla não apenas ensinou, mas também aprendeu bastante coisa, e foi para casa com muitas ideias novas e úteis em sua cabeça loira.

Mary era viajada, conhecia tanto do mundo que tinha uma vivacidade incomum para moças inglesas, ao mesmo tempo que seus diversos

---
[95] "Dona de casa", em alemão no original. (N.T.)

talentos faziam dela uma companhia muitíssimo agradável. O bom senso era seu lastro, e as recentes experiências de perigo e felicidade lhe deram certa gravidade meiga que contrastava muito bem com a jovialidade natural. A senhora Jo estava bastante contente com a escolha de Emil e tinha certeza de que aquela comandante honesta e carinhosa iria trazê-lo em segurança ao porto sob tempo bom ou ruim. Ela receara que Franz se acomodasse em uma vida burguesa confortável e lucrativa e que se contentasse com isso; mas logo percebeu que o amor dele à música e sua plácida Ludmilla adicionavam muita poesia à vida ocupada dele, assim impedindo-o de tornar-se prosaico demais. Desse modo, ela ficou tranquila em relação àqueles dois meninos e desfrutou da visita deles com verdadeira satisfação maternal; ao se despedir deles, em setembro, a senhora Jo sentiu profunda tristeza, mas também grandes esperanças, enquanto eles partiam para a nova vida que se estendia à frente deles.

O noivado de Demi foi revelado apenas à família mais imediata, já que ambos foram declarados jovens demais para qualquer coisa além de amar e esperar. Os dois estavam tão felizes que o tempo pareceu parar em seu favor, e após uma semana abençoada, eles se separaram bravamente: Alice rumo às obrigações em casa, com uma esperança que a apoiou e alegrou ao longo de muitas provações, e John de volta ao trabalho, cheio de um ardor renovado que tornava todas as coisas possíveis, quando uma recompensa daquelas era oferecida.

Daisy se alegrava por eles e nunca se cansava de ouvir os planos do irmão. Sua própria esperança logo a devolveu à antiga forma: uma criatura alegre, ocupada, com um sorriso, uma palavra gentil e uma oferta de ajuda para todos; ela andava pela casa cantarolando outra vez, e a senhora Meg sentia que havia sido encontrado o remédio certo para a tristeza anterior. A mãe protetora ainda tinha dúvidas e receios, mas sabiamente os guardou para si, enquanto preparava testes a serem aplicados quando Nat voltasse para casa e se mantinha atenta às cartas que chegavam de Londres, pois alguma pista misteriosa parecia ter atravessado o mar, e o contentamento de Daisy parecia refletido no atual estado de espírito animado de Nat.

Tendo superado o período de Werther e provado um pouco de Fausto (cuja experiência ele contou para sua Marthe como se incluísse ter conhecido Mefistófeles, Blocksburg e a adega de Auerbach), ele agora sentia que era um Wilhelm Meister, um aprendiz dos grandes mestres da vida[96]. Como conhecia a verdade sobre os pequenos pecados e o grande arrependimento dele, Daisy apenas sorria daquela miscelânea de amor e filosofia, ciente de que era impossível a um jovem rapaz morar na Alemanha sem absorver um pouco do espírito alemão.

– O coração dele está em ordem, e a cabeça vai ficar mais lúcida assim que ele sair da névoa de tabaco, cerveja e metafísica em que vem vivendo. A Inglaterra vai despertar o senso comum dele e o vento marinho vai dissipar essas pequenas tolices – disse a senhora Jo, muito satisfeita com as boas perspectivas de seu violinista, cujo retorno tinha sido adiado até a primavera, para grande pesar dele, mas em nome do progresso profissional.

Josie passou um mês com a senhorita Cameron à beira-mar, e se jogou com tamanha dedicação às aulas que sua energia, seu comprometimento e paciência lançaram as bases de uma amizade que seria de valor incalculável para ela nos ocupados e brilhantes anos vindouros, pois os instintos da pequena Jo estavam corretos: o talento dramático dos Marches haveria de desabrochar aos poucos em uma atriz virtuosa e amada.

Tom e sua Dora percorriam tranquilamente o caminho rumo ao altar; o senhor Bangs, temeroso de que o filho mais uma vez mudasse de

---

[96] Referências à obra do alemão Johann Wolfgang von Goethe (1749-1832): Werther é o protagonista que se mata por amor em *Os sofrimentos do jovem Werther*. Fausto, no longo poema de mesmo nome, ama Marthe, e para conquistá-la negocia sua alma com o diabo, representado por Mefistófeles; Blocksburg é uma localidade; a adega de Auerbach é um cenário da história. No romance *Os anos de aprendizado de Wilhelm Meister*, o personagem principal vive um processo de desenvolvimento espiritual, psicológico, social e político. (N.T.)

opinião e tentasse uma terceira carreira, consentiu depressa e aliviado com o casamento imediato, como uma espécie de âncora para conter o espírito mercurial de Thomas. O referido Thomas já não podia se queixar de rejeição, pois Dora era a companheira mais devotada e querida, e tornava sua vida tão agradável que o antigo talento para se meter em encrencas estava aparentemente perdido, e parecia provável que se transformaria em um homem bem-sucedido, com um talento inegável para a profissão que tinha escolhido.

— Vamos nos casar no outono e morar com o meu pai por um período. O chefão não está ficando mais jovem, você sabe, e minha esposa e eu precisamos cuidar dele. Mais tarde, teremos nosso próprio estabelecimento — era o discurso favorito dele por essa época, e costumava ser recebido com sorrisos, pois a ideia de Tommy Bangs como o cabeça de um "estabelecimento" era irresistivelmente engraçada para todos que o conheciam.

As coisas estavam nesse estado propício e a senhora Jo começava a pensar que suas provações haviam acabado por aquele ano, quando uma nova agitação surgiu. Diversos cartões postais chegavam a longos intervalos, enviados por Dan, que informava "Aos cuidados de M. Mason, etc." como seu endereço. Com esse artifício, ele conseguia satisfazer seu anseio por notícias de casa e mandar mensagens curtas para acalmar a surpresa deles com sua demora em se estabelecer. O último, que chegou em setembro, indicava "Montana" e dizia apenas:

Cheguei, afinal. Tentando mineração de novo, mas não ficarei muito. Todo tipo de sorte e má sorte. Desisti da ideia da fazenda. Contarei planos em breve. Bem, ocupado e muito feliz. D. K.

Se eles soubessem o que significava o grande traço que sublinhava "feliz", aquele cartão postal teria sido um pedaço de papelão muito revelador, pois Dan estava livre e tinha rumado imediatamente para a liberdade pela qual tanto ansiara. Encontrou por acaso um velho amigo, convenceu-o a contratá-lo temporariamente como supervisor e achou bastante agradável a companhia até dos mineiros mais rudes, além de algo no trabalho físico ser maravilhosamente prazeroso, depois de tanto tempo na oficina de pincéis. Ele amava quebrar pedras e lutar com a terra até ficar exausto, o que acontecia depressa, pois aquele ano como cativo deixara marcas sobre sua constituição esplêndida. Ele queria muito ir para casa, mas esperou semana após semana para livrar-se da mácula da prisão e da aparência abatida do rosto. Enquanto isso, travou amizade com chefes e operários e, como ninguém ali conhecia sua história, ele retomou seu lugar no mundo com alívio e gratidão; com pouco de orgulho, agora, e sem planos, além de fazer o bem em algum lugar e apagar o passado.

A senhora Jo estava fazendo uma grande arrumação em sua escrivaninha certo dia de outubro, enquanto a chuva caía torrencialmente lá fora e a paz reinava em casa. Encontrando os postais, ela refletiu sobre eles e depois os guardou com todo o cuidado na gaveta etiquetada "Cartas dos meninos", dizendo a si mesma, enquanto descartava no cesto de papéis onze pedidos de autógrafo:

— Está mais do que na hora de mais um postal, a menos que ele esteja a caminho para contar seus planos. Estou muito curiosa para saber como ele passou o último ano e o que anda fazendo atualmente.

Seu último desejo foi concedido uma hora depois, quando Ted entrou correndo, com um jornal em uma mão e um guarda-chuva fechado na outra, o rosto cheio de agitação, anunciando, em um jorro de fôlego único:

— Uma mina cedeu, tinha vinte homens presos, nenhuma saída, esposas desesperadas, água entrando, Dan sabia de um poço, arriscou a vida, resgatou os mineiros, quase morreu, os jornais só falam disso, eu sabia que ele seria um herói, três vivas pro velho Dan!

— O quê? Onde? Quando? Quem? Pare de berrar e me deixe ler! — ordenou a mãe, totalmente estupefata.

Entregando o jornal, Ted permitiu que ela lesse por si mesma, com interrupções frequentes dele mesmo e de Rob, que logo chegou, ansioso pela história. Não era inédito, mas a bravura e a devoção sempre comovem os corações generosos e granjeiam admiração. Então, o relato era tanto ilustrado quanto entusiasmado, e o nome de Daniel Kean, o homem corajoso que salvara a vida de outros arriscando a própria, era repetido por muitas bocas naquele dia. Muito orgulhosos estavam os rostos desses amigos enquanto eles liam sobre como Dan tinha sido o único que, no pânico inicial provocado pelo acidente, havia se lembrado do velho poço que levava ao interior da mina; estreito, mas a única esperança de fuga, caso os homens pudessem ser tirados antes que a água, que não parava de subir, os afogasse; como ele foi baixado sozinho, dizendo aos outros que se mantivessem afastados até que ele visse se era seguro; como ouviu os pobres coitados partindo desesperadamente as rochas do outro lado, lutando por suas vidas; e como, por meio de batidas e gritos, ele os guiou até o lugar certo, depois liderou o grupo de resgate e, agindo como um herói, tirou os homens a tempo. Ele foi o último de todos a ser içado; a corda se rompeu e ele sofreu uma queda terrível, ficou bastante ferido, porém estava vivo. Como mulheres agradecidas beijaram seu rosto enegrecido e suas mãos sangrentas enquanto os homens o carregavam em triunfo e os proprietários da mina prometiam uma bela recompensa, se ele sobrevivesse para recebê-la!

– Ele precisa sobreviver! E vai, e virá para casa para ser cuidado assim que puder, nem que eu tenha que ir buscá-lo pessoalmente! Eu sempre soube que ele faria algo bom e corajoso, se não levasse um tiro nem fosse enforcado antes por alguma brincadeira selvagem – exclamou a senhora Jo, muitíssimo agitada.

– Vá buscá-lo sim, mãe, e me leve com você. Tem que ser eu, porque o Dan gosta tanto de mim e eu dele – começou Ted, sentindo que aquela expedição seria muito de seu feitio.

Antes que a mãe pudesse responder, o senhor Laurie entrou, fazendo quase a mesma confusão e tanto barulho quanto Teddy, e exclamou, agitando o jornal vespertino:

– Viu as notícias, Jo? O que você acha? Devo partir agora mesmo e cuidar do nosso valente menino?

– Eu gostaria que você fosse, mas a coisa pode não ser totalmente verdadeira, rumores mentem. Talvez as próximas horas tragam uma versão totalmente nova da história.

– Eu telefonei ao Demi pedindo que ele descubra tudo que puder a respeito e, se for verdade, partirei imediatamente. Vou gostar da viagem. Se ele estiver em condições, eu o trarei para casa; se não, ficarei cuidando dele. Vai dar tudo certo, o Dan nunca morreria por cair de cabeça. Ele tem nove vidas e ainda não gastou nem metade.

– Se você for, tio, eu não poderia ir junto? Estou morrendo de vontade de viajar e seria tão divertido estar lá com você e ver as minas e o Dan e saber da história toda e ajudar. Eu sei ser enfermeiro, não sei, Rob? – perguntou Teddy, com sua voz mais bajuladora.

– Sabe muito bem. Mas se a mamãe não puder abrir mão de você, estou pronto, caso o tio precise de alguém – respondeu Rob, de seu jeito tranquilo, parecendo muito mais adequado para a missão do que o excitável Ted.

– Não posso abrir mão de nenhum de vocês. Meus meninos se metem em confusão, a menos que eu os mantenha por perto em casa. Não tenho direito de segurar os demais, mas não perderei vocês dois de vista, do contrário alguma coisa acabará acontecendo. Nunca vi um ano como este, com naufrágios e casamentos e enchentes e noivados e todo tipo de catástrofe! – exclamou a senhora Jo.

– Se você lida com meninas e meninos, precisa estar preparada para este tipo de coisa, madame. Mas o pior já passou, espero, e logo os rapazes começarão a partir. Então, eu ficarei ao seu lado, pois você precisará de todo tipo de apoio e consolo, em especial se também o Ted bater asas cedo – riu o senhor Laurie, divertindo-se com os lamentos dela.

– Não creio que algo ainda possa me surpreender agora, mas estou preocupada com Dan e sinto que alguém deveria ir até ele. O mundo é um lugar inóspito e talvez ele precise de cuidados sérios. Pobre rapaz, parece que ele recebe uma boa quantidade de golpes! Mas talvez ele precise disso como *"porcesso de arpimoramento"*, como a Hannah costumava dizer.

– Não vai demorar até recebermos notícias do Dan, e então eu irei – com essa promessa alegre, o senhor Laurie foi embora e Ted, vendo a mãe irredutível, foi atrás, para persuadir o tio a levá-lo.

A pesquisa complementar confirmou os fatos e ainda lhes acrescentou interesse. O senhor Laurie partiu de imediato e Tom o acompanhou até a cidade, ainda implorando em vão para ser levado até seu querido Dan. Ficou fora o dia todo, mas a mãe disse, calmamente:

– É só um surto de mau humor porque ele está frustrado. Ele está seguro com o Tom ou com o Demi e vai voltar para casa à noite, faminto e arrependido. Conheço meu filho.

Mas ela logo descobriu que ainda podia ser surpreendida, pois o entardecer não trouxe Ted e ninguém o tinha visto. O senhor Bhaer estava se aprontado para sair em busca do filho perdido quando chegou um telegrama, despachado de uma das estações na rota do senhor Laurie:

Encontrei Ted no vagao. Levo-o comigo. Escreverei amanhã.
T. Laurence

– O Ted bateu asas mais cedo do que você esperava, mamãe. Mas não se preocupe, o tio vai tomar conta dele e o Dan vai ficar muito contente de vê-lo – disse Rob para a mãe que, sentada, tentava digerir o fato de seu caçula estar a caminho do Oeste selvagem.

– Que menino desobediente! Vai receber um castigo e tanto, se eu puser as mãos nele de novo. Laurie compactuou com a travessura, tenho certeza. É bem o estilo dele. Ah, esses dois malandros não vão se divertir muito? Queria estar com eles! Não acredito que aquele menino doido tenha levado junto nem um pijama ou um casaco. Bem, teremos dois pacientes de quem cuidar, quando eles voltarem, se é que vão voltar. Esses trens expressos são totalmente imprudentes e caem de precipícios e queimam ou somem. Ah, Ted, minha preciosidade, como fui deixar que você fosse para tão longe de mim?

E, como é típico das mães, a senhora Jo aos poucos diluiu a ameaça do castigo nas queixas carinhosas sobre o fujão feliz, que agora atravessava o continente em alta velocidade, exultante com o sucesso de sua primeira revolta. O senhor Laurie achou muito divertida a insistência dele sobre "quando Ted bater asas" terem sido as palavras que lhe deram a ideia e que, portanto, a responsabilidade pesava sobre seus ombros. Ele presumiu isso com leveza, a partir do momento em que, por acaso, encontrou o rapaz dormindo em um dos vagões, sem bagagem visível exceto por uma garrafa de vinho para Dan e uma escova para si mesmo e, tal como a senhora Jo suspeitava, os "dois malandros" se divertiram muito realmente. Cartas arrependidas chegaram no devido tempo e os pais irados logo se esqueceram das repreensões, em sua aflição quanto a Dan, que estava muito mal e por vários dias não reconheceu os amigos. Depois, ele começou a se recuperar, e todos perdoaram o menino peralta quando ele orgulhosamente relatou que as primeiras palavras conscientes que Dan disse foram: "Oiê, Ted!", com um sorriso de prazer ao ver um rosto conhecido curvado sobre ele.

– Ainda bem que ele foi, e não vou mais dar bronca. Agora, o que vamos despachar por correio para o Dan? – e a senhora Jo amainou sua impaciência para poder cuidar do doente, mandando mimos suficientes para um hospital inteiro.

Relatos animadores logo começaram a chegar, e dali a pouco Dan foi declarado apto a viajar, entretanto não parecia ter pressa de ir para casa, embora nunca se cansasse de ouvir seus enfermeiros particulares falarem a respeito.

"O Dan está estranhamente mudado", escreveu Laurie para Jo. "Não pelo acidente em si, mas por algo que com toda a certeza aconteceu antes. Não sei o que é e deixarei que você pergunte, mas, pelos ataques que teve enquanto delirava, temo que tenha tido alguns problemas bem sérios no ano passado. Ele parece dez anos mais velho, porém também evoluído, mais tranquilo e muito grato a nós. É comovente ver a fome em seus olhos quando pousam em Ted, como se ele não conseguisse vê-lo o suficiente. Diz que Kansas foi um fracasso, mas não consegue falar muito, então vou dando tempo ao tempo. As pessoas aqui o adoram e ele se importa com esse tipo de coisa, agora; costumava desprezar qualquer demonstração de afeto, você se lembra; agora, quer que todos tenham uma boa opinião sobre ele e não sabe o que mais fazer para conquistar estima e respeito. Pode ser que eu esteja totalmente errado, você logo descobrirá. Ted está vivendo à grande e à larga, a viagem lhe fez muitíssimo bem. Você me deixa levá-lo para a Europa quando nós formos? Ser o filhinho da mamãe não faz o gênero dele mais do que fazia o meu, quando propus fugir para Washington com você mais ou menos um século atrás. Você não se arrependeu de não ir?"

Aquela carta particular pôs em brasa a imaginação vívida da senhora Jo, e ela fantasiou todos os tipos de crime, aflição e complicações que poderiam ter se abatido sobre Dan. Ele estava fraco demais para ser importunado com perguntas agora, mas ela prometeu a si mesma as mais interessantes revelações para quando o tivesse a salvo em casa; pois o "Nuvem de Fogo" era seu menino mais interessante. Ela implorou a ele que voltasse, e gastou mais tempo redigindo uma carta capaz de trazê-lo do que nos episódios mais eletrizantes de seus "trabalhos".

Ninguém além de Dan viu a carta, mas ela de fato o levou de volta e, em certo dia de novembro, o senhor Laurie ajudou um homem fraco a descer de uma carruagem em frente a Plumfield, e a mamãe Bhaer recebeu o andarilho como um filho resgatado, enquanto Ted, com um chapéu de aparência embaraçosa e um par de botas absurdas, executou uma espécie de dança de guerra ao redor do curioso grupo.

– Já para cima descansar; eu sou a enfermeira agora, e este fantasma precisa comer antes de conversar com alguém – ordenou a senhora Jo, tentando não demonstrar seu choque diante da sombra pálida, esquálida, tosquiada e barbeada do rapaz vigoroso de quem havia se despedido.

Dan ficou mais do que satisfeito em obedecer, e se deitou no longo sofá no quarto que tinha sido preparado para ele olhando ao redor com a tranquilidade de uma criança doente devolvida à própria cama e aos braços da mãe, enquanto a nova enfermeira o alimentava e refrescava, controlando com grande valentia as perguntas que queimavam em sua língua. Estando abatido e fraco, ele logo adormeceu, e ela então se afastou para desfrutar da companhia dos "malandros", a quem repreendeu e afagou, questionou e elogiou, para júbilo de seu coração.

– Jo, eu acho que o Dan cometeu um crime e sofreu por isso – disse o senhor Laurie, quando Ted saiu para mostrar as botas e contar aos amigos histórias cada vez mais enfeitadas sobre os perigos e as delícias da vida dos mineiros. – Alguma experiência terrível aconteceu ao rapaz e destruiu seu espírito. Ele estava bastante fora de si quando nós chegamos e eu assumi a vigília, então escutei mais daquelas falas tristes e sem sentido do que qualquer um. Ele mencionava um "diretor", um julgamento, um homem morto, um Blair e um Mason, e ficava me estendendo a mão, perguntando se eu a aceitava e se o perdoaria. Uma vez, quando ele estava quase selvagem, segurei seus braços e ele logo parou de se agitar, implorando que eu não "pusesse as algemas". Juro, algumas vezes foi muito duro ouvi-lo falar durante a noite sobre Plum e sobre você, suplicando para ser libertado para poder voltar para casa para morrer.

— Ele não vai morrer, e sim viver para se arrepender de qualquer coisa que possa ter feito; então não me atormente com essas pistas sombrias, Teddy. Não me importa que ele tenha desrespeitado todos os Dez Mandamentos, eu vou ficar ao lado dele e você também, e juntos vamos colocá-lo nos eixos e fazer dele um homem bom. Pela aparência do rosto, eu sei que ele não está perdido. Não diga uma palavra a ninguém, vou saber a verdade muito em breve — respondeu a senhora Jo, ainda leal ao seu mau menino, embora muito aflita pelo que tinha ouvido.

Por alguns dias, Dan descansou e viu poucas pessoas; depois, bons cuidados, ambiente alegre e o aconchego de estar em casa começaram a fazer efeito, e ele se tornou mais parecido com o velho Dan, apesar de ainda calado quanto às experiências recentes, alegando ordens médicas para não conversar muito. Todos queriam vê-lo, mas ele recusava, com exceção dos velhos amigos, e "mais vale a cama que a fama", disse Ted, muito desapontado por não poder exibir seu valente Dan.

— Não havia um só homem lá que não teria feito o mesmo, então por que fazer fila por minha causa? — perguntava o herói, sentindo mais vergonha do que orgulho do braço quebrado, que atraía muita atenção na tipoia.

— Mas não é agradável pensar que você salvou vinte vidas, Dan, e entregou maridos, filhos e pais de volta às mulheres que os amam? — perguntou a senhora Jo certa tarde, quando eles estavam sozinhos depois que diversos visitantes tinham sido mandados embora.

— Agradável! Foi só isso que me manteve vivo, isso sim; é verdade, eu prefiro ter feito isso a ser empossado presidente ou me tornar qualquer outro figurão do mundo. Ninguém imagina o alento que é saber que salvei vinte homens para mais do que compensar pelo — e aqui ele se interrompeu de repente, tendo claramente se deixado levar por alguma emoção intensa da qual sua ouvinte não tinha a menor pista.

– Eu imaginei que você se sentiria assim. É uma coisa maravilhosa salvar uma vida colocando a própria em risco, como você fez, e quase a perdeu – começou a senhora Jo, desejando que ele tivesse dado sequência à fala impulsiva tão típica de seus velhos modos.

– Quem encontrar sua vida há de perdê-la, quem a perder por amor a mim há de encontrá-la – murmurou Dan, encarando o fogo alegre que clareava o quarto e brilhava em seu rosto magro com um tom avermelhado.

A senhora Jo ficou tão assombrada por ouvir aquelas palavras saindo dos lábios dele que exclamou, muito feliz:

– Ah, então você leu mesmo aquele livrinho que eu lhe dei, e manteve sua promessa?

– Li um bom trecho, depois de algum tempo. Ainda não sei muito, mas estou pronto a aprender, e isso já é alguma coisa.

– Isso é tudo. Ah, meu querido, conte-me a respeito. Sei que alguma coisa está pesando em seu coração, deixe-me ajudá-lo a suportar e assim tornar o fardo mais leve.

– Eu sei que tornaria; eu quero contar; mas algumas coisas nem a senhora poderia perdoar e, se a senhora desistir de mim, tenho medo de não conseguir me manter à tona.

– Mães conseguem perdoar qualquer coisa! Conte-me tudo e tenha certeza de que eu nunca vou desistir de você, mesmo que o mundo inteiro lhe dê as costas.

A senhora Jo tomou uma das grandes e gastas mãos dele entre as suas e a segurou firme, esperando em silêncio até que o contato prolongado aquecesse o pobre coração de Dan e lhe desse coragem para falar. Sentado em sua velha postura, com a cabeça nas mãos, ele lentamente contou tudo, sem elevar o olhar nenhuma vez, até que as últimas palavras saíram de seus lábios.

– Agora a senhora sabe. Vai conseguir perdoar um assassino e ter em casa um passarinho que já esteve engaiolado?

A única resposta dela foi abraçá-lo e apoiar a cabeça tosquiada em seu peito, com olhos tão marejados que mal conseguiam enxergar a esperança e o medo que tornavam as lágrimas dele tão trágicas.

Aquilo foi melhor do que qualquer palavra; o pobre Dan agarrou-se a ela em muda gratidão, sentindo a bênção do amor materno, aquele dom divino que conforta, purifica e fortalece todos que o buscam. Duas ou três gotas grossas e amargas se ocultaram no pequeno xale onde a bochecha de Dan se apoiava, e ninguém jamais soube da maciez e do acolhimento que aquilo lhe proporcionou, depois dos travesseiros duros onde por tanto tempo ele vinha pousando a cabeça. O sofrimento simultâneo da mente e do corpo havia destruído seu orgulho, e o fardo tornado leve trouxe tamanha sensação de alívio que, por um momento, ele ficou imóvel no quarto fracamente iluminado, apenas desfrutando.

– Meu pobre menino, como você sofreu esse ano, enquanto nós o imaginávamos livre como o ar! Por que você não nos contou, Dan, e nos deixou ajudar? Você duvidou de seus amigos? – perguntou a senhora Jo, deixando de lado todas as emoções, exceto solidariedade, enquanto suspendia o rosto escondido e lançava um olhar reprovador sobre os grandes olhos profundos que, agora, sustentavam francamente seu olhar.

– Tive vergonha. Tentei aguentar tudo sozinho para não chocar nem desapontar a senhora, como sei que desapontei, apesar da sua tentativa de não demonstrar. Não precisa disfarçar, eu preciso mesmo ir me acostumando – e os olhos de Dan baixaram de novo, como se não suportassem ver a perturbação e o desânimo que sua confissão havia provocado no rosto de sua melhor amiga.

– Eu estou chocada e desapontada pelo pecado, mas também muito aliviada, orgulhosa e grata que meu pecador tenha se arrependido e expiado, e esteja pronto para ser melhor a partir da amarga lição. Ninguém saberá a verdade, a não ser o Fritz e o Laurie; nós devemos isso a eles, e ambos vão sentir o mesmo que eu – respondeu a senhora

Jo, ponderando sabiamente que a franqueza absoluta seria um estimulante melhor do que um excesso de simpatia.

– Não, não vão, os homens nunca perdoam como as mulheres. Mas eu concordo. Por favor, conte a eles por mim, e vamos resolver logo. O senhor Laurence já sabe, acho. Eu dei com a língua nos dentes quando estava delirando, mas ele foi muito gentil mesmo assim. Eu consigo aguentar que eles saibam, mas, ah, não o Ted, não as meninas! – Dan agarrou o braço dela com uma expressão tão suplicante que ela se apressou em garantir a ele que ninguém iria saber, exceto os dois velhos amigos, e ele se acalmou como que envergonhado de seu surto de pânico.

– Não foi assassinato, veja bem, foi autodefesa. Ele atacou primeiro e eu precisei revidar. Nunca tive intenção de matar o sujeito, mas temo que isso não me preocupe tanto quanto deveria. Eu mais do que paguei pelo que fiz, e um patife daqueles fica melhor fora do mundo do que nele, mostrando aos meninos o caminho para o inferno. Sim, eu sei que a senhora acha isso terrível em mim, mas não posso evitar. Eu odeio trapaceiros como odeio coiotes furtivos, sempre quero dar um tiro neles. Talvez fosse melhor se ele tivesse me matado, minha vida está destruída.

A antiga atmosfera da prisão pareceu baixar como uma nuvem sombria sobre o rosto de Dan enquanto ele falava, e a senhora Jo teve medo do vislumbre que aquela imagem lhe transmitiu, do fogo que ele tinha precisado atravessar para escapar vivo, mas marcado para sempre. Tentando voltar a mente dele para coisas mais leves, ela disse, animada:

– Não está, não. Por causa dessa provação, você aprendeu a valorizar mais a vida e a fazer melhor uso dela. Não foi um ano perdido, e sim um que talvez se prove como o mais útil de todos que você vai viver. Tente pensar assim e recomece; nós vamos ajudar e todos teremos mais confiança em você por causa desse erro. Todos nós erramos e seguimos em frente.

– Nunca mais poderei ser como era antes. Eu me sinto com 60 anos e nada mais me importa, agora que estou aqui. Deixe-me ficar até que eu firme as pernas, e então irei embora e nunca mais vou perturbá-la – disse Dan, abatido.

– Você agora está fraco e desanimado, mas isso vai passar. Logo você vai partir para o seu trabalho missionário entre os indígenas com toda a velha energia, com uma paciência nova, mais autocontrole e a sabedoria recém-adquirida. Conte-me mais sobre o bom capelão e sobre a Mary Mason e a senhora cujas palavras casuais tanto o ajudaram. Quero saber tudo sobre as provações do meu pobre menino.

Conquistado pelo interesse dela, Dan se iluminou e tagarelou até ter posto para fora a história completa daquele ano amargo, e se sentiu melhor pelo fardo que havia descarregado.

Se ele soubesse como a carga pesava no coração de sua ouvinte, teria se contido; ela, porém, escondeu seu sofrimento até tê-lo mandado para a cama, reconfortado e tranquilo, e só então chorou, chorou e chorou, para grande aflição de Fritz e de Laurie, até que eles ouviram a história e se juntaram a ela no lamento. Depois, todos se animaram e se aconselharam mutuamente quanto à melhor forma de ajudar na pior de todas as "catástrofes" que o ano havia trazido.

O cavaleiro de Aslauga

Foi interessante observar a mudança que ocorreu em Dan depois daquela conversa. Um grande peso parecia ter sido tirado de seus ombros e, apesar de o velho ímpeto vez por outra ainda irromper, ele seguiu firme na tentativa de demonstrar gratidão, amor e honra àqueles verdadeiros amigos, agindo com uma humildade e uma confiança novas, muito gratificantes para eles e muito útil para ele. Depois de ouvir a história pela senhora Jo, o Professor e o senhor Laurie não fizeram mais referência ao relato do que um aperto de mãos caloroso, um olhar compassivo e uma palavrinha de incentivo pelos quais os homens comunicam sua solidariedade, e uma gentileza redobrada que não deixava dúvida sobre o perdão deles. O senhor Laurie começou imediatamente a despertar o interesse de pessoas influentes pela missão de Dan, e pôs em movimento o maquinário que precisa de tanta lubrificação, antes que qualquer coisa possa ser feita, sempre que o governo está envolvido.

O senhor Bhaer, com a habilidade de um verdadeiro professor, deu à mente faminta de Dan algo para fazer e o ajudou a se entender melhor dando continuidade à tarefa do bom capelão, e fez isso com tanto carinho que o pobre sujeito com frequência dizia sentir como se tivesse encontrado um padre. Os meninos o levavam para passear e o divertiam com suas travessuras e planos, enquanto as mulheres, velhas e jovens, cuidavam dele e o mimavam até ele sentir-se como um sultão com uma multidão de escravos dedicados, cumpridores de seus menores desejos. Uma parte bem pequena disso tudo teria bastado para Dan, que sofria do típico horror masculino a muito carinho, e tinha tão pouca familiaridade com a doença que se rebelava contra as ordens médicas para ficar quieto; toda a autoridade da senhora Jo e toda a engenhosidade das meninas foram necessárias para impedi-lo de sair do sofá bem antes que as costas estivessem endireitadas e a cabeça curada. Daisy cozinhava para ele; Nan cuidava dos remédios; Josie lia em voz alta para passar as longas horas de inatividade que tanto pesavam nas mãos do paciente; Bess levou todos os seus desenhos e moldes para entretê-lo e, atendendo a um pedido especial, montou um suporte de modelagem no quarto onde ele convalescia e começou a esculpir a cabeça de búfalo que ele lhe trouxera. Aquelas tardes eram a parte mais agradável do dia e a senhora Jo, trabalhando ali perto no escritório, conseguia enxergar o trio animado e apreciar as belas interações que ocorriam. As meninas se orgulhavam bastante do sucesso de seus esforços e se estimulavam mutuamente a ser muito divertidas, trocando impressões sobre o estado de espírito de Dan com o tato feminino que a maior parte das mulheres desenvolve ainda antes de sair dos cueiros. Quando ele estava alegre, o quarto trepidava de risos; quando triste, elas liam ou trabalhavam em respeitoso silêncio até que sua terna paciência o animasse outra vez; quando ele tinha dores, elas voavam sobre ele como "um par de anjos", como ele mesmo dizia. Ele com frequência chamava Josie de "mãezinha", mas Bess era sempre "princesa", e seus modos para com as duas primas eram totalmente diversos. Josie às vezes o enervava com seu jeito agitado, com as peças longuíssimas que gostava de ler e as broncas maternais que lhe dava quando ele quebrava as regras, pois ter o rei das criaturas sob seu poder parecia-lhe tão delicioso que ela o teria comandado com um bastão de ferro, se ele se submetesse. Com Bess, que tinha um estilo mais delicado, ele nunca demonstrava impaciência nem cansaço: obedecia a tudo que ela falava, esforçava-se para parecer bem em sua presença e se interessava tanto pelo trabalho dela que passava horas observando-a sem se cansar, enquanto Josie lia para ele em seu melhor estilo alheado.

A senhora Jo observava e chamava a cena de "Una e o leão[97]", o que vinha muito a propósito, embora a juba do leão estivesse cortada e Una nunca tentasse pôr arreios nele. As senhoras mais velhas faziam sua parte no fornecimento de iguarias e no cumprimento de todos os desejos dele, mas a senhora Meg estava ocupada em casa, a senhora Amy cuidava dos preparativos da viagem à Europa na primavera e a senhora Jo estava "no olho do furacão", pois o livro seguinte havia se atrasado bastante por causa dos recentes eventos domésticos. Sentada à escrivaninha, remexendo papéis ou mordendo pensativamente a caneta enquanto esperava que a inspiração divina descesse, ela muitas vezes se esquecia de seus heróis e heroínas ficcionais ao estudar os modelos vivos à sua frente e assim, por olhares, palavras e gestos casuais, percebeu um pequeno romance de que ninguém mais suspeitava.

A cortina pendurada no batente estava em geral afastada, dando à senhora Jo uma visão do grupo junto à ampla janela projetada para fora: Bess de um lado, de blusa cinza e ocupada com suas ferramentas; Josie do lado oposto, entretida com um livro; entre elas, em um grande sofá repleto de muitas almofadas, estendia-se Dan, com um roupão oriental multicolorido presenteado pelo senhor Laurie e usado para agradar

---

[97] "Una e o leão" foi uma moeda de ouro de cinco libras criada em 1839 para celebrar o início do reinado da rainha Vitória, dois anos antes. (N.T.)

às meninas, embora o convalescente preferisse sua velha jaqueta, "sem caudas para estorvar". Ele ficava de frente para o escritório da senhora Jo, mas nunca parecia vê-la, pois seus olhos estavam sempre na figura esguia à sua frente, com o pálido sol de inverno tocando seus cabelos dourados e as mãos delicadas, que modelavam a argila com tanta habilidade. Josie mal era visível, balançando violentamente na pequena cadeira à cabeceira do sofá, e o murmúrio constante de sua voz juvenil era, em geral, o único som que rompia a quietude do quarto, a menos que uma conversa repentina surgisse a respeito do livro ou do búfalo.

Algo nos olhos grandes, maiores e mais pretos do que nunca no rosto magro e pálido, tão firmemente fixados em um alvo, exerceu uma espécie de fascínio na senhora Jo depois de algum tempo e, com bastante curiosidade, ela observou as mudanças que ocorriam neles. A atenção de Dan claramente não estava na história, pois ele com frequência se esquecia de rir ou fazer comentários nos momentos cômicos ou tensos. Algumas vezes, os olhos eram suaves e melancólicos, e a observadora ficava aliviada por nenhuma das jovens captar aquele olhar perigoso, que sumia quando elas falavam; outras vezes, eram cheios de ansiedade em brasa, e a cor vinha e voltava com rebeldia, apesar dos esforços de Dan para disfarçar, fazendo gestos de impaciência com a mão ou com a cabeça; mas com maior frequência era um olhar opaco, triste e duro, como se os olhos sombrios espiassem a partir do cativeiro para uma claridade ou uma alegria proibidas. Essa expressão surgia tantas vezes que preocupou a senhora Jo, e ela sentia vontade de ir até lá e perguntar a ele qual era a memória amarga que estava lançando sombras sobre aquelas horas tranquilas. Ela sabia que o crime e o castigo pesavam na consciência dele, mas a juventude, o passar do tempo e novas esperanças trariam consolo e ajudariam a suavizar as marcas mais profundas da prisão. Isso já acontecia em outros momentos, e as cicatrizes eram quase esquecidas quando ele brincava com os meninos, conversava com os velhos amigos ou desfrutava das primeiras neves em seus passeios diários. Por que uma sombra tão soturna sempre caía sobre ele na companhia daquelas meninas tão inocentes e amigáveis? Elas pareciam nunca reparar e, se alguma olhava para ele ou dizia algo, um sorriso rápido perfurava a escuridão como um raio de sol em resposta. Assim, a senhora Jo continuou observando, se questionando e refletindo, até que o acaso confirmou seus receios.

Josie foi chamada certo dia e Bess, cansada de modelar, se ofereceu para assumir o lugar dela, caso ele quisesse ouvir mais leituras.

– Quero sim, sua leitura é melhor para mim do que a da Jo. Ela vai tão depressa que minha cabeça tola fica zonza e logo começa a doer. Não conte nada, ela é uma criaturinha muito querida e tão bondosa por ficar sentada aqui com um urso como eu.

O sorriso estava pronto, quando Bess foi até a mesa pegar um novo livro, visto que a última história tinha acabado.

– Você não é um urso, e sim muito bonzinho e paciente, nós achamos. É sempre difícil para um homem estar calado, a mamãe diz, e deve ser terrível para você, que sempre foi tão livre.

Se Bess não estivesse de costas lendo os títulos, teria visto quando Dan se encolheu, como se as últimas palavras o tivessem ferido. Ele não respondeu, mas outros olhos viram e entenderam por que parecia que ele queria partir para uma de suas longas corridas montanha acima, como fazia antes, quando o anseio por liberdade se tornava incontrolável. Movida por um impulso repentino, a senhora Jo apanhou seu cesto de costura e foi se juntar aos vizinhos, sentindo que um material não condutor de eletricidade poderia ser necessário, pois Dan parecia uma nuvem de tempestade totalmente carregada.

– O que devemos ler, tia? Para o Dan, parece ser indiferente. Você conhece o gosto dele, então me recomende algo tranquilo e agradável e curto, pois a Josie deve voltar logo – disse Bess, ainda revirando os livros empilhados sobre a mesinha de centro.

Antes que a senhora Jo conseguisse responder, Dan tirou um pequeno volume muito gasto de sob o travesseiro e, entregando-o, disse:

– Por favor, leia a terceira; é curta e bonita e eu a adoro.

O livro se abriu no lugar certo, como se a terceira história tivesse sido lida muitas vezes, e Bess sorriu ao ver o título.

– Ora, Dan, eu nunca imaginaria que você pudesse gostar deste conto romântico alemão. Há luta nele, mas no fundo é bem sentimental, se estou bem lembrada.

– Eu sei, mas li tão poucas histórias, e gosto mais das mais simples. Muitas vezes, eu não tinha nada mais para ler, acho que já sei de cor, mas parece que nunca me canso daqueles guerreiros, dos demônios e anjos e das damas adoráveis. Leia *O cavaleiro de Aslauga*[98] e veja se não gosta também. O Edwald é um pouco mole demais para o meu gosto, mas o Froda é ótimo e o espírito de cabelos dourados sempre me lembra de você.

Enquanto Dan falava, a senhora Jo se acomodou onde poderia observá-lo pelo vidro, e Bess se instalou em uma grande cadeira de frente para ele, dizendo, enquanto levantava as mãos para atar melhor na nuca a fita que prendia seus cachos suaves e espessos:

– Acho que o cabelo da Aslauga não a incomodava tanto quanto o meu, que está sempre caindo. Estarei pronta em um instante.

– Não prenda; por favor, deixe caído. Eu adoro ver como ele brilha quando está assim. Soltos, eles darão um descanso à sua cabeça e ficarão perfeitos para a história, Cachinhos Dourados – pediu Dan, usando o apelido infantil e parecendo mais sua versão menino do que nos últimos muitos dias.

Bess deu risada, sacudiu o belo cabelo e começou a ler, grata por esconder um pouco o rosto, pois elogios a deixavam encabulada, não importando quem os fizesse. Dan escutava com máxima atenção, e a

---

[98] Rainha da mitologia nórdica. A personagem aparece, entre outras obras, no romance *O cavaleiro de Aslauga* (1871), do alemão Friedrich de La Motte Fouqué (1777-1843). (N.T.)

senhora Jo, alternando os olhos entre a agulha e o vidro, conseguia ver, sem precisar se virar, como ele sorvia cada palavra, como se elas tivessem mais significado para ele do que para quaisquer outros ouvintes. O rosto dele se iluminou maravilhosamente e logo assumiu a aparência que surgia sempre que algo corajoso ou belo inspirava e comovia a melhor parte de si mesmo. Era a história encantadora de Fouqué sobre o cavaleiro Froda e a linda filha de Sigurd, que era uma espécie de espírito que aparecia para o amante nos momentos de perigo e provação, assim como nas horas de triunfo e alegria, até que ela se tornou seu guia e protetor, inspirando-lhe coragem, nobreza e autenticidade, conduzindo-o a grandes feitos nos campos de batalha, sacrifícios em favor de quem ele amava e vitórias sobre si mesmo, através da luz de seus cabelos dourados, que brilhava sobre ele nos combates, nos sonhos e nos perigos diurnos e noturnos, até que, após a morte, ele encontra o amável espírito esperando para recebê-lo e recompensá-lo.

De todas as histórias no livro, esta era a última que alguém imaginaria ser a preferida de Dan, e a senhora Jo ficou surpresa com o fato de ele perceber a moral da história pelas imagens delicadas e da linguagem romântica que a ilustravam. Contudo, enquanto observava e ouvia, ela se lembrou do veio de emoção e refinamento que se escondia em Dan como um filão de ouro em uma rocha, e o tornava rápido em sentir e apreciar a coloração nas flores, a graça nos animais, a doçura nas mulheres, o heroísmo nos homens e todos os vínculos afetivos que aproximam os corações, embora ele fosse lento para demonstrar, não dispondo de palavras que expressassem os gostos e instintos herdados da mãe. O sofrimento físico e espiritual havia domesticado suas paixões selvagens, e a atmosfera de amor e compaixão que agora o cercava tinha purificado e aquecido seu coração, até que ele começou a ansiar pelo alimento por tanto tempo negado. Isso tudo ficou patente em seu rosto mais do que expressivo quando, imaginando que nada era visível, ele acabou por revelar o enorme anseio por beleza, paz e felicidade que, para ele, estavam representados na inocente moça loira à sua frente.

A certeza daquele fato triste, apesar de natural, atingiu a senhora Jo como uma pontada, pois ela sentia como tal anseio era absolutamente sem esperança, uma vez que nem a luz nem a escuridão eram tão distantes uma da outra quanto Bess, imaculada como a neve, e Dan, manchado pelo pecado. Nem a mais pálida ideia a esse respeito perturbava a jovem, conforme sua completa inconsciência demonstrava cabalmente. Mas quanto tempo passaria até que os olhos expressivos revelassem a verdade? E então, que decepção para Dan, que desalento para Bess, que era fria e altiva e pura quanto seus mármores, e afastava qualquer ideia romântica com reserva virginal.

"Ah, como as coisas são difíceis para o meu pobre menino! Como eu poderia estragar esse pequeno sonho e roubar-lhe o espírito bondoso que ele está começando a amar e desejar? Quando meus próprios rapazes estiverem devidamente assentados, eu nunca mais vou me envolver com outro, pois essas coisas são de partir o coração e não consigo mais lidar com elas", pensou a senhora Jo, inserindo ao contrário o forro no casaco de Teddy, de tão perplexa e pesarosa que ela estava diante daquela nova catástrofe.

A história logo chegou ao fim e, quando Bess balançou a cabeça para ajeitar o cabelo, Dan perguntou, com a ansiedade de um menino:

— Você gostou?

— Sim, é muito bonita e eu entendo a moral, mas a Undine[99] foi sempre minha preferida.

— Claro, ela é como você, lírios e pérolas e almas e água pura. Sintram era o meu favorito, mas eu acabei gostando mais deste conto quando estava, a-ham, em um período de maré baixa, e ele me fez bem, porque é tão alegre e um pouco espiritual no significado, sabe.

---

[99] Criatura elementar associada à água, mencionada pela primeira vez no século XV e resgatada por numerosos autores, entre eles, Friedrich de La Motte Fouqué. (N.T.)

Os olhos azuis de Bess se abriram de espanto diante da ideia de Dan gostar de alguma coisa "espiritual", mas ela apenas assentiu, dizendo:

– Algumas das canções são doces e poderiam ser musicadas.

Dan riu e disse:

– Às vezes, ao pôr de sol, eu cantava a última em uma melodia que inventei: "Ouvindo o canto do anjo deitado / que com o olhar límpido / mira a luz pura e viva aqui embaixo / Cavaleiro de Aslauga, tu és abençoado". E fui abençoado mesmo – Dan acrescentou baixinho, observando os raios de sol que dançavam na parede.

– Agora este aqui é mais adequado a você – e feliz por deixá-lo contente demonstrando interesse, Bess leu, com sua voz delicada: "Sarem rápido, heróis feridos / Fiquem fortes e saiam da cama / Não se demorem nos conflitos / Que tanto amam, por vida e fama".

– Eu não sou nenhum herói nem nunca poderia ser, e "vida e fama" não podem fazer muito por mim. Mas deixe estar, leia o jornal para mim, por favor. Essa pancada na cabeça me deixou mesmo muito lerdo.

A voz de Dan era gentil, mas a luz tinha sumido de seu rosto e ele se remexia, inquieto, como se as almofadas de seda estivessem cheias de espinhos. Notando que o humor dele havia se alterado, Bess tranquilamente pousou o livro, apanhou o jornal e passou os olhos pelas colunas em busca de algo adequado.

– Você não se interessa pelas notícias financeiras, eu sei, nem por novidades musicais. Aqui tem um assassinato, você gostava desse tipo; devo ler? Um homem matou outro...

– Não!

Apenas uma palavra, mas provocou um calafrio na senhora Jo, e por um momento ela não se atreveu a olhar na direção do vidro revelador. E, quando olhou, viu Dan deitado imóvel, com uma das mãos sobre o rosto, enquanto Bess alegremente lia as notícias sobre arte para ouvidos que não escutaram uma só palavra. Sentindo-se como um ladrão que houvesse roubado algo muito precioso, a senhora Jo deslizou de volta para seu escritório, e pouco depois Bess a seguiu, contando que Dan dormia profundamente.

Mandando-a para casa com a firme intenção de mantê-la lá pelo maior tempo possível, mamãe Bhaer passou uma hora refletindo gravemente, sozinha no poente avermelhado; e quando um ruído no quarto ao lado a levou até ali, ela descobriu que o sono fingido tinha se transformado em repouso real, pois Dan, deitado, respirava pesadamente, com uma mancha escarlate em cada bochecha e uma mão fechada apoiada no peito largo. Afligindo-se por ele com uma piedade mais profunda do que nunca, ela se sentou na cadeirinha à cabeceira, tentando encontrar um modo de sair daquele emaranhado, quando a mão dele escorregou e, ao fazer isso, partiu o cordão que ele usava no pescoço, derrubando um pequeno invólucro.

A senhora Jo o recolheu e, como Dan não acordou, pôs-se a observar o pequeno objeto, perguntando-se que tipo de feitiço ele conteria, pois o invólucro era artesanato indígena, e o cordão rompido, de grama trançada em pontos muito apertados, era de um amarelo pálido e exalava um aroma doce.

"Não vou mais bisbilhotar nos segredos do pobre rapaz. Vou consertar e colocar de volta, e ele nunca saberá que vi seu talismã."

Enquanto pensava, ela revirou o pequeno envelope para examinar a parte rasgada, e um cartão caiu em seu colo. Era uma fotografia, cortada de modo a caber em sua embalagem, e duas palavras estavam escritas abaixo do rosto, "Minha Aslauga". Por um momento, a senhora Jo achou que poderia ser uma foto dela, pois todos os meninos tinham uma, mas depois, quando o papel de proteção se levantou, ela viu que era a foto que Demi havia tirado de Bess naquele dia feliz de verão. Agora não havia mais dúvidas; com um suspiro, ela guardou a foto no invólucro e estava prestes a encaixá-lo de volta no peito de Dan, para que nem mesmo um remendo de costura traísse o que sabia, quando, inclinando-se sobre ele, ela se deu conta de que Dan a encarava abertamente, com uma expressão que a surpreendeu mais do que qualquer outra, entre as muitas e estranhas que já vira antes naquele rosto tão inconstante.

– Sua mão arrancou, isto caiu, eu estava devolvendo – explicou a senhora Jo, sentindo-se uma criança flagrada na travessura.

– A senhora viu a foto?

– Vi.

– E tem noção de como sou um tolo?

– Sim, Dan, e eu lamento tanto...

– Não se preocupe comigo. Eu estou bem, aliviado que agora a senhora saiba, apesar de nunca ter tido a intenção de lhe contar. É claro que é só uma fantasia louca da minha parte e que isso nunca vai dar em nada. Nunca pensei o contrário. Meu bom Deus! O que um anjinho como aquele poderia ser para mim, além do que já é: uma espécie de sonho de tudo que é doce e bom?

Mais aflita pela resignação tranquila da aparência e do tom de voz dele do que teria ficado diante da mais ardorosa paixão, a senhora Jo só conseguiu dizer, com o rosto cheio de empatia:

– É muito difícil, meu querido, mas não há outra forma de olhar para o caso. Você é inteligente e corajoso o suficiente para entender isso, e deixar que seja um segredo apenas nosso.

– Eu juro! Nem uma palavra nem um olhar, se eu puder evitar. Ninguém tem como adivinhar e, se não incomoda ninguém, qual o mal se eu mantiver a foto e puder me consolar com a doce fantasia que me manteve são naquele lugar maldito?

O rosto de Dan estava tenso, agora, e escondeu o pequeno invólucro gasto como se desafiando qualquer mão a tentar arrancá-lo dele. Ansiosa por saber de tudo antes de oferecer conselho ou aconchego, a senhora Jo disse, com brandura:

– Fique com ela e me conte sobre a "fantasia". Já que sem querer eu topei com o seu segredo, conte-me como tudo aconteceu e como posso ajudar a tornar mais leve suportá-lo.

— A senhora vai rir, mas eu não me importo. A senhora sempre descobriu nossos segredos e nos deu uma ajudinha. Bem, eu nunca gostei muito de livros, a senhora sabe, mas naquele lugar, quando o diabo me perturbava, eu precisava fazer alguma coisa, ou ficaria louco, então li os dois volumes que a senhora me deu. Um estava além da minha capacidade, até aquele velho bom homem me ensinar como interpretar o texto; mas o outro, este, foi um grande consolo, eu lhe digo. Ele me distraiu e era lindo como poesia. Adorei todas as histórias e quase gastei a de Sintram. Veja como o trecho dele está esfarrapado! Depois cheguei a esta, e ela mais ou menos se encaixava com outra fase feliz da minha vida, no último verão, aqui.

Dan se interrompeu por um instante, as palavras pendendo em seus lábios; depois, tomando um longo fôlego, ele prosseguiu, como se fosse penoso expor a historinha romântica que ele havia tecido inspirado em uma menina, uma foto e uma história infantil, ali, na escuridão de um lugar tão terrível para ele quanto o *Inferno* de Dante, até que encontrou sua Beatriz.

— Eu não conseguia dormir e tinha que pensar em alguma coisa, então costumava fantasiar que era Folko, e ver o brilho do cabelo de Aslauga no sol poente refletido na parede, na resina da lamparina do guarda e na luz que entrava ao alvorecer. Minha cela era no alto, eu conseguia ver um pedaço pequeno do céu; de vez em quando, aparecia uma estrela, e aquilo era quase tão bom quanto ver um rosto. Eu considerava aquele retalho azul uma preciosidade; quando passava uma nuvem, eu achava que era a coisa mais bonita deste mundo. Acho que cheguei bem perto de ficar abobado, mas esses pensamentos e coisas me ajudaram, então são solenemente verdadeiros para mim, e não consigo me livrar deles. A linda cabeça dourada, o vestido branco, os olhos como estrelas e os modos meigos e tranquilos que a colocam tão acima de mim quanto a lua no céu. Não me tire isso! É só uma fantasia, mas um homem tem que amar alguma coisa, e eu prefiro amar um espírito como ela a qualquer uma das meninas comuns que poderiam se interessar por mim.

O desespero contido na voz de Dan agulhou a senhora Jo bem no coração, mas não havia esperança, e ela não lhe deu nenhuma. Ainda assim, ela sentia que ele estava certo, e que aquele amor infeliz poderia fazer mais por sua recuperação e purificação do que qualquer outro que ele pudesse conhecer. Poucas mulheres se disporiam a se casar com Dan agora, exceto aquelas que mais o atrapalhariam do que ajudariam na luta que sua vida sempre seria. E era melhor seguir solitário até a sepultura do que se tornar o que ela suspeitava que o pai dele tinha sido: um homem bonito, sem princípios e perigoso, responsável por destruir mais do que um coração.

– Sim, Dan, é sábio manter esta fantasia inocente, se ela o ajuda e o conforta, até que algo mais real e possível surja para fazê-lo feliz. Eu gostaria de poder dar-lhe alguma esperança, mas nós dois sabemos que esta criança querida é a menina dos olhos do pai, o orgulho do coração da mãe, e que mesmo o pretendente mais perfeito que eles puderem encontrar mal parecerá à altura de sua preciosa filha. Deixe que ela fique nas alturas, como uma estrela luminosa que o conduz para cima e o faz acreditar no céu.

Nesse ponto, a senhora Jo desmoronou; parecia tão cruel destruir a parca esperança que os olhos dele traíam que ela não conseguiu manter o tom moralizante, pensando na vida dura de Dan e em seu futuro solitário. Mas talvez isso tenha sido a coisa mais inteligente que ela poderia ter feito porque, na empatia afetuosa dela, ele encontrou consolo para a própria perda, e logo foi capaz de falar de novo com hombridade conformada diante do inevitável, demonstrando assim como era sincero o seu esforço para abrir mão de tudo, exceto da pálida sombra que, de outro modo, poderia ter sido uma feliz possibilidade.

Eles conversaram longa e seriamente durante o crepúsculo, e aquele segundo segredo os aproximou mais do que o primeiro, pois nele não havia pecado nem vergonha, apenas a dor branda e paciente que já fez santos e heróis homens muito piores do que o nosso pobre Dan. Quando, algum tempo depois, eles se levantaram pela convocação do sino repicando, toda a glória do sol poente tinha sumido, e no céu de inverno reluzia uma única estrela, enorme, delicada e brilhante, acima de um mundo nevado. Parando à janela antes de baixar as cortinas, a senhora Jo disse, alegremente:

– Venha ver como está linda a primeira estrela da noite, já que você a ama tanto – e quando ele se pôs atrás dela, alto e pálido, como o fantasma de seu eu anterior, ela acrescentou, suavemente: – E lembre-se, querido, a doce menina pode lhe ser negada, mas a velha amiga está sempre aqui para amar você, confiar em você e rezar por você.

Dessa vez, ela não se decepcionou e, se havia pedido qualquer tipo de recompensa por tantas aflições e cuidados, ela a recebeu quando o braço forte de Dan a envolveu e ele disse, em uma voz que mostrou que ela não tinha trabalhado em vão para resgatar seu Nuvem de Fogo da fogueira:

– Eu nunca poderia me esquecer disso, pois ela ajudou a salvar a minha alma e me faz ousar olhar para cima e dizer "Deus a abençoe!".

Decididamente, a última aparição

— Dou minha palavra: às vezes, sinto que vivo em um galpão de pólvora e não sei qual barril vai explodir em seguida e me mandar pelos ares — disse a senhora Jo para si mesma no dia seguinte, enquanto subia até Parnaso para sugerir à irmã que talvez a mais charmosa das jovens enfermeiras devesse voltar para seus deuses de mármore antes de, sem querer, acrescentar mais uma ferida às muitas já conquistadas pelo herói humano.

Ela não revelou nenhum segredo, mas uma ligeira pista bastou, pois a senhora Amy protegia a filha como uma pérola de alto valor e, de imediato, divisou um modo simples de escapar ao perigo. O senhor Laurie estava a caminho de Washington em nome de Dan, e ficou encantado de levar a família junto, quando a ideia foi distraidamente sugerida. Assim, a conspiração correu muito bem e a senhora Jo foi para casa sentindo-se mais traidora do que nunca. Ela esperava uma explosão, mas Dan recebeu a notícia com tanta tranquilidade que ficou evidente que ele não nutria nenhuma esperança, e a senhora Amy tinha certeza de que sua irmã romântica estava enganada. Se ela tivesse visto o rosto de Dan quando Bess foi se despedir, porém, seu olho maternal teria descoberto muito mais do que a mocinha inocente descobriu. A senhora Jo tremia de medo que ele se traísse, mas Dan havia aprendido autocontrole em uma escola rígida, e teria superado aquele momento difícil com muita bravura se, ao tomar as mãos de Bess e dizer, afetuosamente: "Adeus, Princesa. Se não nos encontrarmos de novo, lembre-se de seu velho amigo Dan de vez em quando", ela, comovida pelo perigo que ele enfrentara recentemente e pelo olhar melancólico que exibia, não tivesse respondido, com carinho incomum:

– Como eu poderia não lembrar, quando você nos dá tanto orgulho? Deus abençoe a sua missão e o traga em segurança de volta para casa!

Quando ela levantou o olhar para ele com o rosto cheio de afeição sincera e doce lamento, tudo o que ele estava perdendo se elevou tão vividamente diante de seus olhos que ele não pôde resistir ao impulso de tomar a "linda cabeça dourada" entre as mãos e lhe dar um beijo acompanhado de um "Adeus" entrecortado; depois, correu para o quarto, sentindo-se como se na cela da prisão de novo, sem nenhum vislumbre do céu azul para confortá-lo.

O carinho abrupto e a partida espantaram Bess, pois ela sentiu, com o instinto ágil das meninas, que havia naquele beijo algo antes desconhecido, e acompanhou a retirada com um rubor súbito nas bochechas e uma perturbação inédita na expressão. A senhora Jo notou e, receando uma pergunta muito natural, respondeu-a antes que fosse formulada.

– Perdoe-o, Bess. Ele passou por um problema muito grande e fica emocionado ao se despedir de velhos amigos; você sabe que ele talvez nunca volte do mundo selvagem para onde está indo.

– Você quer dizer a queda e a proximidade da morte? – perguntou Bess, ingenuamente.

– Não, querida; um problema maior do que esse. Mas eu não posso contar nada além disso, exceto que, bem, exceto que ele o superou com bastante valentia, então você pode confiar nele e respeitá-lo como nós.

– Ele perdeu alguém que amava. Coitado do Dan! Precisamos ser muito gentis com ele.

Bess não fez a pergunta e pareceu satisfeita com a solução que deu ao mistério, que era tão verdadeira que a senhora Jo confirmou com um aceno e deixou que ela seguisse acreditando que alguma perda ou tristeza branda havia operado as transformações que todos viam em Dan e o tornavam tão hesitante em falar sobre o ano anterior.

Mas Ted não se satisfazia com tanta facilidade, e aquela reticência constante o estava atiçando até o desespero. A mãe o havia alertado para não perturbar Dan com perguntas até que ele estivesse perfeitamente recuperado, mas a iminência da partida o fez decidir obter um relato completo, claro e satisfatório das aventuras que, certamente, eram maravilhosas, a julgar pelas palavras soltas que Dan dissera durante o estado febril. Assim, certo dia, quando a área estava limpa, Ted se ofereceu para entreter o convalescente e desempenhou a função desta maneira:

– Olhe aqui, amigão, se você não quer que eu leia, então precisa falar, contar tudo sobre Kansas, as fazendas e toda essa parte. Sobre o negócio em Montana eu já sei, mas você parece que se esquece do que aconteceu antes. Prepare-se e vamos conversar – ele começou, com uma brusquidão que arrancou Dan de seu devaneio do modo mais eficaz.

– Não, eu não me esqueço; só que não interessa a ninguém além de mim mesmo. Eu não estive em fazenda nenhuma, desisti – ele disse devagar.

– Por quê?

– Outras coisas pra fazer.

– Quais?

– Bem, produzir pincéis, pra citar uma.

– Nada de gozação comigo. Diz a verdade.
– Eu produzi pincéis de verdade.
– Pra quê?
– Pra ficar longe de encrenca, pra citar só um motivo.
– Bem, de todas as esquisitices, e você fez muitas, esta é a mais esquisita – exclamou Ted, surpreso por aquela descoberta decepcionante; mas ele não pretendia desistir tão cedo e voltou à carga. – Que tipo de encrenca, Dan?
– Deixe estar. Não é assunto para meninos.
– Mas eu quero saber, quero muito, porque sou seu amigo e me importo montes com você. Desde sempre. Vamos, conte uma boa história. Adoro aventuras. Vou ficar mudo como uma ostra, se você não quiser que ela seja conhecida.
– Vai ficar, mesmo? – e Dan olhou para ele perguntando-se como aquela expressão de menino se transformaria, se a verdade lhe fosse subitamente revelada.
– Juro sobre dedos em cruz, se você quiser. Sei que foi incrível e estou doido pra ouvir.
– Você é curioso feito uma menina. Mais do que algumas, até, porque a Josie e a... a Bess nunca me perguntaram nada.
– Elas não se interessam por brigas e coisas assim, gostaram do negócio da mina, querem saber de heróis e coisas do tipo. Eu também, e estou orgulhoso como você nem imagina, mas vejo em seus olhos que aconteceu alguma coisa antes disso e estou determinado a descobrir quem são Blair e Mason e quem foi atingido e quem fugiu e todo o resto.
– O quê? – gritou Dan, em um tom que fez Ted dar um pulo.
– Bem, você murmurava sobre eles durante o sono, e o tio Laurie ficou se perguntando quem seriam, e eu também. Mas não se preocupe, caso não se lembre ou não queira se lembrar.
– O que mais eu falei dormindo? Que estranho, o tipo de coisa que um sujeito fala quando está fora de si.

– Eu escutei apenas isso, mas pareceu interessante; eu só mencionei pensando que talvez ajudasse a refrescar um pouco a sua memória – disse Teddy, com máxima educação, pois o rosto de Dan estava todo contraído, naquele momento.

A expressão se desanuviou diante dessa resposta; depois de observar o menino se contorcendo na cadeira por impaciência mal contida, Dan resolveu diverti-lo com um jogo de enunciados cruzados e meias verdades, esperando apaziguar a curiosidade dele e, com isso, conseguir um pouco de paz para si.

– Deixe-me ver... Blair foi um sujeito que conheci em um dos vagões, e Mason um pobre coitado que estava em, hum, bem, um tipo de hospital onde por acaso estive também. Blair fugiu para encontrar os irmãos e acho que posso afirmar que Mason foi atingido, porque morreu lá. Está satisfeito?

– Não, não estou. Por que Blair fugiu? E quem atingiu o outro camarada? Tenho certeza de que em algum lugar aconteceu uma briga, não é?

– Sim!

– Acho que eu sei o motivo.

– Sabe coisa nenhuma! Mas vamos ouvir seu palpite, vai ser divertido – disse Dan, exibindo uma tranquilidade que não sentia.

Deliciado com a permissão para deixar a mente voar, Ted começou imediatamente a revelar a solução infantil que vinha burilando para o mistério, pois sentia que havia um, em algum lugar.

– Você não precisa confirmar, se eu acertar e você tiver feito um juramento de manter silêncio. Eu vou saber pelo seu rosto e nunca vou contar a ninguém. Agora, veja se não estou certo: no mundão lá fora, eles fazem coisas selvagens, e minha opinião é que você praticou algumas. Não estou dizendo assaltar o trem pagador nem se juntar à Ku Klux Klan, nada do tipo; mas algo como defender os colonos, ou enforcar algum malfeitor ou até atirar contra alguns, como às vezes um homem precisa, em autodefesa. Ah-há! Vejo que acertei. Não precisa falar, conheço o brilho nesse seu olho velho, amigão, e reconheço esse seu grande punho fechado – e Ted deu piruetas de satisfação.

– Continue, garoto esperto, e não perca o raciocínio – disse Dan, extraindo uma curiosa sensação de conforto de algumas daquelas palavras aleatórias e ansiando por, mas não se atrevendo a, confirmar as verdadeiras; ele poderia ter confessado o crime, mas não o castigo que se seguiu, pois o senso de desgraça ainda pesava muito sobre ele.

– Eu sabia que ia adivinhar, você não consegue me enganar por muito tempo – começou Ted, com tal ar orgulhoso que Dan não pôde evitar uma breve risada. – É um alívio, não é? Tirar isso da cabeça? Então, agora é só confiar em mim e está tudo seguro, a menos que você tenha jurado não contar.

– Eu jurei.

– Ah, bem, então não conte – e Ted se amuou, mas logo resgatou seu verdadeiro eu e disse, com ares de homem muito experiente: – Está tudo bem, eu compreendo; a honra obriga, silêncio até a morte, etc. Fico contente que você tenha feito companhia para seu parceiro no hospital. Quantos você matou?

– Só um.

– Mau sujeito, é claro?

Um patife maldito.

– Olha, não precisa fazer essa cara feroz, eu não tenho objeções. Também não me importaria de socar pessoalmente alguns desses canalhas bebedores de sangue. Depois disso, você precisou se esconder e ficar quieto por um tempo, suponho.

– Bastante quieto por um período bem longo.

– No final deu tudo certo, você saiu e ficou bem, foi lá para as minas e fez aquela coisa heroica e linda. Bom, eu acho isso absolutamente interessante e incrível. Estou contente por saber, mas não vou tagarelar.

– Preste atenção para não, mesmo. Olhe aqui, Ted, se você tivesse assassinado um homem, isso o perturbaria? Um homem mau, quero dizer.

O rapaz abriu a boca para dizer "Nem um pouco", mas interrompeu essa resposta quando algo no rosto de Dan o fez mudar de ideia.

– Bem, se fosse meu dever de guerra ou em autodefesa, acho que não; mas se eu o matasse em um surto de raiva, então acho que lamentaria muito. Não me espantaria se ele meio que me assombrasse e se o remorso me torturasse como torturou Abraão e os outros. Mas você não sofre, não é? Porque foi uma luta limpa, não foi?

– Sim, eu estava do lado certo, mas gostaria de não ter participado. As mulheres não enxergam desse jeito e ficam horrorizadas com coisas do tipo. Isso dificulta as coisas, mas não faz mal.

– Não conte a elas, assim elas não têm como se preocupar – disse Ted, assentindo como alguém muito versado no trato com o sexo oposto.

– Não pretendo contar. E você, trate de manter essas ideias para si mesmo, porque algumas são bem distantes do razoável. Agora você pode ler, se quiser – e ali a conversa se encerrou, mas Ted encontrou enorme consolo nela, e dali em diante parecia sábio como uma coruja.

Algumas semanas tranquilas se seguiram, durante as quais Dan se impacientou com a demora; quando finalmente chegou a notícia de que suas credenciais estavam prontas, ele ficou ansioso para partir, esquecer o amor vão no trabalho árduo e viver para os outros, já que não tinha como viver por si mesmo.

Assim, em uma inóspita manhã de março, nosso Sintram partiu, com cavalo e cão, para enfrentar outra vez os inimigos que o teriam vencido, se não fosse pela ajuda dos céus e pela compaixão humana.

– Ah, pobre de mim! Parece que a vida é feita de despedidas, e elas ficam cada vez mais dolorosas – suspirou a senhora Jo certa noite, uma semana mais tarde, sentada na sala ampla de Parnaso, aonde a família tinha ido para dar as boas-vindas aos viajantes que retornavam.

– E encontros também, querida; pois aqui estamos nós, e Nat está por fim a caminho. Concentre-se no lado bom das coisas, como a

Marmee dizia, e você vai se sentir melhor – respondeu a senhora Amy, contente por estar em casa e não encontrar nenhum lobo rondando sua ovelhinha.

– Ando tão preocupada ultimamente que não consigo parar de resmungar. Eu me pergunto o que o Dan achou de não encontrar vocês de novo. Foi uma decisão inteligente, mas ele teria gostado de ver mais uma vez rostos conhecidos antes de ir embora para a vastidão selvagem – disse a senhora Jo, pesarosamente.

– Foi muito melhor assim. Nós deixamos bilhetes e tudo o mais que conseguimos pensar que ele pudesse precisar, e viemos embora antes que ele chegasse. A Bess pareceu muito aliviada; eu com certeza fiquei – e a senhora Amy suavizou uma linha de ansiedade na testa pálida, enquanto sorria para a filha, que ria alegremente com os primos.

A senhora Jo balançou a cabeça como se fosse difícil encontrar o lado bom daquela nuvem tempestuosa, mas não houve tempo para novos lamentos, pois bem nessa hora o senhor Laurie entrou, parecendo muito contente com alguma coisa.

– Um novo quadro vivo chegou; olhem para o salão de música, meus caros, e me digam o que acham. Eu o chamo de "Apenas um violinista", como a história de Andersen[100]. Que nome vocês dariam?

Enquanto falava, ele escancarou as portas largas e, logo atrás delas, eles viram um jovem de pé, com o rosto radiante e um violino na mão. Não havia dúvida sobre o nome para aquela cena, e aos gritos de "Nat! Nat!" houve uma correria geral. Mas Daisy chegou antes de todos e pareceu ter perdido a compostura habitual em algum ponto do caminho, pois se agarrou a ele, chorando pelo choque da surpresa e de uma alegria grande demais para ser sentida em silêncio. Tudo foi acertado naquele abraço carinhoso e lacrimoso, pois, embora a senhora Meg tenha rapidamente afastado a filha, foi apenas para tomar o lugar dela;

---

[100] Hans Christian Andersen (1805-1875), autor dinamarquês de histórias infantis. (N.T.)

Demi apertou a mão de Nat com afeição fraternal e Josie dançou ao redor deles com as três bruxas de Macbeth reunidas em uma só, entoando sua melodia mais trágica:

>*Gorjeador tu eras*
>*Segundo violino tu és*
>*Primeiro hás de ser*
>*Salve, salve!*

Isso provocou risos e tornou tudo alegre e descontraído na mesma hora. Depois, teve início a habitual batelada de perguntas e respostas, mantida vivamente enquanto os meninos admiravam a barba loira e as roupas estrangeiras de Nat, e as meninas, sua aparência aprimorada, uma vez que ele estava corado do bom bife e da boa cerveja inglesa e revigorado pela brisa marinha que o tinha levado depressa para casa, enquanto os mais velhos celebravam suas perspectivas. Claro que todos queriam ouvi-lo tocar e, quando as línguas afinal se cansaram, ele, com muito prazer, deu-lhes o seu melhor, surpreendendo até os mais críticos com seu progresso na música, mais até do que com a energia e o autodomínio que haviam transformado em um novo homem o antes acanhado Nat. Aos poucos, quando o violino, o mais humano de todos os instrumentos, havia tocado para eles as mais doces melodias sem palavras, ele falou, olhando ao redor para os amigos queridos com o que o senhor Bhaer chamava de expressão de felicidade e contentamento "plena de sentimentos":

– Agora, deixem-me tocar uma coisa que vocês todos vão recordar, embora não a amem como eu – e, na postura empertigada que Ole Bull imortalizou, ele tocou a música de rua que havia lhes oferecido na primeira noite que passara em Plumfield. Eles se lembravam dela e se juntaram ao coro lamentoso que muito apropriadamente expressava as emoções do próprio Nat:

Triste e cansado está meu coração
Não importa por onde eu ande
Anseio sempre pela plantação
E os amigos que deixei distantes

— Agora eu me sinto melhor — disse a senhora Jo, pouco mais tarde, enquanto eles marchavam colina abaixo para casa. — Alguns dos nossos meninos fracassaram, mas acho que este será um sucesso, e a paciente Daisy será afinal uma menina feliz. Nat é trabalho seu, Fritz, e eu o cumprimento de todo o coração.

— Ach, só o que podemos fazer é lançar a semente e confiar que tenha caído em solo fértil. Eu talvez tenha plantado, mas você cuidou para que as aves não devorassem o broto, e o irmão Laurie regou generosamente; então, todos nós vamos compartilhar da safra e ficar contentes mesmo que seja pequena, minha amada.

— Eu achava que a semente tinha caído em um solo dos mais rochosos com o meu pobre Dan, mas não vou me surpreender se ele acabar ultrapassando todos os demais no verdadeiro sucesso da vida, já que há mais alegria em relação a um pecador arrependido do que sobre muitos santos — respondeu a senhora Jo, ainda presa à ovelha desgarrada embora todo o restante do rebanho andasse alegremente à sua frente.

É uma tentação muito grande para esta historiadora exausta encerrar o presente relato com um terremoto que engolfe Plumfield e seus arredores tão profundamente nas entranhas da Terra que nenhum jovem Schliemann[101] possa jamais encontrar um vestígio que seja. Porém, como uma conclusão assim melodramática poderia chocar meus gentis leitores, vou me conter e responder à pergunta habitual, "Como eles acabaram?", afirmando com brevidade que todos os casamentos deram certo. Os rapazes prosperaram em suas variadas vocações, assim como

---

[101] Heinrich Schliemann (1822-1890), arqueólogo italiano que descobriu as ruínas de Troia. (N.T.)

as moças, pois Bess e Josie conquistaram muitas honrarias nas respectivas carreiras artísticas e, com o passar do tempo, encontraram parceiros dignos. Nan permaneceu ocupada, alegre, solteira e independente, e dedicou a vida às irmãs sofredoras e aos filhos delas, em um trabalho verdadeiramente feminino que a preencheu de felicidade. Dan nunca se casou, mas viveu, com coragem e sendo útil, em meio ao povo que escolheu, até levar um tiro ao defendê-los e, por fim, encontrar repouso e sono tranquilo na vastidão selvagem e verdejante que tanto amava, com um cacho de cabelos dourados sobre o peito e um sorriso nos rosto que parecia dizer que o Cavaleiro de Aslauga havia combatido seu último combate e estava agora em paz. Rechonchudo se tornou vereador e morreu de repente, de apoplexia, depois de um jantar público. Dolly foi um membro da sociedade até perder todo o dinheiro, quando então encontrou um emprego bem agradável em uma alfaiataria elegante da moda. Demi se tornou sócio e viveu para ver seu nome acima da porta, e Rob virou professor no Laurence College, mas Teddy eclipsou todos, ao se tornar um clérigo eloquente e famoso, para imenso deleite de sua espantada mãe. E agora, depois do esforço para contentar a todos por meio de vários casamentos, poucas mortes e tanta prosperidade quanto a congruência permite, que a música pare, que as luzes se apaguem e que as cortinas baixem para sempre sobre a família March.